Elogi...
EN EL TIEM...
por Benjamín Alire Sáenz

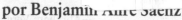

"Una historia deslumbrante sobre una comunidad de almas heridas y profundamente humanas, que viven dentro de un país muchas veces cruel e indiferente."

—*Kirkus*

"La complejidad de las relaciones, la verdad más profunda y más densa del corazón y el enorme y sutil anhelo espiritual son los elementos que marcan *En el Tiempo de la Luz,* el nuevo libro por Benjamín Alire Sáenz. Las maromas que da, aquellas exquisitas vueltas mentales del anhelo son su rasgo más distintivo. No hay otro libro como éste. ¿Cómo podría haberlo? Sólo Benjamín Alire Sáenz, quien ha estado parado bajo el ardiente sol de su tierra natal—la frontera entre El Paso y Juárez, entre México y los Estados Unidos, lugar de sangre y resurrección—y ha observado la cara oculta de la frontera que tantos navegan a diario, puede capturar con su voz, sus personajes y su temática malabarista, la oscuridad, el lado oculto de la traición y la naciente, eterna y siempre esperanzadora redención que se encuentra en el corazón y el polvo de nuestra tierra incomprendida."
—Denise Chávez, ganadora del American Book Award y autora de *Face of an Angel* y *Loving Pedro Infante*

"Un impacto visceral . . . esta historia es universal. Un libro altamente recomendado."

—*Library Journal*

"La vívida imaginación de Ben Sáenz captura toda la belleza, la agonía y la redención que habita el cruce de fronteras, geografías y culturas. Pero es en el viaje interior de la psiquis y el alma que debemos encontrar la salvación. La brillante prosa de Sáenz penetra el corazón de esta cuestión y encuentra y expone la verdad."

—Abraham Verghese, autor de
My Own Country y *The Tennis Partner*

"Sáenz ofrece una caracterización bellísima mientras teje necesidades y vidas disparejas con un toque hábil y sensible."
—*Publishers Weekly*

© Vantage Point Visual Studios, Inc.

Benjamin Alire Sáenz nació en la casa de su abuela en Old Picacho, Nuevo Mexico—un pueblo cuarenta millas al norte de la frontera entre México y los Estados Unidos. Es el autor de *Carry Me Like Water* y *House of Forgetting*, y ha escrito varios volúmenes de poesía y libros para niños. Además de ganar el American Book Award por su antología de poesía titulada *Calendar of Dust*, también fue el Wallace E. Stegner Fellow de la Universidad de Stanford. Enseña talleres de escritura en la Universidad de Texas en El Paso.

En el Tiempo
de la Luz

En el Tiempo de la Luz

Una Novela

Benjamin Alire Sáenz

Traducido al español por Julio Paredes Castro

rayo

Una rama de HarperCollins*Publishers*

Diseño edl libro por Gretchen Achilles

PRIMERA EDICIÓN RAYO, 2005

Impreso en papel sin ácido

La Biblioteca del Congreso ha catalogado la edición
en inglés como [Insert Info]

ISBN 978-0-06-077922-1

05 06 07 08 09 DIX / QW 10 9 8 7 6 5 4 3 2 1

Para Gabriela, que es como el sol,
y para su mamá, Patricia, que es el sol.

¿Por qué camino se reparte la luz,
o se despliega el solano por la tierra?

JOB 38:24

Primera Parte

Esperábamos la luz, y hubo tinieblas.

—ISAÍAS 59:9

Luz y la Tristeza de los Sueños

Bajo la luz, parecen la salvación misma. El pelo de su hijo, fino como hebras de seda, sus ojos claros como el agua. El rostro de su esposo es perfecto como un torrente de luz. Están felices, jugando, riéndose, conversando. El sueño es siempre el mismo. Ella siempre está sola, apartada, una observadora exilada de sus movimientos.

Se despierta, siempre, cuando escucha que los dos dicen su nombre.

Permanece inmóvil en la oscuridad y controla la respiración, tratando de calmarse. Puede oler el sudor limpio de los dos llenando el aire, dulce como la lluvia de verano. Pasa la mano sobre las sábanas frescas y espera a que los latidos de su corazón se hagan más lentos. Piensa en Mister. *Él fue siempre más tuyo que mío*, Sam. Piensa en la última visita, cómo los dos se separaron furiosos. Aún puede saborear la furia detrás de la lengua, como si las palabras que ella pronunció fueran tan sólidas como un trozo de fruta amarga.

Se sienta lentamente y apoya los pies sobre el frío piso de madera. Camina hacia las puertas de vidrio y las abre. Respira hondo el aire del desierto.

Mister y yo, Sam, hemos perdido nuestro rumbo. Sam. Tantos años que llevaba muerto. Y todavía ella se despertaba pronunciando su nombre. Una parte de ella esperaba a que él le contestara.

Donde lo Encontraron

e golpearía por el más simple motivo. Eso es lo que él expresaba con la mirada. La luz del poste de la calle y la ciudad vacía lo hacían sentir como si se encontrara en una obra de teatro. A excepción de Dave, ninguno había venido a verlo. "¿Por qué me has sacado?" Mantenía la cabeza agachada, el pelo negro cayéndole sobre los ojos.

"¡Llamaste! Yo vine."

"No debí haber llamado."

"Podría hacer que te encerraran de nuevo, Andrés."

"Y qué carajos. Hazlo."

"¿Dónde aprendiste a ser tan jodidamente desagradecido?"

Andrés estuvo a punto de reírse. "Lo siento, se me acaba de terminar la gratitud."

"Odiarme es parte de todo el asunto, ¿no es así?"

Dave era como todos los demás. Anhelaba ser amado. Quería que lo amaran. Andrés por poco se rió en voz alta. Cerró los ojos, después los volvió a abrir. La cara empezaba a palpitarle una vez más, y supo que las contusiones se le volverían negras y azules. Un mulato volviéndose azul. Como un camaleón. Ja, ja. Ja de mierda, Dios, agotado, todo lo que deseaba era echarse a dormir, estar en la cama, soñando con paloverdes en flor, los retoños amarillos estallando en el cielo azul como fuegos artificiales. Deseaba soñar con unas manos suaves masajeándole la piel. Se imaginó a sí mismo derritiéndose bajo esas manos, como mantequilla o helado o cualquier otra cosa que no fuera humana. Deseaba cerrar los ojos y encontrarse en cualquier otra parte, *Toronto Madrid París.* Odiaba todo esto, su vida, los días que vivía, la noches en las que no podía dormir, los arrestos, la policía, las preguntas que le lanzaban, las llamadas a un abogado que amaba y odiaba y necesitaba y odiaba y Dios, y sobre todo no quería sentirse asi, sentir esta cosa, como el tic-tic de una bomba, como el clic de un arma a punto de disparar una bala. Como un dolor crónico que formaba ya tanto parte de su vida que él casi había dejado de llamarlo dolor. Tal vez era vergüenza, esto que sentía. Hasta cierto punto, debió haber sido eso. Seguro. Pero eran otras cosas, también. Lo sabía. Y justo entonces se odió a sí mismo por haber llamado a Dave a las tres y media de la mañana. *Llama a cualquier hora.* Eso era lo que él le había dicho. Y por eso llamó. Y entonces ahí estaba, parado frente a él como cualquier maldito ángel invocado por una plegaria desesperada.

"Pienso que deberíamos llevarte donde un médico."

"Lo único que está abierto son las salas de urgencias . . ."

"Vamos. Haremos que te examinen."

"No hay nada roto." No supo por qué dijo eso. No era cierto. Encendió un cigarrillo.

"Por lo menos podías ofrecerme uno de esos."

Andrés le lanzó el paquete de cigarrillos. Observó a Dave mientras encendía uno. Las manos manicuradas, no eran las manos de un obrero; sin embargo, tenía una manera propia de ser un hombre. No un obrero, sino otra clase de hombre. Tenía algo, Dave. Seguro. Cualquiera podía darse cuenta.

Dave lo miró fijamente y sacudió la cabeza. "Dios, tienes un aspecto terrible. ¿Qué fue lo que le hicieron a tu hermosa cara?" Lo dijo de una manera tan natural. *Hermosa cara.* Podía habérselo dicho tanto a un hombre como a una mujer, y el hombre y la mujer hubieran levantado la mirada en agradecimiento. Pues lo dijo como si se tratara del primer ser humano que lo hubiera notado. Quizás esa era la razón por la que tanta gente confiaba en él, porque tenía algo en la voz, porque se expresaba bien y había aprendido a modular su conversación—apenas lo justo— y de alguna manera, con esa voz serena y controlada, se las arreglaba para reorganizar el caos del mundo de tal modo que lo hacía aparecer como si en realidad existiera un plan. Sí, todo el jodido mundo confiaba en él porque tenía un aspecto agradable a la vista y porque era gringo, y eso aún tenía importancia a pesar de lo que cualquiera dijera o deseara creer, todo el jodido mundo.

Finalmente, decidió mirar a Dave. ¿Por qué no levantar la cabeza? "No estaba tan borracho como ellos dicen."

"Le dijiste al oficial que lo matarías si te tocaba."

No recordaba eso. Algunas veces, cuando la rabia se instalaba, no podía recordar. Como lagunas alcohólicas. Sacudió la cabeza. Pero podía haber sido cierto. "No me gusta que la gente que no conozco me toque. ¿Eso me hace un tipo raro?"

"El policía dijo que estabas llorando, que no podías parar de llorar." Se detuvo. Esperó. Como si su afirmación fuera en realidad una pregunta.

"Sí, estaba llorando." Como si admitiera que no era nada. Absolutamente nada. Nada del otro mundo. Más fácil que darle un mordisco a una barra de chocolate Hershey. Las lágrimas. Son como las semillas de una sandía. Buenas para escupirlas. "Y en público, además. Llorando en público; ¿eso es un crimen ahora?"

"Es más que razonable que un policía detenga a alguien en una calle vacía a las dos de la mañana, ¿no crees?"

"Tal vez no sea yo la persona más indicada para hacer esa pregunta. No soy experto en ser razonable. ¿No es por eso que terminé en la cárcel? ¿No es esa la razón por la que terminé llamándote a la tres y media de la puta espléndida mañana? Porque no soy razonable."

"No podías dejar de llorar." Tenía aquella mirada en la cara, como si él también quisiera llorar, llorar porque todo este asunto lo entristecía más que cualquier otra cosa. Dave no era razonable, tampoco. Pero aquella elocuente expresión de piedad . . . no cuadraba con su traje italiano.

"Te ves muy bien arreglado para ser las tres y media de la mañana."

"Estaba en una cena. Una cena tarde."

"Una cena. Nunca he estado en una. Dale gracias a tu santo patrón por los teléfonos celulares."

"Es verdad, ¿dónde estaría si no tuviera uno?"

"En una cena. Una cena tarde."

Los dos sonrieron. A veces lo hacían.

"Estaba borracho. ¿No te lo dijeron?" Andrés sonrió.

"Pero no *tan* borracho."

"No, no tan borracho. Pero borracho. Así que tal vez sólo soy un borracho que lloraba encima de su cerveza."

"Tal vez. Pero, ¿sabes una cosa? No creo que seas un borracho."

"¿Cómo te diste cuenta?"

"Te conozco, ¿no es así?"

"Ya no soy ese chico."

"Te represento en la corte, ¿no fue así?"

"Historia antigua, vato."

"No olvido tan fácilmente."

"La memoria. He ahí una cosa maravillosa." No quería rememorar esa época. No soportaba la nostalgia. Ni siquiera podía recordar lo que le había confesado a Dave. Sobre sí mismo. Sobre sus conflictos. Algunas veces les decía diferentes cosas a personas diferentes. No eran mentiras exactamente; a veces, se callaba cosas. Dejaba que los demás llenaran los vacíos. Como si él fuera un libro para colorear.

"No eres un borracho, ese no es tu problema."

"A lo mejor estás equivocado."

"No lo creo."

"Eres abogado, no un puto médico." Hubo un esbozo de sonrisa en su rostro, como si se estuviera riendo de su propio chiste. Apagó el cigarrillo.

"Cuando estuviste en la universidad . . ."

"Nunca estuve en ninguna maldita universidad."

El joven pudo observar la sorpresa en el rostro de Dave. Estaba ahí y enseguida desapareció. "Te expresas como alguien que hubiera ido a la universidad."

"¿En serio?"

"¿Cuántos tienes, veintiséis?"

"¿Adónde quieres ir a parar con todo esto?"

"Yo tengo treinta y siete."

"Podíamos ser hermanos."

"No era eso a lo que me refería. Aun así, podría ser."

"Excepto que tú eres gringo."

"Y tú mexicano."

"Con papeles."

"Sí, podíamos ser hermanos."

"Sí. Seguro. Regresa a tu fiesta."

"Ya se terminó."

"¿Y qué pasa con tu novia?"

"Eso se acabó, también."

"¿Sí?"

"Quiere alguien más sencillo. Quiere alguien que traiga el pan a la casa y la lleve de compras. Quiere alguien que pueda llevar del brazo como a un lindo abrigo que todo el mundo pueda ver. Quiere alguien cuyos clientes no empiecen a gritar en español cuando se enfurecen. Quiere alguien que sea el mismo todos los días. Y yo, yo nunca sé cómo voy a ser de un día para otro."

"No te digas mentiras. Eres tan predecible como el que más."

"Como tú. Podíamos ser hermanos."

"Vete a la mierda, Dave."

"Vete tú a la mierda, Andrés." Sonrió. "¿Te das cuenta? Por eso fue que ella me dejó. Tiendo a usar esa expresión demasiadas veces. No soy un tipo respetable."

"Quieres serlo."

"No. No lo creo."

"Tal vez seas demasiado complicado." El joven rió. No era cruel, esa risa. Era dura, sin embargo. Como cemento seco. Exactamente así de dura.

Dave lo miró reírse.

"Entonces ella no sabe qué carajo significan las palabras *pro bono*, ¿ah?"

"Exactamente. ¿Por qué tendría que salir de una fiesta burguesa para ayudar a un tipo como tú?"

"Burgués. Una palabra maravillosa. Un término universitario." El joven rió de nuevo. Aunque con una risa más suave esta vez. Pero la dureza no desapareció del todo, nunca desaparecería. "Pues, yo tampoco entiendo por qué estás aquí."

"Ni yo."

"Entonces estamos todos del lado de tu novia."

"Alguna gente necesita comprenderlo todo. Tienen que conectar cada maldito punto . . . todos y cada uno de los malditos puntos de mierda. Otra gente no."

"¿Y tú, qué clase de gente eres?."

"La misma que tú."

"No lo creo." Andrés estaba tan cansado que casi empezaba a suavizarse.

"Regresa arrastrándote a ella. El mundo es un lugar frío."

"No aquí, amigo. Esto es El Paso, Texas. Nuestros inviernos apenas parecen inviernos."

Se miraron. Como si cada uno supiera todo del otro. Tal cual. ¿Pero exactamente qué era lo que sabían, estos extraños que se comportaban de manera tan familiar e íntima? Uno combate en una guerra al lado de alguien y termina por conocerlo. Sin embargo, uno sólo conoce la parte que estaba presente en la guerra, la parte que sabía cómo combatir. La otra parte, la parte cotidiana que sucedía en la calma infinita de los días, esa parte uno la desconocía.

"Andrés. Necesitas ayuda. Hablo en serio."

No tenía por qué haberlo dicho, pudo haberlo pensado, pudo haber pensado cualquier cosa que se le ocurriera. No tenía derecho. No tenía por qué mierda decirlo. "No, Dave, yo no necesito ayuda. Necesito que alguien me lleve a la casa."

"¿Me estás diciendo que lo único que necesitas en tu puta vida es un taxi?"

Sí, eso es exactamente lo que te estoy diciendo.

Tiempo y Orden en el Universo

Son las cinco y media de la mañana. Andrés Segovia se encuentra en su apartamento en Sunset Heights, durmiendo sobresaltado, los brazos agitándose en el aire. Dave Duncan está escuchando la voz de una mujer en el contestador, *"Dave, no me llames. Simplemente deja todo como está . . ."*

Al tiempo que Grace Delgado se despierta de su sueño, cincuenta y ocho pasajeros descienden en fila de un autobós de la Greyhound en la estación del centro. Treinta de los pasajeros sólo están de paso. Después de una parada para entrar al baño y un burrito de desayuno, abordarán de nuevo y continuarán en dirección a Phoenix y L.A. Veinticuatro de los pasajeros reciben la bienvenida de por lo menos un familiar. Los restantes cuatro pasajeros—todos hombres—no tienen amigos ni familia que les den la bienvenida. Los cuatro han sido enviados, en libertad condicional, a El Paso, pero ninguno tiene conexiones previas con la ciudad.

Como condición a su puesta en libertad, a los cuatro se les ha exigido que se reúnan con sus respectivos oficiales mínimo dos veces a la semana. Se les ha exigido que den su nombre y su dirección actual en el Departamento de Policía de El Paso. Durante los ocho meses anteriores, veinte de estos agresores sexuales habían sido puestos en libertad y ubicados en el sector de la frontera por los directorios de libertad condicional a lo largo de todo el país; sin embargo, ninguno había considerado nunca El Paso como su hogar. Los hombres no se conocen entre sí. El hecho de que se encuentren en el mismo autobús es simplemente una coincidencia.

Con cuarenta y un años, William Hart es el menor de los cuatro. Se dirige hasta el baño de hombres y se afeita, se refresca echándose agua en la cara. Se aplica un poco más de desodorante. Se estudia en el espejo. Ojos azules, buenos dientes, sonrisa agradable. Aún sigue siendo atractivo y juvenil de esa forma que hace que la gente confíe en él. Empiezan a aparecerle algunas arrugas, pero nada que lo preocupe. La única imperfección es la pequeña cicatriz sobre el labio. "Hermoso," murmura. La cárcel no lo envejeció, le dio tiempo para pensar y ponerse en forma. Tener tiempo de sobra no es justificación para malgastarlo.

Deja el equipaje en un *locker*, después camina unas cuadras hacia el sur y cruza el puente Santa Fe hasta Juárez. No hay guardias fronterizos que lo retengan. No es la primera vez que ha estado en Juárez. Guarda buenos recuerdos de visitas anteriores. Aún recuerda aquel muchacho, aquel muchacho perfecto, perfecto como la luz de la mañana.

Sonríe mentalmente.

Para el comienzo de la tarde, después de haber encontrado un poco de desahogo, cruzará el puente de regreso a El Paso. Entrará en la oficina del oficial de libertad condicional y le comunicará que se encuentra listo para empezar una nueva vida.

Grace y la Misa de la Mañana

Los pechos eran algo misterioso y extraño, cuando uno se detenía a pensarlo. A Sam le fascinaba tocarlos, besarlos, olerlos. Su hijo se había nutrido de sus pechos durante casi un año; eran útiles, en ese entonces. Desde que era niña, había descubierto cómo los hombres miraban a las mujeres, cómo les miraban los pechos, cómo terminaban obsesionándose. Sonrió. *¿Para qué los necesíto ahora con cincuenta años? Y, en todo caso, he estado intentando bajar de peso.* ¿No es eso lo que le había dicho al médico? La divirtió que él se hubiera reído con su broma. "Humor negro," comentó el médico.

Ella conocía su cuerpo. No necesitaba el resultado de un examen, ni siquiera necesitaba sentirse mal al enterarse de que había algo que no estaba bien. Era como salir y respirar el primer viento frío de septiembre y descubrir que la estación estaba cambiando, a pesar del hecho de que el verano pareciera que iba a ser eterno.

Incluso un árbol sabía cuando era el momento de soltar sus hojas. Incluso un árbol en El Paso.

Era extraño—justo en ese momento—que a ella la atacara la urgencia de encender un cigarrillo. Juró qué podía oler el humo de un cigarrillo consumiéndose en el cuarto. Respiró hondo y sonrió. Había fumado sólo por unos años, pero había disfrutado el hábito. Se sentía libre y joven e incluso sexy cuando fumaba. Nunca se había sentido de esa forma, sexy, cuando los hombres la deseaban. Sam siempre se había reído. Le mostraba un espejo y decía, *"Dios mío, Grace, ¿no lo ves? ¿No puedes ver lo que todo el mundo ve?"*

"¿Por qué voy a querer ver lo que todo el mundo ve, Sam?"

"¿Por qué una mujer como tú no puede entenderlo?

"¿Entender qué?"

"Tú no tienes una onza de vanidad, Grace. Ese es tu problema."

"Resulta que he llegado a convencerme de que el mundo sería mucho mejor si de verdad miráramos a la gente por lo que es y no por su aspecto."

"¿Me estás diciendo que a ti no te preocupa el aspecto de la gente?"

"Resulta que me he casado con un hombre muy atractivo."

"¿Ah?"

"¿Lo ves, Sam? Soy tan banal y frívola como todo el mundo."

Casi podía escucharlo riéndose. Él siempre se reía. *Eres demasiado sincera, Grace, ese es tu verdadero defecto. En eso* él se había equivocado. Ella era mucho más cínica respecto al mundo, y más realista sobre su corrupción, de lo que Sam nunca hubiera sospechado. Era él el que había sido sincero.

¿Qué sucedería si condujera hasta la tienda y comprara un paquete de cigarrillos? ¿Qué podría suceder? ¿Qué de malo había en eso? Volvió a poner el mensaje en el contestador, la voz del médico, indecisa. *¿Grace? Soy Richard. Escucha. Tengo los resultados de tus exámenes aquí en mi escritorio, ¿Por qué no me llamas en la mañana? Tal vez puedas venir. Hablaremos.* Trataba de sonar natural, práctico, *Oh, no es nada. No hay por qué preocuparse.* La mayoría de los médicos tenía fama de ser buenos mentirosos; una enfermedad que agarraban en la facultad de medicina. Pero este médico no era así. Fuese casualidad o destino—aunque ella no creía en ninguno de los dos—su médico asistía a misa todos los días por la mañana. Ella lo había visto más de una vez, arrodillado en la parte de atrás, la cabeza inclinada rezando. Parecía casi un muchacho acabado de confesarse, la cabeza baja y musitando las oraciones que el sacerdote le había puesto como penitencia, *Oh Dios mío, te pido perdón de todo corazón.* Pero él no era un muchacho, era un médico de unos cuarenta y algo que expiaba algo que había hecho en el pasado, arrepintiéndose de los pecados cometidos en nombre del éxito o del placer o del simple egoísmo, o aprovechaba la misa diaria como su momento de sosiego en un día por otra parte demasiado ajetreado, demasiado ruidoso, demasiado fragmentado y caótico, o tal vez se castigaba a sí mismo por tener una vida, una buena vida, una vida excesivamente buena que apenas si podía creer que se mereciera, una culpa que no podía ser borrada por Dios mismo. Existía, por supuesto, la posibilidad que fuera un ser genuino, que se tratara de una persona de fe, un verdadero creyente.

En todo caso, era un buen hombre, y si ella iba a tener un médico a su lado, sería mejor que fuera un médico que no ocultara la verdad. No deseaba ni necesitaba el falso consuelo de los médicos que hacen una virtud de no herirles los sentimientos a sus pacientes; mintiendo no sólo a los pacientes sino a ellos mismos, porque resultaba más sencillo, la salida más cómoda. No permitiría que nadie jugara así con ella, pues era muy inteligente y había crecido muy pobre y había luchado una eterna batalla contra los imbéciles que confundían la pobreza con la falta de ambición sin comprender lo que era en realidad: un accidente de nacimiento. No permitiría que ninguno jugara de esa forma con ella, pues ella era una mujer hermosa que había aprendido a no confiar en el hecho superficial de su belleza, pues ella comprendia claramente que su belleza, como su pobreza, era también un simple accidente de nacimiento. No permitiría que nadie jugara con ella de esa manera, pues había trabajado demasiado duro para ser una persona honesta, honesta no a los ojos de Dios, quien no tenía ojos, ni a los ojos de sus amigos y colegas, ni a los ojos de su hijo, Mister, ni a los ojos de nadie, sino de ella misma, los más implacables, los más severos de los jueces. Había tenido muchos clientes, cientos de clientes, clientes que eran expertos en evadir todo gracias a las mentiras que decian a sí mismos. La gran mayoría, Houdinis con sus propias mentiras. Magos. Pero, ¿cómo podían dejar de mentirse si eso era todo lo que les habían enseñado? ¿Castiga uno a sus alumnos por aprenderse la lección? Pero ella, Grace Alarcón Delgado, había aprendido otras lecciones. Había vivido la vida tratando de mirar las cosas de frente, *directamente,* sabiendo que llegaría el día en que miraría algo con tanta intensidad que la cosa le devolvería la mirada y la haría pedazos. Pero, ¿no era de carne y hueso? ¿No estaba hecha para ser destruida? Claro. ¿No era acaso una mujer?

Le echó una última mirada a sus pechos mientras permanecía frente al espejo. No había nada malo en observarlos. Había cierta belleza en la superficie de las cosas. Comprendió la seducción. Se puso de nuevo el sujetador y se abotonó la blusa. *Bueno si tienen que am* . . . y entonces, de repente, se preguntó que harían con todos esos pechos cancerígenos.

¿Los botaban a una caneca quirúrgica cercana? ¿Los guardaban, los congelaban, los sumergían en algún tipo de químico para preservarlos de tal manera que futuros estudiantes de medicina y médicos y cirujanos pudieran extraerlos de algún anaquel y estudiarlos como si se tratara de libros de biblioteca? ¿Los sacarían, se los llevarían a las casas, los tendrían por un par de días, y los devolverian después? Y una vez hubieran cumplido su propósito, ¿los quemarian con todos los otros desperdicios quirúrgicos? ¿No deberían quedar enterrados en alguna parte—todos esos pechos—enterrados profundamente en algún pedazo de tierra santa? ¿No habían sido provechosos alguna vez? ¿No habían dado vida a miles, a millones? Incluso los perros eran enterrados o eliminados con más ceremonia y respeto. *Dios, Grace, para. Para ya.*

Cerró los ojos. Se imaginó a sí misma fumando un cigarrillo. Se imaginó inhalando el humo, dejándolo salir después, toda su furia disipándose bajo la luz de la tarde. Inhaló, exhaló, Sam encendiéndole el cigarrillo, inhaló, exhaló, la mano de Sam rozando su pecho, inhaló, exhaló. *Así, así, Grace, mucho mejor.* Abrió los ojos.

Tenía que apresurarse. Iba a llegar tarde a la misa de la mañana.

Ayer, nos jugaste una broma. No bromees con los sedientos; danos lluvia. Después de pedir por la lluvia para acabar con la sequía, rezó por Mister, aunque pudo sentir la furia cuando murmuró su nombre. Rezó por lrma la de su calle, que había perdido a su hijo. Rezó por su cuerpo, por sus pechos, por su corazón. *Dame fuerzas para soportar cualquier cosa que venga.* Sam había sido bueno para *cualquier cosa que viniera.*

Cerró los ojos, y cuando los abrió de nuevo, se encontró mirando fijamente al vitral de la ventana: Jesús caminando sobre aguas tormentosas. "No soy como tú, así que dame brazos para nadar." Respiró profundo. "Y Jesús, Jesús, tráenos la lluvia."

Las Primeras Señales
de una Tormenta

Según el reporte, encontraron las hojas de papel en el bolsillo de su camisa; dobladas y ordenadas cuidadosamente. Según el reporte, había luchado como un demonio para mantener esas hojas cuidadosamente dobladas. Según el reporte, había lanzado escupitajos y arañazos y maldiciones y patadas. A la una y media de la mañana. En el extremo sureste del centro de la ciudad. En un callejón. Detrás de ¡Viva Villa!, un bar en la calle San Antonio. Un bar no lejos del palacio de justicia. No lejos de la cárcel del municipio. Que fue adonde se lo llevaron. Que fue donde lo reseñaron. Por estar borracho y causar escándalo. Por resistirse al arresto. Por escupir y arañar y maldecir y patear. Por todo esto, según el reporte.

Grace había aprendido a mostrarse cautelosa frente a los reportes policiales, así como sabía que otros se mostraban cautelosos frente a sus propias conclusiones; también consignadas en ese peculiar género que denominaban expedientes. Había decidido desde hacía mucho tiempo que los reportes existían para crear la ilusión de orden. Eso era lo que los hacía legibles. También era lo que los convertía en ficción.

Lo estaba haciendo de nuevo. Haciéndose preguntas. Deconstruyendo su profesión. Lo hacía, siempre, cuando un caso nuevo y difícil terminaba encima de su escritorio. Y ahí estaba, otro de esos casos. Justo ahí. Sobre el escritorio. Por simple costumbre, se golpeó el pecho con mea culpas. Así es como comienza la misa, con mea culpas. *Señor, ten piedad, Cristo ten piedad.* Golpéate el pecho. *Por mi culpa.* Acepta tus limitaciones. *Por mi culpa.* Exorciza tu parálisis. *Por mi gran culpa.* Toma la comunión, *Amén,* después sal de regreso al mundo y haz tu trabajo.

Mientras desliza la mano sobre los folios de papel, intenta imaginarse al joven que luchaba por liberarse de cuatro oficiales de policía con el mero poder de su rabia. Repasa la escena en su cabeza, el joven, borracho, sentado en el callejón, leyendo su propia letra bajo la débil luz de la calle, y entonces de repente, las luces de una patrulla de policía proyectándose sobre su cara, los oficiales haciéndole preguntas, *¿Qué hace aquí? ¿Qué es lo que hace?* Y él negándose a actuar como un venado a punto de ser atropellado, negándose incluso a reconocer la presencia acusadora de los otros, *¿Qué es lo que está leyendo?* y él doblando las hojas de papel, lentamente, con cuidado, guardándolas de nuevo en el bolsillo de la camisa y los otros preguntándole una vez más, *¿Qué es lo que tiene ahí?* Y él respondiendo finalmente, *El maldito Manifiesto Comunista,* y entonces los policías ya molestos insistiendo en ver lo que él estaba leyendo, como si el simple hecho de leer fuera una especie de delito; y en todo caso él se encontraba sentado en un callejón, borracho, y esa era una razón suficiente, y además, ¿él no los había desafiado?

Ese hombre, ese joven rabioso, tenía suerte de que no le hubieran disparado. Existía la posibilidad de que en realidad fuera eso lo que él buscara: que le disparan y lo mataran y quedar por fin en silencio y en paz porque sus días no le traían nunca un poco de calma y estaba tan putamente cansado de intentar darle sentido a una vida que no tenía sentido alguno.

Elaboró una nota mental para sí misma, después sacudió la cabeza mientras examinaba la caligrafía del joven. No aprobó la manera en que la policía y el juez habían incluido sus apuntes confiscados en el expediente que le habían hecho llegar. Cuando te detienen, te vuelves propiedad de ellos, tu ropa, tu cartera, tu cinturón, tus cigarrillos, los pocos dólares que llevas en el bolsillo, tus llaves, todo lo que tienes—que no era nada al fin y al cabo—les pertenecía ahora a ellos. Eso es lo que sucede cuando te detienen. Y entonces el sistema la ha convertido a ella en la heredera de lo que alguna vez perteneció a otra persona. Los papeles—los de él—ahora son de ella. Una progresión interesante. Todo legal y conveniente, conveniente para el joven que llevaba esos papeles, conveniente para la sociedad que lo estaba protegiendo, a pesar de que no estaba del todo claro cómo podía él lastimar a alguien que no fuera los policías que intentaron llevárselo a la fuerza. Pero todo era por el bien común, por supuesto, y ahora ella podía ayudarlo a él. Y estas hojas de papel la ayudarían a ella a ayudarlo. A él, que necesita ayuda. Así que ahí estaban: sus palabras trazadas sobre esas hojas, los pliegues aún visibles. Continuó pasando las manos sobre las hojas, una por una, tratando de alisarlas, sus manos alisadoras tan inútiles como las raíces de un árbol muerto. Uno nunca podrá alisar un pedazo de papel después de haber sido doblado. Nunca.

Sacudió la cabeza. No es una buena cosa, esto de tener en las manos de uno los escritos de otro hombre. No es una buena cosa, para nada. Pero le gustara o no, él era su cliente. Así que no había nada más que hacer, excepto leer esas palabras que nunca la habían considerado a ella como su destinataria.

El amor es una tormenta que nos sacude y nos destroza.
Si amas—si amas de verdad—si posees esa clase de corazón—
entonces lo sabes. (Si no amas, no existe explicación).
La tormenta nace de adentro.
No hay nada que puedas hacer para prepararte.

Difícilmente las palabras de un criminal. Difícilmente las palabras de un lunático, tampoco. Excepto que los lunáticos algunas veces escriben bien. Lo hacen. Ella lo ha comprobado una y otra vez. Los lunáticos pueden escribir. Tienen eso en común con los poetas pomposos. En la segunda hoja—aunque no tenía idea si estaba leyendo las hojas en orden—lee y relee un pasaje alrededor del mismo tema.

Recuerda esto: nada es tan sencillo como una tormenta
Pregúntale a cualquiera. Te dirán—aquellos que saben algo
sobre tormentas—que te alejes de su paso. Si puedes. Si tienes
tiempo. Te dirán que nada detiene a una tormenta. Sálvate.
Corre. Pero no hay salvación. Ríete de ti mismo al imaginar
que hay escapatoria.

Recuerda esto: nada puede destruir a una tormenta excepto
ella misma. Debe causar estragos y soplar y bramar hasta que
perezca. No vivirás para limpiar los escombros. Toda la luz se
habrá extinguido.

Se sintió casi envidiosa; no simplemente por la evidente disciplina del hombre, sino por el hecho físico de su escritura. Límpida, legible, delicada. Ella no estaba acostumbrada a encontrar ese tipo de belleza en su trabajo. *Daño:* esa era una palabra a la que ella estaba acostumbrada. Eso era lo que ella se había acostumbrado a ver. Y también se había acostumbrado a describir ese daño, aunque no creyera que un ser humano al que se le había causado daño pudiera ponerse en palabras.

Examinó de nuevo la caligrafía. Este hombre, quien fuera, sabía sobre el control, sabía que el control podía matar, pero sabía también que el control puede salvar una vida. Este hombre sabía sobre la belleza.

En la tercera de las hojas dobladas, había seguido escribiendo sobre el mismo tema. Pero algo había cambiado: no en el tono, pero sí en la la escritura. Tal vez había estado bebiendo. Tal vez se encontraba cansado. Tal vez había escrito la tercera página en un instante completamente diferente y en un lugar completamente diferente. Hasta la propia caligrafía había empezado a deshacerse. Había dejado de trazar las letras una por una. En las dos primeras hojas, las palabras parecían tener la misma importancia que el mensaje que él intentaba transmitir. Pero, ahora, se dejaba embriagar en el mensaje. Esa especie de borrachera tenía una belleza completamente distinta.

Conozco un hombre y una mujer. Tenían esa clase de corazón. Un corazón tan puro que no era sino tormenta. Al final, ¿cómo hubieran podido ser nada sino seres deformes, contrahechos, grotescos? ¿Quién hubiera sospechado que fueron hermosos? Al principio, por lo menos. Dios, eran hermosos. La piel les brillaba bajo la luz. Creo que sus corazones también resplandecían. ¿Quién lo hubiera sospechado? Pero los dos habían nacido con esa clase de corazón, así que, ¿cómo pudo haber sido de otra forma?

Detestaba observarlos mientras vivían su vida amándose; aunque nadie lo dijera así. Ni siquiera la gente que debería haberlo sabido. Lo llamaban con nombres equivocados. Y maldita sea, era tan obvio. ¡Maldita sea! ¡Maldita sea!

¡Maldita sea! ¿Por qué carajos la gente hace eso? ¿Por qué
siempre pasan por alto lo obvio? ¡Todo el maldito tiempo!
Nadie sabía quiénes eran ellos.
*   E incluso yo, que sí los conocía. Yo . . . detestaba ser amado*
por ellos. Pero no podía escapar. No pude hacerlo. Es inútil
escapar de una tormenta. Así que me quedé. Sé tanto sobre las
tormentas como el que más.
*   Entonces, ¿qué voy a hacer con este maldito corazón*
destrozado? No sirve para nada, ya no. Si mi cuerpo fuera
como una pantalla de computadora, borraría el archivo
marcado como "corazón."

No pudo evitar preguntarse qué lo había conducido hasta allá, a ese callejón detrás del bar. A menudo se preguntaba sobre sus clientes. Se preocupaba más por algunos casos que por otros. Era como una mala madre jugando a los hijos predilectos. Este iba a ser un caso por el que se iba a preocupar; ya lo sabía. Siempre lo sabía desde el primer momento. Sin embargo, preocuparse no cambiaba nada. Había aprendido que lo más importante no era cuánto le importara a ella, sino cuánto le importaba al cliente. Algunos se habían rendido completamente, mucho antes de haber llegado a su oficina.

Casi ni se dio cuenta de que el teléfono estaba timbrando. Siempre perdía alguno de sus sentidos cuando tenía la mente ocupada. A veces era el sentido del olfato; pero por lo general era el del oído. Levantó el auricular lentamente. "Grace Delgado", susurró, un saludo seco y distante.

"Grace, ¿estás ocupada?" Mister. Desde que era niño tenía la voz profunda. Nunca llamaba, pero cuando lo hacía, la llamaba a la oficina. Nunca había vuelto a llamar a la casa; como si su relación fuera estrictamente de negocios.

"¿Mister?"

"¿Cómo estás, Grace?"

"Igual."

"¿Estás con algún cliente?"

"No."

"Te vi la semana pasada. Soné la bocina. Parecías distraída."

"Seguramente lo estaba."

"Salías de la oficina del Dr. Garza. ¿Sucede algo malo?"

"No. Sólo era un chequeo."

"¿Estás segura?"

"Para ser alguien que nunca llama, ¿por qué ese repentino interés en la salud de tu madre?"

"Sólo intento ser amable, Grace."

"Eres muy bueno en ser amable."

"Pero no tan bueno en ser un buen hijo."

"No dije eso."

"No tenías que decirlo."

"¿Qué quieres, Mister?"

"¿Por qué no nos tomamos algo después del trabajo?"

Ella podía verlo mordiéndose el labio o halándose el pelo rebelde.

"¿Hay algo que quieras decirme?"

"Sí."

"Me lo puedes decir ahora."

"Me gustaría verte."

Sólo hasta ese instante sonó sincero. Como Sam. Ese era el asunto con Mister, era demasiado parecido a su padre. Entonces ¿por qué le costaba tanto trabajo amarlo? "Me suena a algo serio."

"Lo es."

"¿Te vas a divorciar?"

"Siento, decepcionarte, Grace, pero a Liz y a mí nos está yendo bien." Tomó aliento.

Ella sabía que él quería empezar a gritar.

"Siempre tienes que hacer esto, ¿cierto, Grace? Siempre tienes que agarrarlo a uno por el cuello."

"Lo siento. Te pido disculpas." Apretó el auricular con fuerza. Respiró profundamente y miró hacia la enceguecedora luz de la mañana. "¿Dónde quisieras que nos encontráramos?"

Había conseguido ponerlo furioso en menos de dos minutos. Siempre tenía que ver con el mismo asunto. Su esposa. La primera vez que se encontró con Liz, le resultó claro que era una mujer capaz de hacer muchísimo daño. Ella había concluido que la atracción que mostraba por su hijo era un intento ramplón de poner un poco de bondad en su vida. Como si la bondad fuera algo que uno encuentra de segunda mano. Ella y Grace habían sentido una antipatía inmediata la una por la otra. Liz la había mirado y le había lanzado una acusación: "Lo pondrás en mi contra, ¿verdad, Grace?"

"No. Él no es la clase de hombre que se pone en contra de la gente que ama."

"¿Eso quiere decir que tampoco se pondrá en contra tuya, Grace?"

"Eso es exactamente lo que significa."

Se había equivocado, por supuesto. Mister se había puesto en contra suya. Pero eso había sucedido mucho antes de que Liz hubiera entrado en escena; así que no era justo culparla. Liz no era más que sal en la herida. No había entendido nada sobre el hombre con quien se había casado. En todo caso, nada de eso importaba. Seis meses. No más de seis meses. Y ella se había escapado con otro hombre. Mister había aparecido frente a su puerta, borracho y sollozando. "¿Cómo pudo haber hecho esto, Grace? ¿Por qué, Grace? Mírame, Grace. Mírame."

Un par de meses después, él había vuelto con ella.

"Es sólo que estaba nerviosa, Grace. Ya sabes, estaba asustada."

"¿Asustada de qué?"

"De estar casada, de que la quieran."

"Ah, ya entiendo, y entonces se larga con otro hombre."

"Perdónala, Grace."

"No puedo."

"¿Quieres decir que no la vas a perdonar?"

"Estrelló tu auto, pérdida total. Mientras estaba con otro tipo, Mister."

"¿Qué es un auto comparado con un maldito corazon, Grace?"

La mortificaba pensar en Liz, en Mister, en lo que pasaba con los dos. Cuando pensaba en ellos, se adueñaban de todo el cuarto. Los echó afuera y regresó al expediente que estaba leyendo. Los problemas de otra gente siempre le habían parecido más interesantes que los suyos. Observó el nombre en el expediente. Andrés. Andrés Segovia. Sonrió por la ironía y alcanzó a preguntarse qué estarían pensando los padres del joven cuando lo bautizaron.

Leyó una vez más lo que Andrés había escrito. No podía evitarlo. A pesar de todo lo que la desconcertaba tener en su posesión estas páginas, unas palabras que le revelaban más sobre el autor que el resto del expediente, donde la mayor parte del tiempo se referían a él como el *sospechoso*. Los expedientes tienen demasiadas reglas y limitaciones. El reporte de la policía sobre el arresto. La orden del juez de consultar un consejero, los términos y las condiciones. Todo estaba ahí. Un nombre, Andrés Segovia. Una edad, veintiséis años. Todos estos datos eran suficientemente claros. Pero, ¿y el rostro? ¿La expresión de los ojos? ¿El movimiento de las manos? ¿Los labios decididos o temblorosos? Todos esos detalles revelaban mucho más. Siempre había sido así.

Dejó el expediente a un lado.

Andrés Segovia. Andrés, a quien habían encontrado en la calle, gritando y maldiciendo y aullando como un gato callejero o un perro con rabia. Había lanzado arañazos y patadas e incluso había intentado morder. No como cualquier persona. Como un animal. Eso era lo que afirmaba el expediente. Grace sonrió a medias. Los policías no eran escritores. Aunque algunas veces intentaban serlo. *Como un animal.* Como si los hombres no fueran animales.

Intentó ponerle un rostro. Los ojos traicionarían el caos de su corazón, los disturbios que explotaban por todas partes dentro de él. Sus ojos serían tan negros que brillarían azules bajo la luz del sol. Eso fue lo que decidió sobre Andrés. Andrés, que escribía palabras como si tratara de retratos. Andrés, que sabía de tormentas.

Archivos perdidos

Programar e instalar. Purgar virus, restaurar archivos perdidos. Ir a la raíz del problema. Siempre existía un origen, siempre había una solución. Las computadoras eran sistemáticas, poseían una lógica incorporada con cables y chips que correspondían a funciones específicas. Estaban programadas, y llevaban a cabo las funciones para las que habían sido creadas. Uno podía contar con eso. Cuando algo salía mal, uno podía repararlo.

La gente no. La gente estaba conectada al infierno. Sentía deseos de gruñir como un mastín con rabia cada vez que oía a cualquiera decir que "El cuerpo es una máquina." ¿Qué imbécil pensó en eso? Jodido y furioso y deseando amor, malditamente desesperado por alcanzarlo pero sin saber cómo hacerlo, y dispuesto a hacer cualquier cosa sólo para darle un probadita. O aún peor, anularse porque uno no lo puede alcanzar; todo ese amor que uno desea. El cuerpo no era una máquina. Él podía arreglárselas con máquinas y computadoras. Siempre existía una solución para el problema.

¿Cuál era la solución para él?

"¿Qué te pasó en la cara?"

Odiaba a Al. Siempre interrumpiéndolo, siempre haciéndole preguntas. "Nada."

"¿Te metiste en una pelea?"

Si decidiera no responder, tal vez Al se marcharía.

"¿Te duelen?"

"¿Qué?"

"Las heridas. ¿Te duelen?"

"En realidad, se sienten bastante bien." Andrés lo miró directamente a los ojos hasta que Al se volteó a mirar a otra parte. Sonrió, enseguida soltó una risa nerviosa. Entonces se retiró.

Andrés sacudió la cabeza. Debió haber estado fuera del trabajo por un par de días más. Pero sus heridas hubieran durado mucho más que un par de días, y no podía permitirse estar ausente del trabajo, así supiera que recibiría preguntas de gente como Al. Entonces, ¿cuál era el problema? Hacía su trabajo. Y lo hacía bien. Lo hacía perfectamente.

Aún podía oler la colonia de Al cuando se sentó y leyó su *e-mail*. Se puso a pensar en los tipos que se ponían tanta colonia. El mundo estaba lleno de estos tipos. Como si quisieran esconder su verdadero olor. Como si hubiera algo terrible en ese olor, algo tenebroso y descompuesto dentro de ellos. Su padre se había puesto algo dulce en la piel todos los días de su vida; incluso cuando trabajaba en el patio. Su hermano también. En abundancia. Uno podía olerlo cuando entraba en el cuarto. Y seguia oliéndolo después de haberse ido.

"Armando, te echaste toda mi maldita colonia. Tu mamá me la regaló por mi cumpleaños. ¡Armando!"

Armando no separaba los ojos del televisor.

"Papá te está hablando, Mando."

"No escuché nada."

"Se está afeitando. En el baño. Se está afeitando y te está gritando. ¿No lo oyes?"

"No oí nada."

"Creo que a papá le gusta gritar desde el baño."

"A papá le gusta gritar desde todos los cuartos de la casa."

"Lo pones furioso."

"No cuesta nada."

"¡Armando! ¿Me estás oyendo?"

"Va a seguir gritando hasta que tú no vayas y hables con él."

"No oí nada."

"Todo el vecindario puede oírlo."

"En la vida tienes que aprender a ignorar algunas cosas, Andy."

"No me llames Andy. No puedes ir por ahí ignorando a los papás, Mando."

"¿Y tú qué sabes? ¿Cuántos tienes, diez?"

"Diez y medio."

"No sabes un carajo."

"Tú crees que lo sabes todo, ¿cierto? ¿Cierto? Sólo porque vas a cumplir dieciocho el mes entrante."

"Sé más cosas que tú, comemierda."

"Mando, te estoy hablando. ¡Mueve el culo y ven aquí ahora mismo!"

"Está bravo. Usaste toda la loción para después de afeitarse la semana pasada. Y ésta, usaste toda su colonia. ¿Por qué te gusta tanto eso?"

"A las chicas les gusta, Junior."

"No creo."

"Como si tú supieras qué es lo que les gusta a las *rukas.*"

"Y a mí, qué me importa."

"A lo mejor no eres más que un mariquita."

"Cállate, cabrón. No más espera a que papá se dé cuenta de la camisa que le robaste del armario."

"¿Cuál camisa?"

"Te vi. Es una de sus camisas favoritas; como si él no se fuera a dar cuenta de que le hace falta. Como si no fuera a saber quién se la llevó."

"Si se lo dices te pateo el culo."

"¿Y qué? Hazlo. No me importa."

"¡Mando!"

"¡Ya voy! ¡Un momento . . . ya voy!" Mando se levantó del sofá y masculló para sí.

"Si no quiere que use su puta colonia, ¿por qué la deja en un sitio donde yo la pueda encontrar?"

Andrés se levantó de la alfombra de la sala. "Detesto la colonia. Juro que nunca usaré colonia. Nunca. Nunca." Oyó a Mando y a su padre gritándose. Sus discusiones se volvían cada vez peores. Todos los días encontraban una nueva razón para gritarse. Salió por la puerta del frente. Vio a su hermana mayor y a su novio recostados en el auto estacionado en la calle. Se les acercó. Olió el aire. Ajá, alguien usaba colonia.

"Andrés, tú sí eres raro. ¿Por qué olfateas como un perro?"

"Sólo estoy investigando, Yolanda."

"¿Investigando qué?"

"Nada. Olvídalo."

Vio a su hermanita montando en bicicleta en la acera. Se le acercó y le dio un beso, lo que más le gustaba hacer. Su hermanita se rió.

"¡Tonto, Andy!"

"Sí, lo soy. Pero dime una cosa, Ileana. ¿Te gustan los tipos que usan colonia? Quiero decir, ¿te gusta como huelen?"

"¿Como papá y Mando?"

"Sí, como papá y Mando."

"Los dos huelen rico, ¿no crees, Andy?"

"Sí, es cierto. Los dos huelen muy rico."

Grace

Se sentía nerviosa; de encontrarse con su hijo. Se preguntaba lo que él tendría que decirle. Algo serio, había dicho. ¿Y ella qué tendría que decirle a él? Todo era mucho más sencillo cuando Sam aún estaba por ahí. Él siempre había sido un amortiguador entre los dos. Y los dos lo adoraban. Tal vez, los dos luchaban por él desde el fondo de sus corazones. Y cuando murió, esa lucha interna se había desbordado hasta sus labios. ¡Y los dos tenían palabras! Y con el paso de los años, ella y Mister, bueno, con el paso del tiempo la cosa se había puesto peor. Quizás los dos eran para cada uno un doloroso recordatorio. Preferían mirar hacia otra parte. Porque dolía mucho.

Él le preguntaría cómo estaba ella. Así es como empezaría. Ella contestaría, "Bien." Y *estaba* bien, ¿no era verdad? Y si no estaba bien, ¿qué podría ella o Mister o cualquier otra persona hacer al respecto?

Se había sentado en una mesa para dos. En una esquina. Esperando. Siempre varios minutos antes de la hora. Igual que Sam. La saludó con la mano, una sonrisa cubriéndole la cara, y por un instante no hubo ningún problema entre los dos. Ella le devolvió la sonrisa. Él empezó a ponerse de pie, pero ella le indicó con un gesto que siguiera sentado. En ese instante ella ya arrastraba una silla y se sentaba al otro lado frente a su hijo. "Te ves bien, Mister. Te ves muy bien."

"Tú también, Grace."

Se observaron, después miraron para otro lado, y enseguida volvieron a mirarse.

"¿Cómo está Liz?," intentó parecer sincera.

"Está bien. Muy amable de tu parte por preguntar, Grace."

"Me siento amable." Sonrió.

Mister asintió con la cabeza. "¿Estás segura de que te encuentras bien?"

"Por supuesto que estoy bien."

"Salías del consultorio de un oncólogo cuando te *vi*."

"Resulta que mi médico es también oncólogo. Sucede que además es un excelente internista."

"Sí. Me acuerdo."

Los dos asintieron al tiempo.

Mister buscó a un mesero y lo llamó con la mano. "¿Qué te gustaría tomar?"

"Un whisky a la roca."

"Chivas. Recuerdo."

Un Chivas para Grace. Una cerveza para Mister. Permanecieron en silencio mientras el mesero se retiraba. "Grace", dijo a con voz queda. "Liz y yo vamos a adoptar un niño."

Grace asintió.

"No podemos tener bebés."

"Lo siento."

"No lo sientas. No es el fin del mundo."

"Entonces van a adoptar."

"Recibí una llamada de un abogado que conozco en el Centro de Protección Infantil, y bien, había un niño, lo habían encontrado en un trailer. Estaba desnudo y sucio y empapado en su propia orina y sudando y totalmente sofocado por el calor. La temperatura adentro debería estar por los 110. Un infierno, la policia tuvo que abrir todas las ventanas, no podían soportar el hedor a orina y comida podrida. Dios, Grace. Estaban buscando a la madre; drogas, bueno, tú ya conoces la historia, drogadicta, hace dinero bailando en clubes nocturnos, deja el niño en la casa. Díos mío, Grace . . ." Dejó de hablar. "En todo caso, nos hicieron un estudio de hogar hace uno seis o siete meses y hemos estado más o menos esperando, y este parece . . . bueno. Grace, este niño, Liza y yo lo queremos."

"Es probable que el niño tenga muchos problemas, Mister."

"Todo saldrá bien."

"No puedes simplemente ordenar un hijo y decir que todo está bien. El mundo no es una mesera pidiéndote que dictes tu pedido."

"Ah, yo imaginaba que lo era. Imaginé que masticaba chicle y siempre a punto de servirme torta de manzana . . . y que se parecía un poco a ti."

"No te burles de mí, Mister."

"No me burlo de ti, si tú no te burlas de mí. No somos niños. Sabemos lo que estamos haciendo."

"¿Lo saben, Mister?"

"Queremos este bebé."

"No lo conocen todavía, ¿cierto?"

"Tengo veintiocho años, Grace. Quiero ser papá. Liz quiere ser madre. ¿Hay algo malo en eso?"

"Ese niño tal vez tenga muchos problemas, Mister."

"Eso lo sé, Grace."

"¿Y Liz lo sabe?"

"No empieces ahora con Liz."

Grace apretó la mandíbula, después relajó la cara. Su expresión impasible era inútil en presencia de Mister. El mesero le puso el trago enfrente. Estiró la mano para agarrarlo. Bebió un sorbo y después otro. ¿Por qué todo esto resultaba tan complicado? "¿Qué sucede si no pueden salvarlo, Mister?"

"¿Y si lo podemos salvar? ¿Y si Liz y yo asumimos el riesgo? ¿Y si llevamos un niño a la casa e intentamos amarlo?"

"¿Y qué si fracasan?"

"Entonces no deberíamos hacerlo, ¿porque pudiéramos fracasar?" Bebió un trago de cerveza. Trató de sonreír. "A veces de verdad quisiera un cigarrillo."

Grace asintió. "También yo." Metió el dedo en el vaso y revolvió el trago. "Mister, no puedes reparar a todos los que están destrozados."

"Bien, Grace, tú eres la experta. Te has pasado toda una carrera tratando de arreglar gente que estaba rota. Eres una reparadora, Grace. A eso es lo que te dedicas."

"Te revelaré un pequeño secreto, Mister, no siempre tuve éxito. Y nunca me los llevé a la casa conmigo."

"Bueno, eso es mentira, Grace. Llevaste un montón de clientes a la casa contigo.

Los podía ver escritos en tu cara todas las noches. Los llevaste todos a la casa."

"¿Por eso es que vives furioso conmigo?"

"No sé. Tal vez tenga algo que ver."

Era tan parecido a Sam. Ansioso por dejar que la otra gente lo viera, lo tocara, lo examinara. Por eso es que la gente le causa daño. Aunque no parece importarle. Una parte de ella quisiera echarse hacia delante y abrazarlo. Otra, quisiera levantarse y largarse. Siguieron ahí durante un rato, cada uno tomando sorbos de sus respectivas bebidas. Un whisky, una cerveza, el silencio.

"Lo voy a ir a visitar mañana."

"¿Cómo se llama?"

"Vicente Jesús."

"Es un buen nombre."

"Sí, lo es." Se mordió el labio. "Puedes venir conmigo si quieres."

Su propuesta la tomó por sorpresa. "¿Cómo?"

"Te estoy invitando a que vengas conmigo a conocer al niño que muy probablemente se convertirá en tu nieto."

Ella bebió otro sorbo de su whisky. Comprendió la profundidad de ese gesto, se sintió conmovida. "¿Y a Liz no le molesta?"

"Ella no te odia, Grace." Él sonrió.

Dios, era tan parecido a Sam. Tan parecido a su Sam.

"Liz está fuera de la ciudad este fin de semana. Su padre murió."

"Oh, lo siento. Está . . . ¿se encuentra bien Liz?"

"Nunca lo conoció."

"Eso es triste."

"Sí. Es una experiencia muy común: hijos que no conocen a sus padres."

Grace asintió.

"Entonces, ¿vendrás conmigo Grace? ¿A conocer a Vicente?"

Noche

La noche trae su propia clase de recuerdo y venganza. Los que corren con suerte duermen durante el caos. Pero esta noche, Grace no está entre los afortunados. No hay sueño para Grace, que está pensando en el color de la muerte ¿Será blanca? ¿Será negra? ¿Será cálida o fría? ¿Es un ataúd en el cementerio, o es una puerta? Le plantea las preguntas a Sam; pero Sam no responde. Guarda tantas palabras de Sam en su cabeza que siente como si se hubiera convertido en un libro escrito por él. "Uno debe morir en el momento justo. Ahí está el secreto." Él había muerto a los treinta y ocho años. Justo después del amanecer. ¿Cómo supiste que se trataba del momento justo? Muchos mueren demasiado tarde. ¿Para qué quedarse más tiempo del necesario?

Intenta pensar en algo más consolador. Se levanta de la cama y se dirige hacía el patio. Respira profundo. Piensa en Mister. Se dice a sí misma que tratará de amarlo. Pero ella lo quiere. No es que el amor haga las cosas más fáciles. Así pasa Grace la noche. Pensando y preguntando y pensando.

Andrés, también, está despierto. Enciende un cigarrillo. Él está pensando en otra clase de muerte. Quedar preso bajo un pasado claustrofóbico, esa es la peor forma de muerte: el tipo de muerte que le impide a uno tocar o respirar, que hace que uno sienta el corazón como si fuera de piedra. "He muerto antes de haber muerto." Había leído esa frase en alguna parte. Comprende lo que eso significa exactamente. Piensa en una bicicleta. Piensa en un anillo. Piensa en una pequeña niña que lo llamaba Andy. Piensa en un hombre que era una mujer. Piensa en una madre que le sostiene la cara entre las manos, el único paraíso que ha conocido alguna vez. Esta noche, el sueño no estará entre sus visitantes.

Mister está haciendo lo que siempre hace cuando no puede dormir. Agarra un libro y hojea las páginas. Encuentra un pasaje, lo lee. Después lo vuelve a leer. Después lo relee en voz alta en español, *Vine a este mundo con ojos/ y me voy sin ellos.* No sé lo que eso significa. Esta noche, no puede traducir. Deja el libro a un lado, entonces mira el cielo raso como si se tratara del firmamento. Piensa en Abraham sacrificando a Isaac en un altar en medio del desierto. Era un niño cuando Sam le leyó esa historia. "Tú no me matarías, ¿verdad, Sam?" Sam lo había levantado en sus brazos. "Eres mi vida," le había susurrado. "¿Aunque Dios te ordenara que me mataras, Sam?" "Aunque Dios me lo ordenara. Ni aún así. Algún día, Mister, comprenderás esta historia." A los veintinueve años, aún no comprendía la historia. Así como no entendía por qué razón la historia se había metido ea su cabeza. En noches como esta, no hay ninguna lógica con los visitantes que se abren paso hasta su casa. Llegan, entran, dicen lo que tienen que decir. Se voltea para buscar a Liz, pero enseguida se da cuenta de que esta noche ella no está. Levanta el teléfono. Necesita escuchar su voz.

William Hart ha encontrado un apartamento cerca de un parque. Está echado en la cama, bebiéndose un whisky, pensando en ese muchacho, ese hermoso muchacho que conoció años atrás en Juárez. Tal vez por eso fue que cruzó hasta allá: para buscarlo. Pero, por supuesto, ese muchacho sería ya un hombre. Ese era el problema con los muchachos. Crecen y se convierten en hombres. Él no tenía ningún interés en los hombres.

¡Reniega del mal! Gritó su pastor y puso sobre él sus manos suaves y sin callos. Él pretendió caer fulminado por el Espíritu del Señor Jesús. Cayó hacia atrás, los brazos levantados, *¡Alabado sea el Dios eterno!* Pero todo continuaba igual, su incurable e imposible adicción. Eso era lo que le había dicho su tío, cuando él era un niño. *Esto es imposible y hermoso. Si sólo desapareciera.*

Dave da un salto y se voltea. No había vuelto a soñar con ese accidente en años. Ahora el sueño regresaba. Esta noche, no quiere dormir. Y por lo tanto hace lo que siempre hace cuando no quiere dormir.

Llama a una mujer. Esta se llama Cassandra. *Hola y qué estás haciendo, te desperté y quisieras compañía.* La mayoría, de las mujeres que conoce, responde que sí. Esta noche, es *No, no, mierda, no, y mañana tenemos que hablar.* A Cassandra la tiene sin cuidado su aversión a dormir.

Algún Día Viviremos Todos Felices

N o era la decisión más inteligente: meterse a un bar solo porque uno no podía dormir. Los bares significan problemas, los bares son sitios donde pueden suceder cosas graves, donde de un momento a otro puede estallar una pelea, donde hombres furiosos beben demasiado y se ponen aún más furiosos; y que Dios te ayude si te encuentras ahí por casualidad. Los bares eran sitios donde a uno lo podían convencer de llevar a una mujer a la casa, una mujer a la que uno no conoce, una mujer que puede robarle a uno el dinero. Una mujer que puede herirlo a uno de maneras que uno ni siquiera ha imaginado. Los bares. Pero, ¿qué era un miserable Jim Beam a la roca? Simplemente un trago para relajarse, para desentumecerse un poco, para aflojar toda esa rigidez en los hombros, para liberarse de todos esos pensamientos que no paraban de darle vueltas en la cabeza, como ropa atrapada para siempre en una secadora, dando vueltas y vueltas. Un trago para sacarlo de su diminuto apartamento, con tuberías deficientes y ese sombrío barniz café que recubría la capa anterior de una pintura verde plomo. Un trago que lo hiciera sentir parte de algo más grande que este cuarto, este barrio, esta maldita ciudad que lo estaba sofocando. Dios, no podía ni respirar. Sólo un trago. Un maldito y miserable Jim Beam a la roca en un bar oscuro lleno de hombres oscuros y sus oscuras mujeres.

Se rió con el nombre del lugar, El Ven y Verme. No podía imaginarse a ningún gringo al que se le ocurriera el nombre para un bar que igualara su ironía y humor, gringos que creen que controlan el mercado de la ironía y el humor y cualquier otra cosa que muestre inteligencia y esa palabra *civilizado* que les gusta lanzar como si se tratara de un par de dados en alguna mesa de juego en Las Vegas. No podía imaginar encontrarse con una intermitente luz de neón que dijera en inglés "The Come and See Me." Sonrió. Claro que sí. Le gustaba el nombre. Quizás algún día comprara el sitio. Claro que sí.

Le gustaba poder sentarse en la barra y que la gente lo dejara en paz. Algunas veces estallaba una pelea, pero por lo general se trataba de un lugar donde los tipos entraban para tomarse un trago. Una que otra novia o esposa por ahí, pero no era un sitio amigable, para nada; esa era otra de las cosas que le gustaban del sitio. No había que forzar conversaciones. Él había estado entrando y saliendo desde que tenía dieciocho años. El barman anterior, Mr. Anaya, había muerto ya, pero a él le caía bien, nunca le pidió identificación, le servía, nunca le hacía preguntas, intercambiaba justo las palabras suficientes para ser amable, había acomodado una fotografía de su esposa y sus dos hijas donde todo el mundo pudiera verla. Había muerto, recordó ahora. En un accidente de auto. Igual que sus padres. Había entrado aquí una noche para tomarse un trago y otro cliente habitual le había dado la noticia sobre Mr. Anaya. Había contribuido con diez dólares para una bonita corona de flores.

Sin ninguna razón en particular, imaginó el accidente, un auto pasándose un semáforo en rojo, el cuerpo de Mr. Anaya rasgándose en dos como una hoja de papel. Maldita sea, por qué era que todo el mundo vivía tan enamorado de los autos, los aseguraban, los lavaban, los sobrealimentaban, especialmente los mexicanos, mierda, el barrio adoraba los autos, los hacía sentirse americanos. Sí, era eso. Claro, claro, agarra un pedazo de Estados Unidos de cualquier forma que puedas.

"Entonces, ¿qué te parece el carro nuevo?"

"Me gusta, papa."

Mando volteó a mirar a Andrés y escupió. "Es una mierda. Pá, ¿cómo es que ni siquiera te puedes conseguir un auto nuevo?"

"Es un auto nuevo, Mando." contestó, Andrés apoyando a su padre.

"No es nuevo ni un carajo . . . es un Chevy usado que alguien entregó por uno nuevo. Lo único que conseguimos siempre son las putas moronas."

"Basta, Mando."

Andrés bajó la cabeza y se separó de su padre. Iban a pelear de nuevo. La última vez, había sido una pelea a puñetazos y los dos habían terminado con los labios ensangrentados. Pudo ver la mano de Mando apretándose en un puño. "No, por favor no." No había querido ponerse a llorar.

Mando se dio la vuelta y se alejó, tal vez a causa de sus lágrimas. Podía sentir los dedos de su padre acariciándole el pelo.

"¿Quieres darte una vuelta en el auto nuevo, *mijito*?

Asintió con la cabeza.

"Tal vez podemos parar en Dairy Queen."

"¿Qué dices? ¿Cuál es la orden?"

Andrés se levantó a mirar al barman. Era mucho más joven que Mr. Anaya. Asintió. "Nada, nada. Wild Turkey a la roca."

El barman asintió a su vez con la cabeza mientras le ponía en frente el vaso que estaba secando. Andrés lo observó servir el trago. Le puso un poco más. Esa era otra de las cosas que le gustaban de este bar; no como esos otros sitios en el West Side donde le sirven a uno el trago justo. Exactamente un trago y ni una gota más. Si quieres más, pues, mierda, tienes que pagar más. En esos sitios entendían sobre dinero y exactitud y márgenes de ganancia, pero no entendían ni mierda de por qué la gente entra a un bar. Observó con atención el trago que tenía enfrente. Le dio un sorbo, ni siquiera fue un sorbo, apenas una probada, una gota nada más, y la mantuvo sobre la lengua. Se la pasó de un lado a otro, aprobó con un movimiento de cabeza y enseguida encendió un cigarrillo. Le llegó el ruido de las monedas cayendo en la vieja rockola, después un par de clics como si la vieja máquina luchara por aguantar, y después la canción, *esa* canción, que no había escuchado en muchísimo tiempo, que la había escuchado sólo en su casa, un viejo disco que a su madre le encantaba poner mientras limpiaba la casa. *Blue, blue, my love* . . . Le dio una chupada al cigarrillo y se bebió el trago de un sorbo. Buscó al barman con la mirada y señaló el vaso desocupado.

Justo cuando un nuevo trago le apareció enfrente, escuchó una voz a su lado.

"¿No serás Andrés? ¿Andrés Segovia?"

Andrés se encontró observando un rostro vagamente familiar. Esa era una de las cosas de sentarse en un bar: se encuentra uno con gente que le parece conocida, entonces todos los perros maliciosos que uno ha tenido encadenados se sueltan de repente, mostrando los dientes. "Sí. Ese sería yo. Andrés."

"Soy Pepe. ¿Recuerdas? Pepe Téllez. Era amigo de tu papá."

Miró al hombre por un par de segundos. "Sí, sí, recuerdo." *Sí* se acordaba. Vivía unas calles más abajo. Él y su padre siempre estaban conversando, tomando cerveza, pasando el tiempo. Se veía más viejo, como si las cosas no le hubieran salido muy bien; mierda, si las cosas le hubieran salido bien no se encontraría aquí sentando en el Ven Y Verme un miércoles en la noche.

"Dios, te pareces mucho a tu papá. De veras que sí."

Andrés asintió. ¿Qué se suponía que él debería comentar al respecto?

"Hey, oye, déjame invitarte al trago."

Dios, no soportaba aquello, Compartir un trago con el compañero de tragos de su padre muerto. "Claro, por qué no."

Pepe acercó una silla y puso sobre la barra la botella de cerveza que estaba tomando. "Irma y yo siempre nos preguntábamos que había pasado con ustedes. Bueno, nos enteramos de lo de tu hermano. Es una lástima, quiero decir, yo sé que él y tu papá nunca se llevaron bien, pero sabes, es cabronamente triste."

Andrés asintió. ¿Qué otra cosa podía hacer sino permanecer sentado ahí y escuchar al tipo? Movía la cabeza y escuchaba y esperaba que el otro cerrara la boca cuanto antes. "Sí, es triste."

"¿Y a ti te va bien?"

"Sí. Trabajo en computadoras en la universidad."

"Oye, mierda, eso está muy bien."

"Sí, imagino que sí."

"Así que caíste de pies."

"Sí, supongo que fue así."

"Entonces, ¿por qué es que andas en un sitio como este; un mucha-cho buen mozo con un trabajo estable y plata en el bolsillo y sin una chica?"

"No podía dormir. Me gusta el sitio."

"Te hace acordar del viejo barrio, ¿ah? Ya sabes, si has nacido raza, pues, mierda, vivirás y morirás raza, ¿a poco no?" Andrés pudo darse cuenta de que a Pepe las manos le temblaban mientras encendía un cigarrillo.

"Sí, raza. No sé, supongo que vine aquí porque me gusta el nombre."

"Sí, me gusta el nombre también. Pinchi raza. Nos lleva al cabrón. Pienso que deberían poner un aviso intermitente que dijera '*Gringos welcome, gringos welcome*'." Se rió a carcajadas de su propio chiste. Después dejó de reirse y sacudió la cabeza. Andrés supo que estaba medio ido. "Sabes, Irma me dejó."

"¿Irma?"

"Mi esposa."

"Lo siento."

"Sí, bueno, pues qué puta lástima. Pinchi vieja. Dijo que estaba harta y cansada de mi joda. Me dejó por un gringo. ¿Puedes creer esa mierda? Un maldito gringo. Se conocieron en Big 8. El tipo estaba bus-cando auténtico pan mexicano. El cabrón estaba buscando bolillos. Mi esposa le debió haber dicho que él *era* uno de ellos. En lugar de eso, se fue a buscarlo con él. Me dejó solo. Me dijo que podía agarrar la casa y metérmela por el culo. Sabes, yo la encontré . . ."

Detestaba la situación. Pero mientras el tipo continuara lamentán-dose de su vida de infeliz-pinchi-raza-mi esposa-me abandonó-por-un gringo, podía aguantarlo. Siempre y cuando el otro no hiciera más pre-guntas sobre la familia de Andrés.

"Que se jodan todos. Mierda, óyeme, sólo escúchame de una puta vez. A ti no te interesa saber de mi pinchi vida. Mira, ¿cómo están tus hermanas? ¿Cómo les está yendo?"

El tipo no lo sabía. ¿Cómo podía saberlo? Andrés observó el trago, encendió otro cigarrillo. "Viven en Kansas."

"¿Kansas?"

"Sí." Terminó el trago. "Sí, en la puta Kansas." No se molestó en estrechar la mano de Pepe, tampoco se molestó en darle las gracias por el trago cuando salió por la puerta.

"Cuida bien a tu hermanita."

"Sí, mama."

"Siempre lo haces." Ella le tomó la cara y la sostuvo entre las palmas de las manos. "Eres el niño más dulce del mundo, ¿lo sabías? ¿De dónde has venido?"

"De ti, mamá."

Ella sonrió, después soltó la risa. Entonces sacudió la cabeza. "Te hacen sufrir, ¿cierto?; sus peleas."

"No, no pasa nada."

"Me puedes decir la verdad."

"Me imagino. No es gran cosa, má."

"Lo siento. Haré que dejen de pelear."

"Nunca van a parar, má."

"Tal vez lo hagan, por mí."

Él asintió. "Okay, má. Entonces, ¿adónde van?"

"A un baile. Eso es lo que tu padre y yo tenemos en común: nos encanta bailar."

"A Mando también le gusta bailar."

"Sí, bueno, a Mando le gustan muchas cosas. Sale por ahí cuando nos vamos, ¿cierto?"

"Má, no puedo . . ."

"No importa, yo sé."

"Yolanda también sale, ¿no es así?"

"Má, ¿por qué me estás preguntando? Má, no puedo . . ."

"Lo sé. Lo sé. ¿Qué voy a hacer con ellos?"

"No hay problema, má. Ileana y yo estamos bien. Somos amigos."

"Ya sé. Estás tú con Ileana . . . y están Mando y Yolanda. Es como tener dos familias distintas."

"Má, te preocupas demasiado."

Ella se inclinó y le dio un beso en la mejilla. "Algún día viviremos todos felices. Te lo prometo. Y entonces no habrá más peleas."

• • •

No quería pensar en esa noche. Lo tenía harto. Todo el asunto. Pepe Téllez, y todos los perros de mierda se habían soltado. Le gruñían en la oreja. Listos a arrancarle la piel a pedazos. Entonces la furia se disipaba, tan repentinamente como había aparecido. Así eran las tormentas en el desierto. Se abalanzan sobre uno. Lo abaten, Jo abaten a uno hasta que uno cree que la tormenta durará para siempre . . . y entonces cuando uno está a punto de perder el último atisbo de esperanza, la tormenta se aleja. Y a él lo habían dejado vivo y humillado por haber sobreactuado en un drama que no era más que una obra menor, con él en el papel protagónico. Un reparto equivocado. Humillado. Y algo aún peor había sucedido como consecuencia. Esa cosa en su corazón que lo hacía querer ponerse a llorar. Pues sentía alivio por haber sobrevivido a la tormenta; pero también sentía tristeza porque si no hubiera sobrevivido entonces todo habría acabado. Y *acabar* significa *descansar.* Y, Dios, sería maravilloso descansar.

Permaneció sentado en el auto, tratando de pensar en algo distinto. Cualquier cosa. Quizás debería ir a la casa y meterse a la Red; algunas veces ayudaba. En efecto. Quizás debería simplemente ir a la casa y dormir; si es que le llegaba el sueño. A veces llegaba, otras no. Pensó en el nombre de la consejera, con quien tenía una cita. La vería mañana. No podía recordar el nombre. Sacó la billetera, abrió la puerta para poder ver así la dirección en la tarjeta que Dave le había dado. Miró con atención el nombre, lo repitió en voz baja, "Grace Delgado". Trató de imaginar cuál sería su aspecto, cómo hablaría, pero todo lo que pudo ver fue a su madre, Algún día todos . . . Guardó la tarjeta de nuevo en la billetera. Estaba a punto de cerrar la puerta cuando la vio parada ahí.

Ella le sonrió. Linda. Pero estaba oscuro. Muchas cosas se ven lindas en la oscuridad. "¿Quieres venir conmigo?"

Él negó con la cabeza.

"Hablo inglés," dijo ella.

Él asintió.

"¿Te gusto?"

Él se encogió de hombros.

"¿No te gusta hablar? Tal vez quisieras hacer algo más . . . algo mejor que hablar."

Él sacudió la cabeza.

"Estará bien," susurró ella. "Te haré sentir muy bien."

"No," respondió él, más a sí mismo que a ella. "No, no puedes." La miró por un instante, entonces cerró la puerta de un golpe y encendió el motor. Puso el cambio y hundió el acelerador. No se molestó en mirarla de nuevo mientras se alejaba. Ya la conocía. Ella era como él. Pasar el tiempo con ella sería como estar solo. Aunque sería más doloroso.

Dios, nunca iba a desaparecer, esta furia, esta rabia que era como el movimiento incesante de los vientos de primavera que atravesaban el desierto, este nudo en las tripas, esta astilla en el corazón que le disparaba un dolor a lo largo de todo su cuerpo hasta que finalmente alcanzaba sus pulmones y se abría paso hasta su boca y de ahí saltaba al aire afuera, con un rumor que hacía que todo el mundo le diera la espalda. Nunca iba a desaparecer, nunca, nunca, y nunca tendría paz. ¿Y qué era eso? ¿La paz? E incluso su sueño estaría saturado con esto, con esta cosa, esta rabia que le habían cedido a él como si se tratara de una maldita reliquia familiar. Tal vez estuviera totalmente equivocado, tal vez no era ninguna víctima, para nada, pues él había decidido que esto era lo único verdaderamente suyo, y así se había abrazado a esto, y se mantendría abrazado para siempre. Intentó tararear algo. Algunas veces tararear ayudaba. Y entonces escuchó la voz de su madre. Encendió la radio, pero su voz seguía ahí, en el auto. En su cabeza. Algunas veces, cuando lo visitaba, ella se quedaba toda la noche.

Por Qué Él las Odiaba.

No era que deseara ir. No era que tuviera otra opción. Él había ido adonde ellas anteriormente por una u otra razón, porque sucedían cosas, cosas buenas probablemente; incluso él era consciente de esto. En sus momentos de calma, sabía que las intenciones eran buenas. Pero las intenciones de Mando también habían sido buenas y todo en su vida no parecía ser otra cosa que un ilegible y trágico pie de página a las buenas intenciones de su hermano mayor.

Intervenciones, así era como ellas las llamaban. Si no conseguía superarlo, quedaba el asunto de la sentencia provisional colgando sobre su cabeza. Se había librado de la cárcel una vez. Una rendija en la puerta. Dave se las arregló para ayudarlo a atravesar esa grieta. Hacía la luz en el otro lado. ¿Y para qué? Se encontraba de nuevo aquí, así que tal vez nada había cambiado. Bueno, en esta oportunidad él ya era un hombre y no un niño. Como si la adultez fuera sólo cuestión de edad. *Declararse culpable, conseguir una sentencia provisional, y buscar ayuda.* Dave y sus malditas ideas. Era como un campesino arando la tierra. Nada lo iba a detener llegado el tiempo de la siembra. ¿Y se equivocaba Dave al hacerse cargo de la vida de alguien de esa manera? La corte había ordenado un consejero. ¿Cómo ayudaría eso? Todos podían sentirse satisfechos con su intervención.

El fracaso sería sólo suyo. Y la consejera, ¿qué tenía ella que perder? ¿Y Dave? ¿Y el juez?

Se preguntó cuál sería su aspecto. Se vestiría de una manera que le diera a ella la seguridad de que uno no se fijaría lo que llevaba puesto; la

dama con el MSW detrás del nombre. La eficiente profesional con oficina impecable y que guarda las fotos familiares en el cajón del escritorio, que mantiene a su linda familia lejos de gente como él.

Siempre se preguntaba cómo sería el siguiente consejero. Casi siempre eran mujeres. Algunas veces eran hombres. Algunas veces. Pero por
lo general, quienes lo recibían eran mujeres. Casi todas eran amables.
Algunas veces un poquito rígidas pero sólo al principio; para demos-
trarle que no eran débiles sólo por el hecho de ser mujeres. Todas eran
buenas chicas, amables y decentes y afectuosas, de maneras predecibles.
Siempre decentes. Siempre predecibles. Algunas de familias terribles y
de las que por algún milagro lograron escapar. Pero ningún escape era
del todo completo, y así, como si algún sacerdote severo les hubiera im-
puesto una penitencia de por vida, van de un extremo a otro de la tierra
arreglando cosas, recogiendo perros y gatos extraviados para curarlos,
arreglando gente estropeada, arreglando familias grotescas y destrozadas tan quebradas y tan irreparables como las suyas. Se enfrentaban a
cualquier reto, arreglando y arreglando, tratando de dar con lo que
había salido mal en sus propias vidas jodidas. Él siempre podía adivinar
si alguna estaba herida. Ellas no podían ocultarlo; a él no.

Algunas otras eran comunes y corrientes y normales, nada especial,
pero alguien les había asegurado que serían buenas con la gente, y se lo
habían creído y como no tenían otra misión, habían decidido hacer algo
útil por el mundo: darle consejos a gente jodida, haciéndolos sentir
como si sus vidas miserables tuvieran algún valor. Desde tiempo atrás, él
había decidido que nadie en su sano juicio querría ganarse la vida conversando con gente como él. ¿Quién podía respetar eso? Las peores eran
las que habían encontrado a Jesús. Querían que uno viera la luz; aunque
nunca lo dijeran explícitamente. No importaba que nunca mencionaran
el nombre de Jesús. Estaba ahí, en las frasecitas vacías que colgaban en
la pared para que uno pudiera leerlas, entre sus títulos profesionales en-
marcados. Su deseo era que uno fuera hacia la luz, avanzando tomado
de la mano de Jesús. Entonces todo estaría perfecto.

Y el nombre de la que iba a ver, lo había olvidado. Grace. Grace Delgado; eso era. Un nombre mexicano, y probablemente era católica, aunque a él por lo general no le preocupaban los católicos. La mayoría
dejaba la cruz en la casa. Podía imaginársela. Estaría por el final de los
cuarenta o ya por los cincuenta; algo así. Siempre tenían esa edad. Pro-

bablemente tendría una voz agradable. Probablemente sabía cómo mantener la calma. Probablemente nada la sobresaltaría. Mierda, escuchaban mucha cosa, todo tipo de basura. Él no era ni tan estúpido ni tan arrogante como para creer que estaba contándoles algo novedoso. Mierda, si lo que le había sucedido a él le había sucedido también a millones de otros muchachos. En China y en México y en Chile y en los malditos Londres y Belfast. ¿Quién podría escandalizarse? Había hablado ya con muchas mujeres de voz agradable que asistían a misa y tenían sexo los sábados en la mañana con maridos que pagaban los impuestos y se habían vuelto inmunes, incapaces de escandalizarse, y estaban entrenadas para escuchar como si todo lo que él estuviera diciendo fuera normal o neutro, aunque al mismo tiempo supieran que esa mierda era demasiado. Asentían en los momentos apropiados. Seguro. Y cuando le hablaban, había algo en el tono de sus voces que lo hacían sentir como un perro desobediente que hubiera tenido un mal amo. *No es tu culpa. Ven, déjame agarrar tu correa.*

La iba a odiar. Iba a hablar con ella. Contestaría a sus preguntas. Ella tomaría notas. Algunas veces toman apuntes en una hoja de papel. Algunas veces toman notas mentalmente. Pero siempre toman notas. Eran madres, la mayoría, y como todas las madres tienen buenos recuerdos, conocen los hábitos de sus hijos, las cosas que hicieron y las que no, aunque no hablen de eso. De sus hijos. Nunca jamás. Pero él sabía. Ellas sentían lástima por él, por todas las cosas que habían sucedido. Porque él era huérfano. Porque eran sentimentales, y entonces confundían su maldito sentimentalismo con el interés. ¿Pero quién podría culparlas? Si él estuviera en su puesto, estaría soltando putas lágrimas con la simple visión de un tipo como él.

Hablaría con ella. Le hablaría de su vida. Algo, en todo caso. Tendría que decidir cuánto le iba a contar. Pero estaba seguro de una cosa: cuanto más supieran de él, más lástima sentirían por él. Por eso era que las odiaba.

¿Qué es un Muchacho?
¿Qué es un Hijo?

Había estado pensando en el niño. Vicente Jesús. El niño que tal vez podría ser *suyo*. Pero nunca podría ser suyo, ese niño a quien ya quería. Y en todo caso, los niños no eran pertenencias; los niños no son cosas que uno posee. Recordó las palabras más duras que Grace había dicho contra su esposa. "Ella cree que tú le perteneces. Dile que tú no eres un auto ni un par de jeans." Ni niños ni niñas ni hombres ni mujeres ni esposos ni esposas ni hijos ni hijas, ninguno podía ser considerado como algo que uno posee.

Condujo por entre las calles del centro, por entre las calles de Segundo Barrio, y alcanzó a ver uno que otro mural. Le encantaba este sector de la ciudad. Tomó hacia el sur en Campbell, después tomó hacia el César Chávez Border Freeway. A Grace la molestaría que él estuviera conduciendo de un lado a otro y pensando en cosas. "No pienses y conduzcas al mismo tiempo. Vas a morir en un accidente; y todo porque habías estado pensando en alguna cosa. ¿Y si matas a alguien? ¿Qué harás entonces?" Grace era estupenda en imaginar la peor posibilidad.

Grace, quiero ser papá. No estás de acuerdo. Me doy cuenta. No estás de acuerdo en tantas cosas, Grace. Ella siempre estaba ahí, en su cabeza. *Y Grace, estás equivocada con respecto a Liz.*

Se detuvo en una estación de gasolina. Sintió el golpe del aire caliente cuando bajó de la camioneta. *Esta es la clase de luz que hace sen-*

tir a la gente triste y cansada. Eso era lo que había afirmado el viejo sacerdote, aquel que solía ir a comer cuando Sam estaba vivo. El sacerdote había muerto hacía tiempo, pero algo de su muerte sobrevivía en la inmisericorde luz de la tarde.

En ciertos días, el sol no estaba con ánimos de sentir piedad.

El Mundo se Acaba
(en un Instante Apocalíptico)

G race revisó por tercera vez esa misma tarde el expediente de Andrés Segovia. Tenía varias preguntas. Las había escrito en un trozo de papel y lo había metido en el expediente. *¿Qué te hizo daño? ¿Cuándo sucedió? ¿Cuántas veces? ¿Dónde? Cuéntamelo. ¿Por qué te odías a ti mismo? ¿Dónde guardas el dolor?* No había ningún arte en todo esto, salir con estas preguntas. Pero nunca iba a plantearle estas preguntas. Eran demasiado directas e impertinentes y conciliadoras. Y demasiado gratuitas. Las preguntas gratuitas no se merecían una respuesta. Todo hay que ganárselo.

Mantuvo las preguntas dentro del expediente. Una brújula para el viaje.

Intentó pensar en preguntas más prácticas. No en preguntas reales. No en preguntas importantes, no en preguntas que requieran ser contestadas, sino en preguntas que fueran como puertas de entrada. Que ellos pudieran atravesar. Preguntas que le permitieran a él darse cuenta de que ella estaba escuchando, que le hicieran saber a él que ella no era un abogado interrogando a un cliente. El truco estaba en no sonar demasiado preparada; como si uno pudiera estar demasiado preparado para escuchar a mujeres y hombres jóvenes mientras se atropellan tratando de articular su sufrimiento. Quizás, si ella se esforzaba lo suficiente—si podía hacer que él se esforzara lo suficiente—quizás decida responder a sus preguntas. Y entonces él lo dejaría salir y escucharía sus propias palabras. Eso sería un comienzo. Si él escucha el sonido de su voz quebrándose, si pudiera escuchar la rabia y el dolor. Pero, ¿y si él ya lo sabía? Existía la posibilidad de que él ya supiera todo sobre sí mismo, y saberlo todo no lo iba acercar a la curación. ¿Y en qué consistía una curación? ¿Qué significaba curarse para un ser humano lesionado? ¿Quién necesitaba ayuda y quién no? Y, en todo caso, ¿existía una cura para los que están verdaderamente heridos? La gente podía sufrir daños irreparables, como los automóviles.

Tal vez era sólo un asunto de contabilidad. Más días indoloros que días dolorosos. Algunas veces esa era la victoria suprema. Algunos, ella los mandaba adonde médicos y psiquiatras competentes para tratar sus males, médicos y psiquiatras que decidían cuáles eran los medicamentos pertinentes; y para algunos daba resultados. Durante algún tiempo, en todo caso. Pero, ¿para toda una vida? ¿Quién podía saberlo? ¿Acaso no había visto ella antes? Gente curada. Tullidos que aprendían a caminar. ¿No había sido testigo de mejorías? De alguna manera milagrosa, se forzaban a sí mismos, se decían a sí mismos que iban a vivir. Escribían nuevas vidas para sí mismos. Ficciones, quizás pero, ¿qué importaba? Habían mantenido el caos a raya. Habían conseguido dejar de echar pestes a la oscuridad. Habían encendido una antorcha.

Otros dejaban de nadar, los brazos y las piernas flojos en las oscuras aguas. Y se ahogaban.

Andrés Segovia, cuéntame qué sucedio aquella noche. Esa era una buena pregunta para comenzar.

El parecido con Mister resultó insólito. Hubieran podido pasar por hermanos. Casi la deja sin aliento. No que ella le hubiera mostrado lo que sintió. Ella siempre había contado con esa clase de expresión que ocultaba sus emociones. Le dio un apretón de manos, natural, amistoso, relajado. Andrés dudó por un instante, entonces le devolvió la sonrisa cuando se estrecharon la mano. Él se sentó en la silla al otro lado de su escritorio. "Podemos sentarnos aquí," dijo ella, "con la seguridad de este inmenso escritorio entre los dos, o podemos sentarnos allá." Señaló hacía el rincón opuesto del cuarto, que estaba arreglado como una sala. Un sofá pequeño, una mesita de centro con varios libros encima, dos cómodos sillones.

"Aquí esta bien," contestó él. Echó una mirada alrededor del cuarto.

Ella vio el paquete de cigarrillos en el bolsillo de la camisa. "¿Estás buscando una salida de escape o un cenicero?"

"Ambos, creo." La miró directamente a los ojos. "Fue idea mía, venir aquí." Empezó a buscar un cigarrillo, pero se detuvo. "¿Permite que la gente fume en su oficina?"

"Depende."

"¿De qué?"

"Alguna gente alega que no puede hablar conmigo de verdad sin encender un cigarrillo."

"¿Y usted les cree?"

"Lo que yo crea no es siempre importante."

"¿Pero les permite fumar?"

"¿Quieres un cenicero?"

"No." Se echó para atrás de nuevo en la silla. "Tuve que ausentarme del trabajo. Ahora tendré que trabajar en la noche para recuperar el tiempo perdido. No me gusta. A mi jefe tampoco le gusta."

"Puedo cambiar la hora de las citas. Eso no sería ningún problema."

"Muy bien," contestó él. "Igual, aún no quiero estar aquí."

"Pero viniste."

"¿Vio mi expediente?"

"Por supuesto."

"El juez piensa que debo aprender a controlar la rabia antes de que me meta en problemas más serios. Opina que soy un buen candidato para Huntsville, si no ando con cuidado. Y mi abogado, pues él cree que necesito ayuda."

"¿Y tú que piensas?"

"Pienso que el juez . . . el juez no importa. Que se vaya a la mierda. Y mi abogado, él necesita un proyecto. Así que yo soy su proyecto. Él piensa que necesito salvación."

"¿Necesitas salvación?"

"Todo el mundo necesita salvarse. ¿No es por eso que la gente va a la iglesia?" Se rió. "Mi abogado es un comemierda. Apuesto a que la llamó."

"De hecho, lo hizo."

"Él quiere que usted le notifique cada vez que yo venga, ¿no es así?"

"Sólo quería que yo supiera que tú estabas . . ." Hizo una pausa, sopesando por un instante sus palabras. "Él se preocupa por ti."

"Qué amable."

"Sí, lo es. Es muy amable."

"Así que él sólo quiere estar seguro de que usted también se sumó a la misión para salvarme. Quizás debería ir y buscar una de esas iglesias y dejar que me abata el espíritu santo. Dejar que Jesús entre en mi corazón."

Ella no pudo dejar de reírse. No fue una risa estruendosa ni alborotada. Nada parecido. "Suena chistoso."

Él intentó ocultar la risa. "¿Así que usted no cree que Jesús salve?"

"No creo en los atajos fáciles." Se recriminó a sí misma; no por lo que había dicho sino por la manera como lo había dicho. Con una dureza exagerada en la voz. A él no pareció importarle.

"La consejería no funciona, ¿sabe? Ya lo he intentado. He hablado con gente como usted antes. He hablado y hablado y hablado hasta la mierda. He jugado el juego de rehusarme a abrir la puta boca. He contestado preguntas y me he negado a contestar preguntas; y algunas veces hasta resulta agradable. Como por un segundo. Y nada ha cambiado nunca." Buscó en el bolsillo de la camisa y sacó un cigarrillo. Lo movió un rato entre los dedos. "Mire, estas son mis opciones. Puedo venir a conversar con usted todas las semanas hasta que usted redacte un bonito informe que diga, Mire, señor juez, este tipo puede salir a la calle de nuevo. Puedo hacer eso o ir a la cárcel. Puta, probablemente termine ahí, en todo caso. Tal vez debería ahorrarnos a los dos el maldito tiempo." Se levantó de donde estaba sentado e inclinó la cabeza hacia ella. "Oiga, lo siento."

"¿Por qué no se fuma un cigarrillo?"

A ella se le había ocurrido asediarlo, suplicarle, convencerlo de que él valía la pena. Eso era lo que Dave le había dicho por teléfono. "Mira, Grace, este tipo vale la pena. Haz lo que puedas. Cuento contigo." ¿No era ese su oficio, convencerlos a todos de que valía la pena tomarse la molestia por ellos? Pero ella no era una suplicante, y las cosas no funcionaban así. Ella no era una novia a la que habían dejado plantada y él tampoco era un niño. Era un hombre, articulado, y fuera lo que fuera lo que tuviera dentro de él, ella no podía clavarlo al piso y extraérselo a la fuerza, no más de lo que él quedaría impregnado por el espíritu para ser salvado por Jesús.

Qué desperdicio.

Tendría que llamar al oficial de libertad condicional. Tendría que llamarlo y comunicarle que él no estaba interesado en la consejería. Esta era la parte que ella detestaba. Levantó el auricular del teléfono y se quedó mirándolo. Alzó la mirada, la puerta estaba abierta. Él se quedó ahí. La miraba. Encendió el cigarrillo. Ella sacó un cenicero del cajón del escritorio y lo deslizó hasta el otro lado.

"Usted no puede ayudarme."

"Tal vez no."

Él regresó a la silla. "¿Iba a llamar a Dave?"

"No sé a quién iba a llamar."

"Usted lo conoce, ¿cierto?"

"Sí."

"¿Por qué? ¿De qué lo conoce?"

"Pienso que deberías preguntárselo tú." El cigarrillo parecía agradable.

Él asintió. "Entonces, ¿qué es lo que quiere saber?"

"¿Qué fue lo que sucedió la otra noche? La noche del arresto."

"Salí"

"¿Saliste?"

"Estaba en la casa. En mi apartamento. Estaba escribiendo algo."

"¿Escribiendo?"

"De vez en cuando escribo."

"¿Qué escribes? ¿Cuentos? ¿Poesía?"

"¿Poesía?" Sonrió. No fue una sonrisa, fue una mueca. "Nada de eso. Sólo escribo cosas. Cosas en las que pienso."

"¿Sirve de ayuda?"

"Algo. Es como encender un cigarrillo cuando uno lo necesita."

"Así que estabas escribiendo, y decidiste salir."

"Algo así. No me sentía tranquilo. Fui a un lugar que me gusta. El Ven y Verme." Grace sonrió. "Me gusta el nombre. Me dan ganas de ir allá."

"No le gustaría. Es una pocilga. Entonces estaba ahí, y empecé a pensar. Algunas veces beber mucha cerveza hace que me ponga a pensar en ciertas cosas."

"¿Cómo qué?"

"Cosas que me ponen triste. Y había llevado conmigo esa cosa que estaba escribiendo. Entonces saqué lo que había escrito y escribí un poco más, justo ahí en el bar. Y entonces aparece un tipo y empieza a darme la lata, preguntándome que qué estaba escribiendo, que si le estaba escribiendo una carta a mi novia o que tal vez no me gustaban las mujeres y que le estaba escribiendo a mi novio, y quise romperle la cara ahí mismo. Así que me fui. No sé qué horas eran. Lo único que quería era estar solo. Entonces empecé a caminar. Tampoco sabía dónde me encontraba, pero me senté bajo un poste de la luz y empecé a leer lo que había escrito, en ese momento se acercaron los policías. Y me trataron como si yo fuera un maldito animal; así es como lo tratan a uno. Y yo no me iba a dejar tratar de esa forma. De ningún modo. Así que terminé en la cárcel."

"¿Qué pasó entre tú y los policías?"

"No sé. No recuerdo."

"¿Estabas borracho?"

"No. Un poco, tal vez. Pero no mucho."

Grace sacó el expediente. "¿Quieres ver una copia del informe de la policía?" Se lo pasó.

Él leyó lentamente. "No . . . no recuerdo nada de esto. No recuerdo haber reaccionado de esa manera."

"¿Hay algo de verdad en lo que está escrito ahí?"

"No dije que estuvieran mintiendo. Dije que no recordaba."

"¿Qué sucede . . . cuando te pones furioso?"

Él le devolvio el informe a Grace.

"¿No cree que yo sé que hiero a la gente?"

Grace guardó el expediente. "Cuéntame algo sobre ti. Algo importante."

"¿Se trata de un juego?"

"No un juego exactamente. Llamémoslas reglas básicas. Tú vienes aquí dos veces a la semana y . . ."

"¿Dos veces a la semana?"

"Más adelante, quizás sólo una vez a la semana. Cada vez que vengas a verme, me contarás algo importante sobre ti. Algo absolutamente imprescindible."

"No me gusta esa regla." Apagó el cigarrillo. Quería encender otro. Se contuvo. La miró fijamente. Era hermosa. Y joven. Como una muchachita, pero una muchachita que siempre había sido mujer. Era algo que no había previsto. Podía ser su mamá. Y aún así seguía siendo hermosa. "No tengo familia," dijo.

"¿Cómo sucedió?"

Sacó otro cigarrillo. Lo agarró con fuerza. "Tenía diez años. Había cumplido diez años ese verano. Es difícil, algunas veces, recordar. Recuerdo que ese día mi papá me compró una bicicleta. Era sábado. Era un día agradable. No demasiado caliente. Seco. Como hoy. Detesto los sábados. Era un tipo divertido, mi papá. *Desconfiable.* Un tipo fiestero, supongo. Así es como lo recuerdo. Me había comprado una bicicleta porque mi perro se había muerto. Yo adoraba ese perro. Y se murió. Encontré al perro muerto en el patio. Él se había puesto furioso conmigo porque empecé a llorar. Pero no me importaba que se pusiera furioso. Era *mi* perro, y mi perro estaba muerto, y yo quería llorar, así que lloré. Mi mamá me ayudó a enterrarlo. Ella rezó una oración y yo puse una cruz en la tierra. Y supuse, después, que mi papá se sintió mal. Porque yo había perdido a mi perro y porque él se había puesto furioso conmigo. Así que por eso creo que me consiguió la bicicleta."

"¡Una bicicleta! ¡Me conseguiste una bicicleta!"

"Claro que sí. Es verano. ¿Qué clase de verano sería sin una bicicleta?"

El muchacho observó su bicicleta. Después miró a su padre. Quería darle un beso, pero se dijo que los días de darle besos al papá ya habían terminado. No lo comprendía. Pero esas eran las reglas. "¿Puedo montarme?"

"Claro. ¡Vamos!" Entonces empezó a montar en su bicicleta de arriba abajo por las calles. De arriba abajo, mostrándole a todo el mundo su bicicleta nueva. Dios, ¡una bicicleta! El corazón le estallaba, Dios, podía montar durante todo el verano. Montó durante toda la tarde, hasta que se hizo oscuro. Cuando llegó a la casa, su madre estaba esperando en la puerta.

"Ya empezaba a preocuparme."

"No tienes que preocuparte, má. Por mí, no." Miró sus ojos turbios. Ella no era feliz. Él lo sabía. Tal vez había tenido otra pelea con su padre. O tal vez su padre había estado peleando con Mando de nuevo. Algunas veces ella quedaba en medio de los dos. Algunas veces conseguía detenerlos. Algunas veces ellos se negaban a parar de pelear y la insultaban. Los dos. Ella había estado llorando. Él se daba cuenta. "¿Podemos ir al cine esta noche, má?" A ella le gustaban las películas.

"Esta noche no, *mi'jo*. Tu papá y yo vamos a un baile de matrimonio." Por eso era que estaba arreglada.

"Ah. ¿Papá dónde está?"

"Salió a ponerle gasolina al carro."

Él asintió. "¿Van a llegar tarde a la casa?"

"No muy tarde. Pero aquí estará Yolanda."

"¿Y Mando?"

"Salió."

"Ah." Sabía 'lo que eso significaba. Significaba que Mando había salido inmediatamente después de que su padre se fue a poner gasolina. Regresaría cuando le diera la gana. No era nada nuevo. Y Yolanda, ella se quedaría sólo hasta que sus padres se fueran, y entonces aparecería su novio, y los dos se irían por un rato, y él sería el único para cuidar de Ileana. Pero ella era obediente, y en todo caso ella se iba a acostar temprano, y la casa quedaba en paz y él podría ver el programa que quisiera en televisión; algunas veces había alguna vieja película de terror. Algunas veces simplemente leía un libro. Le gustaba la tranquilidad de la lectura. "¿Y Yolie?"

"Le está poniendo esmalte en las uñas a Ileana." Su madre le hizo una mueca. "Preparé tacos para la comida. Están en el horno." Ella siempre preparaba tacos los sábados.

Escuchó la bocina del auto de su padre. Dio la vuelta y saludó con la mano. Se había afeitado el bigote, y parecía un hombre distinto. Tenía el aspecto de un hombre verdaderamente amable. Le gritó a él desde el frente de la casa. "¿Cómo va tu bicicleta?"

"Es una maravilla, pá. Dios, de verdad es una maravilla."

Su padre asintió mientras encendía un cigarrillo. "Vámonos, vieja. Ya vamos tarde."

"Deja que entre un segundo y traiga el regalo."

Caminó hasta el auto y observó con cuidado la cara de su padre. "Te afeitaste."

"Sí. ¿Qué te parece, mi'jo."

"Me gusta. ¿A mamá le gusta?"

"Por eso fue que lo hice . . . para hacerla feliz."

El asintió. "Qué bien, pá."

Su madre salió, con un regalo envuelto en papel plateado con un lazo blanco y campanitas de boda. Ella le dio un beso en la mejilla. "Te quiero," le susurró.

"Yo te quiero más."

"No. Soy yo la que te quiere más."

"No. Yo."

Los dos se rieron. Era un juego que siempre hacían juntos. Ella revolvió el pelo y dio la vuelta para subirse al auto.

"Lo tratas como a un bebé." Eso fue lo que dijo su padre cuando ella subió al auto.

"Él es el único hombre de la casa que sabe algo sobre el amor."

Él se quedó ahí observándolos. Su padre sacudió la cabeza. "Sé un hombre," dijo. Su madre miró desde el otro lado y le mandó un beso. "Bye." Su padre lanzó el cigarrillo por la ventana y arrancó.

"¿La estoy aburriendo?"

"No."

"Tal vez estoy haciendo la historia más larga de lo necesario."

Grace le sonrió. "Tu hora aún no ha concluido. Además, lo que haces es repetir un recuerdo. Y eso es distinto a contar una historia."

"Pues, es un recuerdo triste."

"Si fuera un recuerdo feliz no lo estarías repitiendo. Probablemente ni siquiera estarías aquí sentado contándolo."

"Le conté esta historia a Dave una vez. Hace mucho tiempo. No sé por qué. Lloró. Dave tiene esa costumbre, llora. ¿No lo entiendo? ¿Usted va a llorar?"

"No, no creo."

"Los vi alejarse en el auto. Di la vuelta a la manzana una vez más, a pesar de que el sol ya se estaba ocultando y a los conductores en la calle les costaba trabajo verme bajo esa luz. Má me había hablado de esa clase de luz; decía que era una luz peligrosa. Es una luz hermosa, pero enceguece a la gente, decía, al hablar de esa luz. No era buena idea estar afuera a esa hora. Eso era lo que ella decía." Encendió el cigarrillo que tenía entre los dedos. Expulsó el humo por la nariz. Grace lo observaba. Se dio cuenta por un instante de lo seductor que podía ser un hombre con un cigarrillo. El hombre indicado, en todo caso. "Pero decidí salir. Igual, me monté en la bicicleta y salí en esa luz . . ."

Cuando regresó de su vuelta en bicicleta, entró a la casa y abrió el horno. Había muchos tacos en una bandeja para galletas. Los contó. Doce tacos. Ileana sólo podía comerse uno. Eso significaba que él podría comerse unos cinco o seis. Pero, en realidad, nunca había podido comer más de cuatro. Tal vez esa noche podría comerse cinco. Estaba hambriento por todas las vueltas que había dado. Sacó un plato y se sirvió. Le puso un poco de la salsa que preparaba su madre. Le gustaba picante, como a ella. Eran las dos únicas personas en la casa que podían aguantar esa clase de picante. Añadió un poco más del queso rayado que ella había dejado en la nevera. Se dirigió a la sala y encendió el televisor. Se acomodó en el piso y le dio un mordisco a su primer taco. Desapareció en tres mordiscos. Podía escuchar a sus hermanas en el otro cuarto. Se llevaban bien. Yolie era gentil casi todo el tiempo, pero su novio era problemático. Tan pronto como desaparecían los adultos, siempre empezaba a besarla. Ella siempre terminaba empujándolo a un lado. Su novio se ponía furioso. Andrés se asustaba. Ojalá que no viniera esta noche. Se suponía que no debería venir cuando sus papás no estuvieran en la casa. Pero, aun así, apareció. Yolie siempre lo llamaba cuando sus padres salían.

Dios, pero los tacos estaban buenísimos. Uno ya había desaparecido. Después otro. Y después otro más. Devoró el cuarto. Sabía que iba a ser capaz de terminar el quinto. Ni modo. Regresó a la cocina y buscó algo de beber. Había unas coca-colas. No era que a él le gustaran. Pero a Mando y a Yolie sí. Una leche malteada, eso era lo que le hubiera gustado. Pero su mamá nunca compraba. Agarró una coca-cola y salió por la puerta, hacía el jardín del frente. No sentía ganas de ponerse a ver televisión. Estaba lleno, y al ver la bicicleta, se sintió feliz. Le pasó una mano por encima y no dejó de tocarla y entonces decidió llevarla hasta el patio. Allá estaría más segura. Y entonces, sin ninguna razón en particular, pensó que sería estupendo encender un cigarrillo. Le gustaban. De vez en cuando, robaba uno del paquete de su padre a escondidas. Eso era lo que deseaba hacer esa noche. Fumarse un cigarrillo. Entró de nuevo a la casa. Yolie e Ileana comían tacos frente al aparato de televisión.

"¿Va a venir tu novio esta noche?"

"No sé. No estaba en la casa cuando lo llamé." Sonaba molesta. O quizás simplemente aburrida. Se había vuelto así. Siempre aburrida. Se preguntó si al cumplir los dieciseis él también viviría aburrido.

Entró al cuarto de sus padres y buscó entre las cosas de su papá. Encontró un paquete de cigarrillos casi vacío en el bolsillo de la camisa que se había puesto. Sacó uno, lo olió. Aspiró con fuerza. Le gustaba el aroma. Tal vez era porque le hacía recordar a su padre. No era tan terrible, su padre. Simplemente se ponía furioso por muchas cosas. Mando también era así. Furioso con todo.

Agarró el paquete de cigarrillos y algunos fósforos y salió al jardín del frente. Se sentó en el porche en la misma silla donde su padre se sentaba después de la comida. Se sentaba ahí y fumaba. Algunas veces se tomaba una cerveza; o, si era viernes en la noche o sábado en la tarde, se sentaba ahí y fumaba y se bebía un bourbon. Él era, el siempre que le servía el bourbon a su padre.

Estaba a punto de encender el cigarrillo cuando descubrió que un auto se detenía frente a la casa. Era una patrulla de policía. Ah, mierda, pensó, Mando salió y la hizo. Salió y ha hecho algo malo. Y papá lo va a matar.

Dos policías se bajaron del auto. Se acercaron hasta el porche. "¿Aquí viven los Segovia?" preguntó uno.

"Sí."

"¿Santiago y Lilia Segovia?"

"Sí. Son mi papá y mi mamá."

"¿Hay alguien en la casa?"

"Mi hermana mayor, y mi hermana menor. Mi hermano mayor salió."

"¿Cuántos años tiene tu hermana, muchacho?"

"Dieciséis."

"Dieciséis." El policía asintió. "¿Cómo te llamas, hijo?"

"Andrés."

¿Por qué razón le preguntaba el nombre?

"¿Quisieras decirle a tu hermana que salga?"

"¿Por qué? ¿Qué pasó? ¿Es por Mando? ¿Mando está en problemas? ¿Le pasó algo a Mando?"

"No, hijo, esto no tiene nada que ver con tu hermano."

"¿Qué?"

"Ve y llama a tu hermana."

Supo que algo andaba mal. Algo terrible. Lo supo por la forma como el policía le hablaba. Serio. Y trataba de ser muy amable. Era algo terrible. Entró a la casa y le dijo a su hermana que la policía quería hablar con ella.

"¿Unos policías?"

"Sí. Policías."

"Mejor que no estés diciendo mentiras." Salió. Miró a su hermano, después a los policías. La luz en el porche era débil, y todo parecía estar demasiado lejos.

"¿Eres tú la mayor?" preguntó uno de los policías.

"Pues, no. Es mi hermano Mando. Pero salió. No sé a qué horas va a regresar. A veces se queda afuera hasta muy tarde."

"¿Tienes algún pariente a quien puedas llamar?"

"No tenemos parientes que vivan aquí," contestó ella. "Tenemos dos tías y un tío . . . pero viven en California. Realmente no los conocemos."

"¿Y qué hay de tu abuela y abuelo?"

"Se murieron. Nunca los conocimos."

El policía asintió.

Los dos policías se miraron entre sí.

". . . Aún recuerdo esa parte. Recuerdo cómo seguían mirándonos y después mirándose entre ellos. Finalmente, uno de los dos preguntó, '¿Sus papás tienen amigos? ¿Amigos cercanos?'

" 'Sí. Los García'. No puedo recordar si lo dije yo o lo dijo mi hermana.

" '¿Dónde viven?' 'Dos cuadras más abajo', contesté. Creo que fui yo quien contestó. Los dos policías se dirigieron hasta donde los García y regresaron un rato más tarde. La señora García estaba llorando y nos abrazó. Y entonces supe. Supe que estaban muertos. No recuerdo quién nos lo comunicó directamente. No recuerdo si ese fue el instante en que nos explicaron que había ocurrido un accidente. Que mi padre se había pasado un semáforo en rojo y se había estrellado contra otro auto. No puedo recordar si fue en ese instante que escuché toda la historia. Quizás no lo supe todo sino hasta más tarde. Sólo recuerdo el grito de Ileana. Yo no lloré. Recuerdo haber llorado más tarde; pero no en ese momento". Terminó el cigarrillo. "No tengo familia. Eso es algo importante que usted debe saber de mí. Mi mamá y mi papá fueron los primeros en desaparecer".

Grace asintió con la cabeza. "¿Te sientes bien?"

"No, no estoy bien. ¿No es por eso que estoy aquí?"

El Mundo Nace
(en un Instante Apocalíptico)

Mister le sonrió a su madre desde la puerta. Era perfecto cuando sonreía. Joven y optimista e intacto. Se preguntó, por un segundo, cómo se le había ocurrido que su hijo y Andrés Segovia se parecían. Tal vez había sido la luz.

Grace le devolvió la sonrisa. Como si él viniera todos los días. Como si no sucediera nada malo entre los dos. Su perra, Mississippi, de catorce años y con patas cada vez más inestables, levantó la cabeza y ladró desde donde estaba.

"Yo también te quiero, Missah." Él se acercó hasta donde la perra y la besó. "¿Te parece que me veo bien?"

"Se está quedando ciega. Y yo me he perdido la corbata. Me parece que te estás esforzando demasiado, Mister. ¿Quién se pone una corbata para conocer a un niño de tres años?"

"Un abogado."

"¿Dónde se me habrán quedado esos tres años que pasaste en la facultad de Derecho?"

Él empezó a zafarse la corbata. "Eres todo un encanto, Grace."

"Relájate."

"Okay," susurró él.

"Hace un instante te veías idéntico a tu padre."

"Lo extraño."

Grace asintió.

"Nunca hablamos de él."

"¿Tenemos que hacerlo?"

"Tal vez yo si." Mister respiró profundo una y otra vez, enseguida se despejó el pelo de los ojos, un gesto que siempre hacía cuando se encontraba nervioso. "Por Dios, Grace, estoy hecho una ruina. ¿Y si no le gusto? ¿Y si no paso el test?"

"No es un examen para la universidad, Mister. Si no le gustas o si las cosas no salen bien, pues, bueno, quiere decir que no debió haber sucedido."

"Grace, ¿desde cuándo empezaste a creer en el destino?"

"Desde antes de ayer, cuando cruzaba Stanton Street."

"De verdad que estás muy divertida hoy."

"Solías reírte cuando yo decía cosas así."

"¿En serio?"

Se miraron uno al otro. No vamos a discutir. Hoy no. "Escucha, Mister, ¿de verdad piensas que este niño te va a salvar? ¿Es esa la razón por la que estás haciendo todo esto, porque en lo más profundo sientes que necesitas ser rescatado de tu propia vida?"

"No necesito ser rescatado, Grace."

"Eso espero, Mister. La salvación es una carga demasiado pesada para que la arrastre un niño."

Los Rubio vivían en el centro de un vecindario de clase trabajadora cerca de Ascarate Park. Algunas de las casas se veían bonitas y bien cuidadas; otras estaban deterioradas y mostraban todas las señales de unos propietarios descuidados que, o estaban tan acabados como las casas donde vivían, o vivían enfrascados en otros planes. "Drogas," comentó Grace, "y alcohol . . . observa lo que hacen con nosotros." Sacudió la cabeza, y entonces, como siempre, cansada de sus propios sermones, cambió de tema. "¿Qué sabes de los Rubio?"

"No mucho. Tienen tres hijos grandes, y adoptaron otros dos hijos, uno adolescente, el otro tiene unos nueve años. Linda me dice que es gente buena. Humildes. Aman a los niños, no pueden soportar verlos sufrir. Habían adoptado a Vicente pero sienten que ya se están poniendo un poco viejos."

Grace asintio mientras se estiraba para buscar la dirección de la calle. "Es una calle más adelante." Ella conocía estas calles, el barrio, recordaba todos los detalles, las adelfas de flores blancas o rosadas en casi todos los jardines, hombres de mediana edad en camisetas sin mangas regando el césped, una cerveza en una mano, la manguera del agua en la otra, Sam montando en su bicicleta, con doce años y hablador y dichoso como una mañana de sábado. Happy Sammy. "¿Te gusta mi bicicleta?"

"*Parece una bicicleta común y corriente.*"

"*No es común y corriente.*"

"*¿Y por qué es tan especial?*"

"*Porque la estoy montando yo.*"

"*Niño creído. No me gustan los niños creídos.*"

"*¡Hey! ¡Hey! 'No te vayas. ¿A dónde vas?*"

"*A la casa. Y no te atrevas a seguirme en tu bicicleta común y corriente.*"

"*Si te digo que eres bonita, ¿te quedarías?*"

"*Eres un creído y un mentiroso.*"

"*No soy mentiroso.*"

"*Sí, lo eres. No creo que sea divertido o amable burlarse de la otra gente. Todo el mundo sabe que no soy bonita. Todo el mundo.*"

"*Todo el mundo piensa que eres linda.*"

"*Por favor, cállate, Sammy.*"

"*No me voy a callar.*"

"*Soy tan común y corriente como tu bicicleta.*"

"*No, no lo eres.*"

"*No me gusta que me tomen del pelo. No me gusta. Y tú no me gustas, Sammy. No me gustas.*"

"*¿Estás segura?*"

"*Claro que estoy segura.*"

"*Cuando crezca, te voy a buscar, Grace. Y te voy a dar un beso. Y tú me vas a besar también. Y vas a susurrar mi nombre, aunque yo seré ya un hombre y no me llamarás Sammy, me llamarás Sam. Ya lo verás. Nos besaremos.*"

"¿Grace?"

"¿Qué?"

"¿Estás bien?"

"Tu papá y yo crecimos en este barrio."

"Ya sé."

"Él solía correr de un lado a otro por las calles con su bicicleta y decirle a todas las niñas que eran lindas."

"¿Te lo dijo a ti alguna vez?"

"Fue hace mucho tiempo. No me acuerdo. Listo . . . ¿es esa la dirección?" Mister estacionó frente a la casa, pero mantuvo el motor encendido. "Sólo una cosa más, Grace. Una cosa que olvidé mencionarte."

"¿Qué?"

"Vicente. Es ciego."

El Sr. Rubio era un hombre callado con una sonrisa amable. Cincuenta y ocho años, delgado, se mostraba cauteloso. Abrió la puerta como si la llegada de ellos fuera algo inesperado pero al mismo tiempo algo completamente familiar. Tan corriente como sus vidas que eran tan comunes y corrientes como las de otras miles de familias mexicanas en esta ciudad llena de familias comunes y corrientes, que lo eran y no lo eran para nada. Los guió hasta la cocina, donde la Sra. Rubio revisaba la tarea de alguno de sus hijos. "No entiendo nada de esto," decía. "¿Cómo pueden los niños entenderlo? ¿Cómo puede alguien entenderlo? Yo no sé. Soy muy burra."

El Sr. Rubio negó con la cabeza. "No estamos hechos para el estudio, vieja. Y no eres burra."

La Sra. Rubio asintió, ligeramente animada por las cariñosas palabras de su esposo. *Vieja.* Ni ella ni el Sr. Rubio parecían para nada cohibidos de dejar que otra gente los viera como realmente eran. Tal vez les venía de tener que recibir las visitas inesperadas de los trabajadores sociales. Tal vez les venía de los atributos y las libertades propios de su clase: no esperaban ni braveaban demasiado la privacidad. *Déjenlos que entren. Déjenlos que nos vean.* La mujer alargó la mano. Grace extendió la suya, y mientras se la estrechaba, dio su nombre, "Grace Delgado."

"Esperanza Rubio."

Sonrieron al tiempo, como si las dos ya se encontraran en el mismo bando luchando contra un enemigo indeterminado. La Sra. Rubio se fijó entonces en Mister.

Mister sonrió un poco incómodo, después se acercó para darle la mano. "Mister Delgado."

"¿Entonces por lo visto eres un joven muy formal?"

"No, no. Mi nombre es Mister."

"¿Te llamas Mister?"

"Si." Sonrió mirando a su madre. "Es su culpa."

La mujer sonrió, después soltó la risa. Le gustó el chiste. "Me gusta," comentó. Lo miró de nuevo, después miró a Grace. "Es un hijo hermoso. Muy alto."

Grace se mostró de acuerdo.

La Sra. Rubio no agregó nada más. Ya se había hecho una idea de Mister. Volteó a mirar a su marido, quien captó la señal. Como un pase en un partido de football. "No habla, su Vicente. Algunas veces señala. Al principio pensamos, pobrecito, ciego y sordomudo. Pero descubrimos que podía escuchar, reacciona a todo. Le encanta tocar, y lo asusta explorar. El médico dijo que no había nada mal en su oído y que es muy inteligente, y que no hay ninguna razón por la que no hable . . . excepto que no ha sido . . ." Buscó a su mujer con los ojos. "¿Cómo dijo?"

"El médico dijo que tal vez Vicente no ha sido estimulado lo suficiente."

Los dos asintieron al tiempo como si evaluaran el significado de este término, *estimulado*. El Sr. Rubio estudió el rostro de Mister durante un rato. "Tengo un hijo. Tan alto como tú. Mayor. ¿Y tu esposa?"

"Su padre murió. Fue al funeral."

El Sr. Rubio hizo la señal de la cruz y bajó la cabeza. "¿Ella quiere el niño?"

"Los dos lo queremos."

Grace observó la expresión en la cara de Mister, después volteó a mirar al Sr. Rubio. Era un hombre al que le gustaba asentir y hacer preguntas directas. Sus movimientos de cabeza eran más una conversación consigo mismo que una manera de mostrar consentimiento a la persona con la que se encontrara conversando. Parecía suficientemente satisfecho con Mister, a pesar de no tener el aspecto de un hombre exigente o difícil de complacer. "Si llevas a Vicente a un cuarto, él olerá el aire. Ya conoce las mesas y los asientos, y ya sabe mantenerse alejado de las estufas calientes. Creo que se quemó alguna vez antes. Tiene una cicatriz en una de las manos. No es una cicatriz grande, pero es una cicatriz, ¿sabes? Le gusta la tina. Ya sabe bañarse solo. Lo dejo solo por muchas horas al pobrecito; así que está acostumbrado a pasar muchas horas solo sin nada que hacer. Pero creo que escribe historias en su cabeza." La Sra. Rubio sacudió la cabeza. "Tú eres el que inventa historias en la cabeza."

"Todos lo hacemos," respondió él. "¿A poco no?"

Hizo un guiño. Y a Mister lo asaltó un repentino deseo de abrazar a este hombre que se comportaba como si deseara convertirse en el abuelo de todo el mundo. Le dio unos golpecitos a Mister en la mano. "Mi'jo tienes que estar pendiente en la noche. Algunas veces camina dormido y se estrella contra cosas y se pone a llorar; así que tienes que asegurarte que no haya nada en la casa que pueda hacerle daño. Algunas veces se despierta llorando en la noche. No deja que Esperanza lo tranquilice. Sólo yo. Me deja que lo abrace hasta que se siente mejor, después me echa a un lado. Algunas veces creo que quisiera darme un beso, pero no lo hace. Le gusta comer. Pero come poco. Le gusta el jugo de naranja revuelto con coca-cola. Le gustan el chocolate y los tacos y los burritos y las hamburguesas; pero no le gustan las papas fritas. Huele todo. Y le gusta estudiar a la gente. Escucha sus voces. Esperanza le está enseñando a usar el baño."

"Ya mero," dijo la Sra. Rubio. "Ya mero aprende. Es muy inteligente, y ya hubiera aprendido si su mamá le hubiera enseñado. Aunque sí le enseñó a cepillarse los dientes." Se encogió de hombros. "No entiendo."

"Dios la perdone. No sabemos por lo que ha pasado, Esperanza."

"Yo no perdono a la gente que trata a los niños como si fueran perros." Por un instante, sus ojos se endurecieron como piedras.

El Sr. Rubio movió la cabeza. Parecía como si estuviera sosteniendo otra conversación consigo mismo. "No sabemos," dijo en voz baja. "Y en todo caso, su hijo no es común y corriente." Miró a Mister y pasó la mano por la cabeza del joven, como si fuera a peinarlo.

"Mi pelo es imposible domarlo," comentó Mister.

El viejo sonrió. "¿Eres paciente?"

"Sí."

"Creo que Vicente va a necesitar de mucha paciencia," dijo la Sra. Rubio.

Mister asintió.

"Está viendo televisión con los otros niños. Tampoco es que se muestre muy interesado. Tal vez sea porque sólo puede oír. No sé qué es lo que saca de todo eso, pero se queda ahí sentado. Creo que le gusta

estar acompañado, ya sabes, después de tanto tiempo solo." El Sr. Rubio
se encogió de hombros y salió, desapareciendo por el pasillo.

Mister miró a la Sra. Rubio. "¿Él sabe... quiero decir, sabe
que...?"

"No sabe nada. O lo sabe todo. Sólo Dios sabe. Algunas veces
pienso que este niño es muy viejo. Odia a la trabajadora social. Cuando
no le gusta alguien, quiere que se dé cuenta. Y si le gusta alguien, creo
que se asusta. No sé. De verdad no sé. No es un niño común y corriente."

El Sr. Rubio volvió a entrar a la cocina, llevaba en brazos al pequeño
Vicente Jesús, de tres años. Puso al niño en el piso y le llevó la mano
hasta la mesa de la cocina, para que así supiera dónde se encontraba
exactamente. Mister lo observó mientras sus manitas examinaban la
mesa. Tenía los ojos negros y eran de un gris ahumado y cubiertos de
nubes. Tenía pelo negro grueso, la piel oscura y hoyuelos. "Este es Mister," dijo el Sr. Rubio. "Y a su lado está sentada la Sra. Delgado. Ella es
la mamá de Mister."

Vicente volteó hacia el Sr. Rubio y puso la mano en su cara. Asintió
con la cabeza, después giró en dirección a Mister, como si pudiera perci-
bir su presencia. Como si supiera exactamente dónde se encontraba sentado. Permaneció ahí sin ninguna expresión en la cara, y de nuevo
volteó hacia el señor Rubio. "Está bien. ¿Quieres conocer a Mister?" El
niño no asintió. Pero tampoco rechazó la oferta con un movimiento de
cabeza. Mister se acercó al niño, después se agachó hasta quedar a la
misma altura de sus ojos. Alargó la mano. "Hola," dijo en un susurro.
El niño respondió torpemente con la suya, golpeando con suavidad el
hombro de Mister. Tomó la mano de Mister y empezó a darle la vuelta
sobre la suya, pequeña, casi como si fuera vidente y estuviera buscando
un juguete que le hubieran prometido y que estuviera escondido ahí.
Después de haber examinado por completo la mano de Mister, la dejó
caer. Con las manos buscó a Mister, primero lo palpó en el pecho, y entonces, lentamente, pasó las manos por el cuello hasta la cara. Le palpó
la barbilla, el borde de la quijada, las orejas, los labios, la nariz, los ojos
y los pómulos y las cejas y la frente. Resultaba imposible decir cúal de
los dos estaba más fascinado con la experiencia: si Mister o el niño. Y
entonces después de palpar la superficie completa del rostro de Mister, el
niño sonrió y sostuvo la cara de Mister entre sus pequeñas manos.

Y enseguida se rió. Su risa llenó la cocina, después toda la casa. Pareció como si el mundo entero se llenara con su risa. Y entonces soltó la cara de Mister, le dio una palmadita en la mejilla . . . y le dio un beso. "Bendito sea Dios," susurró la Sra. Rubio.

Grace lo vio suceder en un instante. Pasó entre ellos raudo. Así no más— en un instante apocalíptico—sencillo y hermoso. Un nacimiento. Pero también una especie de muerte. Como los relámpagos en una tormenta. En un rayo de luz, todo el desierto quedó iluminado, y uno podía ver el universo. Eso era lo que ella había visto: el universo en las manos de un niño palpando el rostro de un hombre. Los Rubio lo habían sentido, también. Era algo tan transparente, pero al mismo tiempo tan imposible de comprender. Repasó la imagen en su cabeza, el niño tocando la cara de Mister, la expresión en los ojos de su hijo y la risa del niño y el beso. Ella había descubierto esa expresión en los ojos de Mister cientos de veces, miles de veces. Cuando miraba a su padre, esa era la mirada que ponía. Y ahí estaba de nuevo, ese amor, confrontándola, exigiéndole que participara. Se había vuelto muy dura durante los últimos años, como si toda la suavidad que había dentro de ella hubiera desaparecido.

"¿En qué piensas, Grace?"

Ella agradeció que fuera ya de noche y que Mister tuviera los ojos puestos en la carretera, que no pudiera ver la expresión de su cara.

"Es realmente hermoso," dijo en voz baja.

"Eso no es lo que estabas pensando."

"Los Rubio son gente buena."

Mister asintió en silencio y continuó manejando. No dijo nada durante un rato largo. Finalmente, volteó a mirar a Grace. "Eso no era lo que estabas pensando."

"En el barrio. Solíamos llamarlo 'Dizzy Land' "

"¿Dizzy Land?"

"Algunos días, el viento nos traía los olores de la planta de tratamiento de agua que estaba justo al lado del barrio. Era un chiste."

"¿Te estás poniendo nostálgica, Grace?"

"Soy demasiado mezquina para eso."

"No eres mezquina, Grace, sólo un poco dura, a veces."

"Te mentí. Hace un rato. Tu padre me dijo que era linda. Yo le dije que era tan común y corriente como la bicicleta que él estaba montando. Le dije que era un niño creído. Le dije que dejara de tomarme el pelo."

"¿Y él qué dijo?"

"Dijo que cuando creciera, iba a buscarme. Y que iba a darme un beso. Y dijo que yo iba a besarlo a él también."

"¿Y fue así como sucedió?"

"Un día antes de cumplir yo los veinte, se me acercó en la universidad. Me miró y dijo, '¿Grace? ¿Eres tú?' Yo no lo había visto en cinco o seis años. Su familia se había mudado del barrio. Pero lo reconocí. Dios, lo hubiera reconocido en cualquier parte. De verdad, tu padre . . ." Dejó de hablar.

Quedaron de nuevo en silencio. Mister encendió el radio, la voz en falsetto de Frankie Valli fusionándose con las voces de los Four Seasons. Se imaginó a su madre y su padre, jóvenes, besándose en la universidad. Había visto la foto de su boda. Eran hermosos, los dos. Haber sido así de hermoso . . . por un bendito segundo. "¿Fue ahí cuando él te besó?"

"Sí."

"Y tú lo besaste también."

"Sí." En un instante apocalíptico, lo besé. Fue como si me hubiera muerto. "Lo besé también, sí."

Estacionó el auto frente a la entrada de la casa de su madre. Ninguno de los dos se movió. Él deseaba hacerle más preguntas a ella, pero decidió no hacerlo. Grace era una persona reservada. Siempre se cortaba cuando comenzaba a hablar sobre sí misma. Sam decía que era porque era tímida. Pero Sam siempre inventaba excusas por ella. "¿Entonces crees que podré quedarme con Vicente?"

"La madre renunció a sus derechos de paternidad. Ya te hicieron un estudio de hogar. Cuentas con un buen abogado. Les gustaste a los Rubio . . ."

"En realidad, creo que tú les gustaste a ellos, Grace. Yo sólo les gusté porque era tu hijo."

"Eso no es cierto."

"Sí, es verdad. No importa, Grace. Ser tu hijo ha hecho mucho más sencillo todo este proceso."

"Cuando te hicieron el estudio de hogar, ¿te hicieron muchas entrevistas?"

"Tres o cuatro."

"Cuando te entrevistaron, y cuando te volvieron a entrevistar, y cuando te entrevistaron una vez más, ¿estaba yo presente?"

"Mierda sí, claro que estabas ahí, Grace. La primera cosa que salía de la boca de la gente era, 'Tú eres el hijo de Grace Delgado, ¿no es cierto?' Eso era todo lo que necesitaban saber."

"Eso no es cierto."

"Okay, no es cierto."

"¿No crees que los hubieran aceptado a ti y a Liz como posibles padres adoptivos si yo no fuera tu madre?"

"Ser tu hijo no hace daño."

"Hay cierto sarcasmo en tu voz cuando lo dices."

"¿De verdad?"

"¿Exactamente qué es lo terrible de ser hijo de Grace Delgado?"

"Todo el mundo cree que eres perfecta."

"Soy buena en lo que hago."

"No dudo que lo seas."

"Mister, no soy responsable de lo que piensen los demás; ni de lo que piensen de mí ni de lo que piensen de otra persona. ¿Y por qué siempre buscas pelea conmigo?"

"¿Buscar pelea, Grace? ¿Yo?"

"Solía llevarnos bien."

"Nos llevabamos bien cuando yo estaba de acuerdo contigo. Cuando hacía lo que tú querías. Siempre nos llevábamos bien, Grace, siempre y cuando yo hiciera las cosas a tu manera. Esa es la razón por la que no me puedes perdonar que siga con Liz."

"Ella se fue con otro hombre, Mister."

"Y yo la perdoné, Grace."

"Bueno, pues yo no."

"No eres tú la que tiene que perdonar. ¿Y sabes a quién no perdonas, Grace? A mí. Porque no hice lo que tú hubieras hecho. Pero yo no soy tú. Y yo no hago las cosas de la misma forma que tú las haces. Por eso es que no puedes perdonar." Respiró profundo. "¿Vamos a quedarnos aquí sentados y pelear toda la noche, o me vas a invitar a entrar?"

"No, Mister, no creo que te vaya a invitar a entrar."

El Orden de las Cosas
en el Universo

William Hart está navegando en el internet. Uno puede encontrar cosas que siempre soñó hacer. Uno puede hacer cualquier cosa excepto tocar; y lo más importante es tocar. Está aburrido de los muchachos virtuales. Piensa en el predicador y se pregunta cómo hubiera sido su existencia si su fe hubiera sido real. Pero su fe ha sido tan virtual como las imágenes que observa en la computadora. Fe virtual. El Señor no lo ha considerado digno de tenerlo en cuenta.

Apaga la computadora. Se dice que saldrá y se tomará una copa de vino. Eso es lo que hace la gente normal. Él ha envidiado a la gente normal durante toda su vida. Esta noche pretenderá ser uno de ellos. Mira el reloj. Son las cinco y media pasadas. Se cambia y se pone una camisa perfectamente planchada. Le gusta ponerse elegante cuando sale. Mientras cruza la puerta, Grace Delgado está conversando con su médico. Él médico observa la historia clínica y mueve la cabeza. "Lo siento mucho, Grace, lo siento mucho."

Mister conduce hacia la casa. Ha estado repitiendo la palabra *padre* una y otra vez. Estaciona la camioneta y se queda ahí durante un rato. Piensa en Grace y en Sam y se pregunta cómo hubiera sido la vida de los dos si Sam no hubiera muerto. Se pasa el celular de una mano a la otra. Llama a Liz. Cuando escucha su voz, susurra, "Te amo, te amo, te amo."

No hay ninguna razón por la que William Hart elija este bar en particular cuando hay unos diez o quince más por este mismo sector. Escoge *este* bar al azar. Este mismo.

Andrés Segovia.
Qué Nombre tan Bonito

Nunca iba a los bares después del trabajo. Sólo iba a El Ven y Verme en las noches que no conseguía dormir. Las *Happy Hours* después del trabajo nunca habían funcionado para él; gente joven más o menos como él que buscaba algún tipo de alivio de sus trabajos o de sus vidas. Él había dejado de buscar alivio. Pero ahí estaba, sentando en un bar, bebiéndose una cerveza después del trabajo. Sin ni siquiera saber por qué se encontraba ahí, sólo que la conversación con Grace había levantando un poco de polvo. Por eso no quería estar solo. Estar solo lo haría ponerse a pensar. Y pensar lo haría ponerse triste. Así que ahí estaba, sentado y bebiéndose una cerveza, igual que cualquier otro. Buscando un alivio.

Por pura casualidad, Al entró por la puerta. Al, su colega fastidiosamente amistoso. Era bueno para dos cosas: chacharear y trabajar en computadoras. Se acomodó a su lado. Por supuesto que lo hizo. Mierda.

"Bueno, bueno, si no es Andrés Segovia."

Andrés sonrió entre dientes, pero no dijo nada.

"¿Tocas la guitarra?"

"Ya había oído ese chiste."

"¿Tienes novia?"

"¿Y tú?"

"¿Vives solo?"

"¿Y tú?"

"¿Te gustan las fiestas?"

"¿Y a tí?"

"Sí. Me gustan las fiestas. Sí, vivo solo. Y mi novia me echó."

"Porque hablas demasiado."

"Esto se está poniendo bueno." Al sonrió, después se rió más fuerte.

"Sí, es muy divertido."

Al volteó a mirarlo. "Vamos, alégrate. Deja que entre alguien."

"La casa donde vivo está repleta. No hay más espacio". Andrés terminó la cerveza y puso el vaso en la barra. "Me tengo que ir."

"Pero si acabo de llegar."

"Por eso es que me tengo que ir."

"Vamos. Tómate otra."

"No quiero otra."

"Mira, Al, tú y yo . . . Oye, si pido otra, ¿me prometes que no empezarás a hacerme una puta entrevista? ¿Puedes hacer eso?"

"Claro que lo puedo hacer."

"No, no puedes, Al."

"Sí, puedo, te lo prometo . . ."

Justo cuando escuchó la palabra *puedo,* sus ojos quedaron atrapados en la cara del hombre sentado al otro lado de Al. Atrapados, como si acabara de tragarse un anzuelo. Durante un instante, cesó todo movimiento en el salón, la respiración, el aire, los ruidos. Conocía ese rostro, al extraño sentado al lado de Al, alguien del pasado que estaba casi, *casi* olvidado, los ojos grises, la cicatriz sobre sus finos labios, la camisa planchada con esmero, la lechosa piel blanca.

"¿Estás bien?" Pudo escuchar la voz de Al y quiso pretender que su voz pausada era lo único que existía en el salón, pero se descubrió a sí mismo señalando al hombre. "Yo a ti te conozco."

Al lo miró, después volteó a mirar al hombre hacia el que señalaba Andrés.

"¡Mierda, que sí te conozco!"

"Nunca lo he visto."

"Yo tenía doce años." Sentía la garganta reseca, como si estuviera tragando arena, y supo que la voz se le había reducido a un susurro. Su voz siempre se transformaba de esa manera cuando se acercaba una tormenta. Arena por todas partes. "Yo tenía doce años."

"No sé de qué me está hablando."

"Claro que sí. Claro que sabes."

"Lo siento, pero . . . lo siento mucho." El hombre se encogió de hombros y se dio vuelta. Observó el trago.

Era él, con esa voz que fingía amabilidad, que aparentaba sinceridad, que aparentaba un comportamiento cortés y gentil. *No te haré daño. ¿No sabes lo mucho que me gustas? ¿No lo ves?*

"Tú me conoces."

"Lo siento."

"Tú me conoces."

El hombre levantó los ojos, y se miraron fijamente el uno al otro, y aunque el hombre quería retirar la mirada, no lo hizo, pues algo en los ojos de ese joven lo obligaba a mirarlo. "Se equivoca. No lo conozco," respondió en voz baja de nuevo, pero no había nada convincente en la manera como pronunció las palabras.

"Sí, ¡a la mierda que sí" Dios, algunas veces era una maravilla gritar. Magnífico poder despejar la arena que estaba atascando su garganta, impidiéndole respirar. *Andrés Segovia. Qué nombre tan bonito. Te pusieron el nombre de un artista. Un guitarrista de España. ¿Sabías eso? Ven aquí y siéntate a mi lado. ¿Ves? Eso no duele, ¿cierto?*

"Sí, ¡a la mierda que sí!" No sintió su cuerpo saltar hacia el tipo, tumbando al piso a Al, no sintió nada. Ni siquiera sintió el dolor en sus puños. Pero Dios, Dios, era maravilloso sentir los puños golpeando su cara, golpeando sus costillas, lanzando golpes y golpes, tratando de encontrar una salida, el punto exacto para abrirse camino hacia la libertad que siempre había querido tener, verdadera libertad, no de la que es solo una palabra bonita. Todo resplandecía y era perfecto, como si el sol se pusiera en ese salón o como si él se encontrara en el centro exacto de un arco iris, todo era luminoso y transparente, sin sombras en ninguna parte. Dios, podía vivir bajo esa luz para siempre.

"¡Para, Andrés! ¡Para! ¡Para!" Alguien gritaba, pero era una voz distante. Sintió que lo separaban del hombre, pero aun así, sintió que a quien arrastraban era a otro, como si fuera otro el que estuviera golpeando a ese hombre de quien nunca se aprendió el nombre, el hombre que *eres un muchacho hermoso, ¿no lo sabías?* "Andrés, no más, mierda, ¡no más!" Podía escuchar la voz acercándose, Al, sí, era él, cada vez más cerca, gritándole al oído, arrastrándolo, pero todo era demasiado extraño y nada parecía real. Lo único que podía ver era al hombre. *No fue tan malo, ¿verdad?* el hombre tirado ahí, y él quería golpearlo otra vez y otra vez, pero sintió varias manos encima que le impedian moverse, y observó cómo el hombre se levantaba lentamente, el labio y la nariz sangrándole, y la cara que empezaba ya a ponérsele roja, y entonces se miraron uno al otro por lo que pareció muchisimo tiempo *No fue tan malo, ¿verdad?* Tal vez el sol ya se había puesto. Tal vez el arco iris se había disipado . . . pues la luz se había ido.

Ironía y Tacto

Ella siempre había apreciado la ironía. Así que ahora sonreía— irónicamente, claro está—cuando pensó en Richard Garza. Un internista. Un oncólogo. Era un hombre joven la primera vez que ella lo visitó. A ella le había gustado que su apellido fuera Garza. Le había gustado que él hablara inglés como si hubiera sido su especialización en la universidad. Le había gustado su cara, sus ojos, sus manos cálidas y firmes. Le había gustado que hablara español como si hubiera sido criado en México. Le había gustado que tuviera piel oliva y ojos negros y una nariz maya. Le había gustado que hiciera preguntas y la mirara directamente y que no pretendiera saberlo todo. Le había gustado que él le enviara por fax información sobre temas de salud que la afectaban a ella. Le había gustado la manera como la había tocado cuando era necesario que la tocara. Un buen médico. Un internista. Un oncólogo.

Mister había insistido que no era el hombre apropiado para el trabajo; como si Mister supiera.

"No es un médico de mujeres, Grace. ¿No necesitas un médico de mujeres?"

"¿Un ginecólogo?"

"Sí, eso."

"Sí necesitara un ginecólogo, estoy segura de que él me mandaría donde uno. Además, cuando me dé cáncer, no tendré que cambiar de médico." Eso lo había dicho—riéndose—años atrás. Y ahora, regodeándose en ese recuerdo, volvió a reírse. Siempre había apreciado la ironía.

La recepcionista le sonrió, como si tuviera una pregunta, pero sin hacerla.

Grace escribió su nombre en la hoja. La sala de espera se encontraba casi vacía; era tarde, todo el mundo se había ido ya a casa. Pensó en servirse una taza de café, a pesar de que ya había bebido mucho para un día. Café. Una pasión que había heredado Mister. Cuando él abrió el negocio de café, ella no había estado de acuerdo. "Es culpa tuya, Grace. ¿De dónde diablos crees que saqué la idea?" Respiró hondo, percibió el aroma de alguna clase de detergente antiséptico mezclado con el del café. Un café no particularmente bueno, podía adivinarlo. Pero era el consultorio de un médico, no Starbucks. Olvidaría ese café.

Se sentó en la sala casi vacía y miró el reloj. Hojeó la pila de revistas. *People, Newsweek, Business Week*. ¿Por qué los médicos no podían pedir revistas como *Nation* o *Mother Jones* o *El Andar?* Dejó las revistas a un lado. No había ninguna razón para leerlas.

Examinó su reloj. Había llegado temprano para su cita de las 5:30. Siempre llegaba temprano. Con temor de llegar tarde; eso era lo que había dicho siempre Sam, "Si llegas tarde de vez en cuando, no va a pasar nada terrible."

"Tampoco va a pasar nada bueno, Sam. ¿Qué tiene de maravilloso dejar a otra gente esperando?"

"La gente importante todo el tiempo deja a otra gente esperando."

"La gente importante es grosera."

"La gente importante vive ocupada."

"Bueno, pues yo no quisiera estar nunca tan ocupada."

Él la había besado. Eso era lo que siempre hacía cuando estaba perdiendo una discusión.

Ella había estado pensando en él últimamente. Casi podía olerlo. Demasiado. Demasiado Sam. Pero era preferible pensar en él que pensar en la noticia que estaba a punto de darle Richard Garza. Se concentró: se puso a pensar en Mister. Y entonces, mientras pronunciaba en voz baja su nombre, recordó la tarde que él había llegado a la casa y había confesado que había recibido una F en inglés. Estaba en octavo grado. Se había ido a su cuarto y había quedado allí por lo que parecieron horas. Cuando salió, dijo, "Esta es una lista de libros que tengo que leer." La miró y le dijo, "Llévame a la biblioteca." Y los leyó todos. Y nunca dejó de leer después de eso. Años más tarde le confesaría, *"Me estaba vengando de ti."*

"¿Por qué?"

"Tú adorabas los libros. Así que decidí pelear contigo."

"¿Qué te decidió dejar de hacerlo?"

Él le había sonreído. "Me di cuenta de que nunca iba a ganar."

Tal vez él se habría cansado de no ganar nunca. Tal vez se habría cansado de complacerla. *En todo caso, Grace, a ti no se te puede complacer.* ¿No era eso de lo que él la había acusado? Y no andaba muy equivocado. Ella hubiera querido decirle que él la complacía más de lo que él nunca se hubiera imaginado, pero eso no fue lo que ella le respondió. ¿Qué había contestado ella? No podía recordarlo ahora.

"Grace Delgado." Levantó la vista hacia la mujer que había pronunciado su nombre. Caminó por el pasillo que llevaba al consultorio del Dr. Garza, y por un segundo la asaltó el impulso de retroceder. Tomó aliento. *Nadie puede escaparse de una tormenta.* Le sonrió a la enfermera del Dr. Garza.

"¿Cómo estás, Grace?"

"Bien, Flora. Bien."

"¿Cómo está tu hijo?"

La aliviaba esta conversación sencilla. "Oh, está igualito." Conocía la rutina. Se subió a la báscula mientras conversaba.

"Me encanta su café."

"Trabaja duro." Observó las manos de Flora mientras movía los pesos de la báscula.

"El trabajo, Grace, nos salva y al mismo tiempo nos mata." Escribió el peso en la planilla. "Has perdido algo de peso."

"Un poco."

"Recupéralo, por Dios. Estás haciendo ver horrible al resto de nosotras."

Grace sonrió. Se fijó en la báscula antes de bajarse. Cinco libras. Sin ni siquiera proponérselo. Las mujeres de su edad no perdían peso sin proponérselo. Cuando se retiró de la báscula, se encontró con Richard Garza. "Grace. ¿Cómo estás?"

Su español la aliviaba aún más que ese otro ritual de la charla con la enfermera. "Encantada de haber nacido."

Él le sonrió. "Qué bonito. No sabía que eras tan poética."

Ella sacudió la cabeza. "Algo que leí en una novela."

Lo siguió hasta su pequeño consultorio. Ninguno de los dos dijo una sola palabra mientras se acomodaban. Él tomó su historia clínica, pasó las hojas. Ella supo que él estudiaba la carpeta más por nerviosismo que por cualquier otra cosa. La miró, sonrió, enseguida volvió a mirar la carpeta. Seguiría estudiando esas hojas durante toda la tarde si ella no se lo impedía. "No importa lo fijo que mires esas malditas hojas, los resultados no van a cambiar."

Dejó a un lado la carpeta. "Grace, desearía poder darte mejores noticias."

"Simplemente no me digas mentiras." Le dieron ganas de reírse. "No es que seas muy bueno haciéndolo. Apuesto a que tu esposa gana en todas las discusiones."

Él se mordió la comisura de los labios, después asintió.

Notó que tenía lágrimas en sus ojos. Al verlas se elevó la opinión que tenía de él. Sam, él también habría llorado.

"Desearía que hubiera . . . Grace, no es el fin. Pienso que debemos . . ."

Ella se pudo el dedo sobre los labios, deteniéndolo en mitad de la frase.

"Richard. Guardemos las palabras para otra ocasión."

"Grace . . ." Ella vio los labios de él moviéndose, pero no pudo escuchar nada.

Deseó que Sam hubiera estado en el cuarto para abrazarla.

Cómo todo Regresa

Sentado. En un auto. Como una piedra. Todo su cuerpo resulta pesado. Podría hundirse en la tierra. Cuando se fijó en sus manos, comprendió que le palpitaban como si se hubieran convertido en su corazón. Se las frotó con la intención de hacer desaparecer la rigidez, pero el masaje empeoró el dolor, así que se detuvo. Hielo. Eso era lo que necesitaba, sumergir los puños en hielo y congelar el dolor. Esa era la solución para este sencillo problema. Pero, ¿cómo puede uno congelar un corazón, los días y las semanas y los meses que conforman una vida? ¿Cómo diablos consigue uno eso?

Miró alrededor, confundido, tratando de recordar cómo llegó a este auto. Miró al conductor. Al, sí, había estado con Al en un bar, y había ahí un hombre, sí, el hombre. Y había recordado, recordaba cómo ese mismo hombre le había mentido años atrás, y cómo el olor del tipo le subió por las fosas nasales y se posó en su garganta y cómo le hubiera gustado tomar un baño pues con sólo olerlo ya lo hacía sentir sucio y cómo—durante el segundo más largo—le hubiera gustado saltar al océano, restregándose en carne viva hasta que la piel desapareciera y así poder dejarse crecer una envoltura nueva, una capa que *ese hombre* no hubiera tocado, y odiaba cómo todo le regresaba en un instante casi como si no se tratara de un recuerdo sino de un instante en el tiempo que él estaba condenado a vivir y a volver a vivir, una escena de su vida a la que se veía obligado a entrar una y otra vez hasta que declamara su parte correctamente, pero se equivocaría siempre . . . y justo entonces *estaba de nuevo en la escena*, de nuevo niño, joven e inexperto y estúpido e incoherente y cómo el hombre lo hacía hacer cosas para las que él ni siquiera tenía un nombre porque él tenía doce años, *doce,* y qué es lo que saben los niños de doce años, y entonces se retiraba de la escena y observaba al hombre y no sentía más que pura rabia, una rabia tan destilada que era tan clara y reluciente como champán y supo que aquello que ese hombre le había hecho a él, ese hombre que se encontraba sentado ahí, *ahí, ahí mismo,* lo que le había hecho había originado algo dentro de él, pues algo había empezado a romperse desde ese instante . . . y ahí estaba, sentado frente a él, y no era justo, mierda, que estuviera ahí sentado, todo elegante y pulcro y bien arreglado como si se tratara de un caballero salido de una revista, como cualquier reproducción de una galante estrella de cine, no era justo, mierda, que él, él, Andrés Segovia, estuviera hecho pedazos y supo que esa era la oportunidad para hacer algo, para decir algo, para tratar, para tratar, para actuar, y no permanecer pasivo pues él ya no tenía doce años y durante muchísimo tiempo no había tenido el derecho ni la oportunidad de decidir cómo vivir su vida, y no era ni siquiera una decisión conciente, no, no era así, no era como si él hubiera decidido *Voy a golpear a este tipo, le voy a hacer daño,* pero Dios, fue una sensación maravillosa poder decir *Odio tus malditas entrañas de mierda por lo que me hiciste, odio, odio,* Dios, había sido maravilloso decirlo, así lo estuviera diciendo con sus puños, pero aún así, sabia que los que ejercían el control eran sus puños y no él, tampoco su mente, ni su corazón, y quizás no era posible para un tipo como él guiarse por el corazón porque tenía algo roto, tan malditamente roto que nada podría repararlo, ni todos los santos de todas las iglesias de México, ni la misma Virgen, ni su madre si regresara a la vida, nada, nada en este inmenso, asqueroso, violento, mundo de mierda, nada en el pasado ni en el futuro podria reparar lo que estaba roto.

Observó sus puños y abrió las manos y sintió las manos tan rígidas que en realidad no podía abrirlas.

"Pudiste haberlo matado."

Miró en dirección a Al.

"Sí," murmuró.

"¿Por qué tú . . . ? ", Al no terminó la pregunta, pues supo de antemano que Andrés no tenía una respuesta, conciente, además, de que su recriminación no importaba en lo más mínimo. "Tuviste suerte de que no llamara a la policia."

"Sí. Tuve suerte."

"Pudo haber llamado, ¿sabes?"

"Sí."

"Pero él sabía algo, ¿no es así?"

Andrés se encogió de hombros. No quería hablar al respecto, no con Al, ni con nadie. "Mira, no tiene importancia."

"Tal vez no. Pero pudiste haber matado al tipo."

"Tal vez debí haberlo hecho."

"Sí, bueno. ¿Qué fue lo que te hizo?"

"Es una larga historia."

"Sí, me imagino, debió de haber sido algo de verdad serio. La policía no, eso era lo que no paraba de decir. La policía no. Ahí estaba el tipo, hecho mierda por los golpes, y todo lo que decía era *no llamen a la policía*. Así que sabías algo del tipo de verdad." Al no dejaba de asentir con la cabeza, y entonces los dos se quedaron en silencio durante un rato largo. Al parecía estar simplemente conduciendo el auto, sin dirigirse a ningún sitio en particular. A Andrés le daba lo mismo. Se quedó sentado. Quería dormir. Eso era lo que deseaba hacer.

Finalmente Al dijo algo en voz baja y Andrés volteó a mirarlo.

"¿Dónde vives?"

"Sunset Heights. En Prospect."

Al asintió, siguió conduciendo. No era lejos.

Andrés se adormeció. No pudo haber sido por mucho tiempo, aunque le pareció que había estado durmiendo por horas. Abrió los ojos y descubrió que se encontraban en su calle. Señaló. "Allá." Al redujo la velocidad, se detuvo frente a un sector de apartamentos viejos. "Bonito lugar," dijo y se rió. No fue una risa convincente.

"Ajá," susurró Andrés. "Estoy cansado." Intentó abrir la puerta, pero se dio cuenta de que no podía darle vuelta a la manija. Hizo una mueca de dolor.

"Un momento. Espera." Al salió del auto y le abrió la puerta.

Andrés bajó, y por un instante se sintió como un hombre viejo. "Te portas muy bien con tus novias," comento y soltó una risita. No pudo ver si Al sonrió o no. Y entonces no pudo dejar de reír, pero supo, en realidad, que estaba llorando. Y entonces no queria dejar de llorar, así que se dejó llevar, y le importó un carajo todo. Todo.

"¿Puedes entrar solo sin problema?" Escuchó la voz de Al, pero no

podia responder, simplemente no podía hablar. No recordaba sí Al lo
ayudó a entrar al apartamento. No recordaba si fue Al quien metió sus
puños en una vasija con hielo. Tenía un fragmento de Al en la cabeza, de
Al susurrándole algo. Tal vez no haya sucedido así. ¿Tenía alguna importancia cómo llegó ahí? El dolor en sus puños, quizás eso era lo único
real. Él, sentado en su silla en su pequeño apartamento, los puños meti-
dos en hielo. Tal vez eso era lo único real. Echó una mirada alrededor de
la habitación, después se echó en la cama, y estaba tan agotado, pero no
podia dormir, así que se forzó a ponerse de pie y buscar la botella de
bourbon que por poco se le cae de las manos porque en realidad no
podía sostenerla muy bien, pues sus manos estaban totalmente entume-
cidas, pero consiguió beber algo del licor y lo calmó como si fuera una
canción de cuna, y le gustó cómo ardía, y bebió un poco más, y entonces
se sintió mejor, sí, mejor, y trastabilló hasta la cama y se tumbó.

Antes de salir, juró haber olido a su hermano, Mando. Y tal vez también lo escuchó. No lo estaba llamando a él, a él no. Estaba llamando a
su hermana, buscándola, pero era inútil porque ella estaba perdida para
siempre. Y entonces, de pronto, su padre le decía algo, y también su
madre, y pudo sentir y oler el aliento caliente a cigarrillo de su padre
sobre el cuello mientras montaba en su bicicleta por una ciudad perdida.
Soñaba con ellos—con todos ellos—pero incluso en sus sueños los em-
pujaba a un lado, empujándolos hacia un lugar tan oscuro que ni siquiera el ángel de Dios se molestaría en buscar la fachada del lugar para
poder dar con ellos.

Observando la Luz

ister se despertó pensando en su madre. En su padre. En Vicente. En Liz. ¿Por qué la gente cree que puede vivir sola? Todos los que uno ha amado y odiado o conmovido o que lo han hecho temblar a uno o que lo han herido, están siempre ahí, listos para entrar e instalarse en el cuarto. No importa si uno abre la puerta o no. Entran arremetiendo. Conocen el camino, saben cómo sentirse en casa. Su casa entera estaba repleta cuando abrió los ojos. Era como despertarse en mitad de una fiesta de tragos, todos los invitados observándolo a uno, aguardando a que uno diga algo inteligente, algo interesante, algo que ellos no sepan.

Se imagino a Sam cargando a Vicente. Se imaginó a sí mismo de pie al lado de Grace, los dos mirando a Sam y a Vicente. Se imaginó a sí mismo y a Liz cargando a Vicente, y a Grace al lado de los dos . . . y después Grace desaparecía. Se le ocurrió que el problema con Grace no tenía casi nada que ver con él; o con Liz, para el caso. Grace estaba buscando a Sam. Lo ha estado buscando desde que él murió. Y ella nunca lo ha vuelto a encontrar. Y a pesar de su voluntad de hierro, y de su negativa a caer en un permanente estado de autocompasión, se convirtió en nada más que la viuda de Sam. La viuda de Sam, que invertía su tiempo libre en tratar de reparar gente tan rota que estaban más allá de cualquier arreglo. Pero ella seguía tratando. ¿Entonces por qué él no podía dejarla tranquila? "Por la misma razón que ella no dejaba tranquila a Liz." El sonido de su propia voz lo sorprendió. La rabia que arrastraba. ¿De dónde le venía, a él, que había sido el chico más feliz de todos?

Se dirigió hacia la cocina y miró la luz fijamente. Siempre mirando la luz. Lo había aprendido de Grace y de Sam. Algunas veces, cuando era niño, los tres se quedaban observando la luz del cuarto. Sam trazaba algún boceto, y él miraba, tratando de ver lo que Sam veía, tratando de comprender lo que estaba aprendiendo, con deseos de convertirse en la luz, con deseos de ser el lápiz que Sam sostenía en la mano.

Lo tres permanecían sentados bajo la luz.

Toda la mañana.

Sin pronunciar una sola palabra.

Porque uno no necesitaba palabras cuando estaba bajo la luz. Las cosas habían dejado de ser así de sencillas. Ni siquiera los cuartos llenos de luz. Porque los cuartos siempre estaban llenos, llenos de recuerdos y voces y de gente o que estaba muerta o que era imposible amar.

Cosas Buenas, Cosas Malas, Cosas Buenas

¿M ister?"

"Sí."

"No te escucho bien. ¿Estás en el celular?"

"El sitio está lleno. Un segundo. Voy a la oficina." Mister miró a Sara y le señaló la caja registradora. Agitó el dedo en el aire, su señal para "Hazte cargo". Avanzó por entre la multitud buscando su café mañanero y se abrió paso hacia el pasillo, el teléfono celular en la mano. "Sigue hablando, estoy a un paso de la oficina."

"Sólo quería discutir un par de cosas contigo."

Sacó las llaves del bolsillo y abrió la puerta de la oficina mientras preguntaba: "¿Un par de cosas?" Empujó la puerta. "¿Cosas buenas, Linda?" Encendió la luz y cerró la puerta.

"Cosas difíciles . . . pero buenas. Son cosas buenas, Mister."

Se sentó frente a su escritorio casi totalmente despejado. Cosas malas, cosas buenas, cosas malas, cosas buenas. Pero cosas buenas. Se sentó. Cosas difíciles, cosas buenas, cosas malas. "Okay, ya puedo hablar en paz. Un día agitado." Trataba de mantener la calma. Había novedades. Sobre el niño. Cosas buenas, cosas buenas . . .

"¿Mister? ¿Mister? ¿Estás ahí?"

"Oh, lo siento. Me debí haber despistado por un segundo. ¿Algún problema?"

"No. Ningún problema. Estuve hablando con los Rubio y pensaron que tal vez podrías llevar a Vicente a la casa para una visita."

"¿Una visita?"

"Ya sabes, una visita breve, para que así él empiece a conocerlos a ti y a Liz. ¿Ya regresó?"

"No. Pasado mañana."

"Esperaremos a que ella esté de regreso."

"Bien." Miró hacia la pared vacía enfrente. ¿Por qué estaba vacia? "Estoy un poco nervioso, Linda."

"Es normal."

"Liz no está nerviosa."

"Las mujeres son más fuertes."

Le gustaba el sonido de su risa en el teléfono. "Como si necesitara que me dijeras eso."

"Puede que él también esté un poco asustado," dijo ella.

"O tal vez no lo esté."

"No, tal vez no lo esté, Mister. En todo caso, es una buena idea que venga y esté un rato en su nueva casa."

"¿Eso piensan los Rubio?"

"Si, y tienen razón. Tan pronto como llegue Liz arreglamos todo."

Sintió que el corazón le palpitaba con fuerza. Como cuando regresaba después de correr un cuarto de milla. Igual. Pero había algo en la voz de Linda. Algo más. Sin ninguna duda.

"¿Mister?"

"Sigo aqui."

"¿Estás bien?"

"Estoy bien. Pero quieres decirme algo más."

"Así es."

"¿Qué?"

Linda estaba escogiendo las palabras, podia adivinarlo. Era muy cuidadosa con los jueces y los clientes. Probablemente también lo era con su esposo. "Ella quiere conocerte."

Por un instante, Mister se sintió desconcertado. Y entonces comprendió de repente quién era *ella*.

"¿Mister?"

"¿Y qué pasa con Liz?"

"Ella no quiere conocer a Liz."

"¿Por qué no?"

"Dice que quiere conocer al papá. Eso fue todo lo que dijo."

Papá, pensó. "¿Cuándo?"

"No suenas muy convencido. No tienes que verte con ella, lo sabes. Ella renunció a todos los derechos de paternidad."

"Lo hizo. ¿En realidad lo hizo?"

"Si. Esta mañana. La tinta no se ha secado todavía."

Dios, su corazón podía ser verdaderamente ruidoso algunas veces, escandaloso como si tuviera voluntad propia, su lógica propia, su voz propia. "¿En serio?" Pudo sentir que la voz se le quebraba.

"Sí, así es. Él ya no es su hijo."

"No es así de sencillo, ¿verdad, Linda?"

"No, no lo es, pero legalmente . . . ," se detuvo, como si estuviera componiendo la siguiente frase en la cabeza. No había que precipitarse. Hay demasiado afán en el mundo. Ella le caía bien. "Está libre para ser adoptado. Eso es todo lo que trato de decir."

"Libre para ser adoptado," repitió. Una triste forma de libertad. O quizás nada triste. O quizás no era libertad. O . . .

"Oye, Mister."

"¿Qué?"

"¿Estás seguro de que te encuentras bien?"

"Estoy bien."

"Escucha, no estás obligado a encontrarte con ella. Mucha gente aconsejaría no hacerlo."

"¿Qué aconsejarías tú, Linda?"

"No existe una respuesta correcta en este caso."

"Tal vez exista la respuesta correcta. Nosotros simplemente no sabemos cuál es."

"Me caes bien, Mister."

"Tú también a mí, Linda." Por un instante deseó fumar. Como si un cigarrillo tuviera la capacidad de ayudar en esa situación. En las viejas películas, los cigarrillos siempre ayudaban. Ayudaban a impedir que los hombres gritaran; impedían que se pusieran violentos, los mantenian silenciosos y serenos y bajo control.

"Mister, me has dejado sola otra vez."

"Lo siento. ¿Cuándo quiere que nos veamos?"

"Lo más pronto posible. Sospecho que lo único que ella quiere es dejar todo esto atrás. Y creo que, si decides verla, podrá ayudar. A ella, quiero decir. Pero déjame decirte algo, okay, déjame . . . mira, francamente, me preocupan más tú y Vicente. La vida de ella . . . pues, no pretendo sonar insensible, pero no es tu responsabilidad preocuparte por ella. ¿Comprendes lo que digo? ¿Mister? ¿Sigues ahí?"

"Sigo aquí. Me preocupo nada más. Soy muy bueno preocupándome." Podía serlo. Lo había heredado de Grace.

"Lo sé."

Sintió que su corazón seguía acelerándose. Se imaginó a él y a Liz caminando por la calle. Se imaginó a Vicente caminando con ellos, estirando las manos. Su corazón empezaba a calmarse. Sostenía la mano de Vicente. Era por la mañana. Se encontraban en un parque, y él observaba la expresión en el rostro de Liz cuando ella besaba a su hijo. En la luz.

Sí, eso fue lo que contestó. Sí La vería. Así podría saber cómo era ella, cómo hablaba, cuál era su aspecto, así podría ver sus ojos y encontrar posiblemente a su hijo, el mismo que ella estaba entregando. Tal vez ella guardaba algo en su voz, una clave que le revelaría a él por qué ella iba a abandonar a este niño, a ese hijo suyo, a este hermoso niño. Era como renunciar al firmamento. Pero las cosas eran mucho más complicadas. En alguna parte algo se había roto, la manera en que el mundo la había tratado había estropeado su corazón o su mente o su cuerpo. Así había sucedido; el mundo roto era descuidado y cruel y se llevaba los cuerpos y los moldeaba a su propia imagen, cuerpos y corazones y mentes hechos pedazos y los millones de fragmentos quedaban esparcidos alrededor de todo el globo, y esta mujer y su hijo, mierda, ellos eran sólo el trozo más pequeño en toda la escena. Y nada podía arreglarse. Esa era la razón por la que ella cedía a su hijo. Alguna gente estaba rota, destrozada completamente, y aún así mantenían a sus hijos, los mantenían y los alimentaban y los torcían y los doblaban y los convertían en criaturas grotescas, imágenes reducidas de sí mismos. Ella le estaba poniendo freno a todo eso. ¿No era acaso lo correcto? ¿No lo era? *Aquí se acaba. Todo este maldito asunto acaba aquí.* Había algo bondadoso en ella. Por eso era que ella dejaba escapar el cielo de sus manos.

El Ángel de Dios

Mister se encuentra al lado de la ventana, observando cómo desaparece por la calle la madre natural de Vicente.

William Hart se despierta—mareado—la cabeza dándole vueltas como un trompo. Trata de recordar dónde se encuentra. Sí, en un apartamento, si, un apartamento nuevo, y sí, ahora recuerda, había salido a tomarse un trago, y el hombre lo atacó, golpeándolo una y otra vez, pero había algo familiar, y de alguna forma había llegado hasta la casa, aunque no recordaba cómo, y sí, recuerda haberse lavado y un diente flojo, sangre en su labio roto, el sabor, de la sangre mezclado con el del whisky que se estaba bebiendo para mitigar el dolor. Sí, ahora ya recuerda.

La luz está desapareciendo de la habitación. *Tengo que volver a poner la luz en el cuarto. Sí, eso es lo que debo hacer.* Se tambalea hasta el espejo y observa su cara, congestionada y pálida. Siente una palpitación en la cabeza, después siente que se le doblan las rodillas. Lucha por mantenerse de pie pero el dolor lo arrastra afuera hacia el corredor *tengo que pedir ayuda* pero ha perdido la voz. Queda ahí tumbado, el mundo dando vueltas alrededor, gira cada vez más lento, después se detiene. Todo ha quedado completamente en calma. Puede oír su propia respiración. Mira hacia el cielo e imagina que ve un niño. *Ese niño, ese hermoso muchacho. Ese Ángel. Ha venido por mí. El Ángel de Dios finalmente ha venido por mí.*

La oscuridad ha desparecido. Sonríe hacia la luz que se cierne sobre él. Ruega por *nosotros, Santa Madre de Dios, para que seamos dignos de alcanzar las promesas de nuestro Señor Jesucristo.* Todo está tan claro. La luz lo ha estado buscando a él durante toda su vida. Lo ha encontrado, finalmente.

¿Qué es una Madre?

Un escenario neutral, seguro, una oficina agradable, pequeña, con tres cómodos sillones que parecen como si pertenecieran a la sala de alguien, sillones que parecen decir, *Siéntate, siéntate, este es tu hogar,* pero no lo era, no era su casa para nada. Había una mesa de reuniones con costosas sillas de madera alrededor, las mesas y las sillas brillando bajo la luz del cuarto como si posaran, convocando a un artista para que reprodujera en una naturaleza muerta su perfección fugaz. Las cosas. Las cosas eran más perfectas que la gente. Incluso la reproducción de Diego Rivera se veía perfecta: un cuadro original para algún observador casual que nunca hubiera oído hablar del pintor. Real. Seguro.

Examinó sus manos temblorosas. Se sentó en una silla, enseguida se levantó y caminó de un lado para otro del cuarto, después volvió a sentarse. Había llegado temprano. Porque estaba nervioso, porque no quería hacer esperar a nadie, porque odiaba llegar tarde. Por un instante, odió a Grace por haberle enseñado que había una virtud en ser puntual. Algo tan antimexicano. *¿Y nosotros qué somos, Grace, gringos?*

Volteó a mirar hacia la puerta cuando se abrió y le sonrió a Linda.

"Pareces nervioso."

"Sí," murmuró.

"No te pongas nervioso."

Él le sonrió. Nervioso.

"Ella está en la sala de espera. Dijo que le gustaría hablar contigo a solas. Creo que . . ."

"Voy a estar bien."

Ella le devolvió la sonrisa mientras salía del cuarto. Tomó aire. Se pasó los dedos por el pelo, peinándose. Su pelo siempre estaba fuera de sitio, como si no se hubiera cepillado después de la ducha, como si hubiera estado levantado toda la noche, como si llevara un fuego ardiendo dentro de él y su pelo no fuera sino llamas, la señal innegable de que estaba a punto de autoinmolarse. Dios, nunca había aprendido a peinarse. ¿Cómo diablos iba a poder arreglárselas con un niño de tres años? Un niño de tres años que no hablaba. Uno niño de tres años que . . . en ese instante ella entró a la habitación. Se acomodó en uno de los cómodos sillones, uno de los sillones que decía *siéntate*. Sacó un cigarrillo del bolso, buscó con los ojos un cenicero, encontró uno en una mesita al lado de un jarrón con unas margaritas falsas siempre en flor. Atravesó el pequeño cuarto, agarró el cenicero y lo puso sobre la mesa de reuniones. Encendió el cigarrillo, Malboro Lights, el mismo tipo de cigarrillos que él había fumado alguna vez. No dejaba de mirarlo, sin decir nada, estudiándolo. Él la estudiaba a ella. Le dio otra chupada al cigarrillo, después soltó el humo por entre la nariz. "¿Quieres uno?"

Él negó con la cabeza, decidió entonces sentarse en la mesa, al otro lado.

"¿No has fumado nunca?"

"Sí."

"No confío en los ex fumadores."

"¿Por qué?"

"Se creen superiores. Ven a los fumadores y piensan, *Estúpido, ¿no sabes que esa mierda puede matarte? ¿No te importa lo suficiente para dejarlo? ¿No tienes la suficiente fuerza de voluntad? ¿No eres lo suficientemente inteligente?* No, no confío en los ex fumadores. Son como esas malditas prostitutas que han encontrado a Dios. Ya sabes, a la gente que encuentra a Dios le gusta hacérselo tragar a los demás. Son los peores enemigos de Dios, si quieres saber qué mierda pienso yo al respecto." Lo miró. Era el turno de él. Su turno para decir algo.

"Para mí no fue tan difícil dejar de fumar. Nunca fui un verdadero adicto."

Él no pudo saber si ella se estaba burlando de él o sí se reía porque pensaba que lo que él había dicho sonaba interesante. Pero no porque en realidad fuera interesante o encantador o inteligente.

Ella se miró las uñas pintadas. "Pasaba más tiempo asegurándome de que las uñas me quedaran perfectas que con mi hijo."

Mister no comentó nada. Simplemente la miraba.

"No te caigo bien."

"No te conozco."

"Crees que sí."

"No, no lo creo."

"Soy bailarina. Bueno, eso ya lo sabías, ¿cierto?"

"No pareces bailarina."

"¿Crees que no parezco bailarina porque llevo un vestido bonito y estoy arreglada? Podría ser secretaria. Podría ser una contadora pública. Podría ser abogada. Podría ser maestra. Viéndome, podría ser cualquiera de esas cosas, ¿no es así?"

"Sí."

"No, no podría ser nada de esa mierda. Deberías verme sin ropa mientras bailo en un escenario para un hombre que imagina que todo lo que quiero es sentirlo dentro de mí. Hago que él se lo crea. No es que sea demasiado difícil. La mayoria de los hombres quiere tener la puta idea de que todas las mujeres quieren algo con ellos."

"No todos."

"Es verdad. Lo olvidaba. Tú eres mejor que esos otros hombres. La mayoría de esos tipos siguen fumando."

"No soy mejor. Sólo que tengo una idea diferente de cómo pasarla bien."

Ella se rió. Él había dejado de preguntarse cuál sería el significado de esa risa.

"Entonces, ¿qué haces para divertirte, regar el pasto?"

La miró. Era linda. Perfecta. Sólo que era furiosa y despiadada y su voz, que podía haber sido tan linda como su cara, era petulante y rabiosa y estridente y la hacía casi grotesca. Tal vez así era como debía ser. Tal vez ella habría tenido que luchar por cada cosa, de tal forma que su lucha era permanente; como una cicatriz o un tatuaje imborrable. Mister la observó e intentó sonreír. No había ninguna mala intención, nada malo en devolver el golpe. "Bueno, regar el pasto . . . ese es un momento delicioso. Algunos días, me excito con el aroma de la hierba recién cortada."

"Esa clase de humor no me atrae mucho."

Mister asintió. "¿Te puedo hacer una pregunta?"

"Hazla."

"¿Por qué querías conocerme?"

"¿Qué? ¿Quieres que sea más simpática? ¿Querías que te amara? ¿Arrodillarme? ¿Agradecerte por toda la vida?"

"Yo no quería nada. Vine porque tú lo pediste."

"No hagas cosas por la gente sólo porque te piden hacerlo. Puedes meterte en problemas por hacer mierdas así." Se tocó el borde del labio. "Sólo queria ver cómo eras." Lo observó con detenimiento, sin importarle que su manera de mirarlo lo hacía sentir incómodo. "¿Qué se siente cuando lo miran a uno así?" Sonrió. "¿Es un buen sentimiento?"

"Maravillos," susurró Mister. Esto no era lo que había deseado.

"Eres justo la clase de tipo que pensé que eras." Apagó el cigarrillo.

"¿Y qué clase es esa?"

"Suave. Decente." Se puso de pie para irse. "Un mexicano educado que parece y actúa de un modo más americano que los propios gringos. Y hablas español."

"Claro."

"Y estás casado con una gringa, ¿cierto?"

"Sí."

"Bueno, eso nos deja iguales, supongo. El papá de Vicente es gringo también. Hace que todo quede bonito y bien arreglado." Sacó otro cigarrillo. "Apuesto a que eres mejor gringo que los gringos. Y apuesto a que hablas un buen español, no esa mierda intermedia que habla el resto."

Mister no contestó nada. Ella estaba lanzando piedras. ¿Por qué no? Mantuvo la boca cerrada.

Ella lo miró con atención, de arriba abajo. "Estará bien. Eso era todo lo que necesitaba saber." Lo volvió a mirar. "Mira, como quiera que te llames . . ."

"Me llamo . . ."

"Olvídalo. Nunca les pregunto el nombre a mis clientes. Y nunca los beso en la boca. No creo en eso de simular ser intima. Lo único que necesitas saber de mí es que yo no debería ser madre. Lo supe mucho antes de que alguien me lo dijera. ¿Crees que necesito a la policía de la moral para que me lo diga? ¿Crees que necesito un juez? ¿Crees que necesito un trabajador social que no puede diferenciar su cara de su culo?" Encendió el cigarrillo. Miró el sillón y decidió seguir de pie. Era mejor.

Estar de pie. Se iba ya, en todo caso. "No es difícil entregarlo," dijo en voz baja. "Yo lo jodería. No necesito a nadie que venga a decirme esa mierda." Se dirigió hacia la puerta.

"¿Usted sabe lo que significa decente?" Mister no había previsto hablar, pero algunas veces sus propias palabras lo tomaban por sorpresa.

Ella se dio la vuelta y lo miró atentamente. Ignoró la pregunta, como sí no la hubiera escuchado, como si hubiera escuchado sólo un ruido y se diera la vuelta para ver qué había sido, quizás una rata en la habitación o una cucaracha o una polilla estrellándose contra un bombillo. Miró detrás de él, sin pronunciar palabra. Pero entonces lo miró como si no quisiera olvidar. ¿Sería eso? Era como sí quisiera dejar su rabia a un lado, así fuera por un maldito, irrepetible y maravilloso segundo. Se veía hermosa y perfecta en ese instante. "Sabe hablar," dijo.

"¿Qué?"

"Habla. Cuando quiere."

Mister asintió. "Gracias."

"¿De qué?"

Buscó la manija de la puerta.

"¿Sabe lo que significa decente?"

"Una mujer como yo no sabe nada de decencia." Esta vez no se molestó en voltearlo a mirar.

"Ser decente es entregar a un hijo porque uno lo ama."

"No me rompas el corazón," contestó ella. Casi con ternura, pero la rabia ya empezaba a asomarse cuando pronunció la palabra corazón; como una ola a punto de elevarse y romper contra la playa. "No me rompas mi jodido corazón."

Aún sentía su olor mientras esperaba sentado en la oficina. No había nada barato en su perfume, nada barato en la manera como iba vestida o en la forma en que se expresaba. Poseía una clase propia de gracia inconfundible. Había algo realmente grave, en algún rincón más allá de cualquier límite. Algo realmente terrible. Quizás ella ya habría vislumbrado su propio final y no podía modificar la conclusión de la historia. Moriría por alguna sobredosis, en un cuarto vacío, en una casa vacía, el hedor de hombres indigentes a todo su alrededor. Moriría por alguna enfermedad del hígado como consecuencia de tanto alcohol, los ojos amarillos, los dientes podridos, la piel gris como un cielo de invierno. Moriría por algo que le habrá contagiado algún hombre. O moriría por alguna bala destrozándole el corazón, un hombre que le disparaba por razones tontas y banales e insípidas y previsibles. O tal vez algún día se detendría a sí misma, despertándose y diciéndose, *basta*. Se pondría la ropa en mitad de algún show, patearía a algún pervertido de mediana edad justo en medio de los dientes y abandonaría el escenario, y simplemente pararía, dejaría de bailar, dejaría de meter drogas, acabaría con todo el maldito asunto, se reformaria, empezaría una existencia honesta y decente en una casa humilde y ordenada. Quizás se casaría. Con un hombre que sabría y comprendería lo que ella era. Quizás tuviera otro hijo—algún día otro hijo—y se convertiría en madre, una madre que amaría y cuidaría y atendería y alimentaría y vestiría y cantaría canciones de cuna. O quizás viviría simplemente sola, en duelo, y se levantaría todas las mañanas gritando el nombre de Vicente. Se metería todas las noches a la cama, exhausta, susurrando su nombre. La cicatriz de su recuerdo matándola. Lentamente. Todos los días.

Mister sacudió la cabeza. Caminó hasta la ventana y miró a la calle abajo. Pudo verla alejándose por la acera. Podría tratarse de una secretaria. Podría tratarse de una contadora pública. Podría tratarse de una abogada. Por un instante pareció no ser otra cosa que luz.

Y entonces desapareció.

Sintió una mano en su hombro. Se dio la vuelta y le sonrió a Linda. "Estuvo bien," dijo en voz baja. Dejó de mirarla y observó el día afuera, la acera ardiendo bajo el calor del sol del desierto. Se vio a sí mismo, de niño. Descalzo. Caminando por la acera. Eso era lo que hacía los días de verano cuando era niño: salia de la casa descalzo para ver, cuán lejos podía caminar antes de no poder aguantar más el calor del cemento. Una vez resultó tan caliente que le salieron ampollas en las plantas de los pies. Grace le había echado pomada y lo había regañado. Él le había dado un beso y la había seguido besando y besando. Los besos le salian muy fácil. Cuando tenía nueve años.

"¿Qué buscas allá afuera?"

"La historia."

"¿Qué?"

"Nada." Sonrió y se separó de la ventana.

¿Muerto, Ha Dicho?

William Hart se queja en el piso del corredor de su apartamento, los ojos le parpadean. Su asustado vecino llama al 911. Cuando llega un detective, sacude la cabeza mientras observa el cuerpo en el piso. "Parece que alguien molió a golpes a este tipo. Madre Santa. Sospecho que este hombre se desangró por dentro . . . heridas internas. He visto este tipo de cosas antes. El pobre cabrón debió haber pedido ayuda."

El detective empieza a inspeccionar. Le gusta mirar. Por eso es tan bueno en lo que hace. En el apartamento de Hart hay una computadora nueva, las cajas del empaque aún están en la habitación. Encuentra una servilleta en el bolsillo de la camisa del tipo, de un bar. El Tap. Encuentra el documento de identidad y la tarjeta personal de un oficial encargado de su libertad condicional y cuyo nombre reconoce. Le echa una llamada al oficial. "¿Conoces a este tipo, un tal William Hart?"

"Registrado como abusador sexual, acaba de llegar a la ciudad."

"¿En qué está metido?"

"Niños."

"¿Por qué lo soltaron?"

"No los pueden tener ahí adentro para siempre. Tiene una cita para esta tarde."

"No va a poder cumplirla."

El detective se dirige hasta el Tap. Habla con el barman. El barman dice, Sí, un tipo, empezó a hacer mierda a golpes a otro tipo; se necesitaron cuatro para separarlo. Pero el otro tipo, al que lo estaban moliendo a golpes, no dejaba de decir, La policía no, la policía no. Lo hizo mierda a golpes, ¿muerto, ha dicho? Puta mierda. Y no, nunca había visto al otro, pero estaba hablando con otro—Al Mendoza—un cliente habitual. Trabaja con computadoras en la universidad. Sí, claro que sí, la próxima vez llamo a la policía.

Grace en el Trabajo

race permanecía sentada—casi inmóvil—frente a su escritorio. La luz que atravesaba la amplia ventana era la misma luz que entraba en la sala de espera donde Mister caminaba de un lado a otro. Separados por cuatro calles, pero cada uno solo. Por el momento. Sin embargo, de los dos, era Grace quien se encontraba más calmada y concentrada. Era Grace quien tenía la capacidad de dejar a un lado las preocupaciones y dirigir su atención hacia las cosas que la calmaban. La luz, que siempre podía calmarla. Después de cuarenta y nueve años viviendo en el desierto, se había convertido en una apasionada de la luz y en la manera en que transformaba las superficies de su entorno: cómo caía sobre el piso desierto, cómo impactaba las habitaciones de su casa, cómo resplandecía su jardín en ciertos momentos del día, cómo suavizaba su oficina. Esa había sido la razón principal por la que había escogido este sitio para trabajar. Quería algo que mirara hacia la mañana. Había dejado pasar una oficina más amplia porque daba hacia el oeste, y había decidido ahorrarse el castigo de la luz de la tarde. Imperdonable, esa luz.

Justo en el instante en que Mister estudiaba el rostro de esa mujer tan furiosa como linda, el nombre de *Andrés Segovia* penetró en los pensamientos de Grace. Le habían cancelado las dos primeras citas, dejándola con una inesperada cantidad de tiempo entre las manos. Un tiempo extra inoportuno e inesperado. Así que se obligó a pensar en Andrés Segovia: pensar en él y ahorrarse tener que pensar en sus pechos, que tenían el aspecto de verse bien y saludables pero que no lo eran, ahorrarse a sí misma tener que pensar en su cuerpo, en el deterioro, en la prueba final que se aproximaba. Se ahorró tener que pensar en la radiación y en los tratamientos y en los medicamentos inútiles, y se ahorró tener que pensar en Richard Garza, en la manera cómo le besó la mano, y en lo que ella había descubierto en sus ojos durante ese interminable segundo de reconocimiento. Se ahorró tener que recordar las amargas lágrimas que se desataron como una tormenta de verano mientras caminaba de regreso al auto. ¿No se habían detenido las lágrimas? ¿No se había detenido el temblor? ¿No había comprendido ella que no debería volver a llorar, nunca más, porque no era así como iba a pasar sus meses o años finales o el tiempo que fuera que aún le quedaba? ¿No había decidido justo en ese instante que viniera lo que tuviera que venir, ella lo iba a recibir y lo iba a sujetar y no iba a tener miedo, y no le iba a abrir espacio en su casa a la autocompasión? Entonces, ¿aún no había pasado lo peor? ¿No había golpeado aún como un huracán, como una de esas tormentas sobre las que había escrito Andrés Segovia . . . no la había golpeado ya dejándola de pie? Y, en todo caso, ¿qué era su muerte después de la de Sam?

Pasó las hojas de un par de expedientes sobre su escritorio. Sacudió la cabeza por las cancelaciones de esa mañana. Era una manera de decirlo. Cancelaciones. Uno, había sido llevado de vuelta a la correccional por intento de violación. *Las mujeres me quitan cosas, usted no sabe lo que se han llevado. ¿Qué? ¿Qué le quitan? Dígame.* El otro, estaba en el hospital, un accidente de tráfico, conducía borracho y *No, no, no tengo problemas de alcohol . . . le juro que no.* Problemas con mujeres, problemas con el alcohol, síntomas de enfermedades que estaban tan profundamente arraigados y vivos como el cáncer en sus pechos. Si sólo pudieran encontrar algo en ellos mismos de donde poder agarrarse. ¿Acaso no tenían todos algún tipo de cinturón de seguridad para protegerlos de sus accidentes? Si sólo consiguieran alcanzar ese lugar. *Si sólo era un lugar,* un desierto donde sus clientes estaban condenados a deambular sin rumbo como La Llorona vagando por el río, buscando a sus hijos ahogados.

Una provisión de seis meses de consejería y todo en balde. Su culpa, la culpa de mamá, la culpa de quién, la culpa de papá, la culpa de ellos, responsabilidad personal, sí, culpa de ellos. *Culpa de ellos.* ¿No era así? ¿No era desoladoramente simple? Una lástima que no se tratara de corporaciones, de esa manera podrían ser legalmente individuos sin tener ninguna responsibilidad por los estragos que hubieran ocasionado. Una lástima que fueran sólo gente de carne y hueso. Una maldita lástima. ¡Maldita sea! Estos dos eran inteligentes, los dos. Sacudió de nuevo la cabeza y volvió a guardar los expedientes en su sitio. En caso de que algún día regresaran. Elaboró una nota mental para ir a visitar a la muchacha en el hospital. Pero no para lanzar acusasiones. Ya tenía suficiente de todo eso.

Andrés Estaba Llorando

Al Mendoza tuvo que contarles. No es que le gustara delatar. Incluso a un tipo como Andrés Segovia, que vivía permanentemente encabronado con el mundo. Cuando vinieron a buscarlo los dos detectives, supo por qué estaban alli. Tuvo un mal presentimiento. Odiaba toda esta mierda. Entonces le preguntaron. Y él les dio el nombre de Andrés Segovia. Contestó a todas sus preguntas. "¿Y usted lo llevó a la casa? ¿Qué dijo?"

"Nada, no dijo nada."

"¿Nada?"

"Estaba llorando."

"¿Llorando?"

"Sí, llorando. Ese tipo le hizo daño."

"¿Sí? ¿Cómo?"

"No se."

"Entonces, ¿cómo lo sabe?"

"Porque sí. Andrés estaba llorando. No es la clase de tipo que hace esas cosas."

"¿Matar gente a puñetazos o llorar?"

"No hace ninguna de esas cosas."

"Bueno, hace un par de noches, hizo las dos."

Tiempo y Orden en el Universo

A las cuatro y cuarenta y cinco de la tarde, Grace se encuentra escuchando a un muchacho que habla de su padre. *Él me odia. Dice que sólo estoy haciendo esto para vengarme de él. Le contesté que ser gay era una forma buenísima de vengarse del papá. Le dije que si de verdad quisiera vengarme de él hubiera vendido sus palos de golf.* Sonríe. Los otros chicos del grupo se ríen. *Quiere más a sus palos de golf que a mi.*

Andrés Segovia se encuentra sentado en un cuarto; dos detectives le hacen preguntas. *Hijo, ¿por qué lo mataste? ¿Qué te había hecho? ¿Cuándo lo conociste? Cuéntanos. Podríamos encerrarte. Tenemos pruebas suficientes. Un montón de gente te vio golpear a ese tipo. Y está muerto Tenemos el reporte de un forense que te señala a ti, hijo. Podríamos llevarte al fiscal del distrito de inmediato. Ahora mismo.* Andrés Segovia alza los ojos para mirarlos. *¿Y qué se los impide?*

Dave está en la corte. El jurado ha entrado. El jurado principal dice *culpable*. Pronuncia la palabra de manera respetuosa. Su cliente baja la cabeza y murmura, *hijos de puta*. En el fondo de su corazón, Dave sabe que su cliente es culpable. Es un tipo adinerado y le ha pagado a él todos los dólares posibles. Un montón de dinero, y hoy han perdido. Culpable. Le comunica en voz baja a su cliente que apelarán. Y en todo caso, piensa, suspenderán la sentencia, o gran parte de la misma. Crimen de guante blanco. Nadie ha sido asesinado. Sólo fueron robados unos cuántos dólares. Dinero nada más. Mister está hablando con Liz por teléfono. "Ella me odia, Liz". *Ella sólo está furiosa, Mister. Tal vez tenga derecho a estarlo.*

"¿Cuándo dejaremos de estar furiosos, Liz?"

¿Dave? ¿Grace?

La tarde le resultó relativamente fácil. Algún trabajo pendiente, uno que otro reporte, la llamada de un abogado comunicándole que uno de sus clientes no iba a regresar. *De vuelta a la cárcel. Lo siento.* ¿Pero le gustaría que almorzaran? No gracias. *Almuerzo con los pájaros en San Jacinto Plaza.* En efecto, le contesta eso. Detesta a los hombres que mezclan los negocios con el placer. En especial los casados. Llamo a su esposa.

Tuvo una última sesión con un cliente que se muda a Chicago. Y tuvo una sesión de dos horas con ocho estudiantes escolares gays y lesbianas. Ella nunca se había interesado en las sesiones de grupo; pero estos chicos le caen bien. Eran inteligentes y encantadores y mucho menos estropeados que la mayoría de la gente que atiende. Sobrevivientes, todos. Deja que ellos hablen. Eso es lo que más necesitan. Ella les hace preguntas. No hubo crisis entre ellos durante esta semana. Una discusión sobre quién era peor: los profesores ignorantes o los guapetones homofóbicos. "¿Esas son nuestras opciones?" preguntó uno de ellos. Todos se rieron. No fue una tarde difícil. Se sentía agradecida.

A las cinco y media, hizo un reporte informal sobre su primera sesión con Andrés. Se mostró dueño de sí mismo y se expresaba muy bien. Evidentemente era el mismo hombre que había escrito las palabras en esos papeles arrugados que tenía en su posesión. También le resultó evidente que era el mismo que mantuvo a cuatro policías a raya.

Echó una mirada al cuarto. Aún olía un poco a humo, a pesar de que había abierto la ventana y había encendido una vela de canela. Tampoco era que le importara demasiado.

Alguien golpeó en la puerta. Antes de que pudiera decir, pase, la puerta se abrió. Se encontró sonriéndole a un hombre parado en el umbral. Había pasado mucho tiempo desde que había visto esa sonrisa. Recordó la primera vez que puso los ojos en él. No hubo sonrisas aquella vez.

"¿Dave? ¿Qué haces aquí?" Se levantó de la silla y le ofreció un abrazo amistoso aunque formal. Él la beso en la mejilla. Demasiada colonia. Prefería el humo de cigarrillo.

"¿Cómo estás, Grace?"

"En realidad no viniste hasta aquí para preguntarme cómo me encuentro."

"No. Pero eso no significa que la pregunta haya sido insincera."

"Supongo que no."

"Dios, Grace. Sigues siendo la misma."

"Más vieja."

"Probablemente más dura."

"Probablemente. La vida te obliga. Tú tampoco has cambiado mucho. Bueno, tu ropero ha cambiado."

"¿Por qué es que todo el mundo se fija tanto en lo que llevo puesto?"

"Porque es lo que quieres."

"Sabes, debiste haber seguido hasta el final y haberte hecho psicoanalista."

"Estoy bien donde estoy."

Él sacudió la cabeza. "¿Por qué es que nunca te volviste a casar, Grace?"

"¿Cómo sabes que no?"

"¿Te volviste a casar?"

Él le mostraba esa sonrisita tan familiar. "No quise volver a casarme."

"Eres realmente muy linda."

Ella ignoró el cumplido. "¿Y qué hay de ti? ¿Qué eres a tus treinta y pico largos"?

"¿Y?"

"Que eres realmente muy lindo."

"Me estás tomando del pelo."

"Tú lo pediste."

Él se rió. "Las mujeres siguen dejándome plantado."

"Sin ninguna razón, supongo."

"Suenas como mi madre."

"¿Cómo está tu madre?"

"Mejor que nunca . . . desde que murió mi padre."

"Eso no suena muy amable."

"No. Pero es verdad."

"Viniste por Andrés, ¿no es verdad?"

"No cambias, ¿cierto Grace? Siempre apuntando directo al asunto."

"Ya deberías saber que si apareces en mi puerta voy a discutir sobre algún cliente."

"Grace . . ."

"¿Qué?"

"Lo arrestaron."

"¿Qué?"

"Dicen que asesinó a un hombre. Con los puños."

"Yo no . . ." Grace se detuvo en mitad de la frase. "¿Crees que lo hizo?"

"No importa lo que yo piense."

"Sí importa. Siempre importa."

"Creo que hay circunstancias atenuantes. Eso también importa."

"¿Así que estás asumiendo su caso?"

"Claro que sí."

"Supongo que vienes a comunicarme que no regresara más."

"Claro que vendra."

"Desde la cárcel."

"Eso lo puedo arreglar. Necesita verte, Grace. Necesita ver a alguien."

Ella asintió. "Pero yo no trabajo para ti, Dave. Trabajo para él."

"¿Y eso significa?"

"Que lo que él diga no sale de este cuarto."

"Sí te cuenta la historia una vez, no será tan doloroso volverla a contar."

"Piensas que si él me cuenta lo que sucedió entonces te lo contará a ti también."

"Algo así."

"Espero que tengas razón."

"¿Seguirás viéndolo entonces?"

"Esperaré noticias tuyas."

Lo miró. Había cierta urgencia en su voz. Grace asintió, recordando. ¿Cuántos años tenía él cuando vino a su oficina? Endurecido y extraviado, pero un niño aún. No, un hombre que todavía no sabía cómo ser un hombre. "¿Estás bien?"

"Sí, estoy bien."

"No pareces estar muy bien."

"¿No parezco?"

"Creo que puedo darme cuenta."

"No me has visto en años."

"Él es importante para ti, ¿no es así?"

"Sí."

"¿Por qué?"

"Es una historia larga, Grace."

"Escuchar historias largas es lo que hago para ganarme la vida." El tenue aroma de los cigarrillos seguía estorbando sus sentidos. Y entonces de repente el olor rancio de los cigarrillos dio paso a un aroma de gardenias y agave. Gardenias y salvia y agave. Muy extraño.

"¿Grace?"

Lo miró. Los ojos de él parecían reprimir una pregunta. Un hombre tan atractivo tipo chico-blanco-todo-americano-que-nadie-puede-hacerme-daño. Excepto que sí lo había lastimado. Pero ya estaba bien. Más o menos. Y entonces a ella la embargó una poderosa sensación de afecto por él. Pero él parecía encontrarse muy lejos en ese instante.

"¿Grace?"

Todo se estaba oscureciendo, las luces del cuarto apagándose. Y también el sol. Todo era tan extraño, como si el mundo entero se hubiera hecho a un lado, escapándose de ella. Sola. En la oscuridad. Dios. Todo estaba tan negro como los ojos de Andrés Segovia.

"¿Grace? ¿Grace?" Escuchó una voz. Era Dave. El muchacho que había sido enviado donde ella por su madre desesperada, ¿podrías ver a nuestro hijo? ¿Hablarías con él? Dave, que había rehusado hablar con ella durante varias sesiones hasta el día que no hizo sino llorar, durante horas. Y ella lo había abrazado todo el tiempo, y ella recordaba cómo quedó su blusa empapada por las lágrimas. Dave. Dirigió la mirada hacia la dirección de la voz. ¿Dave?

"¿Grace? ¿Estás bien?"

Ella estiró la mano hacia la oscuridad.

La Luz

Mister inspeccionó el cuarto. Otra noche sin poder dormir. Se levantó de la cama y caminó en la oscuridad hacia la cocina. Se sirvió un vaso con agua. Se puso el vaso en los labios y bebió. Pensó en la lluvia. Pensó en su padre, pensó en lo que le había dicho sobre que ellos eran hijos de un Dios que había muerto sangrando y rogando por un sorbo de agua. Esta noche, él se sentía tan sediento como el Dios de su padre.

Se dirigió hacia la habitación de Vicente. Recien pintada. Amarillo y naranja. Lizzie la había pintado, por si acaso. "Una habitación alegre," había dicho. Demasiadas habitaciones tristes en el mundo. Demasiados niños infelices. "El niño que va a vivir aquí va a ser muy feliz." Liz estaba totalmente segura. Esa era su tarea ahora, hacer feliz a un niño. Eso fue lo que Sam hizo por él: hacerlo feliz. Y también Grace. *Grace, no quiero volver a pelear.*

Presionó la cara contra la pared y aspiró el olor. Vicente sería capaz de oler la pintura fresca. Él lo tomaría en sus brazos y le describiría la habitación, y encontraría la manera de describirle la luz de la mañana y cómo esa luz hacía ver la habitación, como si se tratara de una vela encendida en un cuarto oscuro. *Vicente, este es el cuarto donde nos reinventamos a nosotros mismos.*

Se sentó ahí. En la oscuridad. Intentó hacerse una imagen de su padre, de cuál sería su aspecto, el color de sus ojos. Intentó hacerse una imagen de Vicente. Intentó comprender lo que significaba ver.

Por la mañana, se despertó y descubrió que estaba tumbado en el piso, la luz inundaba el cuarto. Sonrió. Liz llegaba hoy a la casa. Haría el amor con ella. Traerían a Vicente a la casa para su primera visita. Dios, la luz en la habitación era hermosa.

La Oscuridad

Te conducen a una habitación en la estación del centro. Te hacen preguntas. Decides que no quieres contestarles. Te preguntan si quieres un abogado, y les respondes que no quieres un abogado; pero no quieres contestar esa pregunta, tampoco. Ellos interpretan su escena. Tú ya conoces el papel que te han asignado. Finalmente, te cansas de ellos. Y sólo dices, "Hagan lo que tengan que hacer." Y entonces afirman que tienen material suficiente con que acusarte. Tú asientes. Están molestos porque no quieres firmar nada. Porque no dirás nada. Sería mejor si firmaras una confesión, eso es lo que dicen. Pero sabes que no es tu oficio firmar nada, no, no es tu obligación ayudarlos.

Te conducen a un cuarto pequeño y te requisan. Te cachean de arriba, abajo, examinan tu calzado, te hacen quitar el cinturón. Te ponen esposas en las muñecas. Un oficial te lleva afuera, su mano en tu hombro. Otro oficial lo acompaña, lleva tu expediente en la mano.

Se encuentran con otro oficial, y tú te quedas ahí en la acera, esposado, y bajas la cabeza, y te dices que nadie te está observando. Te dices, que eres invisible, y mantienes la cabeza agachada. No levantas los ojos, por ninguna razón. Piensas que van a seguir conversando para siempre—se ríen y bromean y hablan de cosas sin importancia—y finalmente, te llevan a la cárcel. Sientes alivio de no seguir expuesto al público. Y, de nuevo, te requisan. De nuevo, te hacen quitar el cinturón y los zapatos. No importa que ya lo hayan hecho. Lo vuelven a hacer. Y te meten entonces en una celda provisional. No hay mucho ajetreo, así que no tienes que esperar por horas en la celda provisional, y te alegras de no tener que esperar demasiado pues hay un borracho en la celda y cuenta a gritos la historia de su vida, gritándosela a cualquiera que lo escuche *Mi padre fue el mayor hijo de puta después de Hitler* . . . Y entonces pronuncian tu nombre y te sacan de la celda y te toman fotos y las fotos van directamente a una computadora. Y después te toman las huellas en una máquina nueva. Y como tu foto, tus huellas van directamente a la computadora. Así que ahora toda tu información, lo que tiene que ver contigo está en la computadora. Y permanecerás en esa computadora hasta el día de tu muerte.

Y entonces, como en un acto de magia, de una impresora conectada a la computadora sale un brazalete con tu fotografía y el oficial lo ajusta a tu muñeca, y después te conducen hasta un mostrador donde te clasificarán. Te hacen preguntas: quieren saber si eres violento o gay o si tienes una enfermedad o si estás loco. Dices que no eres gay y que no tienes ninguna enfermedad y que no estás loco; pero agregas que tienes ganas de golpearlos. Y entonces sonríes. Pero ellos no te devuelven la sonrisa. Y después te llevan adonde una mujer vestida de azul oscuro que te hace una prueba de TB. No tienes que esperar en fila por mucho tiempo. Ella te sonríe, y te preguntas por qué. Y le sonríes también y te preguntas por qué.

Y después de eso, te llevan hasta otro mostrador. Un joven negro grande con una sonrisa tan amplia como sus manos te entrega una canasta cargada con las cosas de tu nueva vida: un overol naranja, una cobija, una toalla, unas zapatillas deportivas de lona, un cepillo de dientes barato, una barra de jabón, papel higiénico. Mientras te pasa la canasta, señala hacia un rincón—una celda especial—y te obligan a tomar una ducha. Y te sientes sucio mientras te bañas, y tiemblas mientras te secas porque tienes frío y te sientes más desnudo que nunca antes en tu vida, y después te pones tu ropa nueva. Y se llevan todo con lo que habías entrado: tu billetera, tu reloj, tus jeans, tu camisa, tus zapatos, el recibo y las monedas que tenías en los bolsillos.

Y ahora pasas a ser de su propiedad.

"Te sacaré de aquí tan pronto como te dicten los cargos."
"Lo hice, Dave."
"No es tan sencillo. No era tu intención."

"¿Cómo lo sabes?"

Era extraño que Dave estuviera más preocupado que él mismo. Quizás empezaría a preocuparse mañana. Quizás no volvería a preocuparse por nada nunca más. Se sintió contento de no tener un celular. Mañana, lo trasladarán con otros hombres, pero no esta noche. Esta noche estaba solo, y se sentía contento. Quizás, cuando entre a la prisión, se lanzará a darle golpes a alguien, a cualquiera que necesite una paliza, cualquiera. Y lo pondrán en confinamiento. Y hará lo posible para quedarse ahí. De manera que ya nunca tendrá que volver a ver a otro ser humano.

Observó la celda. Era asombroso, pero el cuarto le resultó familiar. Oscuro y no realmente sucio. Pero tampoco limpio. ¿Cómo podía estar limpio un sitio como éste si estaba síempre ocupado por hombres como él? Pensó en Mando. Esto era lo que él habia visto. Tal vez esta era la misma celda. Así que ahora él estaba ahí, siguiendo los pasos de su hermano. Ese era su destino. Aquí era donde pertenecían. Aquí, en un exilio que tenían más que merecido.

Recordó el patio en Juárez, y la casa donde habían vivido. No era demasiado diferente a este lugar. Susurró la palabra *emancipación*. Había aprendido la palabra en algún momento de su pasado, pero estaba demasiado cansado y soñoliento para escudriñar en su memoria. Y, en todo caso, era una palabra que no tenía ningún significado.

En la mañana, no habrá ningún sol en esta habitación. *Te sacaré, te lo prometo. Te lo prometo, Andrés.*

"No te preocupes, Dave. Alguna gente prefiere la oscuridad. ¿No deberías saberlo ya?"

Segunda Parte

Sean tinieblas las estrellas de su aurora,
la luz espere en vano y no vea los párpados del alba.

—JOB 3:9

Normalidad y Apocalipsis

El sol parpadea. Como una llama azotada por un viento repentino. Como las luces en un refugio antiaéreo durante un bombardeo. Incluso el sol parpadea. Eso es lo que ella continúa diciéndose. Una ráfaga, una bomba, una pequeña explosión. Después pasaba la conmoción; todo regresaba a la calma. Todo regresaba a la normalidad. Excepto que ella sentía que temblaba. Excepto que ella sabía que esto era el comienzo. Era su cuerpo el que parpadeaba.

¿Habrá empezado así también para Sam? Había tantas cosas que él nunca le dijo hacia el final. Quizás así sucedía con la gente que entraba en ese espacio entre la vida y la muerte. Cuando uno traspasa ese espacio, deja de contarle cosas a la gente. Uno empieza a liberarse de la necesidad de las palabras así como empieza a liberarse de la necesidad de comer, de la necesidad de agua, de la necesidad de cualquier cosa que tenga que ver con las extrañas y caprichosas ansias del cuerpo. Tal vez, cuando uno empieza a encaminarse hacia la muerte, comienza uno a llenarse de silencio.

Ella había examinado cuidadosamente todas estas teorías cuando Sam estaba muriendo. Se había aferrado a estas teorías en lugar de haberse aferrado a Sam. ¿No había sido ese su pecado? Había perdido el valor, se había dicho a sí misma que no importaba, con todas esas horas sin palabras que planeaban sobre ellos como gallinazos sobre animales muertos. Pero siempre importaba. Que ella lo hubiera dejado sufrir a él en soledad. Pues ella no quería saber, porque dolía demasiado, y era aún más doloroso pretender que no dolía para nada. Pues ella en realidad no había creído que él fuera mortal, su Sam. Ella había esperado que él encontrara un modo de mantenerse con vida, así como siempre había encontrado la manera de arreglar todas las cosas en la casa, la plomería, la electricidad, los cimientos, el cajón que siempre se trancaba. Oh, Dios, ella había esperado, había esperado que él viviera. Así que había aguardado en un silencio atontado. Pero ahora tenía una nueva oportunidad. No cometería el mismo error. Maldita fuera si cometiera el mismo error con Mister. Pero, ¿cómo podría encontrar la manera de arrastrarlo hacia ella cuando lo había apartado sin ni siquiera saber que lo estaba haciendo? *Vives más interesada en tener la razón que en ser cariñosa; ese es tu problema, Grace.* Él le había lanzado esta acusación como si le arrojara una granada de mano. Se apoyó en el escritorio. La oscuridad momentánea se disipaba. Mira lo sencillo que resulta detener el temblor. Ni siquiera sabía que había balbuceado el nombre de Mister.

"Creo que debería llamar un médico."

"Estoy bien, Dave. Ya estoy bien."

"¿En serio?"

"Claro que si."

"¿Qué te pasó?"

"Estoy cansada."

"No lo creo."

"No tienes título de médico, Dave."

Eres abogado, no un maldito médico. Dave sonrió para sí mismo. Primero, Andrés. Ahora, Grace. Tal vez era más previsible de lo que sospechaba. Se mordió el labio. "Grace . . ."

"Acabo de venir de una cita donde el médico. Sé exactamente de qué se trata y qué es lo que me pasa."

"Bueno, ya suenas como la Grace que conozco y quiero."

"No tenía idea del afecto que me tenías."

"Me enamoré de ti desde el primer momento."

"Eras un muchacho."

"Tenía veintiún años."

"Y parecías de dieciséis. Y deja de mirarme así."

"¿Mirarte cómo?"

"Con ese gesto de preocupación. Es demasiado serio."

"¿Serio?"

"Pensé que los abogados debían ser un poco más calculadores. Un poco más despiadados."

"Oh, puedo ser despiadado. Y según las mujeres con las que he salido, puedo ser malditamente calculador."

"Eso resulta reconfortante."

"¿Nadie te ha dicho nunca que eres muy agresiva?"

"La palabra *muy* resulta innecesaria, Dave." Las manos le habían dejado de temblar. Volvió a sentirse con fuerza. "Estoy bien. Ahí tienes esa mirada de nuevo. Debes de ser muy bueno en provocar la lástima de los jurados."

"Todo es por una buena causa." La estaba estudiando con atención. "Mister, ¿no es tu hijo?"

"Sí. ¿Por qué lo preguntas?"

"Susurraste su nombre."

"¿Lo hice? Debí haber estado pensando en él."

"¿Quisieras ir a comer? Bueno, si te encuentras bien."

"¿Qué tal un trago?"

"¿Crees que es una buena idea?"

"Creo que es una idea excelente. Así podrás contarme cómo es que has conseguido convertirte en un abogado tan exitoso y ser un fracaso tan lamentable con las mujeres."

"Encuentro la palabra lamentable tan *innecesaria* como la palabra *muy* para ti. Esta no va a ser una sesión de consejera, ¿cierto, Grace?"

"No. Ya hice todo lo que pude al respecto."

"Soy un individuo funcional."

"¿Fue ese mi gran logro contigo?"

"No puedes echarte toda la culpa, Grace." Él podía ser tímido. Ella podía descubrir esa timidez en su sonrisa. Ella había visto antes ese lado suyo . . . mucho tiempo atrás.

"Me estás examinando, Grace. ¿Qué estás descubriendo?"

"Un hombre que trabaja demasiado duro. Te está volviendo viejo."

"No es el trabajo. Los gringos no envejecemos bien; ¿nadie te dijo eso?"

Ella por poco se ríe. "Un rumor que empezaron otros gringos."

"¿Con qué propósito?"

"Para generar lástima."

Él soltó una leve sonrisa. "Me gustas, Grace."

"Lo eres, ¿cierto?"

"¿Qué?"

"Sincero. Lo eres. Arrastras contigo el mundo hasta tu casa todas las noches."

"El mundo no."

"Tal vez sólo a Andrés Segovia."

"Es complicado, Grace."

"¿Necesitaría un título de abogada para comprender toda la situación?"

"Pues, no, no un título de abogada."

"Explícamelo, entonces, todo este complicado asunto. Soy relativamente inteligente."

"¿Relativamente?"

"Pensé que ya habías entendido que no me gusta la palabra *muy.*"

A él de verdad le gustaba ella. No podía evitarlo. Deseaba preguntarle cuántos hombres se habían enamorado de ella. Pero ella no era el tipo de mujer que hubiera permitido hacerle esa pregunta.

"Quiero que lo sigas viendo."

"Está en la cárcel."

"Ya saldrá. Ahora mismo, por supuesto, él no me quiere ver. No quiere ver a nadie. Pero lo sacaré de ahí de una u otra forma."

"Suenas muy seguro."

"Conozco el sistema."

"¿Lo dejarán salir con ese temperamento?"

"No te pueden retener en la cárcel por tener mal genio."

"Se metió en una pelea con cuatro policías . . . los atacó, se resistió al arresto, estaba borracho . . ."

"¿Por qué crees que lo saqué tan fácilmente? Los policías lo molieron a golpes. Retiraron todos los cargos de inmediato."

"¿Andrés lo sabe?"

"No he querido estar por ahí para decírselo."

"¿Por qué no?"

"Si él se enterara que han retirado todos los cargos, entonces tal vez deje de venir aquí."

"¿Entonces el estado no me hará un reembolso?" Grace sonrió.

Él le devolvió la sonrisa. "No."

Estuvieron en silencio durante un momento.

"Ya ves . . . mi hombre Andrés no tiene antecedentes."

"Pero pensé que . . ."

"Era un menor. Y quedo libre de todos los cargos."

"¿Era asesinato?"

"*Él no mató a nadie, Grace.*" El rostro de Dave se volvió de piedra por un segundo, y enseguida recuperó la blandura de antes. "No tiene antecedentes."

"Nada que puedan usar en su contra en una corte judicial. ¿No es eso lo que quieres decir?"

"Lo puedo sacar con una fianza. Grace; lo voy a hacer."

"Así de sencillo, ¿ah?"

"Nada es así de sencillo. Sacarlo bajo fianza hasta el juicio es la parte fácil." Miró con atención la cara de Grace. "¿Crees que debería estar en prisión?"

"No lo sé."

"Bueno, yo sí. No le van a fijar una fecha de juicio hasta dentro de seis a nueve meses. Quizás un poco más. Eso es demasiado tiempo para él. No se lo merece." Estaba molesto. Ella podía darse cuenta. "Tal vez dejarlo salir no sea lo mejor."

"¿Lo mejor, Grace?" Sacó un cigarrillo, se lo puso en la boca.

"Grace, no es demasiado tarde para él. Este muchacho tiene algo, Grace."

Ella asintió. "Sí. Creo que sí. Pero . . ."

"Sin peros."

"¿Por qué te interesa tanto?"

"Porque, como Andrés, yo también tengo algo." Mostró una sonrisa, después se rió abiertamente. El cigarrillo cayéndosele de la boca. No dejó de reir. "¿Quieres oír un secreto?"

"Eso es lo que hago para ganarme la vida: oír los secretos de los demás."

Él levantó el cigarrillo del piso. "¿Recuerdas lo del accidente?"

"¿Cómo podria olvidarlo?"

"¿La gente que maté . . . ?"

"A estas alturas ya deberías pensar que debes dejar de hablar de ese accidente de automóvil como si los hubieras matado con un arma. ¿Quieres jugar el juego del diccionario?"

"El juego ese en el que tú me pasas un diccionario desde el otro lado de la mesa y me obligas a leer . . ."

"La palabra es *accidente.*"

"Grace, esa pareja . . . eran los papás de Andrés Segovia."

Grace y la Misa por la Mañana

E l mundo podía ser tan pequeño como cruel. A veces ella se preguntaba sobre Dios, sobre sus estratagemas, sus planes, sus tramas, su sentido del orden. Tal vez él era igual que la Biblia: hermoso y excesivamente elaborado, redundante y con la urgente necesidad de una revisión editorial.

Andrés Segovia y Dave Duncan. Tenía mucho sentido, ahora. Tampoco es que nada tuviera mucho sentido.

Salió descalza e inspeccionó el jardín. La planta de agave florecería ese año. No había vuelto a florecer desde que Mister era un niño. El tallo verde apuntaba hacia el cielo de la mañana. Cerró los ojos. Recordó vagamente el sueño y se preguntó si habría sido la noche anterior. Quizás sí. No podía asegurarlo: una señal inconfundible de que se trataba de un sueño muy familiar.

Respiró profundo y trató de despejar completamente su cabeza de todo lo que tenía dentro: Andrés y Dave, su trabajo, el persistente olor a cigarrillo sobre su piel.

Durante la misa de la mañana oró por Mister. No era justo ocultárselo. Tendría que comentarle sobre su conversación con el médico. Se preguntó si resultaría más fácil decírselo si se hubieran llevado mejor. Aunque el hecho de haberse llevado mejor no tenía nada que ver con la dimensión del amor de Mister. Ella sabía que Mister la amaba. Sabía que él haría cualquier cosa por ella, *si ella se lo pidiera.* Ese era el problema; ella siempre había odiado tener que pedir algo. ¿Decirle que tenía cáncer no parecería como si ella le estuviera suplicando su afecto? Trató de imaginar su rostro cuando ella le contara. Él era, en el fondo, un buen hombre. El hijo de Sam. Le objetaría a ella su prematura retirada. Le exigiría una explicación de por qué agitaba la bandera blanca de rendición apenas estallaba el primer disparo. *Ya te cuentas entre los muertos. Ya te has lanzado al pozo de la historia. ¿Cómo es que permites que la muerte te lleve tan pronto? Incluso las raíces de un árbol moribundo se aferraban a la tierra que amaban.* Eso sería lo que él diría.

Objetaría la forma en que estaba manejando todo el asunto. Le exigiría que visitara otro médico y se asegurara de que el otro medico pondría al descubierto la ineptitud del primero. Discutiría y contradeciría y trataría de encontrar una salida. Discutiría con ella y, por primera vez, esta discusión sería una cosa hermosa.

Se quejaría por la injusticia y la arbitrariedad de todo este asunto. Afirmaría que los dos estaban juntos en esa batalla. Aseguraría que juntos podrían derrotar cualquier cosa. El cáncer era un enemigo enclenque e indigno. Tendrian la seguridad de derrotarlo. La exhortaría y la engatusaría y le suplicaría que se arremangara, *¡Sube al ring, Grace, y pelea, maldita sea!* Se ofrecería a convertirse en su *manager,* en su entrenador, en cualquier cosa que ella necesitara de él. Y entonces estarían juntos de nuevo, madre e hijo, más cerca de lo que hubieran estado nunca.

¿Pero cómo podría expresarlo? Debería existir una estética para estos casos. Se lo contaría al calor de una copa de vino. *Tu mamá se está muriendo.* O los invitaría a él y a Liz a comer; los invitaría finalmente a los dos a su casa. Y en el momento del postre y una taza de café, les contaría. De manera directa. Frívola. Serena, como una monja tomando los últimos votos. *Voy a comprar mi pedazo de tierra. Me voy a un largo crucero por el río Estigia. Me voy a encontrar con Sam. Me voy del país y llevo poco equipaje. Y de verdad, el aire se está poniendo tan malo que simplemente he decidido que no quiero seguir respirando más. Me voy a encontrar con Sam. Dios está tocando la bocina afuera. Oye, Mister, tengo cáncer, me voy a encontrar con Sam. Estoy caminando hacia la luz. Voy a ver a Sam. Voy a ver a Sam.* No importa lo que dijera, sonaría horrible y trillado y triste y lastimero y teatral y sincero y conmovedor y melodramático y manipulador, todo a un mismo tiempo. Sam tenía razón. Las palabras resultaban muy pobres al confrontarlas con los placeres y las limitaciones del cuerpo. Una caricia sería más elocuente. Una mirada. Pero ella conocía muy bien a su hijo para comunicarle la noticia con una mirada; aunque ella no tenía duda de poder comunicar casi cualquier cosa sin recurrir a las palabras. ¿Pero ella y Sam no le habían enseñado a Mister que las palabras eran redentoras? ¿No habían pronunciado exactamente esa misma frase? Era demasiado tarde para decircle que se habían equivocado. Bueno, su Mister, había aprendido bien todas sus lecciones.

Te agradezco todo eso hijo mío, a quien conozco y no conozco. Levantó la vista hacia Jesús. Miró fijamente las llamas del sagrado corazón. *Tengo el corazón endurecido. ¿Podrías hacer que fuera más tierno?*

¿Me Quieres, Mister?

Mientras Mister esperaba a que el semáforo cambiara a verde, descubrió el auto de su madre estacionado en la calle. Estaba en la misa de la mañana. Había empezado con la costumbre desde cuando murió Sam. Era como si él le hubiera pasado alguna clase de antorcha. Grace la llevaba sin quejarse, pero él sabía que el ritual de la misa por la mañana era para ella un deber de una clase que nunca lo fue para Sam. Sonrió para si mismo. Imaginó a Grace sentada en una de las bancas de la catedral, la luz entrando por entre los vitrales de las ventanas y cayéndole encima, medio oculta bajo las sombras de la luz de la mañana. Mantuvo esa imagen por un instante, hasta cuando salió de esa fotografía mental por los bocinazos del auto detrás del suyo. Pisó el acelerador y miró la hora en el reloj.

Llegaría al aeropuerto justo a tiempo.

Cuando sus ojos se cruzaron, Mister se rió y se acercó hasta ella. Era un acto tan natural, acercarse a ella, abrazarla, olerla. Se abrazaron, con fuerza, como si se hubieran perdido y se encontraran de nuevo.

"Debiste haberme dejado ir contigo," dijo él en voz baja.

"Créeme, no hubieras querido estar allí, Mister."

Se encogieron de hombros al mismo tiempo, después se tomaron de la mano. "Mi madre no va a cambiar nunca," dijo ella.

"No te sientas tan mal. Grace tampoco va a cambiar nunca."

"No es lo mismo, Mister. Grace puede ser complicada, pero no está loca y no es mala persona. De verdad. Pero mi mamá, mierda, está *loca y es mala y es complicada*. Y, Mister, *ella es totalmente mezquina.*" Sacudió la cabeza. "Dios mío, qué bueno estar de nuevo en la casa."

Liz retiró el plato vacío. "Dios, eres un cocinero maravilloso."

"Sam y Grace . . . ellos me enseñaron."

Liz asintió, besó a Mister en la mejilla, y volvió a llenar su copa de vino. "Amor, ¿por qué insistes en sostener una guerra civil con tu mamá?"

"No es tan sangrienta como suelen ser las guerras."

"Entonces, ¿por qué no dejas eso?"

"Supiste muy bien por qué, Liz. Sabes malditamente bien por qué."

"Porque a-ella-no-le-gusta-mi-esposa. ¿Es por eso? Estoy cansada de servir como excusa para los problemas entre tú y Grace."

Mister sirvió en su copa lo que quedaba en la botella de vino. "¿De qué estás hablando? ¿Ha sido alguna vez amable contigo?"

"De hecho, ella *es* amable conmigo, cuando nos encontramos por alguna casualidad. Siempre ha sido amable, y es lo suficientemente decente como para ofrecer conversación. Ella trata, Mister."

"Eso es porque ella no es del tipo de persona que le gusta armar escenas. Es cortés con la gente, ¿y qué?"

"Sabes, Mister, debí haberte dejado ir al funeral de papá. Debí haber dejado que vieras a mi madre en acción. Tal vez así tendrías algo de perspectiva . . ."

"No puedo creerlo. ¿Nos has invitado alguna vez a su casa, Liz?"

"¿La hemos invitado nosotros alguna vez a *nuestra casa*, Mister?"

"Ella sabe que es bienvenida en cualquier momento."

"Eres más parecido a Grace de lo que crees."

"Yo soy el malo aquí, Liz."

"¿Qué te hace sentir tan seguro de que Grace es la mala de la película?"

"¿Desde cuándo perteneces a su club de fans?"

"Tú me aceptaste de vuelta, Mister, sin hacer preguntas."

Él asintió, después soltó una risita burlona y le dio un beso. "Esa era mi prerrogativa."

"Le dije a Grace que se fuera a la mierda . . . ¿nunca te lo mencioné?"

"No. Pero . . ."

"¿Pero qué?"

"Ella te estaba defendiendo. A ti, Mister. *A su hijo.* Y yo le dije que se fuera a la mierda. Ahora recuerdo, también tenía algunas palabras de ese calibre para ti."

"Las cosas son diferentes ahora, Liz. Y créeme, si Grace estuviera cerca tendríamos problemas de nuevo."

"Yo no creo eso. Tampoco creo que tú lo creas. ¿Sabes qué pienso? Pienso que para ti es más fácil mantener a Grace lejos de tu vida casi todo el tiempo. Pienso que para ti es más fácil decir lo difícil que es ella". Liz volteó a mirar hacia otro lado. "Hubieses deseado que se hubiera muerto ella en lugar de Sam. Y no sabes qué hacer con eso, ¿no es verdad?"

"¿Qué?"

"Pienso que deberíamos intentar ser una familia, Mister."

"No puedo creer que hayas dicho eso."

"Es verdad, ¿no es así?"

"¿Qué sucedió cuando estabas con tu familia. Liz? ¿Qué fue lo que sucedió?" Sacudió la cabeza y se bebió el vino de un sorbo.

"Siempre bebes muy rápido cuando estás enfadado."

"¿De verdad?" Mister se puso de pie, agarró otra botella de vino, fingió leer la etiqueta y la abrió. Se sirvió otro trago y miró fijamente la copa. "Liz, ¿recuerdas cuando me dejaste?"

"Sí."

Retiró los ojos de la copa de vino y miró a Liz. "Grace me dejó muy en claro lo que pensaba de ti."

"Sabes una cosa, Mister, a esa mujer Grace yo no le gustaba mucho. Y así era exactamente como yo quería que fuera. Quería que ella me odiara. Quise asegurarme de que me odiara."

"Y ahora simplemente piensas una mierda distinta."

"No es tan sencillo."

"Okay, seamos todos amigos de nuevo. Sólo chasquea los dedos y di, Grace, era una broma, por qué no vienes."

"No sigas, Mister."

"Lo siento," contestó en voz baja. Vació la copa de vino. "Tienes razón, bebo muy rápido cuando estoy molesto". Observó la copa vacía.

"Grace tiene muy buena memoria."

"Por lo visto nosotros también, Mister."

"No quiero pelear."

"No vamos a pelear. Escucha, Mister, mi familia . . . mi familia está jodida y ya no tiene arreglo. Se me rompe el puto corazón decirlo. No tienes la menor idea, Mister. Y es así nada más. Grace se muere por ti. No puedo creer que tú no te des cuenta. Eso es lo que me asusta de ella: que puedo ver lo mucho que te ama. Dios, eso me asusta, Mister. Me asusta malditamente hasta los huesos."

"¿Qué te hace creer que podemos simplemente convertirnos en una familia instantánea?"

"No he dicho eso. Sólo creo que podríamos intentarlo."

"No va a funcionar."

"¿Me quieres, Mister?"

"Claro que te quiero."

"Dentro de poco traeremos a Vicente a la casa. Vamos a tener un hijo. No va a ser fácil. Él va a tener muchas necesidades especiales. ¿No seria maravilloso tener a Grace cerca de Vicente?"

"¿Cuál es la fantasía que estás imaginando, Liz?"

"¿Quieres a Grace?"

Mister se mordió el labio, después miró en otra dirección.

"¿Mister?"

"Claro que la quiero."

"Creo que deberíamos invitarla a comer. Si tú no la llamas, lo haré yo."

Tiempo y Orden en el Universo

S i hubiera tenido el tiempo de echarle una ojeada al periódico antes de salir por la puerta, Grace se hubiera encontrado con la fotografía de una sonriente niña de ocho años presumiendo de un vestido nuevo. Púrpura. Con arandelas. Tiene la piel oscura y una pequeña nariz chata. Es, obviamente, descendiente de mayas. También resulta obvio que es una niña feliz. Quizás la fotografía sea sólo una ficción, una elaboración predecible. No hay nada original en la imagen de inocencia que revela una sonrisa infantil. Pero la imagen funciona.

La niña—según la crónica—fue raptada en un supermercado la tarde anterior. Su madre se encontraba escogiendo manzanas frescas en el Food Basket en la esquina de Kerby con Mesa. Cuando la mujer se dio la vuelta, con una manzana en la mano, la niña había desaparecido. Según la historia, una grabación de videotape mostraba a un hombre llevando a la niña de la mano. La cámara registraba pasivamente mientras los dos caminaban hacia la puerta de salida.

Las autoridades se muestran esperanzadas. Pero la niña ya está muerta y abandonada en un callejón. El hombre que la raptó y la abusó y la estranguló está echado en la cama. Duerme tranquilamente. En unos cuantos días, la policía lo arrestará. El hombre confesará. Al público se le ahorrarán los detalles.

A la niña no la encontrarán hasta el final de la tarde. Pero esa mañana, la esperanza aún palpita en el corazón de una madre.

Grace ignora todo esto. Como también lo ignora Andrés Segovia.

Esta historia triste y desagradable y familiar de una niña desaparecida ha salvado a Andrés de aparecer en las páginas del periódico. Los canales de televisión, después de enterarse de la extraña historia de un hombre muerto en uno de los pasillos de un conjunto de apartamentos, ya habían decidido abrir la emisión con esta historia. Dos de las tres, estaciones más importantes ya habían grabado al barman. "El tipo este empieza a golpearlo," explica el barman, agitando las manos en el aire para dar énfasis. Pero esta crónica fue abandonada de inmediato por la urgencia de transmitir las fotos de la pequeña niña en la pantalla. Hoy, la historia de la niña es la única historia en toda la ciudad: Andrés será perdonado.

Dave dejó a un lado con disgusto los titulares del periódico y fijó su atención en el caso de Andrés Segovia. Por la tarde, lo conducirían ante un magistrado. Toda una audición, sin duda. Él pedirá que a su cliente se le permita salir bajo fianza. El fiscal del distrito alegará que su cliente es peligroso, con riesgo de darse a la fuga. Él contestará que la policia encontró a su cliente en el trabajo. El fiscal del distrito argüirá que la única razón por la que Andrés no se escapó fue porque no sabía que el hombre al que había golpeado en el bar estaba muerto. "Exacto," dirá Dave, "pues el hombre se marchó, y según los testigos y el reporte de la policía, él mismo rogó que no llamaran a la policía." Repasa su presentación mentalmente. Aún hay trabajo por hacer. Estará preparado. No dejará nada al azar. Es un buen abogado, muy buen abogado. Conoce el sistema. No se avergüenza de lo que hace. Hoy echará mano de todo su conocimiento para ayudar a liberar a un hombre de la cárcel. Está convencido de que Grace lo ayudará a salvarlo. Quiere creerlo. Y se dice a sí mismo, siempre y cuando siga yendo donde Grace. Lo repite una vez más. Siempre y cuando siga yendo donde Grace.

Mister abre el periódico y tiembla de rabia. No conoce a la niña. Pero no puede evitarlo. No comprende por qué un hombre puede hacer eso. Se dice que su rabia es inútil; pero la rabia tiene su propia lógica, no tiene mucho que ver con filosofías funcionales. Deja el periódico a un lado, y cuando Liz levanta el periódico él le dice con suavidad, "No". La toma de la mano y la lleva hasta la ducha. Se desvisten uno al otro, se bañan uno al otro, se besan uno al otro. Por un momento, se sienten limpios. Pero no pueden permanecer para siempre bajo la ducha.

Mister pensará durante todo el día en Vicente. *Cuando venga donde nosotros, no permitiré que le suceda nada, no lo permitiré.*

Andrés, vestido con el overol naranja brillante que corresponde a un hombre en su situación, trata de no tener esperanza. La esperanza no le ha brindado otra cosa que desesperación. Piensa en el hombre. Se llamaba William Hart. Tenía un nombre. No se arrepiente de lo que ha hecho. ¿Se habrá arrepentido William Hart de lo que *él* hizo? ¿A él? ¿A cientos de otros niños? ¿Se arrepintió? Podía decirles que no intentaba asesinarlo. Tal vez esa sea una declaración cierta. Pero también podría ser falsa.

No quiere encontrarse con Dave. Los ojos de Dave siempre estaban colmados de esperanza. Quiere odiarlo: porque es un abogado, porque es gringo, porque el mundo es su maldito parque de juegos. Porque, una vez más, tiene poder sobre su vida. Ojalá Dios lo maldiga a él y a su vida y a su esperanza y su poder. *Cuando lo vea hoy, le mostraré mi sucio corazón. No me arrepiento ni una mierda.*

¿Qué es una Madre?

Grace aprieta con fuerza los puños alrededor del timón, después los suelta. Repite la maniobra varias veces. Aprieta y después suelta. Aprieta y después suelta. "Ven a comer, Grace." Justo cuando ella estaba a punto de invitarlos, ellos se le adelantan. Mierda, pero no se trata de una competencia. ¿Les contará? ¿Mencionará la palabra *cáncer*?

Cuando lo estaba alimentando me miraba, sus ojos oscuros llenos de gratitud. Incluso cuando era un bebé tenía un corazón agradecido.

Aprendió a decir *gracias* y mi nombre el mismo día; cuando tenía dos años. Durante semanas todo fue "Gracias" y "Grace."

Cuando cumplió tres, se despertaba todos los días al amanecer y se metía silenciosamente al cuarto. Se subía a la mecedora y nos observaba dormir. Cuando empezábamos a movernos, se reía, se bajaba de la vieja silla y saltaba a la cama. Yo imaginaba que el corazón de Sam se rompería por tanta dicha mañanera.

Cuando tenía pesadillas, se despertaba gritando. Sam y yo nos lanzábamos corriendo hacia su cuarto. Le dábamos besos para que volviera a dormirse.

Cuando cumplió ocho, pensé que lo habíamos perdido. Daba vueltas por el barrio, buscando el perro de su mejor amigo. Sam y yo pasamos horas recorriendo las calles de arriba abajo, hasta cuando lo encontramos. "¡No pudimos encontrar el perro!" se lamentaba. No tuvimos el valor de regañarlo. Esa noche, Sam se despertó cada hora. Para asegurarse de que se encontraba sano y salvo.

El médico afirma que existe una posibilidad, que debo luchar. No me importa morir. No sé por qué razón. Soy un misterio para mí misma. Me pregunto. ¿Debo luchar? ¿Y si pierdo?

Rezo: en la muerte, el corazón de una madre olvida al hijo que amaba.

La memoria es el don más cruel otorgado por Dios.

Después de dar algunas vueltas alrededor de la manzana, estacionó el auto, bajó, y caminó hasta la puerta de entrada. Pulsó el timbre, y sintió los latidos de su corazón. Como una ola a punto de romperse contra la playa rocosa.

Mister abrió la puerta y permaneció ahí, sonriendo. Pudo darse cuenta de que estaba nervioso, pero contento. Se veía tan joven y apacible, y ella deseó que se viera siempre así. La asaltó la urgencia de acercarse y tocarlo, a este hombre, a este hermoso hombre que era su hijo. Él tenía los ojos de ella. Y el rostro de Sam. Y la sonrisita de Sam. "Hola, Grace," dijo él como si pronunciara las palabras iniciales de un poema.

Ella se acercó y lo besó en la mejilla.

Sonrieron mutuamente.

"Eso ha sido muy dulce, Grace."

"Sí, ¿no es cierto?" contestó ella. Después los dos rieron. Y entonces él la condujo hacia el interior de su casa.

La casa era bonita. Una estantería de libros en una pared, un cuadro en la otra, pisos de madera brillantes. "Nada está fuera de lugar", comentó ella. "Excepto yo."

"Eso no es cierto, Grace." Volteó a mirar y se encontró con Liz. No era la muchacha de pelo revuelto que recordaba. Llevaba puesto un vestido sin mangas azul oscuro y maquillaje. Era más linda de lo que recordaba. Claro, no la había visto en más de un año, y eso había sido a la salida de un cine en la oscuridad. Grace sonrió.

"¿Qué quieres tomar, Grace?"

"Quisiera decir que un whisky. Pero me conformo con una copa de vino tinte."

"¿Para qué conformarse? ¿A la roca o puro?"

"A la roca."

Mister observaba a su esposa y a su madre. Las dos parecían estar bajo perfecto control. Él era el único en la sala que no sabía qué diablos hacer o decir. Vio a Liz salir de la sala, después oyó el ruido del hielo en el vaso.

"¿Quién limpia, tú o Liz?"

"Los dos."

"Qué bien. Sam siempre fue un poco cochino."

"Sí, recuerdo. Debí haber salido a ti en esa categoría."

"O tal vez yo te obligué sin descanso."

Mister asintió. "Bueno, salí exactamente como tú y Sam me cultivaron."

"No eres una mata de maíz." Grace se sentó en la mecedora que le había dado a él como regalo la primera vez que se mudó de la casa.

"Soy un híbrido Sam-Grace, un mexicano bilingüe de centro izquierda que es adicto al café . . . y a leer poesía en español."

"Suenas como si fueras esquizofrénico."

"Es esquizofrénico, Grace. De verdad."

Los dos voltearon a mirar a Liz cuando volvió a entrar, llevando una pequeña bandeja con tres tragos servidos y un plato lleno con maní salado. Bajó la bandeja y dejó que Grace agarrara su trago, después se la ofreció a Mister, que agarró la copa de vino. Acomodó la bandeja, levantó su trago y puso el maní en el centro de la mesa. Sus movimientos eran firmes y seguros, una mujer instalada con plena naturalidad en su propio hogar.

Grace bebió un sorbo de su whisky y asintió. Se dio cuenta de que Mister la estaba observando. Lo miró. "Aún sigues vigilando a la gente, ¿cierto?"

Liz asintió con un movimiento de cabeza.

Mister se encogió de hombros. "Solía mirarte cuando era niño. Te sentabas en la mesa del jardín, perdida en tus pensamientos. Y yo sabía que estabas pensando en una de las personas que te habían visitado. Estaban impresas sobre ti completamente. Algunas veces sentía que la casa estaba habitada por todos lo que tú ayudabas. Ya sabes, yo era un niñito codicioso. Una especie de esponja buscando afecto."

"Nunca pensé que estuvieras tan necesitado, Mister."

"Contaba con mi propia terapia."

"Aún la tienes." El comentario de Liz no fue tanto una acusación sino una afirmación. Mister le dijo algo y ella se rió. Y ella comentó algo también. Pero Grace no pudo escucharlos, o en realidad no le importó lo que decían. Sólo supo que había estado lejos por mucho tiempo, y se sintió estúpida y tonta, y mientras bebía otro sorbo de su whisky pensó que todo estaba muy bien, el whisky y Mister y Liz y ella. Todo había sido una inmensa broma, la clase de broma que tomaba mucho tiempo en contarse, la clase de broma que seguía y seguía para siempre, y cuando uno llegaba a la linea final, el chiste ya se había vuelto contra uno. Durante todo este tiempo ella había pensado que los dos eran unos extraños, pero no lo eran. Quiso echarse a reír. Miró a Liz. *¿No es muy linda? ¿No lo era?*

Podía oírlos en la cocina, sabía que estaban probando la salsa roja hecha por Mister, decidiendo qué más necesitaba. Pero estaría perfecta. Un buen cocinero, su hijo. Escuchó el pop de un corcho. Descubrió una imagen de arte popular colgada en la pared. Se trataba de una pintura en arcilla, las figuras casi infantiles. El torso de Dios se asomaba por entre las nubes en el cielo. Era el centro de toda la luz y sostenía un pequeño globo en la mano. La Tierra, su juguete. Y en el jardín, los usuales sospechosos, una serpiente enrollada a un árbol, sonriendo de esa manera particularmente siniestra en la que sonríen todas las serpientes en ese jardín. Una manzana medio mordida ensuciaba un césped por demás prístino. Adán y Eva se alejaban del jardín caminando y cubriéndose el cuerpo con un trapo. Eva mostraba la requerida y predecible expresión de culpa, y en el rostro de Adán había un gesto de dolor y aturdida incredulidad.

Grace quedó fascinada con ese drama. Le hacía caer en cuenta de que la muerte era una especie de exilio. Un exilio del cuerpo, del hogar, del jardín que uno había cuidado durante toda su vida.

Mister entró de nuevo a la sala y encontró a su madre observando su nueva obra. "¿Te gusta?"

Ella asintió. "Es muy bueno. La serpiente siempre está bajo las sombras."

"Sí, siempre. Las serpientes son escurridizas. Son . . . ¿Grace?"

"¿Qué?"

"¿Hueles algo?"

"Sí, es verdad. Algo huele a pintura fresca."

"Ah, estuve pintando el cuarto de Vicente."

"Me estás convirtiendo en abuela en serio."

"Sí. Es un niño hermoso, ¿no es cierto, Grace?"

"Lo es, Mister. Es muy hermoso."

"Estoy feliz, Grace."

Grace asintió de nuevo. Él *estaba* feliz, y en ese instante *estaba* más apacible y cordial que en cualquier otro momento que ella pudiera recordar. Y ella no se sintió enferma. Y no sintió que estaba muriendo. Y se preguntó si tendría la fuerza suficiente para hacer huir al cáncer.

¿Y del Cielo Qué?

Dave se sentó—con calma—en la incómoda y oscura y sofocante cabina de la prisión del condado. Andrés no sonrió, no hizo ninguna señal, miró a Dave, después miró el techo, inspeccionó la cabina, y volvió a mirar a Dave. Dave lo saludó con la mano y levantó el teléfono. Andrés se sentó en la silla—con lentitud—y entonces levantó su teléfono. "No te llamé."

"Has estado sentado aquí por tres noches."

"¿Tres noches nada más?"

"Me has negado la entrada cuatro veces."

"¿Cuatro veces nada más?"

"¿Te gusta este sitio?"

"Seguro."

"No seas imbécil."

"Tal vez lo sea. Tal vez siempre he sido un imbécil."

"Te voy a sacar de aquí."

"Tal vez no quiera salir."

"¿Tienes cinco mil dólares?"

"¿Qué clase de pregunta es esa?"

"¿Los tienes?"

"Estaba ahorrando para comprar un auto."

"El auto nuevo tendrá que esperar. Cómprate una bicicleta."

¿Una bicicleta? Ya lo hice. Cuando estaba allá. Golpeó suavemente la mesa. "¿Me dejarán salir por cinco de los grandes?"

"Un fiador asignado se encargará del resto."

"¿Qué tengo que hacer?"

"Poner el diez por ciento. Firmar un papel. Presentarse dos veces a la semana donde tu fiador."

"¿Por cuánto tiempo?"

"Hasta el día del juicio."

"¿Cuánto tiempo?"

"Nueve meses, quizás un poco más."

"Un juicio veloz, ¿cierto?"

"Eso es lo más rápido que se puede."

"¿Entonces me dejarían salir?"

"La ley dice que la fianza no debe ser un instrumento de opresión."

"Esa es la cosa más dulce que he escuchado."

"Tú no me engañas, Andrés. No eres tan duro como aparentas."

"Claro, Dave," Dios, se moría por un cigarrillo. Podría conseguir uno . . . si saliera. Esa era la única forma de conseguir un cigarrillo.

"Te sacaré de aqui."

"García ya me despidio."

"Hay otros empleos."

"Claro. ¿Qué voy a escribir en el espacio en blanco que dice, Ha sido arrestado alguna vez?"

"¿Por qué no vuelves a estudiar?"

"Ah, esa es una idea. Pero, ¿cómo mierdas voy a mantenerme? ¿Cómo mierdas voy a pagar el alquiler? En la cárcel el arriendo es gratis, Dave."

"¿Y el cielo qué, Andrés? Este es el sitio con menos sol que he visto en la puta vida."

"Tengo un rato de sol. Todos los días."

"Sí, por una puta hora. Aquí te parten el día en horas."

"¿Cómo partes el día tú, Dave?"

"Me gusta más mi prisión que la tuya."

"¿A quién no?"

"No voy a dejar que te quedes aquí." Dave miró su reloj. "Oye, tengo una audiencia. Ya arreglé para que vieras a Grace esta tarde."

"¿Qué?"

Orden y Tiempo en el Universo

Mister ha pasado el día de excursión por el desierto. Ha estado caminando por más de cinco horas. Ha llevado agua suficiente y un gorro y la ropa apropiada. Ha hecho suficientes excursiones en el desierto para saber respetar el sol y el paisaje. Mientras camina, piensa en Grace. Recuerda cómo solia mirarlo ella cuando era niño. Así es como sabía que ella lo quería. A menudo, cuando ella lo observaba, sentía como si él fuera la criatura más sorpredente y hermosa del mundo. Entendió que sus miradas eran la manera que tenía ella de tocar. De repente se le ocurrió que ella se veía un poco más delgada, y mucho más vulnerable de lo que siempre le había parecido. Siguió repasando la imagen de ella en la cabeza. Algo no estaba bien. No podía dejar de pensar en eso. Algo no andaban bien con Grace.

Está contento de haber pasado la mañana caminando en el desierto. Adora la arena, las plantas que luchan cada día por sobrevivir. Adora la luz.

Grace está sentada en la sala de reunión de los jurados en una corte. Un juez le ha prestado el sitio para esa tarde, para tener una sesión con Andrés. Mientras espera sentada en el pequeño cuarto, sonríe al pensar en Dave. Consiguió organizar la sesión. Ella sabe que no es una cosa fácil de conseguir. Admira a la gente que no entiende la palabra *no*. Mira su reloj, entonces se levanta de donde está sentada y se dirige hacia la ventana. Tiene una panorámica perfecta de Juárez y del cielo azul pálido del verano. No puede recordar una sola vez que no se haya sentido insignificante en presencia de ese cielo.

Rosemary Hart Benson enterró hoy a su hermano en Lafayette, Louisiana. Fue un funeral con poca gente: ella y su esposo, dos tías ancianas y su vecina de la casa de al lado. Él no tenía amigos. El sacerdote celebró una misa sencilla y breve. Su apología se limitó a dos frases: "Era un pecador necesitado de salvación. Roguemos para que Dios sea más generoso que el más generoso de los hombres que nosotros nos atrevamos a imaginar." Ella no llamó a sus hijos. No deseaba que ellos asistieran al funeral de su hermano. Aunque no había comprendido del todo cómo fue que su hermano resultó asesinado en El Paso, Texas, no tenía dudas de que él mismo había contribuido a ese asesinato. No lo odiaba; pero tampoco podía perdonar sus pecados. Ella siempre había sido consciente de sus inclinaciones, y cuando sus hijos mellizos nacieron, nunca permitió que él se les acercara. Una vez, cuando cumplieron nueve, él apareció y se ofreció llevarlos a un cine de tarde. "Claro," dijo ella. "Iremos todos." Sintió alivio cuando él se fue a vivir a Texas. Está en la cocina, volviendo a repasar todos estos recuerdos. Está preparando una comida sencilla para sus tías. Se siente aturdida y aliviada. No logra comprender por qué la vida es así. Se derrumba y empieza a sollozar. Su marido la encuentra en la cocina y la abraza.

Dave está en su oficina. Está pensando en William Hart. Decide que enviará a un investigador para que hable con su hermana en Louisiana. O tal vez la llame él mismo. Sabe que William Hart era un hombre enfermo. Ha estado estudiando sus antecedentes penales. Todo el asunto le revuelve el estómago. Decide, aún una vez más, que en su profesión, se debe tomar la ruta ética más cómoda. Llevará a la víctima a juicio. *Eso es lo que voy a hacer. Lo que debo hacer.*

Andrés está atravesando un túnel. El túnel conduce desde su celda hasta el palacio de justicia. Mientras avanza por el túnel, puede sentir los grilletes en los tobillos. Le han quitado las esposas. "No queremos que eches a correr, eso es todo." El oficial sonríe. No es un mal tipo. Sólo hace su trabajo. Desciende por el túnel y a medida que avanza parece ir cada vez más y más profundo. Tal vez camina directo al infierno.

Quzás Habrá Habido Tormenta

No recuerdo mucho sobre el funeral. Pero puedo evocar algunos detalles. Podría escribir la escena y hacer que toda la historia sonara más convincente que el carajo. Podría. Seguro. ¿Por qué no? Había viento y amenazaba lluvia. Con seguridad habrá habido tormenta. Y yo llevaba puesta una camisa blanca."

"¿Una camisa blanca?" La voz de Grace sonó suavemente desafiante. Aunque no impaciente. Apenas un asomo de *Esto no es necesario*. Apenas un asomo de *No perdamos el tiempo*.

"Pero sí *llevaba* puesta una camisa blanca."

"Okay."

A él le gustó ese tenue atisbo de desafío en su voz. Había decidido que ella le caía bien. Aún así, tenía que ponerla a prueba. Era una prueba fácil. Deseaba que ella la pasara. Porque era hermosa. Porque había resplandor en sus ojos. Porque estaba agotado de ser cuidadoso, y agotado de sus sueños y agotado de todo lo que tenía que ver con su vida. Y tal vez aún existía una oportunidad para él. Eso fue lo que Dave le dijo. *Aún hay una oportunidad, hermano, así que no la mandes a la mierda.* Y entonces ahí estaba ella, sentada frente a él, en este salón de la corte del condado, con un carcelero al otro lado de la puerta afuera. Dave se había tomado demasiadas molestias.

"*¿Para qué saltarse una sesión?*"

"*Porque asesiné a alguien, Dave.*"

"*Grace podrá verte. Hay un salón vacío que nos ha prestado un juez. Ella podrá verte.*"

"*No quiero hablar de lo que pasó.*"

"*Entonces no lo hagas.*"

"*Hablaría de otra cosa.*"

"*De otra cosa. Puedes empezur desde el principio.*"

"*¿Desde el puto principio?*"

Y ahí estaba ella, resuelta. Totalmente en control, como si ese fuera su oficio. Ella *era* distinta. Cuando el carcelero le comunicó que debería permanecer en el cuarto, ella no discutió. Simplemente se volteó a mirarlo con una autoridad que hizo encogerse al hombre. "No," le dijo ella. "Eso no será necesario." El hombre ni siquiera intentó discutir con ella. Ninguno de los otros se parecía a ella o actuaba como ella ... o hablaba como ella. Ni las madres adoptivas, ni las trabajadoras sociales, ninguno de los consejeros que siempre querían que él hablara. Y no era que ella pretendiera ser diferente, que pretendiera ser hermosa. Ese era todo el asunto. No se pintaba las uñas, y el maquillaje era apenas evidente, y había sólo un atisbo de perfume. "Bueno, no había amenaza de lluvia, pero *había* viento. A mi papá le gustaban las camisas blancas." Esa era la verdad. Y él probablemente *hubiera* usado una camisa para el funeral. Y Mando en efecto llevaba una puesta. *Eso, él sí* lo recordaba.

"*¿Es importante que a tu papá le gustaran las camisas blancas?*"

"No. Probablemente no. Mi mamá se las compraba. No, no es importante. Sólo es algo que recuerdo."

"*¿Qué más recuerdas?*"

"Mis hermanas tomaban turnos para llorar. Yo podía escucharlas. Creo que eso era todo lo que escuchaba, el rumor de sus lágrimas. Ellas permanecieron en el cuarto. No querian salir. Aullaban como uno de esos vientos interminables, esos vientos que lo aterran a uno. Pero entonces pensé que tal vez no era algo tan terrible, pues se estaban lavando. Estaban intentando deshacerse del dolor. Eso fue lo que pensé; pero aún así, no podía soportarlo. Todo el día. Y durante la noche, también. No podía soportarlo, todo ese llanto. No podía. Y Mando tampoco podía soportarlo. Entraba al cuarto de ellas, les hablaba, hablaba y hablaba. Y al escuchar su voz, se detenían. Pero cuando él abandonaba el cuarto, empezaban de nuevo. Y Mando salía violentamente por la puerta, pestes y maldiciones y putazos en sus labios.

* * *

La iglesia católica del Santo Niño de Atocha estaba colmada. La gran mayoría eran familias del barrio. Las mujeres estaban vestidas de negro o gris. Mujeres que él conocía porque habían visitado a su madre en la casa. Mujeres que habían visto todos los domingos en esa misma iglesia. Mujeres que parecían haber estado llorando, y él se preguntaba por qué ese llanto si, en realidad, eran desconocidas. Y las niñas, bañadas y arregladas con trajes azul oscuro. Niñas pequeñas a las que les habían ordenado no reírse, a quienes les habían dado el sermón de que todo esto era un asunto triste y sobrio y serio. Niños con camisas planchadas y una expresión de curiosidad. Andrés podía verlo. Se preguntaba qué tipo de expresión tendría él sobre el rostro mientras estudiaba toda la escena.

Reconoció algunos de los hombres; los que portaban el ataúd, un tío que no conocía, los amigos de su padre del barrio o del trabajo o del taller adonde a él y a sus amigos les gustaba ir y tomarse una cerveza y escabullirse de las tareas que los aguardaban en la casa. Su papá los llamaba sus *compas*. *Compa* Johnny y *compa* Joe, quien era un verdadero *compa* pues era el padrino de Andrés, y *compa* Chepo y *compa* Lázaro. Y *compa* Henry. Él los conocía. Pasaban horas y horas sentados en el jardín o en el patio, fumando y bebiendo cerveza y riéndose y haciendo chistes de sus esposas o sus jefes. Los reconoció. Ese día, ninguno hacía chistes.

Él se encontraba sentado a un lado de la Sra. Fernández, la mejor amiga de su madre. Las dos siempre estaban hablando por teléfono. "Fuimos al colegio juntas." Así era como explicaba su madre esa amistad. "Desde primer año." Era una mujer amable, la Sra. Fernández. Bonita, aunque no tan bonita como había sido su madre. Pero tenía la voz más amable del mundo. Y nunca parecía estar de mal humor. No tenía hijos. Las otras mujeres comentaban en voz baja al respecto, mencionaban esa tragedia, como si ella no fuera tan buena como las otras mujeres, las mujeres que habían sido capaces de tener hijos. Las mujeres que tenían hijos, esas eran las mujeres de verdad. Más reales que la Sra. Fernández.

La Sra. Fernández siempre había sido buena con ellos. Incluso antes del accidente. Pero desde esa noche, prácticamente se fue a vivir con ellos. Se hizo cargo de todo, de los preparativos para el funeral, asegurándose de que ellos tuvieran todo lo que necesitaran, alimentándolos. Era buena con Ileana. A Yolie no le caía bien. Pero Yolie podía ser muy dura con la gente. Podía ser igualita a Mando.

La Sra. Fernández los acogería. Tal vez los querría. Eso era en lo que estaba pensando Andrés. Estaba furioso consigo mismo. Sólo pensaba en él. Se suponía que debería pensar en su mamá y en su papá. Se suponía que debería estar rezando para que los dos encontraran el camino hacia el cielo. Eso fue lo que su amigo, Nico, le había dicho, que al morir a uno una especie de ángel lo ponía frente a esos caminos. Y uno tenía que escoger. Y uno tenía que tomar uno de esos caminos y esperar que ese camino lo llevara al cielo. Y si uno había sido bueno, el ángel le daba una luz para poder ver mejor, para poder escoger sabiamente, así que cerró los ojos y rezó por su mamá y su papá. Sabía que un ángel le daría a su madre una luz, pues ella había sido buena. Y ella compartiría esa luz con su padre. Porque así era ella.

Rezó con tanta fuerza que temblaba. Sentía la mano de la Sra. Fernández sobre su hombro mientras permanecía arrodillado. Mantuvo los ojos cerrados. Finalmente, los abrió. No quería llorar frente a nadie. Mando había dicho que estaba bien que llorara. "Pero no dejes que te vean," agregó. "No dejes que nadie te vea." Así que todos los días se montaba en la bicicleta y lloraba mientras daba vueltas alrededor del barrio. Ni siquiera podía ver hacia dónde se dirigía, tampoco le importaba. Simplemente montaba en su bicicleta y lloraba y montaba y lloraba. Lo hizo todos los días desde esa noche. Al fin se quedaba dormido, con las piernas tan adoloridas como el corazón.

Sintió que Ileana lo tomaba de la mano y se inclinaba hacia él. "Están en el cielo, ¿cierto, Andy?"

No quería contarle nada sobre lo que había escuchado de los caminos. Y sobre la larga caminata que hacían sus padres en ese preciso momento. Se asustaría, y tampoco necesitaba saber nada sobre el ángel que le daba una luz a la gente. "Sí. Están en el cielo."

Yolie no dijo nada. No lo agarró del brazo como Ileana; pero Yolie era mayor. Estaba vestida de negro, y él escuchó que alguien comentaba, *"Ya se hizo mujer,"* así que tal vez Yolie *era* ya una mujer. Y si Yolie era ya una mujer, entonces Mando era un hombre. Y sólo él y su hermana Ileana eran aún los niños. Y sólo él e Ileana eran los que necesitaban que los cuidaran. Tal vez era así. Tal vez si él hubiera sido mayor, también estaría furioso. Furioso como Yolie y Mando. Pero no era mayor. Estaba triste. Y estaba asustado. Y también Ilena. Pero Yolie no. Quizás, cuando uno es mayor, uno se asusta y se entristece de una manera distinta. Sabía que Yolie lloraba por la noche, cuando todo el mundo se había ido. Como Ileana y él. Pero durante el día, estaba casi todo el tiempo furiosa.

Yolie se arrodilló frente al ataúd de su papá primero, para mirarlo por última vez. Andrés también. Se arrodilló al lado de Yolie. Ileana no se arrodilló. Quería ver, así que permaneció ahí, recostada contra su hermano y echó un vistazo al interior del cajón. "¿Andy, duele estar muerto?"

"No," susurró él. "Ya no duele más."

Ella asintió. Andrés se dio cuenta de que Yolie lloraba. Con calma. Hizo la señal de la cruz y se inclinó sobre su padre. Al principio, Andrés no supo qué estaba haciendo. Y entonces comprendió. Yolie estaba tratando de zafarle el anillo de matrimonio a su padre. No estaba asustada. De zafarlo. Por un momento pareció que le iba a romper el dedo a su padre, pero el anillo salió. Se lo entregó a él. "Toma."

Andrés simplemente observó el anillo que su hermana acababa de ponerle en la mano.

"Tal vez deberías dárselo a Mando."

"No. No le importaría. A él le podemos dar todas las camisas de papá. Le gustaban." Sonaba tan segura. Como si supiera exactamente qué hacer. Como si hubiera pensado en todas estas cosas. No como si estuviera perdida. Nada parecido. Yolie se levantó y besó a su padre en la frente, y volvió a hacer la señal de la cruz. Parecía como si entendiera todo. Era cierto lo que la gente comentaba. Era una mujer. Caminó despacio hacia el ataúd de su madre. Andrés e Ileana se persignaron y la siguieron.

Eso fue demasiado duro para Andrés: arrodillarse frente a su madre muerta. No quería llorar. Pero lloró. Ileana también lloró. Y Yolie le pasó el brazo por encima. "Tú eras el favorito de ella," dijo. "Te amaba."

"No lo era. No lo era," contestó Andrés en voz baja. No le gustó la acusación. Quiso preguntarle por qué decía esas cosas horribles.

"Está bien. Eso ya no importa."

"Ella los quería a todos."

"Sí. A todos nosotros. Nos quería a todos. Pero tú eras el favorito."
Yolie se inclinó sobre su madre y le quitó el anillo. Lo aferró en la
mano. Andrés vio que estaba a punto de llorar. Pero Yolie cerró con
fuerza la mano sobre el anillo de su madre y se rehusó a llorar. Siguieron
arrodillados ahí, los tres, durante un rato largo. Y entonces, de repente,
Mando apareció a su lado. Olía a colonia y cigarrillo. "Recemos una
oración," dijo. Parecia distinto. Se veia como Yolie. No estaba perdido.
Un hombre. Andrés podía verlo. Y había estado llorando. A pesar de
que llevaba gafas oscuras, Andrés podía darse cuenta por el tono de la
voz de que Mando había estado llorando. A lo mejor eso estaba bien, ser
un hombre y también llorar. Especialmente si el padre y la madre de uno
han muerto. Mando tomó la mano de Yolie y después tomó la de Andrés, y Andrés le tomó la mano a Ileana, y se apretaron y susurraron:
"Dios te salve María, llena eres de gracia, el Señor es contigo, bendita tú
eres . . ." La oración favorita de su madre. Y cuando terminaron hicieron la señal de la cruz, y Yolie y Mando regresaron a sus asientos.

Pero Andrés se negó a moverse. Se, quedó ahí y empezó a lamentarse como un perro herido. Entonces, perdió todo el control sobre su
cuerpo, sobre esos terribles sonidos que salían desde su interior. Y sintió
los brazos de Mando alrededor suyo, y sus brazos eran suaves y cariño-
sos y bondadosos. Mando nunca lo había abrazado, no así, nunca. Y
Mando lo besó en la frente y le dijo, "Tienes que ser fuerte ahora, Andrés. Tienes que serlo!" Y Andrés dejó de llorar. Y bajó la cabeza.

Y cuando bajaron a la tierra a su madre y a su padre, no lloró.

La casa estuvo llena de gente durante toda la tarde. Todos los compas
con sus esposas y sus hijos, todo el barrio. Mando fumaba con todos los
hombres en el patio. Y ellos lo dejaron beber una cerveza, sólo una, pero
no era la primera vez que se tomaba una cerveza, Andrés lo sabía. Tal
vez los hombres también lo supieran, pero sabían que las mujeres estaban observando, así que no le dejaron beber sino una.

Las mujeres llenaron la casa de comida: fríjol borracho y fríjoles co-
cidos en pezuña de jamón, fríjoles refritos y calabacitas con chile y
queso y enchiladas y carne de costilla y bolillos y tortillas y tamales y
chile colorado y carne y tacos y chiles rellenos y más de unos cuantos
baldes de Kentucy Fried Chicken y ensalada casera de papa y ensalada

de macarrones con jalapeños y cilantro. Y todo el mundo simplemente se sintió como en su casa, y la Sra. Fernández vigilaba todo en la cocina y Yolie le ayudaba e Ileana comía y comía porque estaba muerta de hambre, pero cuando terminó de comer se quedó dormida. Se veía tan chiquita. Y entonces Mando la llevó alzada hasta el cuarto que compartía con Yolie, y de pronto se le ocurrió a Andrés que no tenían plata y ¿cómo iban a pagar por la casa? Pero sacudió la cabeza y rezó por el viaje que hacían su madre y su padre, el que hacían en ese instante, así que se fue al cuarto y rezó. También rezó en español, sólo para asegurarse. Y cuando terminó de rezar, sacó la bicicleta y salió a dar una vuelta, pero antes le dijo a la Sra. Fernández que no se preocupara, pues el día anterior, cuando salió, había olvidado decirle y ella había puesto a todo el vecindario a buscarlo. "Sólo media hora," le dijo ella.

Él no tenía reloj, pero respondió que sí con la cabeza. Media hora. Así que montó durante un rato largo. Tal vez fue una hora, no sabía. Pensó en su madre y su padre y quería recordarlos, y no olvidar nunca, así que trazó una imagen de los dos, y trató de pegar esa imagen a las paredes que tenía en su mente. Para que así no se olvidara.

Entonces regresó a la casa con las piernas cansadas y el corazón cansado y la mente cansada, agotado de guardar esa imagen de sus padres. Para que así no se olvidara. Cuando entró de nuevo a la casa, la gente empezaba a irse, y todos lo abrazaban cuando se iban, y las mujeres le ponían las manos en la cara y le decían que era un muchacho muy bonito y lo decían en inglés y en español, *qué muchacho tan bonito*. Y para el final, él ya estaba cansado de que lo tocaran y le hablaran y sólo quería dormir.

Y finalmente, cuando oscureció, todo el mundo se fue—excepto el tío que él no conocia mucho y que a su madre no le gustaba—él y el Sr. y la Sra. Fernández. Ellos eran los únicos que quedaban. La Sra. Fernández estaba limpiando la cocina y botando las sobras de comida y Mando y el Sr. Fernández limpiaban el patio y Yolie cargaba a Ileana sentada en el sofá y las dos estaban más dormidas que despiertas, y Andrés simplemente las miraba.

Entonces su tío dijo que ya era hora de irse. Y le dio a cada uno un abrazo sin mucha efusión y entonces Andrés entendió por qué a su madre no le gustaba. Porque a su tío no le importaba. Ninguno de ellos le importaba.

El Sr. y la Sra. Fernández les dijeron que se podían quedar la noche con ellos, para que así no se sintieran solos.

"No," contestó Mando. "Tal vez esta noche es bueno para nosotros que nos quedemos solos. Po esta noche. Estaremos bien."

El Sr. Fernández asintió. La Sra. Fernández no asintió de inmediato, pero lo hizo. Aprobó con la cabeza. "Regresaré por la mañana," dijo.

"Okay", aprobó Mando. "Está bien." Parecía saber qué contestar. Qué había que hacer. Parecía casi tan mayor como ellos. La Sra. Fernández los abrazó a todos, les dio un beso, les dijo que descansaran. "Duerman con los santos de tata Dios." Andrés hubiese preferido enviar a los santos a caminar con sus padres.

Mando acompañó al Sr. y a la Sra. Fernández hasta la puerta. Los acompañó hasta el auto, como lo hubieran hecho su madre y su padre. Conversaban sobre algo, pero Andrés no supo qué éra. Una parte de él quería saberlo. Otra, no le importaba. Estaba cansado. Y no le importaba nada.

Cuando Mando regresó adentro, encendió un cigarillo. Sacudió a Yolie y le dijo que se despertara. Ella se sentó y miró alrededor del salón. "¿Se fue todo el mundo?"

"Sí."

Ella miró a Mando. "Dame un cigarillo."

"No quiero que fumes."

"Ya fumo. Mamá lo sabía. Dijo que ella no podía hacer nada al respecto, pero que no me dejaría fumar en la casa. En todo caso, tengo algunos en mi armario."

Mando le pasó uno. Ella lo encendió. Sabía que lo hacía.

"Todos ustedes se van a ir a vivir donde los Fernández."

"¿Y tú qué?"

"Compa Johnny tiene un taller. Me va a contratar. Dice que empezaría con el pago mínimo, pero que una vez aprenda de autos me pagará más. Tiene un pequeño apartamento encima del taller. Dice que puedo vivir ahí el tiempo que quiera. Dice que no lo usa para nada, y su esposa está contenta porque dice que él tiene ese sitio sólo para engañarla."

"¿No podemos vivir nosotros ahí también?"

"Es muy chiquito. Además, no me dejarán tenerlos."

"¿No puedes venir también a vivir con los Fernández? ¿Con nosotros?"

"No. Tengo dieciocho. Soy un adulto. Me he emancipado."

Andrés conocía la palabra. La había escuchado en el colegio. Tenía algo que ver con esclavos. Cuando quedaban libres. Andrés volvería a escuchar esa palabra muchas veces en su vida, y descubriría que esa palabra tenía muchos significados.

"No sé qué quiere decir eso." dijo Yolie.

"Quiere decir que nadie me va a retener, porque ya soy un hombre."

"Pues, yo soy una mujer."

"La ley dice que no eres una mujer hasta que no cumplas los dieciocho."

"A la mierda la ley. ¿Por qué no podemos vivir todos aquí? ¿No heredamos esta casa o algo?"

"Mamá, y papá la tenían alquilada."

"¿Qué? Pero si la habían comprado."

"Sí, pero papá no terminó de pagarla. ¿Recuerdas cuando dejó de trabajar por unos ocho meses? ¿Recuerdas?"

"Sí."

"Bueno, pues tuvo que vender la casa, para pagar deudas. Y no pudo conseguir plata para comprar una nueva. Y como el tipo a quien papá le vendió la casa la iba a arrendar, pues le dejó a papá arrendarla. Incluso lo dejó vivir aquí gratis hasta que consiguiera un empleo nuevo."

"En otras palabras, no heredamos ni mierda."

"Bueno, mamá tenía algo de plata en el banco. No mucho, mil ochocientos dólares."

"Eso es mucho."

"Yolie, eso no es nada, créeme."

"¿No podemos simplemente pagarle el alquiler al tipo?"

"La ley no nos dejará, Yolie. Si se van donde los Fernández, entonces así estaremos juntos. Eso es lo que necesitamos hacer. Estar juntos. ¿No es verdad?"

"¿Quién redacta esas putas leyes?" Así era como reaccionaba Yolie desde el accidente. Siempre usando esas palabras.

"Mira, Yolie. Es sólo por un tiempo. Tengo un plan." Mando la miró. Andrés sabía que esa mirada significaba algo. Esa mirada significaba que hablarían más tarde, y él le diría qué era lo que quería decir con tener un plan. La mirada significaba que no iban a decir nada más sobre el plan en frente de él y de Ileana.

Yolie se encogió de hombros. "Bueno, pues. Pero esa señora no va a poner muchas reglas."

"Mamá también nos ponía reglas. Ningún chico en la casa mientras no hubiera nadie. Una regla que tú violabas todo el tiempo. Prohibido fumar en la casa. Turnos para lavar los platos. Limpiar el cuarto. Hacer las tareas. Mamá tenía reglas. La mayoría las cumplías. Puedes cumplirlas ahora."

"No me importa el colegio."

"Por ahora simplemente sigue yendo, ¿entiendes? Confía en mi."

"La Sra. Fernández es buena," dijo Andrés.

Yolie asintió. "Sí, es buena. Tú serás su favorito."

Andrés bajó los ojos. Lo ponía triste que ella le hablara de esa forma. Pero ella le dio un beso. "Lo siento," dijo. "Puedo ser mala. Lo siento, Andy. Sólo estoy bromeando." Él se puso contento. Que ella dijera que lo sentía.

"¿Nos visitarás, Mando? ¿Lo harás?" Ileana se subió a las piernas de Mando.

"Tienes que prometerlo."

"Lo prometo," contestó él. Y después le dio un beso. Mando era bueno con Ileana. Claro. ¿Cómo no? Ella era dulce y bonita y suave y fácil de querer.

Las cosas no resultaron tan mal donde los Fernández. No echaba de menos los gritos, pero extrañaba a su padre. Extrañaba a su madre. Pero mantuvo su bicicleta, y el Sr. Fernández lo dejaba montar por el barrio, e incluso le regaló un reloj para que así supiera cuando era que se suponía debía regresar a la casa. Tenía su cuarto propio, y no tenía que compartirlo con Mando, pero echaba de menos a Mando. No sabía por qué, pues nunca se habían llevado bien, pero lo extrañaba. Echaba de menos el olor de su colonia. El Sr. Fernández no usaba colonia.

A veces Ileana lloraba. A veces se metía silenciosamente al cuarto de Andrés y preguntaba, "¿Andy, me puedes abrazar?" y Andrés la dejaba dormirse en sus brazos. Pero Yolie. Yolie nunca volvió a llorar. No discutía con la Sra. Fernández, pero tampoco era cariñosa. Hacía lo que se suponía debía hacer. Algunas veces se escapaba por la noche. Y Andrés se preguntaba si los Fernández lo sabrían. Nunca vio discutir a Yolie y a la Sra. Fernández. Nunca. Pero a veces descubría una expresión particular en el rostro de Yolie. Como si se tratara de una prisionera. Como si deseara tener ya dieciocho. Como si quisiera estar emancipada. Mando los visitaba los viernes y los domingos. Y parecían como si fueran casi una familia. Y Andrés no creía que las cosas habían resultado demasiado terribles. Nada terribles en realidad. Pero cuando lo pensaba, se sentía feo y horrible y mal. Porque su mamá y su papá estaban muertos. Y pensaba que no debería estar pensando cosas como, Las cosas no habían resultado tan terribles. Estaba siendo egoísta. Y a Dios no le gustaba la gente egoísta. Pero su madre no había sido egoísta y estaba muerta.

Compa Johnny celebró una fiesta para Mando cuando se graduó del colegio. El Sr. y la Sra. Fernández los llevaron a Sears, y todos tuvieron que escoger un regalo para Mando. Yolie escogió una camisa bien bonita pues a Mando le gustaban las camisas bien bonitas. Andrés escogió una caja de herramientas con la ayuda del Sr. Fernández. Ileana escogió un elegante bolígrafo. Y fueron a un restaurante a comer. Fue un día feliz. Ir de compras para Mando y salir a un restaurante a comer. Incluso Yolie ese día se veía contenta.

Yolie por poco llora cuando mencionaron el nombre de Mando. Y la Sra. Fernández sí lloró. Y comentó que su mamá y su papá estarían orgullosos. Y Andrés, también estaba feliz. Porque su hermano se había graduado, y eso era una buena cosa. Todo el mundo estaba de acuerdo. Y algún día él también se graduaría. Y tal vez iría a la universidad. Siempre había querido hacerlo. Una vez su padre lo había llevado a la universidad. Y le había gustado el sitio. Y le habían gustado todos los libros en la biblioteca. La biblioteca más grande que había visto nunca.

Más tarde, en la fiesta en la casa del compa Johnny, Andrés vio a Yolie y a Mando conversando en voz baja de algo. Nunca había visto a Yolie tan contenta. Se sintió contento. Que ella estuviera tan feliz. Quería sentirse tan feliz como ella. Como Mando.

• • •

"Una semana después. Tal vez dos semanas. No recuerdo. Era un sábado. Los Fernández siempre iban al mercado y daban otras vueltas los sábados. Algunas veces íbamos con ellos. Ese sábado, Yolie les dijo que Mando venía y que nos llevaria a Chico's Tacos. Así que los Fernández se fueron de compras y a sus otras vueltas . . ."

Él la miraba fijamente, incluso mientras contaba la historia. La miraba. Asegurándose de que lo estuviera escuchando.

Y Mando efectivamente *vino* por ellos. Yolie había empacado todas sus cosas, y las de Ileana también. Mando llegó con una maleta y empacó todas las cosas de Andrés, todo lo que pudiera caber. "¿Adónde vamos?" preguntó Andrés. Estaba asustado. Quería quedarse. Quería decirle a Mando que se fueran sin él. "Aquí estamos seguros, Mando." "Ellos no son tu mamá ni tu papá," dijo Mando. "Vamos ahora a estar todos juntos. Mamá y papá hubieran querido que fuera así." Debió de haber leído la mente de Andrés, pues le dio un abrazo. Esa era la segunda vez que le daba un abrazo. "Yolie y yo nos vamos a hacer cargo de ustedes." Quería creer en Mando, pero no podía. Y pensó que tal vez Mando sabía que él no le creía. Y eso lo asustó aún más.

"¿Y qué pasará con mi bicicleta?" preguntó Andrés.

"Tendrás que dejarla aquí." No había más paciencia en la voz de Mando. Estaba apresurado.

"No. Papá me regaló esa bicicleta." Andrés bajó del auto y caminó hacia el garaje.

"No tenemos espacio para guardarla, Andy."

"Haremos espacio."

"*¡Ven aquí de una maldita vez, Andy!* No podemos llevarla."

"*No me voy a ir sin mi bicicleta.*"

Mando bajó del auto. Agarró a Andrés por los brazos. "Después vengo a recogerla."

"¿Me lo prometes?"

"Sí."

"No te creo."

"Te lo prometo, Andy, te lo prometo." Mando le susurraba ahora. Era muy bueno hablando en susurros. Por eso era que a las muchachas él les gustaba tanto.

"Entré de nuevo al auto. Recuerdo voltear a mirar hacia el garaje. Pienso que le estaba diciendo adiós a la bicicleta. No sé. Sólo era un niño. No sé dónde consiguió Mando el auto. Me imagino que lo compró. Ya trabajaba en un taller. Tal vez consiguió una buena oferta. Tal vez se lo robó. No sé. Ni siquiera recuerdo qué clase de auto era." Se detuvo. "Ah, sí, sí recuerdo. Era un auto viejo. Un Chevy Impala. Algo parecido. Era azul. Como un día azul pálido."

Miró a Grace. Se enredaba el pelo con los dedos. Andrés sacó un cigarrillo y lo encendió. "No es tan difícil contarle todo esto, ¿sabe?"

"¿Se vuelve menos interesante con el tiempo?"

"No."

"¿Se siente como nuevo?"

"Es el único par de zapatos que tengo."

"Esa es una forma interesante de considerarlo. ¿Lees mucho?"

"Solía hacerlo."

"¿Qué sucedió?"

"Me rendí."

"¿Por qué?"

"Sólo me gustaban los libros tristes. Sólo hacían sentirme más triste."

"¿Por qué no leías libros alegres?"

"¿Libros alegres? Me aburrían. Imaginaba que serían muy fáciles."

"Entonces dejaste de leer."

"Sí. Y ahí fue cuando decidí empezar a golpear policías." Sonrió.

Grace se rió. "No debería reírme. No es divertido."

"No. Nada de lo que hago es divertido. Especialmente esta historia que le cuento."

"¿La historia cambia alguna vez?"

"El final con toda maldita seguridad que no cambia nunca."

Grace en Misa por la Mañana

L legó temprano para la misa. La iglesia estaba caliente.

Hizo la señal de la cruz y pensó en Mister y en Liz. Sonrió al recordar sus bromas. Habían reído y hablado y . . . El cáncer no había entrado en la conversación. Los tres habían estado ansiosos de hablar. Liz habló de su padre y de su muerte. Habló de una madre que evidentemente no quería. Había venido a esta ciudad a encontrarse a sí misma. Y se encontró a sí misma en Mister. Grace asintió sentada en la banca. *Ahora sé por qué se escapó de mi Mister. El amor puede asustar. Yo quería escaparme de Sam cuando me amó por primera vez. Y estuve a punto de hacerlo.*

Observó la imagen de Jesús, los brazos extendidos, su conocido corazón en llamas.

Vi el cuarto que arreglaron para Vicente. ¿Recuerdas cómo soliamos Sam y yo dar vueltas por el cuarto que habíamos arreglado para Mister? ¿Antes de que llegara a nuestras vidas? Sam caminaba de un lado a otro del cuarto con una mirada especial. Ahora Mister tiene esa misma mirada. Él desea más al niño que ella. Ese es el regalo de ella para él. Eso es amor, entregar un regalo como ese.

Ella le dará ese regalo.

Ella ya no es la mujer que era antes.

Ella ha aprendido a amar. Puedo verlo.

No fui fría. No lo fui. Pude haber sido algo más cálida.

Las palabras Lo siento *no surgieron en la conversación, a pesar de haber sido lo que tuvimos de comida.*

Cuando sali, él me apretó fuerte y me llamó Mamá, mi hijo, mi Madre. No me llamaba Mamá desde que tenía cuatro años.

Descubrí que ella nos miraba, esta mujer, Liz. No había ninguna envidia en sus ojos.

Tal vez se trate de una tregua pasajera.

Entonces, tú, Dios, haz que dure, tú que lo sabes todo, que lo ves todo, el todopoderoso. Dios, con el corazón ardiente, haz de esta tregua una paz que perdure.

Camisas y Cosas Importantes

Mister se sube a su camioneta después de las seis horas de caminata por el desierto. Está agotado de caminar y de pensar y de anhelar y de discutir con los demonios. Ha quedado agotado por el calor del sol. Sin embargo le gusta este cansancio, y sabe que esa noche su sueño será profundo y enriquecedor.

Enciende el motor y siente el calor del aire acondicionado. Se sienta en la camioneta hirviendo, la puerta abierta, el sudor cayéndole sobre la cara. Lentamente, el aire acondicionado empieza a hacer su trabajo. Le encanta sentir el aire frío sobre la piel empapada. Ha decidido comprarle a Vicente una camisa nueva. Un simbolo. Quiere darle algo. Cualquier cosa sirve y se ha decidido por una camisa.

Conduce hasta un almacén, entra y busca la sección de ropa infantil. Mira las camisas para niños. Las revisa, para ver si son de la talla de Vicente. Las de la talla cuatro parecen que le pueden quedar perfectamente. Hay muchísimas camisas. Demasiadas, demasiadas camisas. Él no gasta mucho dinero en ropa. Tiene lo que necesita. Prefiere comprar obras de arte y libros. Prefiere comprar cosas para Liz.

Mientras inspecciona las camisas, sonríe al pensar que él también fue de esa talla alguna vez. Recuerda que su padre lo dejaba escoger su propia ropa. Grace nunca le permitía hacerlo. Algunas veces ella llegaba a la casa y anunciaba, "Te compré esta camisa", o "Mister, te compré este par de pantalones." Le entregaba la prenda de ropa y él sonreía. Le daba las gracias y le daba un beso. Él vivía con las elecciones que hacía ella, aunque a veces no le gustaba lo que le escogía. Ella había estado pensando en él; eso era lo importante. ¿Cuándo fue que se complicaron tanto las cosas entre ellos?

De repente siente las manos de Vicente sobre su rostro, y se estremece con la imagen. Con la desconcertante belleza y el peso que encierra el gesto. Palpa la tela de las camisas. Esa sería la única forma en que Vicente conocería la camisa, por medio de la sensación que le transmitiría. Va a comprar la camisa que transmita la sensación más suave. Toca una camisa tras otra. Finalmente encuentra una camisa que es suave y cómoda. La descuelga de la percha y la estudia. Saca el celular y llama a Liz. Sonríe cuando escucha su voz. "¿Cómo estuvo la caminata?"

"Bien. Maravillosa. ¿Adivina dónde estoy?"

"Dime."

"Estoy comprando una camisa."

"¿Una camisa?"

"Sí. Para nuestro hijo." Se ríe. "Estoy loco por ti."

Naturaleza Muerta de la Belleza

Conozco un hombre. Trabaja como conserje. Me contó que solía trabajar en la prisión del condado. Afirmaba que había un cuarto donde guardaban todas las esposas y los grilletes. Decía que cada esposa y cada grillete tienen un número, y cuando cuelgan todos juntos en la pared—inmóviles en una especie de naturaleza muerta de la justicia—es una cosa hermosa. Así dijo, "una naturaleza muerta de la justicia . . . una cosa hermosa." Trato de imaginar la pared donde cuelgan todas las esposas y todos los grilletes. Trato de imaginarme a mí contemplando esta escena todos los días. Trato de imaginarme diciendo, "Esto es una cosa hermosa."

Me encuentro en la prisión del condado. No tengo quejas. Me rehúso a declarar que este no es mi lugar. Sé cuál es mi lugar. Una cárcel es tan buen sitio para vivir como cualquier otro. Estoy aprendiendo el significado de la desesperación. Deberíamos por lo menos comprender el significado de las palabras que pasan por nuestros labios.

Estoy en el sexto piso. Cuatro pisos más abajo, está ese cuarto con los grilletes. En este instante es de noche. Apagan las luces a las diez. No sé cuánto tiempo llevo aquí echado. Horas tal vez. Estoy pensando en el cuarto, en que no hay nadie ahí, en que es una naturaleza muerta de la justicia en la oscuridad, y no hay nadie en el cuarto para admirar las esposas y los grilletes. Me pregunto cómo será ser el guardián de las puertas, el guardián de las llaves, el guardián de los grilletes. No hace ningún bien pensar en estas cosas, pero las pienso de todas formas.

A veces pienso que no importa en realidad dónde viva. Pues realmente donde de verdad vivo es en mi mente. Mi hogar es mi mente. No en el cuarto donde hay un hombre durmiendo debajo de mí, en la litera inferior. Se llama Henry. Es de Alabama, y tiene los ojos de color gris carbón. Hace dos días, asesinó a la mujer que alguna vez amó. Seis pies al frente, en la litera de arriba, un tipo llamado Freddy está roncando. "Si alguien me despierta porque estoy roncando, le patearé el culo como un maldito balón de fútbol." Debajo del tipo, Angel piensa en algo. Observa. No sabe una sola palabra de inglés. Voltea a mirarme como si quisiera decir algo. Le retiro la mirada para que así comprenda que es mejor no decir nada.

Nuestro bloque de celdas está lleno esta noche. Cuatro celdas, cuatro hombres en cada una. Cada celda da a nuestra sala de estar. Así la llamó uno de los tipos. "Nuestra puta sala de estar." Otro tipo simplemente se rió. "Es un sitio más agradable que la porqueriza donde crecí."

Yo no vivo en esa sala. No vivo en esta prisión. Dave asegura que saldré mañana. ¿Adónde iré entonces? ¿Dónde voy a vivir? Dave tendrá un plan. Los vivos, eso es lo que hacen. Planean.

Conversaciones
(porque Vivimos en Nuestra Mente)

¿Quieres que te deje solo, Andrés? No te creo. Sabes que hay cosas que yo nunca sabré. Has visto cosas que yo nunca podré ver. Has sido usado, abusado, violado y sometido. Tu dolor ha sido la única luz que conoces. Quieres castigarte. Piensas que tu vida tiene que ser una tragedia. Ya conozco esa maldita canción; yo mismo he tarareado más de una línea de esa melodía. Te dices a ti mismo que asesinaste aun hombre. Te dices que mereces pagar. *Déjame tranquilo de una puta vez, Dave.*

Te dices que me odias. ¿Por qué no? Un gringo adinerado que monta en su caballo blanco de buenza raza, rentable, costoso, y salva a pobres muchachos mexicanos. Yo también me odiaría. Soy todo lo que nunca has podido ser. En el fondo sabes que eres más inteligente. Eso es algo que yo también sé. El azar del nacimiento: yo terminé rico, ¿y tú en qué terminaste? Los dos terminamos viviendo en los mismos barrios donde nos criaron. Escupes en todo eso.

Me gustaría, algún día, que me consideraras tu amigo. Me refiero a ganarme ese cargo. Grace fue quien me enseñó eso. Cualquier cargo que ocupemos, más vale que nos lo hayamos malditamente merecido.

No podemos aplaudir lo que hemos hecho. Así fue como lo expresó el fiscal del distrito. ¿Pero quién aplaude? Esto no es una obra de teatro. Andrés no es alguien que se toma la justicia por sus propias manos. No estaba tratando de probar nada. No estaba llevando a cabo un plan público. Se volvió loco. ¿Pensó alguna vez en lo que pudo haberlo enloquecido? Los fiscales me sacan putamente de quicio. Quieren el

mismo final para todas las historias: crimen y castigo. Hilan unas tramas
previsibles.

Conversé con Al Mendoza. *Andrés simplemente se lanzó contra el
tipo. He pensado mucho al respecto. Andrés no es un mal tipo. Para
nada. Lo que haya sido que este tipo, Hart, le hizo a Andrés, no fue
nada, bueno. Eso es lo que pienso.*

Y Mr. Hart, usted pudo haberse salvado. Pudo haber llamado a la
policía. La policía no, seguía usted repitiendo, la policía no. ¿Entonces,
cuál es el trato? Usted pudo haberse salvado. Pudo haber ido a un hospital. Pudo haber buscado un médico. Usted estuvo en la universidad.
LSU y después Yale. Había alcohol en su sangre. Se dirigió a su casa, se
emborrachó. Whisky, la botella medio vacía en su nuevo apartamento.
Y entonces usted se murió. Alguien podría decir que usted cometió sui-
cidio. Podía estar vivo aún. Usted le hizo daño a Andrés. Descubriré
cómo lo hizo. Por su culo muerto que lo a veriguaré.

Naturaleza Muerta de la Libertad

Llamaron su nombre. Segovia, Andrés. Examinaron sus muñecas, revisaron su número y la foto miniatura en su brazalete, lo miraron, asintieron. Abrieron la puerta, después se pusieron en marcha para que él los siguiera. El oficial supervisor tuvo un gesto de reconocimiento: "Pues alguien pagó por ti." Andrés lo aceptó con un movimiento de cabeza.

Mientras llegaba el ascensor, Andrés esperó detrás de la línea trazada en el piso. Miró fijamente el número seis en las puertas del ascensor. No habría grilletes hoy. No habría esposas. Se iba. No había necesidad de todo este tipo de precauciones. Cuando se abrió la puerta del ascensor, salió un recién llegado, esposado y con grilletes y con una expresión en el rostro que decía. Si logo escaparme, te mataré, hijo de puta. Andrés no dejó de mirar la mueca de desprecio del otro.

En el segundo piso, permaneció en una pequeña fila en el mismo lugar donde había recogido la cobija y el overol naranja. El amistoso negro que parecía que podría partir en dos a cualquiera sonrió y le entregó una canasta con su ropa y sus pertenencias. "Buena suerte," dijo. Andrés le respondió con la cabeza. Sí. Seguro. Suerte. Claro.

Lo condujeron hasta el vestibulo. Había un mostrador con un funcionario que revisaba unos papales. "Se puede cambiar ahí," dijo, señalando unas casetas. Las puertas estaban cortadas por arriba y por abajo. La única parte que ocultaban las puertas era la sección media de su cuerpo. Las cárceles no estaban ideadas para hombres delicados que necesitaran privacidad. Tomó la canasta con su ropa y sus cosas personales y se dirigió hacia las casetas. Se quitó el overol naranja y se vistió rápidamente con su ropa. Era agradable. Usar su propia camisa. Sus propios pantalones. Sus propias medias. Sus propios zapatos. Retomó su propio olor al ponerse su camisa.

En el mostrador, le cortaron el brazalete, firmaron su salida. Un hombre de su edad lo acompañó hasta las puertas principales. No hablaron.

Dave estaba ahí. Esperando. Sonrió, después le pasó un par de gafas oscuras. "Las vas a necesitar," dijo. "Te ves un poco delgado."

"No he tenido mucha hambre."

Abrió la puerta, el sol enceguecedor golpeándolo en la cara. Incluso con las gafas oscuras que Dave acababa de darle, apenas si podía ver algo. Permaneció un rato inmóvil y miró alrededor, dejando que sus ojos se adaptaran a la luz.

"Te llevaré a desayunar," anunció Dave. Hizo una seña con la mano mientras avanzaban por la acera. "Estacioné en Campbell."

"¿Y después qué?"

"Te llevaré a la casa."

"¿Cómo voy a pagar el maldito alquiler? Estoy seguro de que García ya me despidió."

"Pagué el alquiler."

"No me gusta."

"Quiero ayudar."

"No quiero ser el caso de caridad número setenta y nueve."

"¿Setenta y nueve? Mi lista no llega tan lejos." Sacudió la cabeza. "¿Alguna vez se te ha pasado por la cabeza que yo tal vez me preocupe por ti? A la gente se le permite que se ayude entre sí."

"No me conoces lo suficiente como para que te preocupes por mí."

"Déjame explicarte algo, Andrés. Sólo porque te odias a ti mismo no significa que yo tenga que odiarte."

"Vete a la mierda, Dave."

"Ponte a estudiar. Las matrículas empiezan en dos semanas. Para mayo, ya te habrás echado dos semestres a las espaldas. El juicio empezará justo por esa época." Dave señaló hacia el auto. "Estoy estacionado alla." Sonrió. "Escucha, no me importa pagar el alquiler hasta que empiece el juicio. Ni siquiera tienes que darme las putas gracias."

"Perfecto. No soy del tipo agradecido." Mientras esperaba frente al auto de Dave, se quitó las gafas. Cerró los ojos y dejó que el sol le cayera en la cara. Respiró profundo bajo el calor de la mañana, el rostro levantado, la cara resplandeciente bajo los rayos del sol. Sintió que las lágrimas le bajaban por la cara.

Dave fue lo suficientemente considerado para no comentar nada.

Tiempo y Orden en el Universo

Andrés Segovia mira hacia el cielo de la mañana. Las lágrimas brotan de sus ojos. Quisiera vivir bajo este sol todos los días de su vida. Lo acosa el miedo repentino de pasar años y años en prisión. Tal vez merece que lo castiguen. Pero durante este escaso segundo de claridad, quiere convertirse en la antigua palabra que escuchó alguna vez. Emancipado. Piensa que nunca será merecedor de esa palabra.

El padre Enrique Fuentes, párroco de la Iglesia Católica de San Ignacio, bendice el ataúd de una niña de ocho años llamada Angela González. Se siente triste por su iglesia y por su gente. Esta gente no tiene nada. Y después de hoy, tendrán aún menos. La gente que vive aquí, la mayoría vive esperando días mejores.

La iglesia está llena hasta el tope. Todas las estaciones de noticias han enviado un reportero. Ángela será titular por lo menos un día más. Los políticos se han esparcido entre la congregación: dos comisionados municipales, tres miembros del concejo, dos jueces que se han lanzado a la reelección.

Entre los presentes está el Sr. Delgado. No pudo contenerse. La noche, anterior, Liz le echó un sermón por asistir al funeral de una persona desconocida. "Eso no es un zoológico, Mister. No es un show."

"Lo sé, Liz." Pero estaba ahí. Su presencia es sincera. Después de la misa, hará una visita a Vicente. Lo abrazará con fuerza, después regresará al trabajo.

Quizás Todo va a Estar Bien

¿Adónde vamos?"

"A nuestra nueva casa."

Ileana soltó un chillidito de emoción. Uno de esos chillidos que sólo pueden dar los niños de cinco años. Uno de esos chilliditos contagiosos que ponen feliz a todos los que lo escuchan. "¡Una casa! ¡Una casa!."

Todos en el auto se rieron. "¿Podemos ir de picnic, Mando?" Ileana saltó desde el asiento de atrás y le pasó los brazos alrededor del cuello a Mando que manejaba.

Andrés sonrió. Quizás todo va a estar bien. Mando se veía muy guapo con su camisa nueva. Estaba distinto. Recordó que su padre siempre le estaba gritando a Mando y diciéndole que era malditamente irresponsable y que nunca iba a conseguir nada. Pero tal vez su padre se había equivocado. Mando parecía responsable ahora, y mayor, como un papá; pues eso era ahora, el padre de ellos. Y tal vez haya ahorrado mucha plata. Tal vez todos estén felices. Y tal vez su mamá y su papá estén felices, también, porque habrán encontrado el camino al cielo, gracias a la luz de su madre. La luz que le dio el ángel.

"¿La Sra. Fernández sabe que viniste a llevarnos a la nueva casa?"

"Sí. Yo le dije." Andrés sabía que su hermano estaba mintiendo. Algunas veces uno no podía adivinar si mentía o no. Pero en otras uno podía saberlo.

"¿Por qué no estaban ellos ahí para despedirse, Mando? ¿No nos quieren? Pensé que nos querían." Andrés pensó que Ileana siempre hacía las preguntas correctas.

"Claro que nos quieren. Lo que pasa es que tenían que hacer cosas importantes."

"¿Vendrán a visitamos a nuestra nueva casa?"

"Sí", contestó Mando, encendiendo un cigarrillo.

Ileana miró a Andrés y sonrió. "Es igualito a papá, ¿cierto Andy?"

Andrés asintió. "Seguro," dijo. "Igual a papá."

Yolie también encendió un cigarrillo. Encendió la radio. Ella y Mando empezaron a cantar la canción. Estaban contentos, emancipados. Así que ese había sido su plan. Él sabía que esto era lo que habían estado planeando desde el funeral de sus padres. Planeándolo una y otra vez. Y por eso estaban felices, pues el plan les estaba funcionando. Yolie volteó a mirar y les sonrió a Ileana y a Andrés. Descubrió la expresión en la cara de Andrés. La aprehensión. "¿Estás preocupado por la bicicleta?"

¿Qué va a pasar? ¿Qué va a pasar con nosotros?

" 'Todo va a estar bien, Andy.' Eso fue lo que dijo Yolie. Y después agregó, 'Parece que necesitaras un cigarrillo," 'No gracias,' le dije. 'A mamá no le hubiera gustado." Ella se rió, pero después me miró fijamente. 'No vuelvas a decirme nunca lo que le hubiera gustado o no a mamá, nunca más.' Sonó tan dura como una piedra. Y la odié. Creo que aún la odio. Aunque por épocas la quería. Hubiera hecho cualquier cosa por ella. Y lo hice. Hice todo lo que me pedía." Andrés jugaba con el cigarrillo que sostenía en la mano. Lo volvió a guardar en el paquete.

"¿Ha fumado alguna vez?"

"Claro que sí. Solía fumar."

"No suena arrepentida."

"No me arrepiento. Fumaba. Me gustaba. Dejé de fumar." No era necesario contarle que en la actualidad esta reincidiendo.

"¿Por cuánto tiempo fumó?"

"Tres o cuatro años; no recuerdo exactamente. Tal vez un poco más."

"Yo empecé a fumar cuando tenía trece años." Observó los cigarrillos. "Mis más viejos amigos." Se rió. "¿Cómo dejó de fumar?"

"No eran buenos para mí. Es una especie de odio contra uno mismo, ¿no crees?"

"Nunca lo he considerado de esa forma. Es una manera de resolver los problemas."

"Es una manera de no resolverlos. Menciona un problema que hayan resuelto los cigarrillos."

"Tal vez evitan que algunos hombres maten a alguien."

"No lo creo. Pienso que muchos hombres se fuman un cigarrillo después de haber matado a alguien. Probablemente se fuman uno justo antes."

"Okay. A lo mejor no sea más que una adicción."

"¿Entonces por qué no cortas?"

"Porque explotaría."

"Quizás explotes de todas formas."

"Por supuesto, usted ya sabe que yo he explotado, carajo, ¿no es verdad?"

Ella no sonrió, no frunció el ceño. "Supongo que sí", contestó. Tranquila como una brisa.

"¿Me tiene miedo?" Andrés sabía que no.

"No."

"¿Por qué no?"

"Cuando tenemos miedo de alguien, significa que podemos imaginar que nos hará daño. Tú no me harias daño."

"¿Cómo lo sabe?"

"No eres un santo, Andrés. Pero tampoco eres el demonio. No me harás daño."

"Está segura, ¿cierto?"

"Sí."

"¿Y qué sucedería si yo . . . si le hago daño?"

"Gritaría."

Los dos sonrieron. Se sintió avergonzado consigo mismo por el tonto juego al que estaba jugando. Sacó un cigarrillo del paquete y lo encendió.

Se veía hermoso con el cigarrillo en la boca. Era una estética que Grace siempre había apreciado. Miró la libreta en blanco. No iba a escribir nada. Hoy no. Él le había asegurado que no le importaba si ella tomaba notas, pero no estaba diciendo la verdad. Le importaba muchísimo. "¿Volviste a ver a los Fernández alguna vez?"

"No."

"¿Intentaron ellos alguna vez dar con ustedes?"

"No sé. Sí, creo que lo hicieron." Hizo una pausa para rebuscar entre el desorden en su cabeza. A veces sentía que su mente era como un cuarto lleno de pilas de periódicos, y que toda su vida estaba ahí; pero nunca sabía dónde encontrar la información que necesitaba. "Sí," dijo finalmente, "intentaron dar con nosotros. Me enteré de eso después. No recuerdo cuándo exactamente."

"¿Los buscaste tú alguna vez?"

"Una vez fui hasta su casa. No estaban. Estuve sentado ahí por un rato, al frente de la casa."

"¿Cuándo fue eso?"

"Oh, hace diez años. Yo tenía dieciséis. Por esos días me iban a ubicar en un hogar de paso."

"¿Por qué no regresaste?"

"¿Después de lo que habíamos hecho?"

"Tú no hiciste nada, Andrés."

"No me escapé de Mando ni de Yolie, ¿o sí?"

"Tenías diez años cuando te llevaron."

"Y yo sabía muy bien que lo que hacíamos no estaba bien."

"¿Entonces fue culpa tuya?"

"No he dicho eso. Sólo he dicho que no podía regresar donde los Fernández después de la forma en que habíamos actuado con ellos."

"¿Así que nunca los volviste a ver, a ninguno de los dos?"

"A la Sra. Fernández; estuvo en el juicio. Estuvo presente todos los dias."

"¿Juicio? No veo nada en tu expediente acerca de un juicio."

"No quedará ningún registro. Era menor. Me procesaron en una corte juvenil. Y me absolvieron. O tal vez no absuelto, pero no me hallaron culpable. O tal vez retiraron los cargos. No recuerdo."

"¿No recuerdas?"

"No me importaba lo que sucediera. A Dave le importaba. Todo lo que supe fue que él logró sacarme."

"Tal vez Dave logró sacarte porque eras inocente."

"No lo creo."

"¿Entonces la única razón por la que te dejaron libre fue porque tenías un buen abogado?"

"Algo así."

Ella asintió, después lo miró. Quería que él entendiera que tal vez estaba equivocado. Había resuelto que Andrés Segovia era incapaz de creer que tuviera alguna virtud. "Creo que tu abogado contaba con algo para trabajar . . . si quieres saber mi opinión."

"Usted ni siquiera sabe qué hice."

"No. No lo sé." Decidió que este no era el momento para esa conversación en particular. Hoy no. "¿Volviste a hablar con la Sra. Fernández alguna vez?"

"No."

"¿Por qué?"

"Estaba demasiado avergonzado."

"¿Vive todavía?"

"Sí."

"¿Cómo lo sabes?"

"Asistí al funeral del Sr. Fernández."

"¿Cuándo murió?"

"Hace seis meses."

"¿Cómo te enteraste?"

"Lo leí en la sección de obituarios."

"¿Normalmente lees los obituarios?"

"No. La gente de su edad es la que los lee."

Ella sonrió. Por agradecerle el chiste.

Él le contestó con otra sonrisa. Cuando sonreía, se veía como una mañana de verano, idéntico a una mañana de verano. Tenía la certeza de que nadie nunca le habría dicho eso. "¿Entonces cómo fue que te encontraste el nombre en los obituarios?"

"Por un tipo en el trabajo. Se llama Al. Iba a recortar el obituario de alguien que conocía y entonces ahí estaba, la foto del Sr. Fernández."

"Así que fuiste al funeral."

"Sí."

"¿Por qué?"

"No estoy seguro."

"¿Hablaste con la Sra. Fernández?"

"No."

"¿Ella te vio?"

"Sí."

"¿Supo quién eras?"

"Claro. No sé. No me acerqué ni nada por el estilo. Pero nuestros ojos se cruzaron, y pensé eso . . . no sé."

"¿Y eso fue todo?"

"Sí."

"Nuestras miradas se encontraron. Tal vez ella lo supo. Pensé en la bicicleta."

"¿Piensas que ella aún la tiene?"

"Probablemente la habrá tirado hace rato. Aunque pienso que se enamoró de todos nosotros. De todos. Pienso que la herimos."

"No fuiste tú quien la hirió."

"Usted no estaba ahí."

Grace aprobó con la cabeza. "¿Estás cansado?"

"La verdad, no."

"¿Deseas continuar?"

"Seguro. Pero, ¿puedo hacerle una pregunta?"

"Claro."

"¿Usted conoce bien a Dave?"

"¿Por qué es importante?"

"Probablemente no lo sea. Pero creo que lo conoce bastante bien."

"¿Por qué lo crees?"

"No sé. Simplemente lo creo. Cuando me dio su tarjeta. Parecía como si . . . como si él tenía que conocerla. Parecía como si . . ."

"¿Cómo qué?"

"No sé."

"Pienso que si de veras quieres saber, deberías preguntárselo."

"Quizás lo haga."

"Muy bien."

Le gustaba la manera en que ella se comportaba. "Muy bien."

Cruzaron el puente Santa Fe hacia Juárez, a su alrededor el olor del humo de la fila de autos que pasaban sin descanso de una ciudad a otra. Había hombres y mujeres y niños de su edad vendiendo cosas, sosteniendo cosas en alto para que todo el mundo pudiera verlas, dulces, curiosidades, crucifijos, *compren, compren.* Tal vez algunos de estos muchachos habrían perdido a sus padres también. Tal vez él terminaría como ellos, vendiendo cosas en la calle. De alguna forma, Andrés había adivinado que su nueva casa estaría en Juárez, como sabía que los Fernández no sabían nada de todo esto; como sabía que nunca volvería a ver su bicicleta. Se mantenía en silencio. Era mejor no decir nada. ¿Y qué podía decir, en todo caso? Tenía diez años. No se había emancipado. Mando compró dos paquetes de cigarrillos a uno de los vendedores, uno para él y otro para Yolie. Andrés sólo había estado en Juárez con sus padres, y siempre habían cruzado el puente a pie. Juárez siempre le había gustado. Le gustaban los olores y la forma de hablar de la gente y las calles abarrotadas, de gente caminando, y su padre le había dicho que era más civilizado ir caminando a los lugares que conducir, y ese día su padre le había explicado la palabra *civilizado,* y recordaba todas estas cosas mientras entraban a Juárez. Todos los aromas le hacían recordar a su padre, de cómo habían sido las cosas. Recordaba los cortes de pelo que le habían hecho aquí y cómo su papá siempre compraba vainilla para su madre y tortillas de maíz que se derretían en su boca y tenían el sabor de México. Eso era lo que le había dicho su madre. Que México sabía a maíz y a las manos de las mujeres que habían hecho tortillas durante miles de años. Y al recordar todas estas cosas, Andrés se sintió más triste de lo que nunca había estado antes. Durante mucho tiempo había intentado no pensar en su mamá y su papá, pero ahora, en el puente Santa Fe, en lo único que podía pensar era en que los dos estaban muertos.

Mando giró a la derecha por la Avenida Benito Juárez y siguió por unas calles angostas. Las calles estaban llenas de gente y pasaron frente a una gran cantidad de bares, o por lo menos así le pareció a Andrés. Había estado con su padre en algunos bares, y conocía su aspecto. Más adelante, descubriría que habían pasado por la Calle Mariscal, el distrito donde trabajaban todas las prostitutas. Se aprendería las calles de este distrito mucho mejor que las calles de su propio barrio. Pero ese día Andrés sólo tenía una idea vaga de lo que podía ser una prostituta.

En una pequeña calle angosta, Mando estacionó frente a una casa. No era en realidad una casa, no como las casas de su barrio, donde todas tenían vallas o muros de piedra o muros construidos en ladrillo o bloques de cemento, cercas y jardines y flores y césped y todo eso. No había nada de todo eso en este barrio. Estas casas parecían una sola casa larga con puertas y ventanas cada tantas yardas, una acera de cemento como jardín, unos cuantos árboles tristes tratando de crecer aquí y allá. Cada puerta, supuso, era una especie de casa. Como apartamentos, así que le preguntó a Mando, "¿Estos son apartamentos? ¿Vamos a vivir en un apartamento?"

"No," dijo Mando. "Estas son casas. Las casas no son iguales en todas partes, Andy".

Mando se dirigió caminando hasta una puerta con el número 12, sacó un juego de llaves y la abrió. Todos siguieron a Mando adentro de la casa. Andrés fue el último en entrar. El cuarto de enfrente se veía oscuro, pero cuando Yolie descorrió las cortinas, quedó más claro. Pero no era bonito. Las paredes eran de un gris oscuro y tenían manchas de humedad por el techo que goteaba cuando llovía, y Andrés imaginó que olía a orina. Había orificios en la pared, como si alguien hubiera librado una guerra ahí dentro.

Los pisos estaban tapizados en un viejo linóleo, con flores amarillas descoloridas y parras verdes ramificándose en diferentes diseños sobre la superficie desgastada. Debió de haber sido muy bonito cuando era nuevo, pero ahora se veía viejo y pálido y triste, y acabado por todas las pisadas del desfile de gente que habrá vivido aquí. El cuarto de enfrente llevaba, hacia la cocina, y en la cocina había una estantería grande, como un estante de libros, y una mesa de madera, una mesa bonita, con seis sillas de madera alrededor. Y había también una nevera y una pequeña estufa de gas. "Anoche compré la mesa y las sillas," dijo Mando. Orgulloso. "La nevera y la estufa necesitan una limpieza; las compré de segunda mano. Pero funcionan." La cocina desembocaba en otra habitación, y Andrés supuso que se trataba de uno de los cuartos. Y ese cuarto llevaba a otra habitación vacía, que Andrés imaginó también como otro de los cuartos. Y ése llevaba a un pequeño jardín, tan reducido como las otras dos habitaciones. "Un solar," lo llamó Mando.

"Esta es nuestra casa," agregó. Orgulloso. Seguro. Un hombre.

"Huele feo," dijo Ileana. "No me gusta."

"Haré que huela rico," dijo Yolie. "Te lo prometo." Se volteó a mirar a Mando.

"Y adivina qué vamos a hacer, Ileana. Vamos a pintar toda la casa y la vamos a dejar bien linda."

Mando había estado haciendo planes y planes y planes. Mando abrió un clóset en el primer cuarto, y sacó los baldes de pintura y las brochas y traperos y una escoba y todo lo necesario para limpiar la casa. "Tenemos de todo," dijo. "Y vamos a pintar todas las paredes de blanco. Para que no se vea tan oscuro. ¿Qué les parece? Y vamos a pintar la cocina de amarillo. ¿Qué les parece?" Miró a lleana.

"Me parece bien, Mando," contestó ella. Estaba feliz con la respuesta que él le había dado. Ahora él era el padre.

Incluso a Andrés le gustó como hablaba Mando. No hablaba en un tono antipático o molesto, sino amable y suave. Así que tal vez todo iba a estar bien.

Pero las habitaciones eran muy oscuras. Y no había ninguna ventana, excepto la de la habitación del frente. "Pero la oscuridad mantiene la casa fresca en el verano," afirmó Mando. Así que empezaron a pintar. Y justo cuando empezaban a pintar, alguien golpeó en la puerta, una muchacha—linda—una muchacha y dos tipos, parados en la puerta. Y la muchacha linda abrazó y besó a Mando. "Esta es mi novia, Xochil," anunció Mando, "y ellos son sus hermanos," Enrique y Jaime. Y Andrés les estrechó la mano, y la novia de Mando besó a Andrés en la mejilla y le dijo que era más guapo que Mando, y entonces Andrés sonrió.

Mando y Enrique y Jaime salieron y descargaron cuatro camas. Las camas eran pequeñas, para una persona. Camas sencillas, una cama para cada uno. Y colchones y almohadas y sábanas. Andrés se dio cuenta de que las camas no eran nuevas. Pero tenían el aspecto de ser buenas camas, aunque él ignoraba todo lo referente a las camas. Pero Yolie comentó que no olían a orina y que no tenía manchas ni nada por el estilo. Así que él inspeccionó los colchones con cuidado y los olió y no olían mal. No bien. Ni a nuevo. Pero no olían mal. Como lluvia vieja, quizás, casi dulce. Algo así.

Así que ese primer día en su nueva ciudad, en su nuevo barrio, en su nuevo país, todos se pusieron a pintar y a limpiar y a trabajar para convertir su casa en algo bueno, algo que fuera digno de ellos, algo que a las ratas no les gustara. Eso fue lo que dijo Mando. Era un chiste. Dijo, "Si mantiene uno la casa pintada y limpia, entonces a las ratas no les va a gustar." Las ratas. Seguro. No eran las ratas lo que le preocupaba a Andrés. Aunque no sabía de dónde venía exactamente esa preocupación.

Simplemente tenía un presentimiento. Como los truenos en el cielo. Pero los truenos retumbaban en su estómago. Estallaría una tormenta. Yolie y Xochil limpiaron la nevera y la estufa y pintaron el estante en la cocina. Mando y Jaime y Enrique pintaron la sala y la cocina, y al final de la tarde, empezaron a pintar la habitación de enfrente. Mando le dio plata a Yolie y le dijo que fuera a comprar algo de comida. Le dio la dirección de una tienda y le dijo en cuánto estaba el cambio para que supiera cuánto costaban las cosas en pesos aunque estuviera pagando en dólares. En Juárez, uno siempre podía pagar en dólares. Él había visto a su padre hacerlo. Algunas veces le dan a uno el cambio en pesos. Andrés también lo sabía. Y mantuvo el valor del cambio en su cabeza como memorizaba otras cosas. En caso de que tuviera que usar la información en algún otro momento.

Esa primera noche, Yolie e Ileana prepararon tacos. Andrés recordó que la última comida que su mamá les preparó fueron tacos. Se entristeció al recordarlo. Pero los tacos estaban ricos, y todo el mundo comió. Pero Andrés seguía sintiendo los truenos en su estómago. Esa noche, cuando todo el mundo dormía, Andrés se dirigió al baño, se arrodilló frente al inodoro, se metió el dedo en la garganta, y vomitó los tacos que su hermana había preparado.

No resultó tan mal las primeras semanas. Como si en realidad fueran una familia, todas las cosas nuevas y diferentes. Pero no sabían qué era lo que estaban haciendo, en realidad no, era sólo un juego. Mando salía por las mañanas, como si fuera un papá que saliera al trabajo. Y Andrés siempre se preguntaba al respecto, y se preguntaba si Mando trabajaría en El Paso o en Juárez; pero Mando nunca les dijo. Cuando Andrés le preguntó adónde iba, Mando le contestó, "Voy a trabajar. Para que podamos vivir aquí." Andrés se daba cuenta de que Mando no quería hablar. Y a veces Mando se iba por un día o dos. Y entonces Andrés le preguntaba adónde había estado. Y Mando contestaba que algunas veces tenía que viajar. Por el trabajo. Ileana le preguntaba adónde viajaba. Y él decía que no le gustaba hablar sobre el trabajo. "Sólo los viejos que está a punto de morirse hablan de su trabajo." Eso era lo que contestaba.

Yolie mantenía arreglada la casa, como si fuera la mamá. Y cocinaba. Y los tres, Yolie, Ileana y Andrés, iban hasta el mercado a comprar la comida. Andrés vivía encantado con el mercado, con los tomates y los nopales y las limas y todas las variedades de chile, jalapeños y chiles de árbol y anchos y pasillas, chiles negros y chile pasado. Le encantaba ponerse a mirar los chiles, tan hermosos, y toda esa comida y la manera como la desplegaban, como joyas y diamantes. A Yolie también parecía encantarle el mercado. Se veía feliz cuando iba, y siempre sabía cuánto comprar y siempre conseguía buenos precios.

Pero estaba intranquila. Algunas veces salía por las tardes y les decía a Andrés y a Ileana que no le fueran a contar a Mando. Y nunca lo hicieron. Nunca supieron adónde iba. Y Andrés se imaginaba que tal vez era como montar en su bicicleta alrededor del barrio. Pues era agradable salir y estar uno solo. Y no quedarse adentro todo el tiempo.

Ileana y Andrés se quedaban en la casa, y Andrés inventaba historias para entretener a su hermana. Ileana y Andrés aprendieron a mantener la casa bien limpia. Mando consiguió unos ladrillos de quién sabe dónde, y levantaron un muro de ladrillo en la tierra del solar y era como tener un cuarto exterior. Y Mando compró materas y Yolie plantó un árbol de plátano y otra clase de arbustos y flores en las materas grandes de arcilla que Mando había traído a la casa y quedó lindo. A Andrés le gustaba ese solar. Dormía ahí afuera en las noches. Contaba las estrellas. Pero a medida que pasaban los días, empezó a sentirse tan intranquilo y tan aburrido como Yolie.

Echaba de menos el colegio. Echaba de menos montar en su bicicleta. Echaba de menos hablar inglés. Tenían una nueva regla. Hablar en español. Esto es México. Pero en realidad hablaban los dos idiomas. Por alguna razón, se aferraron al inglés.

"Mando había ahorrado dinero y había pensado en todo. El problema fue que sólo pensó en las cosas prácticas. Un lugar asequible donde vivir, muebles sencillos, un sofá, asientos, plata para la comida. Si necesitábamos algo, parecía siempre tener el dinero para comprarlo. Unos tapetes bonitos para cubrir el linóleo viejo. No estaba mal. Pero no era así de sencillo. Ni para Mando ni para Yolie. Ni para ninguno de nosotros."

"¿Alguna vez supiste dónde trabajaba Mando?"

A él le gustaba su voz. Le gustaba cómo pronunciaba *Andrés*. La miró. Sabía que la observaba con una expresión rígida en la cara. Pero él sabía cómo poner esa expresión de rigidez, aunque no se sintiera así. Se preguntó dónde había aprendido eso.

"¿Te sientes bien?"

"Sólo me preguntaba."

"¿Qué?"

"Nada." Ella no lo presionaría. Él lo sabía. Si él no quería contestar una pregunta, ella no le insistiría.

"¿Quieres una taza de café?"

"Sí."

"Hay una pequeña cafetería en este piso. Te invito a una taza."

No hablaron mientras caminaban por el corredor. Era extraño, caminar al lado de ella, como si de alguna forma él fuera parte de su vida. Pero no lo era. Lo sabía. Ella era una consejera, una terapeuta, una mujer hermosa. Él no era nada. Eso era él.

Mientras esperaban en la fila de la cafetería, Grace pidió dos cafés.

"¿Pequeños o grandes?", preguntó el que atendía.

"Pequeño para mí." Grace lo miró.

"Pequeño. Oscuro."

El tipo asintió y les pasó el par de cafés.

"¿Cuándo empezaste a tomar café?"

"En el primer hogar de paso. A los dieciséis."

Imaginó que estaría bien hacerle a ella la misma pregunta. Quizás estaría bien.

"¿Y usted?"

"Cuando me casé."

Él asintió. "Empezó tarde." Se sintió estúpido.

"Sí," dijo ella. "A mi esposo le encantaba el café. Así que aprendí a que me gustara también."

Imaginó que los segundos que les tomaba regresar a la oficina durarían para siempre. Y cuando finalmente se sentó de nuevo frente a ella, se sintió mejor. Sabía que era lo que se suponía que él debería hacer cuando estaba en su oficina.

"¿Tienes novia?" Ella lanzó la pregunta casi como si estuvieran en una conversación trivial. Pero no lo era. Él lo sabía.

"Pensé que íbamos a hablar sobre mi pasado."

"Podemos hablar de cualquier cosa que queramos. Y no tienes que contestar esa pregunta."

"Lo sé." Dio unos golpecitos en el escritorio con el dedo. "No."

"¿Eres heterosexual?"

"Sí."

"No hay nada malo en ser gay."

"¿Cree que soy gay?"

"No."

"Pero supone que tal vez lo sea, porque no tengo novia."

"Suenas molesto. No fue mi intención molestarte. Era una pregunta sincera. No asumo nada de nadie. No hago juicios apresurados. Hago preguntas porque . . ." Se detuvo y lo miró fijamente. Quería que él comprendiera. "Sólo pregunté si tenías novia porque deseaba saber si tenías alguna persona cerca. Eso es a lo que me refiero. ¿Tienes algún amigo?"

"No tengo amigos, no."

"Mencionaste un hombre. Al. ¿Al es amigo tuyo?"

"No. No diría tanto. Trabajamos juntos. No es realmente amigo mío. No soy muy bueno haciendo amigos."

"¿Y en el caso de Dave Duncan?"

"No lo llamaría mi amigo. Es mi abogado."

"¿No son amigos?"

"No."

"Así que no tienes novia. Y no tienes ningún amigo. Suena un poco solitario."

"Oiga, escuchar los problemas de la gente un puto día tras otro . . . también suena bastante solitario." Estaba encendido, ella casi podía palpar su rabia. Él podía atemorizar a la gente. Podía asustar a cualquiera, si se lo proponía.

Andrés miró su reloj. "Mire, tengo que irme."

"Andrés, no quiero que te enfurezcas."

Detestaba la calma de ella. Tan malditamente fácil que le resultaba a ella permanecer calmada, ya que no estaban discutiendo sobre su vida. "Tengo que irme."

"¿Nos vemos el jueves, entonces?"

"No puedo. Tengo entrevista para un empleo." No decía la verdad. "El jueves no puedo."

"¿El martes siguiente, entonces?"

"Seguro." No se volteó a mirarla, no se despidió. Simplemente salió por la puerta.

Así que esa era la actitud que asumía cuando no podía gritarle o golpearlo a uno. Simplemente miraba a otra parte, fingiendo que uno no estaba ahí. *Así que he tocado un nervio.* Miró hacia el teléfono que no dejaba de timbrar.

Dejó que timbrara. Que dejaran un mensaje.

No Este Caso, Juez

ave estaba sentado en su escritorio, el periódico de la mañana sin leer. Lo llevó consigo a la oficina. Repasó los titulares. HOMBRE CONFIESA HABER ESTRANGULADO NIÑA DE OCHO AÑOS. Tiró el periódico a la caneca, después revisó sus mensajes. Llamada de un antiguo cliente, llamada de una ex novia, llamada de alguien a quien no conocía, un posible cliente, supuso, y llamada del juez David Caballero. Un buen juez. Justo, en todo caso. Tomó mentalmente nota de girarle un cheque para su campaña de reelección. El sistema era una mierda. Girar cheques para causas justas. Y girar cheques para causas no muy buenas. Vio a su secretaria parada en la puerta. Tenía un expediente en la mano. El juez Caballero está aquí para verlo."

"Hazlo pasar, Margie."

Se puso de pie, medio sorprendido de que el juez estuviera ahí en persona. Había pasado alguna vez antes, para que tomara un caso difícil, un caso que nadie más quería tomar. Sospechó que venía a golpear en su puerta por una razón similar. Era un juez chapado a la antigua, prefería presentarse ante los abogados en lugar de llamarlos por teléfono. Una especie en extinción.

"Juez, qué bueno verlo."

"Dave, ¿cómo estás?" Tenía una voz amistosa, discreta, formal. Una voz que había cultivado a lo largo de los años. Una voz que hacía sentir cómoda a la gente. Pero nunca más allá de los asuntos del trabajo.

Dave ya estaba parado frente a él, estrechándole la mano, ofreciéndole una silla. "Me encanta verlo, juez. ¿Un almuerzo largo?"

"Bueno, tarde, en todo caso."

"¿Cómo está Blanca?"

"Ah, está bien. Gracias por preguntar. Sigue pensando en varias mujeres con las que te deberías casar. Tiene una lista."

"Es muy amable de su parte pensar en mí."

"No lo creas. Deberías ver la lista."

Los dos rieron—nada forzado, una risa espontánea—y pasaron a un silencio incómodo.

Finalmente, Dave golpeó el escritorio con los dedos y preguntó, "¿En qué lo puedo ayudar, juez?"

"Se trata del caso González."

"¿El caso González?"

"El caso de Ángela González."

"Ah, la niña."

"Sí."

"Horrible."

"Sí."

"Quería asignarte para que representaras . . ."

"No lo haré, juez."

"Eso fue rápido. Ni siquiera dejaste que terminara."

"No quiero ser grosero. No necesito decirle cuánto lo respeto. Usted es un excelente juez y yo siempre he tratado de asumir mi parte en los casos asignados por la corte. Pero en esta oportunidad . . ."

"Nadie quiere este caso, Dave."

"No lo puedo hacer."

"¿Por qué no? Como oficial de la corte, Dave, estás en la obligación de hacerlo. Tienen un deber."

"Con todo el respeto por los derechos civiles de cualquiera, no puedo representar a ese hombre. No me haga esto, juez."

"Eres un buen abogado."

"No lo puedo hacer. Déselo a alguien más. Nunca le he negado un caso antes, ¿no es así? Bueno, malo, perverso, bajo perfil, alto perfil, asesinato, violación, cualquier cosa; si usted me pasaba un caso, yo hacía mi trabajo. Pero este no."

El juez asintió. "¿Puedo preguntar por qué?"

"Es algo personal."

El juez seguía asintiendo. "Entiendo. ¿Tienes alguna sugerencia?"

• • •

Dave estaba sentado en su escritorio y miraba el confortable entorno. Una oficina envidiable, elegante, de buen gusto. Ni una sola pieza de arte a la vista. *Pensarías que un hombre pudiente tendría por lo menos un maldito cuadro.* Se contuvo a sí mismo. Sabía lo que estaba haciendo. Se vapuleaba a sí mismo cuando estaba molesto. La visita del juez. Las cosas que le habían sucedido a Andrés Segovia. La niña muerta. Recordó a un colega hablando sobre los "círculos del sexo." Ese fue el término que usó. "Usan a los niños de Juárez, los usan para sus juegos." *Juegos,* un eufemismo neutro. "La mayoría de los tipos son del lado de acá. No sólo exportamos libertad, *baby,* te lo aseguro." Odiaba pensar en esa conversación, odiaba pensar en lo que sucedía allá afuera. Sabia que la mayoría de esos niños nunca terminaban en nada bueno. Andrés Segovia seguía siendo una especie de milagro.

Mierda, no, no tomaré ese caso.

Grace por la Tarde

Esa pregunta, ¿Tienes novia?, lo había ofendido. Objetaba que le hubiera preguntado si era gay, pero se molestó igual por la pregunta sobre la novia. Por la pregunta sobre los amigos. Sí, molesto por esas preguntas; enfurecido. Como si ella hubiera intentado desnudarlo. Como si se tratara de una violación. La insinuación de intimidad con alguien más lo había puesto tan incómodo que hubiera querido arremeter contra cualquiera. Pero peor aún fue la insinuación de la soledad. Con esa, él sí arremetió, *la soledad es esta mierda de estar escuchando los problemas de la gente día tras día.*

Estaba furioso y perdido y asustado. Eso era algo totalmente obvio. Y ella no tenía ninguna duda de que él sería capaz de infligir dolor físico o verbal a cualquiera que apareciera en el momento equivocado. Ella casi pudo palpar esa energía impredecible, casi salvaje. Pero también era alguien coherente y controlado y tenía el intelecto y la sensibilidad de un poeta. Veía a la gente y a las cosas por lo que eran, incluso a él mismo. Resultaba extraña y hermosa a la vez su manera de recontar su historia personal, como si estuviera leyendo en las páginas de una novela. Una novela donde él se transformaba en un personaje elusivo y romántico. No del todo un héroe. Tampoco del todo un antihéroe. Nunca había tenido un paciente que lo hubiera hecho con tanta maestría. Se preguntaba si se trataría de un engaño. Algún tipo de seducción. Una forma de asumir el control.

Escribió algunas notas en el bloc. No muchas. Sólo unas cuantas palabras que estimularan su memoria. Dejó el bolígrafo a un lado, sonrió.

Era una sonrisa irónica. Qué pequeño es el mundo. Lo suficientemente pequeño para que todo el mundo se tropezara con los hombros de los demás, pero igualmente extenso para que uno se extraviara si quería hacerlo, y lo suficientemente despiadado para que a uno lo arrebataran del lugar donde estaba seguro, y lo suficientemente amable para ser amado por un hermano mayor que se consideraba a si mismo un hombre. Y lo suficientemente amable para contar con un lugar donde vivir, incluso si era un lugar humilde y la parte humilde de una ciudad humilde, y lo suficientemente cruel para ser arrancado del colegio y de la educación cuando uno evidentemente había nacido con una mente especial y una buena dosis de ambición. Andrés. Andrés Segovia. Ella no sabía muy bien qué era lo que había en Andrés que le hacía recordar a Mister. Quizás fuera que ninguno de los dos era totalmente consciente de su belleza física: y los dos eran hermosos. Cualquier mujer podía quedarse todo el día mirándolos.

Andrés, Mister. Trató de ponerlos juntos en su cabeza, y trató de imaginar de qué hablarían si se encontraran solos en el mismo cuarto. Dos clases de hombres tan diferentes. Se preguntó en qué se habría convertido su hijo Mister si hubiera tenido una vida como la de Andrés Segovia. ¿Hubiera terminado siendo igual de cariñoso y juguetón? ¿Hubiera logrado esa facilidad con las palabras? ¿Cómo hubiera sido Mister si hubiera transitado el mismo camino que Andrés? ¿Qué hizo que estos dos hombres fueran lo que son? ¿Los padres? ¿El afecto? ¿La falta de afecto? ¿El padre? ¿La ausencia del padre? ¿Las circunstancias? ¿El medio ambiente? ¿La pobreza? ¿La soledad? ¿La necesidad? ¿La genética? ¿El temperamento? ¿Y de dónde provenia el temperamento? ¿Qué era, finalmente, lo que decidía una vida? A medida que envejecieran, ¿se mantendrian más o menos igual? ¿Se volverían más duros o amargados? ¿Podría suceder algo que transformara irrevocablemente la manera en que ambos veían y sentían el mundo? Había cumplido los cincuenta y, ¿qué sabía ella del mundo? ¿Qué había aprendido? *Soledad es esa mierda de escuchar los problemas de otra gente día tras día.* Esa acusación. Un eco que resonaba en su oficina. "No, Andrés, la soledad es haber perdido al hombre que poseía tu cuerpo y tu corazón." Se recriminó por esa observación autocompasiva. Ella no tenía nada que enseñarle a Andrés Segovia sobre las pérdidas o la rabia o la soledad. Él era un experto en el tema.

"Grace, eres un desastre." Miró de nuevo hacia el teléfono que timbraba. Quería simplemente levantarse y salir de la oficina, salir y meterse a ver una película, después comprarse un vestido nuevo, después pasar por la tienda y comprarse un paquete de cigarrillos, después ir a la casa y ponerse el vestido nuevo, después caminar por el patio, descalza, con un whisky en la mano y el paquete de cigarrillos, y mirar la puesta de sol. Deseaba hacer todas estas cosas sencillas como si fuera una joven maestra de escuela en el primer día de las vacaciones de verano. Y entonces, ta vez, después de haberse bebido el trago y haber fumado unos cuantos cigarrillos, lloraría hasta que se deshiciera de toda la mierda y toda la basura que había en su vida. Y cuando oscureciera, se echaría en el piso y contaría las estrellas. Pensó en Andrés, un muchacho de diez años en un pequeño patio contando cada una de las estrellas, *uno dos tres cuatro cinco* . . . No quería pensar en él, pero ahí estaba de nuevo, como un acechador. Muchos de sus pacientes la había acechado, pero no fueron ellos, fue ella. En realidad, nunca aprendió a dejar que las cosas tomaran su rumbo. Y en efecto nunca dejó ir a Sam. Por eso fue que nunca se volvió a casar. Por supuesto que esa era la razón. No era un asunto demasiado complejo. Había salido exactamente con dos hombres en doce años. Dos hombres. Tres citas cada uno. Seis citas en doce años. Ninguno era Sam.

Ni siquiera podía dejar que su propia vida tomara su curso. Diciéndose a sí misma y diciéndoles a Mister y a Richard Garza que no había problema, que ella podía hacerlo, que ya era su hora. ¿No lo decían en español, "Ya le tocaba"? Cuando alguien se ganaba la lotería o se casaba. O cuando moría. Se mostraba tan tranquila ante este cáncer que golpeaba a su puerta, llamándola para que saliera. Actuaba como si dejar que su vida siguiera su curso fuera tan simple como sacudir la ceniza de un cigarrillo. Como si su vida no fuera nada.

Tal vez sólo estuviera fingiendo.

Tal vez vaya a comprar un vestido. Lo pondré en la tarjeta de crédito. A lo mejor habré muerto para cuando llegue la cuenta de cobro.

Decidió salir temprano de la oficina. ¿Por qué no? El teléfono timbró. De nuevo. Siempre timbraba. No iba a contestar. Pero no lo había levantado en toda la tarde. Bueno, no se sentiría demasiado mal de salir temprano. Y si lo contestara. "Aló, Grace Delgado."

"Grace." Era una voz joven y animada. Como un muchacho de escuela secundaria llamando a una chica que le gustara.

"¿Richard?"

"¿Estás ocupada?"

"Acabo de terminar por hoy."

"Ah, bueno, me preguntaba si . . ." se detuvo, repentinamente tímido. "Tengo un artículo que me gustaría que leyeras. Podría ayudarte a pensar en algunos tratamientos."

"En mi caso los tratamientos sólo servirían para ganar algún tiempo. ¿No fue eso lo que dijiste?"

"No. No fue eso lo que dije. Eso fue lo que tú escuchaste."

"Dijiste que había hecho metástasis."

"No, Grace. No lo dije."

"¿No lo dijiste?"

"Dije que estaba avanzado, pero dije que *no había* hecho metástasis."

"Pero *está* avanzando."

"Grace. ¿Puedo hacerte una pregunta? ¿Quieres morir?"

"Por supuesto que no."

"Aún hay tiempo."

"¿Qué efectos negativos tienen los tratamientos?"

"Alguna gente apenas si se enferma . . . ¿Lo sabías?"

"¿Y qué sucede con la mayoria de la gente?"

"Tú nunca has formado parte de esa mayoría, Grace. ¿Leerás el artículo?"

"Si, okay. Le echaré un vistazo."

"Y . . ."

Grace percibió el silencio suspendido al otro lado de la línea.

"Y, ¿quisieras ir a comer conmigo? Es decir, si no estás ocupada."

"¿Esta noche?"

"¿Por qué no? Empiezo en un rato la ronda de visitas y debo estar terminando alrededor de las siete y media."

"¿No quieres ir a comer con tu familia?"

"Mi esposa . . ." se le apagó la voz, pero regresó enseguida. "Me dejó. Se enganchó con un podólogo y se mudó a Seattle." Soltó la risa, una risa nerviosa.

"Siento mucho escuchar eso, Richard." No había sido su intención sonar tan brutal. Ni usar su más enfático tono de voz.

"¿Un mal día?"

"Vendrán peores."

"Entonces aprovecha. Come mientras puedas."

"Okay, ¿por qué no? ¿Qué tal una carne asada?"

Tres semanas antes, hubiera encontrado inapropiado salir a comer con su médico. Respetaba los límites. Sus relaciones profesionales se mantenían a nivel profesional. Amistosas. Incluso informales. Pero siempre estaba aquella línea. Que ella nunca cruzaba. Ni siquiera se había acercado nunca. Sabía que alguna gente la consideraba una persona emocionalmente distante. Creída. Imperiosa. Lo había oído una vez. Después se había reído con ganas. Imaginen a una chica de Dizzy Land acusada de imperiosa. Apagó las luces de la oficina y esperó en la puerta. Miró hacia el salón oscuro y vacío. Después cerró la puerta.

De camino a la casa, se detuvo en su almacén de ropa preferido. Se probó un vestido tras otro, uno azul, uno amarillo, uno rojo, uno con flores, otro azul oscuro, uno largo hasta el piso y con lunares. Se compró el rojo. Después de salir de la tienda de vestidos, se detuvo en una licorera y compró una botella de Chivas y un paquete de Malrboro Lights. La marca que solía fumar. La misma que fumaba Andrés Segovia. Tres dólares. Tres dólares y algunos centavos por un paquete de cigarrillos. Siempre se fijaba en el precio de las cosas: la clase de mujer que se negaba a comprar una lechuga si creía que estaba demasiado cara. El hecho de que pudiera comprarla no era nunca lo definitorio para una mujer de su temperamento. *Imperiosa mierda.* Casi cuatro dólares bien sudados. Con cincuenta centavos más se compraría un almuerzo en Jalisco. Sacudió la cabeza, pero compró los cigarrillos de todas formas. ¿Para qué hacer escándalo por el precio de unos cigarrillos si acababa de gastarse un montón en un vestido rojo?

Llegó a la casa, abrió las puertas de batientes que llevaban al patio, se quitó los zapatos y se sirvió un trago. Encontro un cenicero en el fondo de un cajón y sacó el paquete de cigarrillos. Rasgó el papel de celofán y aspiró el olor. Casi podía sentir a Sam en la habitación. Casi podía sentirlo encendiéndole el cigarrillo, las manos de él ahuecadas sobre las suyas. Cerró los ojos. Tuvo la esperanza de verlo ahí de pie. Sintió una punzada de desilusión cuando abrió los ojos. Encendió el cigarrillo.

¿Por que no cortas? Porque explotaría. "Vete, Andrés."

Terminó el cigarrillo y el trago de whisky. Tomó una ducha, se puso el vestido nuevo, y se miró en el espejo. La luz cayó sobre su anillo de diamantes, el mismo que le había dado Sam cuando le pidió que se casaran. Pensó que tal vez ya era hora de quitárselo. Así lo hizo. Agitó la mano desnuda frente al espejo. Observó el anillo, puesto sobre el armario. Se lo puso de nuevo. Miró fijamente la luz . . . la luz que había en el anillo.

No, ella no sabía dejar que las cosas siguieran su curso.

Orden y Tiempo en el Universo

"Hola."

"Hola."

Mister observó a su madre mientras ella aguardaba en la puerta de entrada.

"Te ves muy bien. ¿Vas a salir?"

"Sí."

"¿Una cita? Parece una cita, Grace."

"No la llamaría asi. Ir a comer con un amigo."

"¿Qué amigo?"

"Richard Garza."

"¿Tu médico?"

"Sí. Como te dije, no se trata de una cita. Sólo una comida con un amigo."

"Pues debí haber llamado antes . . ."

"No, vamos, entra. ¿Quieres una cerveza?" Abrió la puerta y enseguida desapareció dentro de la casa. Mister la siguió.

Se acomodó en el sofá y se dio cuenta de que Grace ya se había servido un trago. Levantó el vaso y olió el aroma del whisky. Detestaba esa bebida. Dejó de nuevo el trago en la mesa. Grace regresó a la sala y le tendió a Mister la cerveza. "No te esperaba." Se sentó frente a él y agarró el trago. "Compré un vestido nuevo."

"Muy bien. Te lo mereces."

"Nadie se merece un vestido nuevo, Mister."

"¿Estás de mal humor?"

"No."

"Sí, sí lo estás. Te llamé a la oficina hoy. Tres veces. No contestaste. Me preocupé. Deberías llamarme más seguido."

"¿Se trata de una nueva regla?"

"Sí."

"Okay." Grace asintió. No se iba a comportar como una testaruda. No iba a empezar una discusión por nada. Ellos siempre empezaban a discutir por nada. "Tú y yo . . . todo está bien entre nosotros, ¿verdad? Él asintió. "Estamos bien. Quizás siempre lo hemos estado."

"Sí. Tal vez siempre lo hemos estado." Grace jugó con su anillo de matrimonio.

"Tú y Liz son unos anfitriones muy divertidos."

"Sí, los somos, ¿no es cierto?"

Se rieron. Como solían hacerlo antes. Mister bebió la cerveza y Grace bebió su trago. Conversaron. El le contó sobre la tienda de café. Le contó que Vicente iría a visitarlos. Ella escuchaba. "La próxima vez trae a Liz," se escuchó a si misma decir cuando él salió.

"Se ve más delgada," se dijo Mister mientras se alejaba en el auto. Y entonces pensó, "¿Por qué iría a comer con su médico?" Y entonces una idea le cruzó la cabeza y empezó a preocuparse.

Grace se observó en el espejo mientras fumaba. Apagó el cigarrillo y llamó a Richard. Escuchó la voz de él al otro lado de la línea. "Lo siento, Richard, no puedo."

"Es sólo una comida, Grace."

"No puedo."

"Eres una mujer hermosa, Grace."

"¿Te estás burlando de mí, Richard?"

"No. Siempre había querido decírtelo."

"¿Por qué?"

"Porque a veces es importante decir lo que uno piensa."

"Todo esto es muy extraño, Richard." Se imaginó encendiendo otro cigarrillo. "Si no me estuviera muriendo, ¿me lo hubieras dicho?"

"No sé si te estás muriendo Grace. Tienes cáncer. Cáncer no es siempre sinónimo de muerte."

"¿Te hiciste médico porque pensabas que todo podia repararse?"

"Me hice médico porque pienso que vivir es una buena idea."

"¿No resulta más fácil decirle a una mujer que es linda cuando ella se está muriendo?"

"Hablar con la gente frente a su propia mortalidad es lo más difícil del mundo, Grace."

"Entonces estás en el negocio equivocado."

"No voy a dejar que te mueras."

"¿Con que así es, Richard? ¿Necesito estar presente para ganar?"

Lo único que había querido hacer Andrés durante todo el dia era dormir. Pero ahora, mientras permanecía sentado en su apartamento, lo asaltó la urgencia de salir, de hacer algo. Cualquier cosa. Cualquier cosa excepto jugar en la computadora. No era que le gustara hacerlo. No participaba en los chats y entraba sólo para descubrir cómo eran, cómo funcionaban. La pornografia le disgustaba, así que eso estaba fuera de cualquier consideración. Y tampoco buscaba la pareja perfecta en el internet, ni compraba cosas. Una que otra vez había pedido un libro. Pero la mayor parte del tiempo compraba sus libros en librerías de segunda. Tampoco era que leyera mucho. Ya no. Casi siempre novelas de intriga. Quién mató a quién y por qué. Nada que le hiciera recordar la vida real. ¿Para qué iba a querer leer sobre personajes que estuvieran tan jodidos como él?

Observó la computadora. No deseaba encenderla. No esta noche. Sería como ir a la escuela nocturna. Como tener que aprender. Sería como trabajar. Que era todo lo que tenía.

Se cambió y se puso un par de jeans viejos y una camiseta. Saldría a dar una vuelta. Tal vez hasta volvería a empezar a correr. Lo había hecho por un tiempo. Le había ayudado. Sacar a pasear la rabia. El problema era que correr lo haría recordar. ¿Por qué se le adjudicaba tanto valor a la memoria? La memoria había estado haciéndolo mierda a golpes durante casi toda su vida. Tenía las heridas para demostrarlo.

Aún hacía calor cuando salió. Pero la brisa empezaba a golpear y parecía que fuera a desatarse una tormenta. Cerro los ojos, tomó aire, y los abrió de nuevo. Avanzó por la calle, sin rumbo fijo, sin ningún propósito. Pasar el tiempo era pasar el tiempo, un triste hobby para aquellos a quienes les sobraba el tiempo y no tenían otra cosa. Trató de no pensar en nada, pero continuaba viendo esa expresión en la cara de Dave. La borró como suprimiría una carpeta en la computadora. Y entonces, sin ni siquiera conjurarla, apareció la cara de Grace. Los ojos severos y exigentes y amables y tiernos a un mismo tiempo. Hermosos y distantes e intocables como el horizonte del oeste. La borró, también. Estaba cansado de permitir que lo persiguiera cualquiera que tuviera autoridad sobre él, Estaba cansado de recordar fragmentos de su vida sin conseguir comprender la historia completa.

Recordó al niño que solía montar en bicicleta alrededor del barrio. Ese niño era una de las cosas que no podía suprimir de su memoria. Caminó y caminó hasta que no quedó dónde caminar.

Dave estaba recostado contra el auto frente al apartamento de Andrés. Hablaba por el celular y fumaba un cigarrillo. Saludó con la mano. Andrés no le contestó el saludo. Dave terminó la conversación y apagó el teléfono.

"¿Qué tal, hombre?"

Lo fastidiaban los gringos que se creían dueños del español.

"¿Untándote de barrio pobre?"

"¿Por qué siempre estás molesto conmigo, Andrés?"

"No estoy molesto contigo, Dave."

"Te dejé un par de mensajes. No me devolviste la llamada."

"Ya sé eso, también."

"Tengo algunas preguntas."

"¿Sobre qué?"

"Sobre aquella noche."

"¿Qué quieres saber?"

"¿Cuándo fue la primera vez que viste a ese tipo. William Hart?"

"¿Quién dice que lo había visto antes?"

"Lo dijo Al Mendoza. El barman también lo dice. Todo el mundo. Todo el mundo afirma que estabas gritando, 'Te conozco. Coño, que te conozco.' "

"No recuerdo haber gritado eso."

"Tienes que ayudarme un poco, Andrés. No puedo ayudarte si no . . ."

"Entonces no me ayudes."

"No es un crimen ayudar a alguien más."

"Sí, okay."

"¿Pasarás esta semana a conversar conmigo?"

"Sí, okay."

"¿Cómo te va en las sesiones?"

"Okay."

"¿Querrías una cerveza?"

"¿No tienes un montón de casos o algo? ¿No tienes que prepararte para un juicio o algo?"

Vicente agarró su mano. Se dio la vuelta e hizo una señal de despedida hacia los Rubio, como si pudiera verlos. Alguien le había enseñado esas cosas. Mister pensó en la madre de Vicente. Se le ocurrió que tal vez ella había sido mejor madre de lo que cualquiera le reconocería. Vicente no era una tabula rasa. Había varias cosas que sabía. "Habla", había dicho ella. Así que hablaría cuando estuviera bien y listo. Lo haría en sus propios términos. Algo en sus propios términos. Eso no resultaba muy difícil de comprender si uno se ponía a pensarlo.

Mister lo llevó de la mano. Quería levantarlo, pero no lo hizo. Vicente no parecía asustado ni vacilante. El Sr. Rubio le había dado un bastón de ciego, y estaba aprendiendo a usarlo, a pesar de que todavía era una especie de juguete para Vicente. Mister abrió la puerta de atrás del auto. "Este es mi auto," dijo. "Es casi nuevo. Puedes olerlo." No tenía que decirle a Vicente que lo oliera, pues eso era precisamente lo que estaba haciendo. "Listo," dijo y lo levantó para acomodarlo en la silla que el Sr. Rubio le había prestado. Le puso el cinturón de seguridad y después le pasó la mano por la mejilla. El niño presionó su mano contra la de Mister, como si quisiera decirle que podía dejar la mano ahí tanto como quisiera. Mister le dio un beso en la frente. "¿No eres increíble?" comentó. Cuando le puso el cinturón, Vicente se retorció. "No te gusta el cinturón, ¿cierto? Bueno, si te hace sentir mejor, yo también tengo que usar uno." Vicente aplaudió. Mister aplaudió también. "Nos vamos," dijo. "¿Te gusta el helado?"

Vicente asintió.

"¿De qué sabor? ¿De qué sabor te gusta? ¿Vainilla?"

Negó con la cabeza.

"¿Chocolate?"

Volvió a negar con la cabeza.

"¿Sorbete de naranja?"

Esta vez asintió.

"Perfecto. Ese es mi favorito."

Durante todo el recorrido hasta la casa. Mister vigiló a Vicente por el espejo retrovisor. Alerta, moviendo la cabeza de un lado a otro como si estudiara el nuevo entorno, casi como si fuera vidente. Cuando se aproximaban a la casa, escuchó la vocecita de Vicente, "Mamá." Y entonces, después de otro rato, Vicente repitió una vez más la palabra, "Mamá."

Mister sonrió. Ahí es donde todas nuestras historias comienzan, ¿no es así? Con Mamá, yo y tú, muchacho, nuestras historias son tan diferentes como nuestras madres. Estacionó a la entrada. Apagó el motor. Se dio vuelta, estiró la mano y tocó el rostro sorprendido de Vicente. "Mamá. Esa es una palabra muy buena. Una palabra sagrada. Mano. Esa también es una palabra sagrada. Vamos adentro. Te enseñaré una palabra nueva. Hogar. H-O-G-A-R. Hogar."

Lo cargó hasta dentro. Podía sentir la respiración de Vicente sobre su cuello. Olía a manzanas. Su aliento aun no había cambiado. Aún no tenía nada descompuesto en su interior. Mamá. Mano. Hogar.

Mamá. Papá.

Andrés, tú Eres ese Muchacho

Andrés cumplió los once años ese verano. Llevaban viviendo en su nueva casa casi tres meses ya, y lo días no parecían tan largos, aunque estaban calurosos. Tenían todo lo necesario, comida y camas y paredes y ropa y zapatos y un baño e incluso televisión, que Ileana y Yolie eran las que más la veían. Andrés no tenía ningún interés en la televisión. Fuera en español o en inglés, no importaba, pues la gente que vivía en el televisor no decía nada que él entendiera. Era como si tuviera que leerles los labios, y cuando por fin lograba descifrar las palabras, no valía la pena el esfuerzo. Pero tenían todo lo que necesitaban, incluso un ventilador en cada cuarto para mantener la casa fresca, aunque no era tan fresca como la casa con aire acondicionado que tenían en El Paso.

Andrés soñaba con la Sra. Fernández y, en sus sueños, confundía algunas veces a la Sra. Fernández con su madre. El colegio estaba por empezar. Pero eso era en El Paso. Y él ya no vivía en El Paso. Vivía en Juárez. Y había una parte que le gustaba: el español. Y le gustaba ir al mercado todos los días. Llegó a gustarle especialmente ver las gallinas colgadas boca abajo y los montones de chicharrones en los envases de vidrio. Mejor que los bistec, mucho mejor. Chicharrones. La mujer que los vendía a veces le regalaba uno. Le gustaban los vendedores, la manera como hablaban.

Yolie siempre les compraba burritos o tacos al carbón, o algunas veces hasta se sentaban en los puestos de la calle y se comían un plato de enchiladas o de carnitas; y todos comían como si no lo hubieran hecho en días, con voracidad. Y después compraban aguas frescas. Ileana siempre pedía un agua de sandía porque le gustaba el color. Yolie siempre pedía agua de piña, y Andrés, él siempre pedía agua de melón. Le gustaba el cantaloupe. El melón cantaloupe le recordaba a su mamá.

Andrés, había hecho algunos amigos y su español era cada vez mejor, y los vecinos habían dejado de burlarse de ellos por la manera en que hablaban español y había dejado de llamarlos "pochos."

Yolie encontró una librería porque sabía que a Andrés le gustaba leer y lo dejaba escoger algunos libros. Todos estaban escritos en español, pero por algún motivo a Andrés le parecieron fáciles de leer. Bueno, quizás no tan fáciles. Pero tampoco tan difíciles. Y tenía tiempo. No tenía ninguna prisa. Así que si le llevaba mucho tiempo leer, pues no le importaba. Y en El Paso, el colegio estaba comenzando. Y él no asistiría. Y estaba triste, pues le gustaba el colegio. Pero no les dijo nada a Yolie ni a Mando porque sabía que se reirían o sacudirían la cabeza o hasta se burlarían de él, pues a ellos nunca les gustó el colegio, y habían ido sólo porque los obligaban y, ¿qué de bueno podían tener el colegio y aprender cuando había dinero que ganar y una vida para vivir y un mundo para sacarle el gusto? ¿Y no tenían acaso todo lo que necesitaban? ¿Y no era porque Mando estaba trabajando que tenían todo? ¿Pero dónde trabajaba él? Andrés sentía miedo de hacer esa pregunta, así que no preguntaba. Pues había una parte en su interior que lo sabía.

Había cumplido los once ese día de agosto. Ese muchacho que aún cargaba en su corazón las calles de su antiguo barrio, ese muchacho que aún se moría de ganas de montar en bicicleta. No cualquier bicicleta, sino *su* bicicleta, la misma que su papá le regaló.

"¿Qué quieres que te regale de cumpleaños? ¿Qué tal una bicicleta?"

Andrés miró a Mando y negó con la cabeza. "No," dijo, y desvió la mirada.

"¿No quieres una bicicleta, carnalito?" Así era como lo llamaba ahora, carnalito.

Andrés volvió a sacudir la cabeza. "Quiero una máquina de escribir."

"¿Una máquina de escribir, carnalito? ¿Qué putas vas a hacer con una pinchi máquina de escribir?"

"Escribir cosas," contestó Andrés.

"¿Escribir cosas?" Mando se rió y encendió un cigarrillo. "¿Sabes una cosa, Andy, siempre has sido un hombrecito extraño, lo sabes?" Andrés se encogió de hombros. "No importa. Mejor dicho, no importa lo que me regalen. Una bicicleta está bien. O cualquier cosa. No importa."

"Escucha, carnalito, es tu bendito cumpleaños," dijo Mando, "así que vamos a ver qué hacemos con lo de la máquina de escribir."

Su novia. Xochil, estaba de pie en la puerta. Una toalla le envolvía el cuerpo y llevaba otra enrollada en la cabeza. Limpia y recién bañada, y entonces ella y Mando se miraron y Andrés comprendió que se deseaban como se habían deseado la noche anterior cuando Mando le había dicho que se fuera a dormir afuera al patio, y a él no le había importado porque allá atrás era más agradable, había quedado muy bien arreglado, y porque además era más fresco durante la noche. Sin embargo, él los había escuchado gemir como había escuchado gemir a su padre y a su madre algunas veces. Y sabía que Ileana y Yolie debieron haberlos oído también. Pero a Mando y a Xochil los tenía sin cuidado. Ellos sólo se deseaban uno al otro.

"¿Podrías ir a buscar a Yolie y a Ileana al mercado?" Mando le puso un billete de cinco dólares en la mano. Su padre nunca le había dado un billete de cinco dólares. No quería pensar de dónde venían esos billetes de cinco dólares. No quería hacerlo. Sabía que Mando no tenía un trabajo normal, del tipo que había tenido alguna vez su padre.

Andrés obedeció y tomó el dinero. Xochil lo besó en la frente cuando pasó por su lado. Olía parecido a su mamá. Algo así. Por lo menos Xochil era amable con él. Y también con Ileana. Ella y Yolie, bueno, se llevaban bien. Pero él sabía que había algo complicado entre ellas. Estaba seguro.

Encontró a Yolie en el mercado, hablando con un tipo que se la pasaba por ahí. No sabía dónde se habrían conocido, pero se habían conocido en alguna parte. Tal vez se habían encontrado cuando Yolie salía por las tardes, o temprano en las noches. Andrés sabía que el tipo era de El Paso y que era aún más pocho de lo que eran ellos, pues su español era mucho más enredado, aunque su aspecto era totalmente mexicano. Sabía que había vivido en El Paso toda su vida. Yolie conversaba con él en español, y él le contestaba en inglés, y a ninguno de los dos parecía importarle y se miraban de la misma manera como se miraban Mando y Xochil, y Andrés supo que su padre lo hubiera hecho irse con una de sus miradas y con alguna palabra fuerte y hubiera obligado a Yolie entrar en la casa y lavar los platos. Pero esas reglas ya no existian y Mando y Yolie opinaban que todo era mejor así.

Yolie le compró un agua fresca y también le compró una a Ileana. "Por qué no van y se dan una vuelta por un rato. Vuelvan en media hora." Andrés miró su reloj, el mismo que le había regalado el Sr. Fernández. Respondió que sí con la cabeza. Agarró a Ileana de la mano. Yolie y su amigo querrían hablar de cosas, tal vez de ellos mismos. No importaba. Andrés le sonrió a su hermanita. "Mando me dio cinco dólares. ¿Quieres que te compre algo?"

Ileana le sonrió a su vez. "Hay un conejo en una tienda allá," contestó, señalando con la mano.

Señalaba hacia los puestos de la calle donde los vendedores ambulantes vendían ropa y zapatos y juguetes. Y Andy comprendió que ella se refería a un animal de peluche. "Vamos a verlo", dijo. Y le dio un beso. Y ella se rió. Y entonces Andrés pensó que en tanto tuviera a Ileana, todo iba a estar muy bien.

El día de su cumpleaños, Mando y Yolie le hicieron una fiesta. Había coca-cola y un pastel y Mando había conseguido en alguna parte una mesa para el patio y Yolie la había decorado con un mantel de fiesta y había globos y el novio de Yolie estaba ahí y se llamaba Eddie, y Eddie le había llevado un regalo. Y Xochil también le había llevado un regalo. Y habían ido sus tres amigos que vivían en la misma cuadra, Lalo y Chilo y Óscar. No le habían llevado regalos, pero a él no le importó porque sabía que eran pobres. En sus casas no había nada de las cosas bonitas que había en la suya. No, a él no le importaban los regalos. Estaba contento de que hubieran ido. Y la amiguita de Ileana, Elisa, también estaba ahí. Y entonces todos se sentaron en el patio y ese día estaba haciendo fresco y la brisa olía a lluvia y Yolie y Mando estaban contentos. Le parecía extraño que los dos se vieran más felices ahora de lo que habían sido cuando sus padres estaban vivos. Y se preguntaba cuál sería la razón. Y supuso que tal vez la muerte de sus padres había sido como una especie de liberación para ellos dos. Pero para él nunca había sido así.

Sopló las velas, y pidió un deseo. Deseó poder volver a ver una vez más al Sr. y a la Sra. Fernández. Deseó poder ir al colegio. Ese fue el deseo que pidió. Pero sabía que era inútil desear esas cosas. Se sintió incómodo al tener que abrir los regalos frente a todos, así que decidió dejar que Ileana los abriera por él. Y ella soltó un chillidito de alegría y lo besó y observó los regalos y decidió abrir el regalo que le había traído Eddie. Y cuando rasgó el papel, Andrés mostró una sonrisa al ver lo que había en la caja: acuarelas y un bloc de papel para acuarela. Andrés le dio las gracias, y le sonrió a Yolie porque con seguridad ella había encontrado los dibujos que él guardaba debajo de la cama. Y quiso darle un beso. Pues a pesar de que ella podía ser enojosa y molestarse con cualquier cosa, también podía ser muy buena.

Cuando abrió el regalo de Xochil, Andrés asintió. Y la miró y le sonrió. Una camisa. Una camisa muy linda. Le dio un beso a Xochil en la mejilla pues sabía que a Mando le gustaría. No fue nada desagradable, besarla en la mejilla. Ella era buena persona. Y entonces seguía una caja más grande y pesada. Ileana no pudo levantarla de la mesa. Andrés había estado vigilando esa caja durante toda la tarde. "No puedo, Andy" dijo Ileana. "Es muy pesada."

Entonces Andrés se acercó a la caja y rasgó el papel de regalo. Y ahí estaba. Su máquina de escribir. No fue su intención llorar. Pero no pudo evitarlo. Lloró.

Mando lo abrazó fuerte, como su padre. "Hey, carnalito," dijo, "¿qué pues? Hey, hey, tal vez has bebido demasiada coca-cola."

Eso hizo que Andrés se riera.

"Y un regalo más," dijo Yolie. Y se dirigió a la casa y regresó con otro regalo. Cuando lo abrió, Andrés encontró dos resmas de papel y una cinta de máquina y bolígrafos y lápices y dos blocs de papel amarillo.

Y él nunca quiso tanto a Yolie y a Mando. No podía amar tanto a nadie más.

"Sabe, estaba pensando. La máquina. Lo había olvidado. Fue lo primero que vendimos cuando necesitamos plata. Yolie ni siquiera me preguntó. Ni siquiera me dijo. Simplemente un día desapareció. La odié ese día. Por habérsela robado a él."

"¿A él?"

"A ese niño."

"Ese niño eres tú, Andrés."

"No. No lo creo. Ese era alguien que yo solía ser. Ya no soy ese niño."

"No nos despojamos tan fácilmente de los seres que hemos sido, ¿o sí?"

"¿En qué momento nos despojamos de ellos, Grace?"

"Ese es el asunto, ¿no es así, Andrés?"

"Hay más de un asunto."

Grace asintió. "Sí." Se recostó sobre el escritorio. "¿Qué escribiste cuando tenías la máquina de escribir?"

"Escribí un diario. Una especie de memorias, o algo así."

"¿Iban dirigidas a alguien?"

"A la Sra. Fernández."

"¿Por qué a ella? ¿Por qué no a tu mamá?"

"Porque mi madre estaba muerta. Me entristecía pensar en ella. Así que decidí escribir esto, bueno, estas cartas a la Sra. Fernández. Yo sabía que no se trataba en realidad de cartas. Pero me resultaba más fácil, pretender que le escribía a alguien."

"¿Qué sucedió con esas cartas?"

"No sé. No recuerdo. Cuando vendieron la máquina, pues, bueno, dejé de escribir."

"¿Qué había de malo en escribir simplemente con un lápiz o un bolígrafo?"

"Estaba furioso. No sé. Simplemente no quise volver a escribir."

"¿Pero aún escribes?"

"No. A veces. No mucho."

"Y cuando escribes, ¿sobre qué escribes?"

"Yolie. Mando. Ileana. Y tampoco quiero escribir sobre ellos. Quisiera olvidarme de que alguna vez existieron."

"¿En qué te ayudaría eso?"

"¿Es que es tan maravilloso recordar?"

"¿Piensas que el olvido es una mejor alternativa?"

"¿Cuál es la diferencia entre despojarse de algo y olvidarlo?"

"Hay una gran diferencia, Andrés."

"No la veo."

• • •

Le había mentido. Él sabía exactamente qué había sucedido con sus escritos. Recordaba cada detalle de ese día. Y no se lo había dicho, no deseaba decírselo. ¿Por qué diablos tenía que enterarse ella de cada pequeño detalle de su enmierdada vida? ¿No podía acaso guardar algo para él? Nunca le habían permitido guardar nada para él; ni siquiera sus regalos, ni su bicicleta, ni su máquina de escribir, ni su papá ni su mamá, ni sus hermanos ni hermanas, tampoco su cuerpo, ni su corazón, ninguna de las cosas que mantenía guardadas en su memoria, ni su puta vida. Nada.

Así que no se lo dijo.

"La máquina, Yolie, desapareció. Fui a buscarla debajo de la cama y no está."

Yolie lo miró, después se concentró en la comida que estaba preparando.

"¡Yolie, no está! ¡Mi máquina!"

"La vendí", contestó ella en voz baja.

"¡Qué!," gritó Andrés. "¡Qué!"

"La vendí, mierda. Y deja esa maldita quejadera."

"¿Por qué la vendiste?" Susurró Andrés.

"Necesitábamos la plata, imbécil. ¿De dónde crees que conseguí el dinero para comprar lo que vamos a comer? ¿De dónde coño crees que saqué la plata?"

Andrés asintió. "Perdón, no lo sabía."

"Debí habértelo dicho."

"No importa."

"Sólo es una máquina de escribir, Andy."

"Sí."

No se dijeron nada más después de la comida. Ese día Ileana estaba enferma y Yolie le había servido sopa. Y hacía frío en la casa. Pero por lo menos tenían las cobijas. Eso era lo que decía Yolie. Y tenían comida. ¿Y qué podía importar una máquina de escribir?

Andrés no pudo dormir. Pensaba en Mando y en lo mucho que lo extrañaba. Pensaba en la máquina de escribir. Pensaba en su bicicleta. Y entonces se acordó del anillo de su padre. Lo guardaba en una caja debajo de la cama. Yolie sabía que él lo tenía y sabía que era de oro. Probablemente lo había vendido. Encendió una vela y buscó debajo de la cama. Sacó la caja. Estaba ahí, en una bolsita. Ella no lo había vendido. Aún no. Lo sacó y salió al patio. Despegó uno de los ladrillos y enterró el anillo allí. Puso de nuevo el ladrillo en su sitio. Nadie lo encontraría. Nadie sino él. Si el anillo estaba a salvo, entonces él también estaría a salvo. Regresó a la cama. Siguió sin poder dormir. Tenía la vela encendida en el cuarto y las sombras se agitaban y lo asustaron. Y entonces decidió qué era lo que tenía que hacer enseguida. Sacó todas las cartas al patio. Todas las cartas que le había escrito a la Sra. Fernández. Entre las cartas, había un cuento que había escrito, un cuento sobre un muchacho que contaba las estrellas y sobre todos los deseos que pedía. No era un buen cuento, en todo caso. ¿Qué podía saber él sobre escribir cuentos? Sacó todos esos tontos escritos al patio. Hojas inútiles de palabras escritas a máquina y, en todo caso, ¿cuán buenas podían ser todas esas palabras?

Y entonces empezó a quemar las hojas.

Varias hojas a la vez. Las quemó. Las quemó todas. Y cuando terminó, olió las cenizas y pensó que tal vez esas cenizas serían todo lo que recordaría después.

Hacía frío. Y entonces empezó a llover. Y se quedó ahí bajo la lluvia fría hasta que no aguantó más. Y se dijo a sí mismo que un hombre de verdad hubiera permanecido bajo esa lluvia mucho más de lo que él había estado. Y después entró a la casa y se secó y se metió en la cama y se dijo en voz baja lo mismo que Yolie le había dicho, "Por lo menos tenemos las cobijas." Y se dijo que las máquinas de escribir y las cartas y las palabras no tenían ninguna importancia. Y se dijo que olvidaría todo esto.

Un día, olvidaría todo esto.

Andrés no había olvidado al niño que todo el mundo llamaba Andy. Si lo hubiera hecho, no estaría sentado aquí en este apartamento. A la una de la mañana. Aferrado al cigarrillo y apuntando los recuerdos del Andrés que había sido. Andy. Odiaba a ese muchacho. Pero no había manera de deshacerse de él. ¿Por qué el pasado era más real que el presente? ¿Había algún nombre para esa enfermedad?

Madre, Hijo, Mister, Grace

Lo llevaron de un cuarto a otro. Empezaron con la sala. Mister, lentamente, ponía las manos de Vicente sobre cada cosa. *Esta es una planta. Le echo agua dos veces a la semana. En esta pared, libros. Libros. Esta noche, te leeré uno sobre un perro al que le encantan las tortillas.* Vicente parecía saber dónde se encontraban. Libros. Un sofá, una silla, una mesa, una lámpara que da luz, *hablaremos de la luz, tú y yo. Muchas conversaciones sobre la luz.* Acercó la mano a la bombilla de la lámpara. *Luz, Caliente.* Y este es un escritorio. Mister acomodó a Vicente en la silla, y dejó que tocara la madera de la tabla que usaba como mesa. Y esto es una computadora. Dejó que tocara las teclas. Entonces tomó su dedo. Vamos a deletrear tu nombre, V-I-C-E-N-T-E. Aplaudió. Después pasaron al corredor, después a la cocina, una estufa como la de la Sra. Rubio, una mesa como la del Sr. Rubio. Una tostadora. Liz guiaba sus manitas, y juntos pusieron una tajada de pan en la tostadora. Liz dejó que Vicente sintiera el calor. *No muy cerca. Ouch. Quema.* Cuando la tostada estuvo lista, Mister lo levantó con cuidado y lo sentó en el mostrador de la cocina. *Este es un mostrador. Rebano cosas, cebollas.* Mister agarró una cebolla de la canasta y se la puso en las manos. Vicente la olió e hizo una mueca. Soltó la cebolla y los tres se echaron a reír. Y entonces Mister lo levantó en sus brazos y le dio vueltas. Vicente soltó un chillido y la casa nunca se había sentido tan colmada.

Y esta, esta es la nevera. Tú no alcanzas a abrirla. Y mientras lo sostenía en sus brazos, Mister lo besó una y otra vez. Vicente lo besó a su vez. Y pensó que el amor era hermoso e infinito y recordó cómo lo cargaba Sam cuando él era niño. Y Liz los miraba a los dos, preguntándose por qué razón se había enfrentado a Mister por esto. Recordó la rabia que llevaba dentro, *¿Por qué quieres un niño ciego y abusado?* Y se sintió avergonzada. Y pensó en su padre y en cómo había terminado en medio de un matrimonio sin amor, pero hoy, en su casa, su esposo sostenía en los brazos el comienzo de algo. Oh, te amo, quería susurrar; no sólo a Mister sino también a Vicente. Los observaba ir de un lado a otro, de arriba abajo de la casa, de un extremo a otro, aunque no era una casa grande, y sonreía al oír la voz de Mister, *Este-es-mi cuarto, tu cuarto, el baño. Corredor, cocina, porche.*

Hicieron galletas de mantequilla de maní con chocolate blanco. Pues esos eran los ingredientes que tenían en la casa. Se lavaron manos. Siempre hay que lavarse. Y entonces Liz metió las manos de Vicente en la harina fresca y suave. *Harina. Esto es harina.* Con harina, hacemos pan y tortas y galletas. Y estos son huevos, agregó Mister, siéntelos, yuck, y esto es vainilla, huele, huele como el verano en México, de allá es de donde viene. Y esto es chocolate blanco, pruébalo, umm, y Vicente repetía, ummm, las manos completamente untadas, revolviendo la mezcla con los dedos y, Dios, cómo se reía Vicente y, quietos, no se muevan, déjenme poner esto en el horno. Y. Dios mío, estaban hechos un desastre, los tres, y entonces, Mister pensó, una tina, pues la Sra. Rubio había dicho que a Vicente le encantaban las tinas y él había traído ropa de repuesto así que ahí vamos, una tina y en mitad del baño Vicente tocó la cara de Mister con sus manos húmedas y Mister no paraba de decir, Papá. Papá.

Secó el cuerpito de Vicente, después Liz lo llevó y le puso un pañal. Eso era lo siguiente. Orinar de pie. *A ti te tomó mucho tiempo, Mister.* Eso fue lo que dijo Grace. Evidentemente, Grace habría esperado que él lo supiera ya todo para cuando cumplió los cuatro años. Evidentemente, esa fue la edad en que él empezaría a llamarla Grace.

Mister y Vicente se acomodaron en la mecedora, compartiendo la misma galleta. Vicente se durmió y Mister empezó a contar los latidos de su corazón. Liz les tomó una foto. "La primera," susurró. Entonces se miraron el uno al otro y escucharon la respiración de Vicente. Al principio su sueño fue tranquilo, la respiración pausada, y Mister se quedó dormido bajo el ritmo firme y regular de esa respiración. Lo despertaron

los temblores y el llanto, las pesadillas. Mama, mama. "Shhhh. Shhhh."
Este niño soñaría con ella para siempre.
Liz lo tomó en sus brazos, "Shhhh. Shhhh, mí bebé, shhhh."

"¿Cómo te fue en la cita?"
"¿Llamaste para verificar si ya había llegado?"
"Esperé hasta que fueran las once."
"Pudiste haberme llamado a cualquier hora esta noche. Cambié de parecer."
"¿Te quedaste en la casa?"
"Estaba agotado."
"¿Estás bien?"
"Estoy bien. ¿Estás preocupado por mí? Primero apareces de visita, y ahora llamas para saber si llegué. Y esto de un hijo que puede pasar semanas sin llamarme."
"¿Me estás echando un sermón?"
"No. Ya dejé eso."
El se rió. "Sí, seguro." Hizo una pausa. "Te ves un poco delgada, Grace."
"Trabajo muchas horas."
"Deberías tomártelo con más calma."
"Lo intento, estoy leyendo un libro."
"De qué se trata."
No le iba a contestar que era sobre cáncer. "Habla sobre una mujer que trabaja demasiado."
El volvió a reírse. "¿Grace?"
"¿Sí?"
"Lo trajimos a la casa esta tarde."
Ella permaneció en silencio un rato. Entonces comprendió a quién se refería Mister. "¿Y?"
"Le enseñamos la casa. Subimos y bajamos por toda la casa. Tampoco fue que nos tomara mucho tiempo hacerlo. Su cuarto, mi cuarto, el corredor, la cocina, el baño, la sala. Su cama, mi cama, el sofá, la mecedora; le encantó la mecedora. Una y otra vez, caminamos por toda la casa. Olió cada cuarto, olió algunos de los libros. Nos agarramos de la mano. Tiene las manos pequeñitas, Grace, y Liz le enseñó cómo hacer

galletas . . ." Ella se los imaginó en la casa. Imaginó la expresión en el rostro de Mister. Se sintió casi envidiosa de su felicidad. "Yo lo bañé, Liz lo cambió, le leí un libro, sabes, el mismo que solía leerme Sam . . ." Alguna gente entiende la paternidad por puro instinto. Sam había sido así también. Como si hubiera nacido sabiendo lo que tenía que hacer. "Le gusta reírse. No peleó conmigo, Grace. Bueno, más bien se inclina hacia mí. Es fototáctico."

"¿Fototáctico? ¿Ese es un término de Sam?". Tenía que ser una palabra de Sam. Le encantaban las palabras con *foto*.

"Por supuesto que sí. El niño es como un girasol. Se inclina contra mí como si yo fuera la fuente de toda la luz."

Fototáctico. Sí. Claro. Sam y sus palabras. Le encantaba hacer juegos de palabras. Una vez, le había dejado flores en la oficina con una nota. *Amor, eres tan fotofílica como el desierto.* Ella no había encontrado la nota particularmente romántica. Pero la había forzado a buscar el significado de la palabra. *Que crece o se desarrolla mejor bajo la luz intensa.* Era cierto. Ella era fotofílica. Y Mister también.

"Tal vez tú y Liz sean toda la luz que importa."

Cuando Liz y Mister lo llevaron de regreso donde los Rubio, Vicente no quería soltarse. Lloró, buscándolo con los brazos extendidos. "Mama, mama." Les había puesto a él y a Liz el mismo nombre: Mama. A Mister no le importaba. No le importaba un carajo. Lo acostó donde los Rubio, le habló, le contó una historia: una historia que Sam había inventado para él. Sobre un niño que tenía un corazón maravilloso y cómo ese niño podía hacer que las plantas crecieran y cómo lograba que la gente dijera cosas bonitas, incluso la gente que le gustaba decir sólo cosas feas. Vicente se durmió escuchando su voz, apretado en sus brazos.

Ya casi era hora de llevarlo a casa.

Hasta que su Corazón Estalle
en Llamas

"Quiero que sueltes a ese tipo. Lo digo jodidamente en serio, Yolie."

"No me jodas, Mando, tú no eres mi papá. ¿Y tú qué, cabrón?"

"¿Yo?"

"Sí, cada vez que traes a tu novia no hacen sino gemir toda la maldita noche como dos perros en celo. Nadie puede dormir, y mandas a Andy afuera a contar las putas estrellas y entonces Ileana quiere saber si estás adolorido y si deberíamos entrar a averiguar y no deja de susurrarme que ella cree que estás de verdad enfermo y que deberíamos llamar un médico y ¿qué mierda se supone que debo decirle?"

"Xochil no es asunto tuyo."

"Pues Eddie tampoco es asunto tuyo, cabrón."

"Él sólo quiere acostarse contigo."

"¿Y qué si lo hace? ¿Y qué si yo quiero acostarme con él? ¿Has pensado alguna vez en eso, tú pinchi macho cabrón."

Estaban discutiendo de nuevo. Desde la semana siguiente a su cumpleaños. Desde que Mando pilló a Eddie y a Yolie en la cama. Tenían la ropa puesta y sólo se estaban besando. Pero Mando se había puesto realmente furioso. Tan furioso como se ponía con papá. Así era como empezaban todas las discusiones con Eddie. Igual que cuando papá estaba. Las peleas. Era como si no pudieran vivir sin pelear. Era como si hubieran acordado una tregua, pero también hubieran decidido acabarla porque la paz resultaba demasiado para ellos; así que empezaron a pelear de nuevo.

Andrés sacó a Ileana de la casa. Tenía plata suficiente para comprarse dos paletas.

"¿Quieres una paleta, Ellie?"

"De piña."

"Yo también."

Ella le agarró la mano.

"¿Por qué pelean tanto?"

"Así es como se quieren los dos." Él le hizo una mueca.

Ileana se rió y se recostó contra él. "¿Me vas a cuidar siempre, Andy?" Él pensó en su madre.

"Siempre."

"¿Me lo juras?"

"Siempre."

"Dilo en inglés."

"*Always.*"

"Y no vamos a pelear como Yolie y Mando."

"No. Nunca. No somos como ellos."

"¿Y me vas a llevar otra vez a El Paso? Cuando seas grande."

"Sí. Cuando sea grande."

¿Pero ya no era grande? Eso fue lo que Andrés se preguntaba esa noche mientras seguía despierto, acostado en el patio. ¿Qué era lo que estaba esperando?

La brisa era fría y se alegró de que el verano estuviera terminando. Había sido demasiado caluroso. Intentaba no pensar en el colegio. Escribía en su máquina todos los días. Simulaba que ese era su oficio; escribir cualquier cosa. Mando le había comprado dos diccionarios, uno en español y otro en inglés, y a veces escribía cosas usando palabras nuevas que encontrara. A veces, cuando se cansaba de escribir, trazaba algunos bocetos en su bloc de dibujo. Estaban bien. Estaba bien como artista, pensaba él. Los bocetos que hacía de algunas cosas tenían más o menos el aspecto que se suponia tendrían esas cosas. Pero hubiera querido tener un maestro.

Se preguntaba por qué no agarraba simplemente a Ileana y se regresaban los dos a El Paso. Podían encontrar el camino de regreso hasta la casa de los Fernández. Podían cruzar el puente y preguntar por la dirección. Si los Fernández no estaban en la casa, esperarían. Y pedirían perdón por haberse escapado. Tal vez los perdonarían y los recibirían de nuevo. Tal vez lo hicieran. Y entonces él y su hermana podrían regresar al colegio. Y el Sr. y la Sra. Fernández se ocuparían de ellos y les comprarían todas las cosas que necesitaran. Y podían ser entonces una familia y no tendrían que escuchar esas peleas todo el tiempo. El Sr. y la Sra. Fernández nunca peleaban. Eran como Ileana y él. Ellos simplemente no necesitaban pelear para poder sentirse vivos. ¿No podían simplemente escaparse, él e Ileana? ¿Por qué no? Y entonces ya no estorbarían, y Yolie podría estar con su novio, Eddie. Y Mando podría estar con su novia, Xochil. Y Mando no tendría que hacer tanta plata para pagar por todo lo que necesitaban. Pero entonces se acordó de que le había hecho una promesa a Mando. Y también se lo había prometido a Xochil. Les había prometido a los dos que siempre estarían juntos porque mamá y papá así lo hubieran querido. Que ellos fueran una familia. Eso era lo que ellos hubieran querido, mamá y papá.

Esa noche, discutió consigo mismo. Discutió con su madre y su padre muertos. Discutió con Yolie. Discutió con Mando. Tantas peleas, y todas en su cabeza. Tomó una decisión. Él e Ileana se irían. No se llevarían nada; de esa forma podrían viajar más rápido. Simplemente se irían. Se postraría de rodillas frente a la puerta de los Fernández si fuera necesario. Y los perdonarían a él y a Ileana cuando vieran que él estaba verdaderamente arrepentido y les darían un lugar donde vivir. ¿Pero qué sucedería si Yolie y Mando regresaran para llevárselos de nuevo? ¿Y qué sucedería si no los volviera a ver nunca más? ¿Acaso Mando y Yolie no los habían cuidado a los dos? ¿Acaso no habían sido buenos con ellos? ¿No habían sido como una familia? "Tú nunca estarás feliz con nada." Eso le dijo Yolie una vez. Un día que estaba furiosa.

El día siguiente, Andrés caminó hasta el puente. Solo. Al final de la tarde. De esa forma sabría el camino. En su recorrido, pasó frente a algunos bares. En algunos, había mujeres que vendían el cuerpo. Había oído hablar a Mando y a Yolie. Prostitutas. Putas. Así las llamaban. Sabía que trabajaban afuera de esos bares. Y se sintió mal. Pues ellas necesitaban el dinero. Eso fue lo que dijo Yolie. ¿Pero no podían vender burritos o tacos en lugar de sus cuerpos? ¿Y cómo exactamente vendía uno su cuerpo? Le había preguntado a Mando, y Mando le contestó que era más bien como arrendar el cuerpo. "Arriendan el cuerpo para que alguien lo pueda usar durante un rato. Por placer. Y cobran por horas. ¿Lo entiendes, carnalito?" Si, lo había entendido, más o menos.

Así que esa tarde, se metió por las calles hasta que encontró la ruta hacia la Avenida Benito Juárez. Y entonces vio el puente y El Paso más allá. Y quiso simplemente cruzarlo a pie. Sabía que nadie lo detendría. Le diria al hombre en la cabina que él era americano. "*U.S. citizen,*" eso es lo que diría. Diría eso y sonreiría y le daría los nombres de todos los presidentes que pudiera recordar: Washington y Lincoln, y Jackson, y Johnson, dos Johnson. Y Kennedy y Roosevelt, dos Roosevelt, también. Y así entonces lo dejarían cruzar. Y cruzaría el puente y desearía llegar de inmediato a El Paso, y correr hacia allá, correr hasta un lugar donde estuviera seguro. Pero no podía porque no había llevado a Ileana con él. Y él nunca la dejaría, pues la amaba más que a cualquier otra cosa en el mundo, más que a las estrellas que contaba o que a sus libros, más que a su máquina de escribir, más que a la bicicleta que su padre le había dejado, más que a su madre y a su padre muertos.

Siguió el rastro de sus pasos de regreso a la casa, tratando de recordar los nombres de las calles y los restaurantes para poder saber si iba por la ruta correcta que lo llevaría de nuevo a su hogar. Empezaba a oscurecer y, cuando pasó frente a un bar, una mujer le sonrió. "Qué lindo," le dijo. Lo dijo con cariño. Y él se preguntó si sería una prostituta. Iba toda arreglada y olía como si llevara mucho perfume; vestida como si fuera a una fiesta.

Pensó en su madre y su padre, y recordó que llevaba mucho tiempo sin rezar por ellos. Así que se dirigió hacia la catedral y encendió una veladora y rogó que hubieran encontrado el camino correcto, el camino que llevaba hacia la luz. El mismo que los conduciría hasta los brazos de Dios.

De camino a la casa, un hombre le sonrió. Estaba oscuro, pero pudo ver perfectamente la cara del hombre bajo la luz que salía de la ventana de un almacén. No le gustó la sonrisa del hombre. El hombre le hizo un gesto para que se acercara. Pero él se negó. No se acercó. "Ven," le dijo el hombre. "¿Cómo te llamas?" Pudo darse cuenta de que el hombre no era mexicano. Por la manera como hablaba. Y entonces el hombre agitó frente a él un billete de cinco dólares, como si se los ofreciera. El hombre se acercó. Y Andrés no pudo moverse. No pudo. Pero finalmente, cuando sintió sobre él la respiración del hombre, empezó a correr. Corrió hasta llegar a la casa.

Cuando estuvo adentro, el corazón seguía latiéndole con fuerza. Entró al baño y se lavó el sudor de la cara y el cuello. Se prometió que Ileana y él partirían antes de terminar la semana. Esa noche, Andrés soño que se despedía de la Sra. Fernández con la mano. Ella se despedía de él y de Ileana. Y los dos se dirigían hacia el colegio. Sonreía cuando se despertó.

Mando no llegó esa noche a la casa. Pero eso era algo que sucedía muchas veces. Había salido. Le gustaba ir a los bares. Le gustaba salir con Xochil y divertirse. Algunas veces desaparecía por varios días. Una vez desapareció por toda una semana. Era algo normal, que él no apareciera por la casa.

"Nos dejó mucha plata," dijo Yolie. Pero fue la manera como lo dijo. Como si, de alguna forma, él les hubiera dejado demasiado dinero. Sonó preocupada.

"¿Volvieron a pelear?" preguntó Ileana.

"No. Sólo dijo que tenía que hacer algo. Pero me di cuenta de que era algo que sólo él no quería hacer." Entonces Yolie se abstuvo de añadir algo más. Movió la cabeza. "Está tarde," dijo, "vamos a la cama." Pero a todos los embargó un mal presentimiento. Así que encendieron una vela y escucharon el viento. El primer viento frío de la estación. Y Yolie cantó una canción. Y Andrés e Ileana escuchaban, y Andrés imaginó que tal vez Yolie podía ser cantante. Pensó que todo el mundo debería escuchar su voz, pues en esa voz había mucha tristeza y también mucha alegría, todo al mismo tiempo. Y supo que ella podía hacer que todo el mundo quedara en silencio, y pensó que tal vez el mundo necesitaba quedar en silencio. Ese era el problema con el mundo: que permaneciera en silencio el tiempo suficiente para escuchar.

Quiso decirle a Yolie que su voz era muy hermosa. Pero sabía que a a Yolie no le gustaba que le dijeran esas cosas.

Así que simplemente la escuchó hasta que se quedó dormido, atento al primer viento frío y al canto de Yolie.

Por la mañana, Yolie se había ido. Les había dejado una nota diciéndoles que regresaría por la tarde. Y les dejó algo de plata para que fueran al mercado. Y Andrés pensó que era el día perfecto para irse. La puerta estaba abierta. Tenían una oportunidad. Todo lo que tenía que hacer era agarrar a Ileana de la mano y cruzar la puerta abierta. Pero no podía dejar a Yolie sola. No así. No cuando algo andaba mal. No era correcto. Dejarla así sola en el mundo. No podían. Así que dirigieron al mercado, él e Ileana. Y compraron todo lo necesario para cocinar la comida. Un pollo grande y tortillas y aguacates frescos. Y la casa olía rico con el pollo en el horno. Él sabía prepararlo; había visto a su mamá y a Yolie. Sencillo. Dios, la casa olía maravilloso. Con el pollo en el horno.

Esa noche, Yolie no apareció por la casa. Entonces se quedaron solos, Andrés e Ileana. Y llovió sin parar. Y aunque la lluvia fuera un milagro, pues esto era el desierto, esa noche no era un milagro porque la lluvia sonaba como si hubiera un ladrón tratando de meterse a la casa.

"Tengo miedo, Andy."

"No te asustes, yo estoy aquí."

Ella lloraba, Ileana. Lloraba y lloraba. "Nunca van a volver," decía. "Nunca."

"Vendrán mañana, ya lo verás."

"No. No van a volver. Va a ser igual que con mamá y papá. Salieron y nunca regresaron. Y nos dejaron solos."

"No, no va a ser lo mismo."

"Todos nos van a dejar. Y después tú también me vas a dejar a mí, Andy."

"No, no te voy a dejar. Nunca te voy a dejar."

La acerco él y ella lloraba sin descanso y él imaginó entonces que ella nunca iba a parar de llorar. E imaginó que la lluvia tampoco pararía nunca. La lluvia que se suponía ser un milagro, pero que no lo era. Y finalmente Ileana se durmió, demasiado agotada para seguir llorando. Se apretó contra las costillas de Andrés y Andrés abrazó con fuerza a su hermana. Su hermana pequeñita. Y él no se durmió hasta que la lluvia no se detuvo. Y cuando volvió a despertarse, llovía de nuevo.

"Si yo hubiera sido sólo más valiente. Nada de esto hubiera pasado. Pero tenía miedo."

"Tenías sólo once años."

"Pero ya sabía lo que tenía que hacer."

"Okay, adelante, asume toda la responsabilidad, todo fue por tu culpa."

"Ya conozco ese truco, Grace."

"Yo también conozco el truco del que te vales. El truco de atribuirse todo el crédito."

"No me estoy atribuyendo todo el crédito."

"Sí, claro que sí. Eso es arrogante, sabes."

"Estoy cansado."

"¿Esa es tu forma de eludir esta discusión?"

"Tal vez. Pero *estoy* cansado." Se sentía repentinamente desnudo al estar revelando algo sobre él mismo tan simple y verdadero. Se sintió incómodo y cohibido y se alegró de *estar* cansado; demasiado cansado como para preocuparse mucho.

Grace miró el reloj. "Está tarde."

"¿No le importa que venga fuera de horario?"

"No importa."

"Creo que me inscribí en muchas clases."

"¿Cuántas horas?"

"Quince."

"¿Cuál es tu clase favorita?"

"La clase de dibujo. La figura humana." Andrés se rió. Nervioso, con una sonrisa nerviosa.

"Qué bien."

Le gustó la forma como ella lo dijo. Sonó real y amable en la mejor de todas las formas.

"¿Estás bien, Andy?"

"¿Andy?"

Se miraron durante un instante.

"Andy," repitió él en voz baja. "Estoy bien. Creo." Levantó los hombros. En ese momento se sintió sedado. Nunca sabía qué hacer cuando se sentía así. "Tuve un encontronazo con Hernández. Odio a ese cabrón."

"¿Por qué?"

"No me gusta porque no nos ve."

"¿No nos ve?"

"A cualquiera de nosotros, mejor dicho, a cualquiera que trabaje como subalterno. No ve a Al. No ve a July. No ve a Octavio. No ve a Elvira. No ve a Carla. No ve a nadie. Somos sólo unos números que encajamos en una fórmula. Nada más. Me gustaría agarrarle la cara y golpeársela y golpeársela. Y golpeársela."

Grace asintió con la cabeza. No había nada falso en la expresión del rostro mientras hablaba; casi como si él pudiera verse machacando la cara de Hernández hasta la inconciencia.

"Sabes, Grace. Hernández debería venir a verte. Él necesita hablar contigo más que yo."

"Hernández no me importa." Grace se detuvo y miró fijamente sus ojos negros carbón. "Me importas tú."

"¿Eso que significa?"

"Significa . . ." Hizo otra pausa y sonrió para sí misma. "Significa que estamos desyerbando una larga hilera de algodón fermentado." Sonrió y pensó en Richard Garza. "Tú y yo. Andrés Segovia y Grace Delgado. Muchísimas semillas, Andrés. Y estamos desyerbando. Desyerbamos lo más rápido que podemos. Y si no llegamos a las raíces, entonces las semillas volverán a crecer. Y todo nuestro esfuerzo habrá sido en vano." Casi podía ver la sonrisa de Andrés. Un amanecer. Rompiendo la oscuridad.

Él sacudió la cabeza. "Debió haber sido profesora de literatura."

"Y tú debiste haber sido escritor."

Él se rió. Como una represa reventándose. "Muy chistoso, Grace. Eso fue muy chistoso."

Y entonces ella vio las lágrimas que le corrían por la cara. Y el puño cerrado. Había muy poca diferencia entre un puño que trataba de sujetar todo y otro listo a liberar toda la frustración y la rabia.

No lo detuvo cuando él se levantó y se dirigió hacia la puerta. Había que dejarlo con sus lágrimas. Se las había ganado. Se las tenía más que ganadas.

Ya había oscurecido cuando llegó al apartamento, ese apartamento sofocante por el calor. Odiaba el calor de finales de agosto. Mayo, junio, julio y ahora agosto. Los veranos lo dejaban hecho una mierda. Ya estaba listo para la brisa fresca de octubre. Encendió el aire acondicionado, se quitó la camisa, empapada en su propio sudor. Se restregó la cara con la camisa y la lanzó contra la pared. Miró la hora en su reloj. Casi las ocho. Se fijó en la fecha que marcaba el reloj. Su cumpleaños. Mierda, era su cumpleaños. Veintisiete años. Feliz cumpleaños de mierda. Si sólo no hubiera visto el reloj. Hubiera sido más fácil si ese día hubiera pasado sin que él se hubiera dado cuenta. Se le ocurrió la idea de que tenía que hacer algo: celebrar. Alguna vez había escuchado a Al decirle a Carla que si uno simulaba estar feliz entonces un dia uno se despertaba, y, con toda seguridad, estaría feliz. Quizás deberia seguir el consejo de Al y fingir una celebración.

Pensó por un instante, entonces se quitó la ropa. Se observó en el espejo y desvió los ojos. Nunca le había gustado mirarse, ni siquiera la cara. Trató de pensar que no se trataba de él a quien miraba mientras se afeitaba. Sacó unos shorts y una camiseta vieja. Encontró un par de zapatillas deportivas viejas en el armario. Salió. Trotaría. Así era como iba a celebrar. Correría y correría hasta que su corazón estallara en llamas. Y se transformaría en puras cenizas. Ni cuerpo, ni corazón, ni huesos, ni carne; sólo partículas de carbón esparciéndose en el viento.

Se imaginó a sí mismo como un niño montando en bicicleta por su antiguo barrio. Corrió y corrió, hacia Sun Bowl Drive, las luces de Juárez abajo y al otro lado del río. Corrió y corrió, estirando al máximo los límites de su cuerpo y, de repente, ya no pensaba en su pasado ni en lo que iba a suceder con él. Pensaba sólo en sus piernas adoloridas. Pensaba en sus pulmones y sentía como si recibieran el aire a golpes. Y se sintió contento de recibir esos golpes, contento . . . y casi dichoso de tener un cuerpo.

Tiempo y Orden en el Universo

Dave está echado en la cama, despierto. Repasa la conversación que sostuvo con Rosemary Hart Benson. No parecía sorprendida de su llamada por teléfono. Incluso fue amable. Resultaba evidente que no se hacía muchas ilusiones respecto a su hermano. *"¿Tiene algo que le haya pertenecido a él?"*

"Bueno, sí, pero no entiendo muy bien a qué se refiere."

"¿Qué pasó con todas sus cosas cuando lo enviaron a prisión?"

"Tengo todo en unas cajas, en el ático."

"¿Cuántas cajas?"

"Bastantes. Yo diría que unas diez o doce cajas. Y un par de maletas."

"¿Qué hay adentro?"

"Nunca miré."

"Si pasara por allá, ¿podría revisar sus cosas?"

"Sí," contestó ella con calma, *"¿y sacaría sus pertenencias de mi casa?"*

Repasa la conversación. Sabe que ella nunca quiso mirar porque no quería enterarse. No la culpa. Quiere liberarse de las cosas de su hermano. Ella le rogaba a él que se llevara sus pertenencias, quería liberarse de él, de su hermano. Se levanta de la cama y se dirige hacia la oficina que tiene en la casa. Se sirve un Grand Marnier con hielo, su bebida favorita en la noche. Deja que el licor de naranja cubra completamente su lengua y después queme su garganta. Enciende un cigarrillo.

Grace está en la casa, haciendo una lista de todas sus posesiones materiales. Está haciendo un inventario de su vida. Sin embargo, sabe que hacer una lista de las cosas que uno va a dejar y a quién cuando se muera es diferente de hacer un inventario. Ignora cómo podría medir su vida. Cuando Sam estaba vivo, evaluaba su vida a través del amor de él. Ella siempre se había medido a sí misma a través de la mirada en los ojos de Sam. La aterra admitirse eso a sí misma.

Liz y Mister están acostados. Conversan el uno con el otro. Hablan sobre Vicente. Hablan sobre los Rubio. Hablan sobre el café. Hablan sobre Grace. Hablan y hablan y hablan. Y finalmente, se quedan dormidos en mitad de la conversación.

Las Cosas de este Mundo

Estoy tan cansada que dejo de sentirme cansada. Así sucede algunas veces. Por lo menos a mí. Tal vez sea porque nunca he tenido la capacidad de no dejar de hacer nada. *Grace, ven y siéntate.* Sam siempre me llamaba con un gesto por las tardes. *Grace, eso puede esperar hasta mañana.* Yo nunca podía esperar hasta mañana. Mañana ha sido siempre una palabra problemática para alguien de mi temperamento. Y, en todo caso, esta no es una noche muy buena para descansar. Necesito pensar, hacer una evaluación de las cosas; para ver que hay en mis cajones, para hacer el inventario mientras aún cuento con todas mis facultades.

Qué extraño. No me siento enferma en absoluto.

Quizás Richard Garza tenga razón. Quizás debería someterme a todos los tratamientos. Cuando me contó, escuché la palabra *metástasis*. Y pensé, estoy muerta. Pero no fue eso lo que dijo. Dijo que deberíamos seguir con el tratamiento. Leí el artículo que él quería que leyera. Cortarme los pechos, y después quimioterapia y después quizás radiaciones. Y después pastillas, en algunos casos para toda la vida. ¿Vale la pena hacer todo eso por prolongar mi vida? La mayor parte de los días me siento segura. Déjalo, Grace, sumérgete en la oscuridad. ¿Pero por qué? ¿Por qué es que no quiero luchar si luchar ha sido lo que siempre entendí y amé? He luchado por cada pulgada de dicha que he experimentado.

Mister quiere una respuesta.

Estoy enferma. ¿Para qué intervenir? Dios ha enviado un cáncer. ¿Debería rechazar el don?

Esta noche quiero sentarme, hacer un balance de todo. Las cosas materiales son fáciles. La casa está pagada; cortesía de la muerte de Sam. El hombre menos práctico que pude conocer excepto cuando se trataba de asegurarse. La casa es de Mister. Puede hacer con ella lo que le plazca. Quizás se mude aquí y críe a su hijo en la misma casa donde se hizo un hombre.

La ropa y las joyas pasarán a mis hermanas. Haré una lista. A ellas les gusta pelear. Tengo que ser muy clara. No quiero discusiones por mi causa. Las perlas le tocan a Dolores. Nunca se ha gastado un centavo en ella misma. Incluso cuando ha necesitado algo y se ha visto obligada a desahogarse y pedirme dinero, siempre ha sido para alguno de sus hijos. Hijos que ahora pueden darse el lujo de comprarle perlas a su madre, pero que nunca les pasaría por la cabeza. Después de todo lo que ella hizo por ellos. No les perdono su ingratitud. Le dejaré mi Biblia al mayor de todos. Subrayaré algunos pasajes. Es bastante inteligente. Entenderá mis recriminaciones.

Todos mis rebozos quedarán para mi hermana menor, Carmen. Ha pedido prestados la mitad, en todo caso, y nunca los ha devuelto. Y Teresa se quedará con mis vestidos. Somos de la misma talla. Su esposo compra barcos y herramientas costosas y a ella la tiene en puros trapos. Cualquier mueble que Mister quiera se lo puede quedar; el resto lo repartirá entre mis hermanas. Debo asegurarme de recordarle a Mister que se prepare para actuar de árbitro. Aunque todas se llevan muy bien con él, lo adoran.

Los dos hermanos de Sam están pasando por una mala situación. He hecho lo mejor que he podido para mantenerme en contacto. Ellos nunca entendieron realmente a mi Sam, nunca entendieron su talento intelectual, su amor por el arte y los libros y la política. Vivían resentidos con él, sin ninguna duda. No era que hubieran dicho nada. Pero Sam los quería a todos. A veces él lloraba. Nunca importó, por lo menos a él, que ellos no hubieran sabido qué hacer con su cariño. Les dejaré plata. La plata que Sam dejó para que yo pudiera vivir. Nunca la necesité. Ellos la pueden usar. Claro que pueden. Y el dinero sí es algo que pueden entender. Si Sam, que fue su hermano, nunca guardó ningún rencor, ¿por qué lo iba a guardar yo?

He destinado parte de su dinero para niños que habían sido víctimas de maltratos en recuerdo de mis clientes. Y algo también para el Concejo Nacional de La Raza y para el Partido Demócrata. A Sam le hubiera gustado. Dejaré a la Iglesia Católica lo suficiente para mi funeral, pero ni un centavo más. Soy católica hasta los huesos, pero la Iglesia es feudal y me niego a alimentar sus anticuadas costumbres. Le escribiré una nota al párroco de la catedral recordándole que una mujer le dio la vida. Algo que lo ponga a pensar la próxima vez que lance uno de sus sermones. Estoy escribiendo todo esto en un papel.

No deseo nada muy elaborado para mi funeral. Un misa sencilla. Alguien que cante el Ave María, George. Le escribiré y le preguntaré. La voz más hermosa que he escuchado nunca. Tiene un corazón inquebrantable y no soporta a los tontos de derecha. Le han prohibido cantar en la iglesia. Se acuesta con hombres y lucha por los derechos de la mujer. El padre Ed vendrá a visitarme cuando llegue la hora. Cuando venga a visitarme en mi lecho de muerte, le diré, "George." No se negará.

Este cigarrillo sabe muy bien. Tan bueno como Dios.

Quiero mariachis en el cementerio. Y quiero que Mister abra algunas botellas de champán. Voy a ordenar una caja del champán preferido de Sam en las mañanas. Eso es lo que quiero. Champán. Es un gusto adquirido para una niña que ha crecido en Dizzy Land. Pero todo en este maldito y bendito mundo es un gusto adquirido. O eso era lo que afirmaba Sam. "La leche materna . . . eso es lo unico que nacimos para beber." Tenía razón, por supuesto.

No es tan malo pensar en todas estas cosas.

¿Cómo será, morir? ¿Qué clase de luz habrá allá en la muerte? Tal vez solo exista la oscuridad. Tal vez no haya más que una larga, larga noche.

Nada más que una larga, larga noche.

Todo Menos el Sueño
(en Mitad de la Noche)

A ndrés se despertó sudando frío, el corazón palpitándole como si un poderoso puño golpeara en la puerta. El hombre se le había aparecido en el sueño. El novio de Yolie. Tenía once años de nuevo y el hombre lo llamaba con un gesto, *Aquí hay alguien que quiere conocerte.* Tenía la garganta reseca, el corazón acelerado, y empezó a caminar de un extremo a otro del cuarto; y sintió que no podía respirar, no tenía aire, Dios, supo que todo estaba derrumbándose, las paredes del apartamento, la piel se le caía, quedaba en carne viva y, Dios, no podía tomar ni una puta gota de aire, ¿por qué no podía respirar? Y entonces sintió todo como si estuviera debajo del agua, hondo, cada vez más profundo, se ahogaba, y tenía que encontrar la salida hacia la superficie; si sólo pudiera abrirse paso hacia donde hubiera un poco de aire. Pero se encontraba tan lejos bajo las aguas profundas, y la superficie estaba a muchísimas millas de distancia, allá donde había aire y cielo. Tenía la certeza de que su corazón iba a estallar y que iba a morir, y tal vez no sería una cosa tan terrible. Morir. Y entonces de repente pudo respirar de nuevo. Aire.

Encendió un cigarrillo, lo fumó, y encendió otro. Tenía que salir, simplemente salir, ir a cualquier parte. Se echó agua en la cara, se cepilló el pelo, se vistió, después salió. Se subió al auto, condujo y condujo sin parar hasta que la imagen del hombre desapareció. Y entonces fue como si comprendiera qué era lo que debía hacer enseguida. Estacionó en una calle solitaria en Segundo Barrio y se dirigió hacia el puente

Santa Fe. Mientras entraba caminando ea Juárez, se tranquilizó fumando. No pensó que podía echar a perder su fianza y su libertad. En su cabeza no entraba la idea de que lo que estaba haciendo iba contra las condiciones de su fianza. Pero no era su mente la que lo guiaba esa noche.

No había regresado a Juárez desde que sucedió todo. Nunca, desde esa época, aunque había visitado la ciudad en sueños, y los sueños siempre lo perturbaban, así que había intentado dejar de pensar en esa ciudad como si nunca hubiera existido, como si su vida allí, nunca hubiera sucedido, pero si nunca había sucedido, ¿por qué ese sitio lo perseguía en sus horas de vigilia?

Sabía exactamente hacia dónde dirigirse, pero cuando estuvo allí se sintió otra vez perdido. Entró a un club conocido, las luces bajas eran perfectas. Perfectas para un sitio como este: un sitio que olía a un siglo de humo y cerveza y sudor de mujeres y hombres y colonia barata y perfumes aún más baratos. Era igualito a como lo recordaba. Nada había cambiado, en especial las cosas que más desesperadamente necesitaban cambiar: su vida, este bar, esta maldita ciudad que castigaba a la gente equivocada día tras día, año tras año de mierda, y benditos sean los pobres, sí. Claro.

Se sentó en la barra. Cuando era niño aquí había un mago. Y el mago hacía trucos, y los clientes, la mayoría esperando a una prostituta o tratando de decidir con quién irse, se sentaban ahi y observaban los trucos del barman mago. Y el tipo hacía trucos para los clientes. Hacía desaparecer un paquete de cigarrillos y los hacía aparecer en el bolsillo de alguien. Hacía aparecer un loro en el hombro de uno. El mago ya no estaba, reemplazado ahora por un hombre más joven cuya única magia era ofrecer tragos y mujeres. Raudo, puso un trago frente a Andrés, después con la mejilla señaló hacia alguien detrás. "Te quiere."

Andrés no se volteó a mirar. Sabía que se trataba de alguna mujer a la espera de algún cliente. Negó con la cabeza, se bebió el trago. Enseguida señaló el vaso. Bebió otro y después otro. Se dio la vuelta y estudio el salón. Casi todas las mesas estaban ocupadas; una pareja en cada una. Aunque no eran parejas de verdad. Vio a una mujer que lo miraba fijamente. Sonriendo. La llamó. Le pasó un billete de veinte dólares, le dijo que se fuera a la casa. Terminó el cuarto trago, tal vez el quinto. Se quedo ahí durante un rato; era tan extraño estar sentado ahí y se preguntó si estaría vivo alguna vez. Se levantó con lentitud y caminó hacia la puerta de salida medio aturdido.

Caminó sin rumbo por las calles. No sabía si estaba tratando de recordar o tratando de olvidar. Le pareció como si hubiese vivido toda la vida en alguna parte entre el recuerdo y el olvido. No sabía tampoco cuál de las dos cosas sería la peor. Y en cualquier maldito caso, no le gustaban sus alternativas: las dos llevaban a un limbo. Mientras avanzaba por una calle silenciosa, encontro un callejón y orinó, y entonces pensó, ¿no sería maravilloso poder hacer esto con todas las preocupaciones y todos los problemas, simplemente expulsarlos, simplemente orinarlos? Cuando regresó de nuevo a la calle, un hombre se le acercó. Se echó la mano al bolsillo, listo a darle el dólar que le iba a pedir. Pero el hombre no le pidió ningún dólar. "¿Quieres una mujer?"

"*I don't speak Spanish.*" No importaba que fuera mentira. La verdad era la última cosa que tenía importancia en estas calles.

"Digo que si quieres una mujer." Repitió el hombre en inglés. Tenía un ligero acento, pero su inglés era perfecto.

Andrés negó con la cabeza.

"¿Entonces un hombre?"

Andrés volvió a negarse.

"¿Qué dices de niños . . . te gustan? ¿Sí? Tengo unas niñas perfectas. También niños. ¿Te gustaría? Puedes escoger. Puedes . . ." Andrés no esperó a que el hombre terminara la frase. Lo tenía agarrado del cuello y lo arrastraba hacia el callejón, y el hombre gritaba, claro que sí, jugando a la víctima, sí, la víctima, y Andrés dejó que gritara, vamos, grita, hijo de puta, hijo de la chingada, sigue gritando. No había nadie en la calle y el callejón estaba oscuro y nadie podría ser testigo de lo que sucedía, hijo de puta, anda, grita y Andrés lo tiró al piso de un golpe. Estaba a punto de agarrarlo, levantarlo de nuevo y golpearlo sin descanso, pero no lo hizo. Simplemente se detuvo. Tomó aliento y permaneció inmóvil. Era como si estuviera a un paso de lanzarse de cabeza a una piscina oscura, y algo lo había obligado a detenerse y controlarse cuando estaba a un punto de dar el salto. Por primera vez en su vida, quedó simplemente en calma. Y se vio a sí mismo. Y vio su rabia. Y comprendió que la rabia podía ser silenciosa. Que podía ser delicada. La rabia no tenía por qué ser asesina.

Se quedo alli, en la oscuridad, con el hombre a sus pies. No un hombre, pensó, sino un maldito chulo que se alimentaba de la carne infantil, no un hombre, sino un demonio que arrastraba la gente al infierno por un dólar bendito. Encendió un cigarrillo. La voz de Grace cruzó por su cabeza, *Pienzo que muchos hombres encienden un cigarrillo después de haber matado a alguien. Probablemente habrán fumado uno inmediatamente antes.* Se agachó al lado del hombre. Encendió un fósforo y observó su cara. Miró un rato con atención. Buscaba algo humano en este rostro tembloroso.

"Deja a los niños tranquilos, cabrón. ¿Entiendes?"

El hombre asintió con la cabeza. Parecía un venado asustado.

"Si te vuelvo a agarrar vendiendo niños, te mato, cabrón . . . ¿me explico?"

Se puso de pie, regresó a la calle y entró en el bar más cercano. Se dirigió al baño y se lavó. Se sentía entumecido e incapaz de articular nada.

De pronto se halló caminando hacia su viejo barrio. No estaba lejos. Aún lo recordaba.

Cuando llegó a la vieja calle, se detuvo frente al número 12.

Se sentó en el andén.

Y entonces recordó que había dejado algo en esta casa. El anillo de su padre.

Debajo de un ladrillo del patio.

A cualquier sitio que uno fuera, siempre dejaba algo atrás.

Tal vez algún dia regrese aquí y lo recupere. Tal vez ese día llegue realmente. Se levantó del andén y empezó a caminar en dirección al puente. No pensaba en nada. Se sentía tan vacío como las calles. Pero las calles por lo menos tenían un diseño y un propósito.

Sus pasos eran lentos y firmes. ¿Para qué apresurarse? Ya era muy tarde para dormir.

Al final del puente Santa Fe, se volteó a mirar hacia Juárez y después miró al frente hacia El Paso. Se preguntó si alguna vez tendría un pais que fuera el suyo. Los norteamericanos, siempre tan seguros de sí mismos; incluso los chicanos. Tan seguros, como si el mismo país que era su hogar les diera un propósito. No importaba que se tratara de una ilusión, no importaba en absoluto pues la palabra *América* ponía orden en sus cabezas, y hasta donde él sabía, orden en sus corazones. Tal vez *América fuera* una palabra cruel, pero era una palabra que mantenia a raya el caos. Pero no para él. Y México era tan ajeno como América. México tenía sus propias crueldades, como tenía su propio sentido del tiempo y del orden. Pero ninguno de los dos sitios le había abierto un espacio. Ninguno de los dos lo había reclamado como hijo suyo. Así que, pensó, si se quedaba exactamente ahí por el resto de su vida sería perfecto. Ahí mismo. Desheredado y desposeído. Ahí mismo: entre en dos países. Que era lo mismo que en ninguna parte. La luz del amanecer brindaba muy poco alivio.

Grace también se despertó a mitad de la noche. Le había sobrevenido un sueño tan extraño y maravilloso. Un regalo quizás de su reticente Dios. Había sentido piedad de ella y le había enviado un sueño distinto. Una pequeña recompensa para un insignificante trabajador del campo.

Por fin un sueño distinto. No una noche sin ruidos ni engullidora, sin Sam joven y sin Mister girando de un lado a otro en un Edén donde no había sitio para ella. Tan extraño, este sueño nuevo, con una lógica perfecta que minaba las reglas ordinarias de la vida. Y qué sueño tan extraño y asombroso que era.

Él venia caminando por la mitad de la calle, el hombre, y la calle vacía estaba limpia, tan libre de basuras como de gente, lavada por la lluvia y resplandeciente bajo la luz de la luna que brillaba como el sol, pero evidentemente era de noche, en el sueño, y a medida que el hombre avanzaba, ella supo de quién se trataba. Andrés Segovia. Y mientras se acercaba cada vez más hacia donde ella estaba parada, pudo observar que sus rasgos empezaban a transformarse, y entonces dejaba de ser Andrés Segovia, era Mister—¿Mister?—y cuando estaba a punto de hablarle a ella, pudo ver que ya no era Mister, sino un desconocido, mucho más guapo, mucho más hermoso que Andrés Segovia o que su hijo o cualquier otro hombre que ella hubiera conocido, y le ofrecía la mano. Y entonces ella supo que había llegado la hora y no se lamentó de nada y comprendió que todo había terminado, todo empacado, sin marcha atrás. Él no le haría daño. Todo el dolor quedaba en el pasado. Tomó la mano del desconocido.

Hombro con hombro, caminó con él, por la calle silenciosa, hacia la ciudad vacía y expectante. Y cuando se volteó a mirarlo, su corazón saltó con la dicha inmaculada de cualquier muchacha. ¡Sam! ¡Sam! *Dios, Dios mándame ese sueño de nuevo.*

Tercera Parte

. . . de noche habrá clara luz.

ZACARÍAS 14:7

El Silencioso Amor de los Países

D urante tres noches seguidas, Mando y Yolie estuvieron ausentes. Perdidos. Desaparecidos. Nadie a quien llamar, sin teléfono en la casa y, ¿a quién hubieran llamado? ¿Qué hubieran dicho? ¿Y no querrían saber entonces por qué un niño y una niña estaban solos en una casa? Así que para Andrés no había nada más que hacer lo que siempre había hecho: esperar y preocuparse. Se había vuelto muy bueno en eso. Se había convertido en un experto. Se odiaba por tener que ser así. Se juró que un día cuando estuviera emancipado, no le importaría nada tanto como para preocuparse. Nada.

Pero la noticia no resultaba tan mala. Había suficiente comida en la casa, aunque la comida no era nada especial. Estaba bien. No estaban acostumbrados a nada especial. Andrés preparaba cosas sencillas, fríjoles, arroz, calabaza con cebolla y tomates. Había aprendido a prepararlos observando a su mamá. Cosas fáciles. Los fríjoles eran fáciles y también había tocineta, así que puso tocineta en el sartén y la casa olía rico, y preparó quesadillas con queso menonita y tortillas de maíz en el comal. Sabía hacerlas. Eran fáciles, también, y a Ileana le encantaba ver cómo el queso campesino que hacían los menonitas se derretía entre el par de tortillas y se esparcía sobre el comal.

Ileana, esa niña que Andrés adoraba, tenía sus rituales. Siempre quería que Andrés le tostara una tortilla especial sólo para ella, pues le gustaba cómo olían las tortillas tostadas. Le encantaban los burritos con fríjoles con una pizca de chile. Al principio, no le gustaban los fríjoles porque decía que eran sólo para los mexicanos pobres, y Yolie se había puesto brava con ella y le había dicho, "¿Qué diablos crees que somos nosotros?" Ileana hacía muecas y se negaba a comer, pero le habían empezado a gustar después de que Andrés se inventó la historia de que los burritos con fríjoles habían hecho que el corazón de una niña ardiera como un fuego en la noche fría. Ese corazón ardiente había evitado que la niña de la historia se muriera congelada.

Asi que comían, y estaban bien, aunque no estaban contentos. Era bueno estar bien. Con toda seguridad. Pero la casa se sentía silenciosa y apagada como un día sin brisa en el desierto de Chihuahua. Silenciosa como la muerte, y Andrés sentía como si fuera su obligación hacer rudo para que su hermana supiera que aún seguían vivos. Y a pesar de que Andrés no tenía muchas ganas de conversar, conversaba. Y a pesar de que Ileana no tuviera muchas ganas de comer, comía. Conversaban y comían. Y seguían vivos.

A veces Andrés cantaba y antes no sabía que podía cantar: pero podía hacerlo. Ignoraba de dónde le venía. A veces le cantaba a Ileana y ella lo miraba y le decía qué el era un ángel. Y él se reía y le decía que los ángeles no necesitaban cuerpos y tampoco necesitaban comer fríjoles. Él decía esas cosas para hacerla reír. Y ella se reía. Y así seguían vivos.

Pero un temor asaltaba a Ileana. Se aferraba a Andrés, su hermano, a quien amaba y necesitaba, se aferraba a Andrés, su hermano, porque él era el único que quedaba ahora, y Andrés podía darse cuenta de lo asustada que estaba. Y entonces él le daba un beso y le aseguraba que todo estaba bien, y él observaba su cara esperanzada y él podía ver que ella se esforzaba por creer.

La casa se ponía cada vez más fría, pues el clima había empezado a cambiar, y todas las tardes llovía. Ileana y Andrés se sentaban en el patio de atrás bajo una sombrilla y miraban la lluvia. Pero se sentían tristes, Ileana y Andrés. Y todo era espera. Durante tres noches estuvieron solos. Y Andrés le contaba historias, historias felices, historias sobre perros que se extraviaban pero que lograban encontrar el camino a casa, y algunas veces, cuando los perros no encontraban el camino de regreso, una familia buena los adoptaba y los perros terminaban contentos y calentitos y batiendo la cola. Y Andrés inventaba historias sobre niños que pensaban que sus padres estaban muertos, pero que descubrían que estaban vivos. Historias felices. Y todo lo que era importante en el mundo

estaba presente en las historias felices que Andrés contaba. Y todo lo
que había en el mundo era Ileana escuchando a ese hermano que adoraba. Y todo en el mundo era sólo esperar.

Al cuarto día, los despertó la lluvia y los ruidos de la tormenta. El
cielo estaba furioso y rugía, y le hizo recordar a Andrés cómo Mando y
su padre se gritaban el uno al otro y ahogaban el sonido del amor. Habían ahogado el sonido de la voz de su madre. Eso era lo que Andrés
creía. Eso era lo que recordaba. Y destestaba recordar tanto como detestaba preocuparse.

Cuando se despertó por los ruidos de la tormenta ese cuarto día, fue
cuando tomó la decisión. Ya era la hora. De partir. Pues a pesar de vivir
ahí, este sitio nunca había sido su hogar. Y nunca iban a sentir que eran
de ese sitio. Y necesitaban encontrar un lugar donde encajaran. Incluso
un abrigo necesitaba de un rincón donde pudiera estar colgado. Eso era
lo que solía decir su padre. Ahora comprendía lo que eso significaba.

Andrés supo que esta casa era un escondite y nada más. Y no quería
seguir escondido, porque lo hacía sentir triste, lo hacía sentir como si
hubiera hecho algo malo, lo hacía sentir como si él fuera un secreto que
se mantenía oculto al mundo, y no quería ser un secreto. Quería ser un
muchacho a quien todo el mundo pudiera ver y hablar. Quería ser un
muchacho que montaba en su bicicleta de un lado a otro por las calles y
se reía y gritaba las cosas tontas que se suponía gritaban los muchachos.
Estaba cansado de ser cuidadoso, porque eso era lo que Mando y Yolie
le decían todo el tiempo, *ten cuidado tienes que tener mucho cuidado,* y
siempre lo decían en un susurro, la clase de susurro que lo hacía sentir
como un secreto que debía mantenerse oculto, como algo feo.

Recordó el día que le rogó a Yolie, "Llévanos a ver a los Fernández.
Por un día nada más. Por una hora nada más." Yolie le había gritado y
lo había zarandeado y había una especie de fuego en su cara y supo que
él había originado ese fuego. "¿No entiendes nada? No podemos volver
allá nunca. Nunca más."

"¿Pero por qué Yolie?"

"Porque nos separarían a todos. Y le harían algo malo a Mando
porque ellos no entienden que Mando nos está ayudando. Dirán que
Mando nos está haciendo mal y lo meterían a la cárcel o algo peor . . .
¿y eso es lo que quieres? ¿Quieres que le hagan algo malo a Mando?"

Y por eso él había llegado a la conclusión que *sí, se estaban escondiendo. Sí eran un secreto.* Tenían que ser muy cuidadosos. Pero estaba cansado. No era lo suficientemente fuerte para seguir siendo tan cuidadoso. Y sabía en el fondo de su corazón que estaba traicionando a su hermana y a su hermano. Y se odió a sí mismo y supo que lo odiarían para siempre. Pero tenía que decidir entre Yolie e Ileana y se decidió entonces por Ileana. ¿Y si Yolie nunca regresara? ¿Y si eran *ellos* los traidores? Tal vez hubieran decidido que ellos tenían que vivir sus propias vidas. Tal vez hayan sentido que ellos también eran un secreto y que tampoco deseaban seguir siendo ese secreto. Tal vez él e Ileana eran una carga para ellos. "Los niños son una carga," le dijo una vez la Sra. González a su mamá. Hacía mucho tiempo. Y él siempre lo recordaría. Y ahora, lo comprendía aún mejor. Tal vez Yolie y Mando los cargaban a ellos como dos bultos de papa, bultos de papa bultos de cebolla que les resultaban demasiado pesados para seguir cargándolos. Tal vez ya era hora de que él e Ileana se cargaran a sí mismos.

Así que tomó la decisión. Cuando dejara de llover, se irían. Le dijo a Ileana que iban a salir. Que se iban para la casa. Que se dirigían hacia la libertad. Aún eran pequeños, pero se iban a emancipar.

"Pero está lloviendo," comentó Ileana.

"Cuando deje de llover, vamos a salir. Vamos a respirar aire fresco. ¿No sería eso una maravilla?"

Ella asintió "Okay. A lo mejor encontremos a Yolie. Tal vez ella esté afuera respirando también el aire fresco."

"Sí. A lo mejor. Entonces, ¿por qué no nos alistamos? Échate un baño y yo busco algo bonito para que te pongas y después desayunamos y cuando pare de llover, salimos."

Entonces Andrés consiguió que se alistaran. Inspeccionó sus cosas. Sabía que no podían llevarse nada. Sólo ellos y la ropa limpia que llevaran puesta. No importaba, ¿qué eran las pertenencias al fin y al cabo? Se irían sólo con la ropa limpia que Yolie y Mando les habían comprado. Y se sintió como un traidor. Y pudo sentir que la cara le ardía.

Desayunaron. Los dos últimos huevos.

Dejó de llover.

La casa estaba tan silenciosa como una tumba.

Yolie entró por la puerta de enfrente.

• • •

"Yolie, Yolie, ¿dónde estabas?" Ileana no podía parar de besarla y abrazarla. Besarla. Abrazarla. Sin parar de reírse. Y Andrés nunca se sintió peor en su vida, por querer llevarse a Ileana de esa hermana que adoraba, por querer abandonar a Yolie. que se había esforzado tanto por mantenerlos unidos, por cuidarlos y convertirlos en una familia. Y se sentía avergonzado por querer vivir en El Paso sólo para poder ir al colegio. ¿Qué importancia tenía un colegio comparado a una hermana? La observó, a su hermana mayor. Se veía vieja, triste y cansada, como se veía su madre cuando Mando y su padre habían estado discutiendo. Se veía como si necesitara comer y dormir. Y entonces Andrés se ofreció a preparar una tortilla con el último resto de queso menonita y la última tortilla de maíz.

Ella respondió que okay, pero era un okay débil, y mientras comía, Yolie no dijo nada y simplemente ponía con cuidado la comida en su boca y masticaba. Comía y lloraba al mismo tiempo. Soltaba los sollozos en silencio, pero las lágrimas eran abundantes y le caían por las mejillas y no hacía nada para limpiárselas. Las lágrimas, en ese momento, la poseían. Andrés se sentía cada vez peor. "No llores," dijo.

"Se llevaron a Mando," dijo Yolie.

"¿Quiénes?"

"La policía."

"¿La policía? ¿La policía de México?"

"No. Está en la cárcel."

"¿Dónde?"

"En El Paso."

"¿Hizo algo malo, Yolie?"

"Lo agarraron . . . ." Se detuvo un instante. "Lo obligaron a hacerlo. Él no quería. Pero necesitábamos la plata. Así que tuvo que hacerlo. ¿Entiendes?" Miró a Andrés, y Andrés supo que ella necesitaba que él entendiera; él asintió.

"Lo arrestaron en el puente."

Andrés *lo* comprendió.

"Va ir a prisión."

"¿Por mucho tiempo?" preguntó Andrés.

"Sí. Por mucho tiempo."

"¿Podemos verlo?"

"No."

"Entonces no lo vamos a volver a ver nunca más."

"No por mucho tiempo."

"¿Le podemos escribir?"

Ella asintió. "Okay. Eso está bien."

La cocina permaneció en silencio por un rato largo. "¿Qué vamos a hacer?"

Yolie observó a su hermano menor. "No sé."

"Podíamos volver," dijo Andrés en voz baja.

"No." Andrés percibió la rabia en su voz. "De ninguna puta manera. Si regresamos, entonces todo habrá sido por nada. Él va a la cárcel por nosotros. *Por nosotros.* Para que podamos permanecer juntos. ¿Y tú quieres volver?"

Andrés bajó la cabeza. "Perdón. No lo volveré a decir."

"Perdóname también," susurró ella. "No te volveré a gritar."

Ileana no dijo nada. Pero empezó a llorar. "Quiero ver a Mando," dijo. Entonces empezó a llover otra vez. Y pareció como si la potente lluvia fuera a echar abajo el techo de la casa. Por un instante. Andrés sintió como si la luz nunca fuera a regresar a la casa. Quedaría a oscuras para siempre. Y enseguida pensó que no importaba cuánto hubieran tratado de transformar esta casa en algo distinto, seguiría siendo siempre la misma casa que encontraron cuando se mudaron. Una casa sin luz. Una casa sin nadie adentro. Una casa que olía a cien años de desperdicios y guerra. Un casa inmisericorde, sin corazón.

"¿Fue ahí cuando Yolie vendió tu máquina de escribir?"

"Sí. Por esos días. No recuerdo con exactitud. No exactamente. No íbamos ya tan seguido al mercado. Todo lo que recuerdo es que comíamos fríjoles y arroz y tortillas y fideos y papas. Pero no estaba mal. Aún me gusta esa clase de comida."

Tenía un aspecto raro en la cara, y por un segundo Grace imaginó que se veía como el niño que habrá sido cuando las lluvias azotaban la casa. Ella le hizo un gesto con la cabeza, "Pues, sabes, yo no puedo pasar más de tres días sin comer fríjoles y tortillas."

"No me lo hubiera imaginado de usted," comentó Andrés.

"¿Por qué no?"

"Usted no me parece muy mexicana."

"¿Por qué?"

"No sé. Simplemente no me parece."

"Bueno, no sé a qué te refieres con mexicana. Pero, bueno, lo soy. Y en todo caso, no todos los mexicanos se crían con esa comida; es comida de campesinos, ¿sabías? Es lo que comen los pobres; y cuando era pequeña esa palabra me describía bien."

"Comida de campesinos," repitió él, "¿Habla mucho español?"

"Todo el tiempo. Con mis hermanas." Él asintió. Necesitaba un descanso. En el relato de su historia. Ella se dio cuenta. Estaba muy bien. Un descanso. "No estás fumando tanto."

"Sigo con un paquete al día."

"Pero no estás fumando aquí."

Él se encogió de hombros. "Fumo mucho cuando salgo" Quería contarle a ella que había estado en Juárez. A media noche. Queria contarle. "¿Tiene familia en México?"

A ella no le importaba seguir con esta clase de charla. "No. Ya no. ¿Y tú?"

"No. Ya no." No se lo iba a decir. Que había estado allá. Que había sacado los puños de nuevo. No se lo contaría; nunca. Pues ahora parecía importarle lo que ella pensara.

El dinero empezó a escasear y Andrés notaba la expresión de pánico en el rostro de Yolie. Empezó a fumar mucho más. Xochil venía de vez en cuando a visitarlos. Se veía triste, y ella y Yolie lloraban. Y después fumaban. Y enseguida lloraban otra vez. Se sentaban en la sala y hablaban y hablaban y Andrés se sentaba en la cocina, inmóvil y escuchando. Ellas hablaban de las drogas que llevaba Mando por la frontera. Una mula; así fue como lo llamaron. A nadie le importaban las mulas cuando las agarraban.

Xochil, comentó que si Mando delataba a la gente que lo había contratado, los Feds le reducirían el tiempo que estaría en prisión. Mencionó algo referente a un trato. Pero dijo que Mando nunca los delataría. "Lo matarían," dijo Xochil. Entonces empezó a llorar otra vez. Y Andrés ya no quería seguir escuchando, así que se fue a su cuarto y escribió una carta para la Sra. Fernández.

Al día siguiente, su máquina había desaparecido. Tendrían comida en la mesa.

Un día, Xochil apareció por última vez. Para despedirse. Se mudaba a California. Le rogó a Yolie que se fuera con ella. "Déjalos donde los Fernández. Vente conmigo. Allá nos irá bien."

"No," contestó Yolie. Fue un no que no sonó fuerte. Era un no débil, y Andrés deseaba que Xochil se quedara y se quedara hasta que Yolie se diera por vencida y contestara que sí. Pero Xochil se detuvo ante ese débil no. Cuando Xochil salió de la casa, Andrés corrió detrás de ella. "Quédate con nosotros," le pidió Andrés, aunque no supo por qué lo decía. Ni siquiera sabía por qué había echado a correr detrás de ella. Ella le dio un beso y sostuvo la cara de Andrés entre sus manos. "Regresen," le dijo en voz baja. "Regresen a El Paso antes de que pase algo más. Por favor, Andy, por favor." La acompañó todo el camino hasta llegar al puente que cruzaba a El Paso. "Puedes venir conmigo," le dijo ella. "Te llevaré donde los Fernández."

"No," contestó él. "No puedo."

"Por lo menos deberían dejarme llevar a Ileana."

Andrés deseaba decir que sí. Sería muy doloroso que Ileana se fuera. Pero estaría segura con Xochil en California. "Yolie no dejaría que te la llevaras."

"Ya sé."

"Mira," dijo ella. Sacó de su bolso un pedazo de papel y trazó un número. "Este es el teléfono de mi hermana. Si sucede algo, llámala. La llamas, ¿okay?" Lo besó. Así como lo besaba su madre. "Mando te quiere. Nunca olvides eso. No importa lo que pase." La vio desaparecer al final del puente.

Cuando regresó a la casa, Yolie se veía más triste que nunca. Más triste ahora que enfadada. Y él deseó que esa furia regresara de nuevo, pues ella era más fuerte cuando estaba furiosa. Y la tristeza la hacía parecer vieja y vencida. Después de un tiempo, Yolie empezó a salir en las noches. Regresaba tarde y Andrés podía darse cuenta de que había estado bebiendo. Percibía el olor del alcohol en su aliento. Ahí fue donde conoció a ese tipo; en un bar. Eso pensaba Andrés. Tenía dinero. Era mayor. No era viejo, sino mayor. Tal vez andara por los treinta. Le era muy difícil adivinar las edades, pero esa fue su conclusión. No era viejo, pero sí muy viejo para Yolie. Se preguntó qué habría sucedido con Eddie. Pero le daba temor preguntarle a ella. Cuando se molestaba con alguien, ella lo hacía alejarse, y si uno le preguntaba al respecto, se ponía furiosa. Tal vez Eddie había encontrado a otra muchacha, pues los tipos hacían eso. Mando: él siempre abandonaba a las muchachas y encontraba otras nuevas.

Supuso que Yolie necesitaba un novio y que tal vez no importaba que fuera mayor que ella. Estaba bien que tuviera dinero; tal vez se hiciera cargo de Yolie y también se hiciera cargo de él y de Ileana. Pero a Andrés no le gustaba que siempre fuera vestido elegantemente. Como su papá cuando llevaba a su mamá a bailar. El hombre se vestía así todo el tiempo. Talvez era un hombre de negocios. Tal vez por eso iba tan bien vestido todo el tiempo.

Ahora Yolie andaba con plata. Y tenía vestidos nuevos. Y había comida en la casa. Y carne. A él le gustaba comer carne. Quizás Yolie se casara y así serían el tipo de familia que Mando siempre había soñado que iban a ser. Tal vez ella estuviera haciendo todo esto por Mando, y por los sueños que él había tenido.

Aunque él seguía relatándole la historia de su vida en Juárez, podía adivinar que ella estaba cansada. Sin ninguna razón en particular, pensó que parecía una monja. Una monja muy linda. La clase de monjas que dan y dan porque eso es lo que sabían hacer. Y dar las hace más hermosas.

"¿Volviste a ver a Mando alguna vez?"

"No. Un día, más o menos unos seis meses después de haber sido arrestado, Yolie recibió un dinero. No sé cuánto sería. Un tipo llegó a la casa y dijo que era de parte de Mando. Un bulto de plata. Yolie lo enterró en el patio. Quiso que yo supiera dónde quedaba esa plata. Me dijo que si sucedía algo, agarrara ese dinero y regresara a El Paso. ¿Sabe qué me dijo?"

Grace negó con la cabeza.

" 'Quieres regresar allá, ¿cierto? Quieres volver al colegio. Quieres ser más de lo que sería naturalmente tu destino. Más de lo que ellos nunca te van a dejar ser. No sé por qué amas los malditos Estados Unidos de América. Nunca te van a amar a ti'. Chistoso, las cosas que uno recuerda." Se volteó a mirar hacia otro lado. "Sabe," miraba hacia otro lado mientras le hablaba, "yo no comprendía lo que ella trataba de decirme."

"¿Y ahora?"

"Tenía razón. Estados Unidos jamás corresponderá mi amor. En todo caso, ya no estoy tan enamorado de la idea de Estados Unidos. Pero tal vez nada de esto tenga que ver con Estados Unidos. Hubo algo que a Yolie se le olvidó decirme: México tampoco me iba a querer. ¿Quién diablos ha dicho alguna vez que los países pueden querer a nadie?"

Grace quiso sacudirlo suavemente y gritar, Un país nunca podrá amarte igual que una mujer. "Pienso que los países son tan mudos en su amor como lo es Dios."

Andrés empezó a reírse. "Eso sí que es malditamente silencioso, Grace."

Ella se rió con él. Sintió un dolor.

Y Andrés, aunque se reía, pensó, Dios, se ve cansada. Trató de imaginar cómo hubiera sido. Ser hijo suyo. Haber sido amado por ella. Haber recibido el cuidado de una mujer como Grace Delgado.

Orden y Tiempo en el Universo

Son las cinco y media de la tarde.

Andrés está en la mitad de una sesión con Grace.

Un autobús, veinte minutos tarde, está entrando en la terminal del centro. El primer pasajero en bajarse del autobús, es un hombre blanco de cincuenta y cinco años a quien le gusta describirse a sí mismo como mitad irlandés, mitad alemán. Es un hombre común y corriente, con una barriga típica de la edad y que ha venido a vivir con su hermana, retirada en El Paso. Este hombre que se baja del autobús, este hombre de mediana edad, ha estado en prisión durante siete años. Ha sido puesto en libertad y remitido a El Paso por permiso del Comité de Libertad Condicional de Oklahoma. Debe registrarse en el departamento de policía en la mañana. Su hermana piensa que estuvo en prisión por robo a mano armada. Él no sabe cómo explicarle a ella que posee una particular clase de adicción que va contra la ley. Sabe que lo llaman depredador sexual. Lo ofende esa etiqueta. Lo enfurece la falta de comprensión que hay en el mundo. Él sabe que es una persona cariñosa y gentil. Especialmente con los niños.

Descubre a su hermana y la saluda con una mano. La abraza y la besa en la mejilla. Piensa que se ve vieja.

Mister busca información en el internet. Observa la hora en una de las esquinas de la computadora mientras busca: 5:31 p.m. Tiene la esperanza de que la información del internet lo ayude con la ceguera de Vicente. Hoy se siente incompetente. Sabe que él y Liz tendrán que depender de algo más que información y hechos. Ruega a que su instinto resulte tan acertado como cree.

Dave mira por la ventana del avión. Viaja hacia Baton Rouge. Desde ahí alquilará un automóvil y conducirá hasta Lafayette para visitar a Rosemary Hart Benson. Ella se mostró amable por el teléfono, la voz sonaba tranquila y amigable; pero se mostró aliviada de que alguien viniera a recoger las cosas de su hermano arrumadas en el ático. Siempre había temido mirar su contenido. Piensa que las cajas le pueden traer mala suerte.

Dave se pregunta qué será lo que va a encontrar. Muchas cosas dependen de lo que haya en esa cajas.

Ceguera y Libros

n realidad no le gustaba mucho sentarse frente a su laptop y navegar en la red. No era uno de sus pasatiempos favoritos. Prefería las bibliotecas y las librerías. Pero el internet tenía sus ventajas y una de ellas era la velocidad. Incluso para alguien tan paciente como él, la velocidad resultaba seductora.

Escribió la palabra *ceguera* en el espacio en blanco indicado. En pocos segundos, surgió una lista. 623.000 entradas. Demasiada ayuda no era ninguna ayuda. Agregó la palabra *niños* a la de *ceguera*, y la búsqueda se redujo a 246.000 entradas. Ojeó algunas de las primeras páginas: la gran mayoría tenían que ver con prevención y con las causas de la ceguera infantil. Eso no era lo que estaba buscando. Ya era muy tarde para buscar los porqués. Qué es lo que hay que hacer ahora, eso era lo que deseaba saber. Agregó la palabra *educación*, que redujo las entradas a un escueto 133.000. Recorrió la lista por encima. Grupos de apoyo, grupos pedagógicos, programas estatales, programas federales, programas de beneficencia. Información sobre braille y escuelas por internet. ¿Cómo podría un niño ciego asistir a una escuela por internet? Encontró un portal llamado Qué hay de nuevo sobre la ceguera. Datos, datos. Con apenas un clic, toda esa información pasaba a ser de uno. Ese era el nuevo capital. Clic, clic, clic, un libro sobre educación braille escrito por una mujer. Un sitio llamado Escuela para ciegos de Texas. Publicaciones y más publicaciones, para la venta; clic, clic, clic, pidió un libro sobre las bases del braille, y un libro sobre evaluación de lenguaje y apoyo a niños con deficiencias visuales. El libro venía recomendado por terapeutas del habla y de lenguaje, y mostraba un índice con varios capítulos sobre desarrollo de lenguaje, evaluación, y estrategias para un apoyo efectivo. Había un capítulo titulado "Niños con limitada capacidad en inglés." Vicente habla. Eso fue lo que dijo ella. Cuando quiere. Pero, ¿hablaba inglés o español, o los dos? Se le ocurrió que alguien le había enseñado bastantes cosas a Vicente. Una niñera que hablara sólo español; tal vez su abuela. Había tantas preguntas que debió haberle hecho a la madre. Y no lo había hecho. Y ahora ya era demasiado tarde. ¿O no? Hablaría con Linda para preguntarle si sería buena idea ponerse de nuevo en contacto con la madre. Dudaba de que ella diera su consentimiento. ¿Por qué no intentarlo?

Repasó el indice. Mucha jerga especializada, y él no era un SLP, como aparentemente se llamaban a sí mismos los autores, pero podía indagar y ver qué aprendía. ¿Qué mal podía hacerle? Pidió el libro, era un comienzo.

Aprendiendo a Correr

Ileana se pasó al cuarto de Andrés. Dormía en la cama que alguna vez perteneció a Mando, la misma donde él se acostaba con Xochil. A Andrés no le importó. Ileana era una dulzura y le gustaba hacerle preguntas a él en la noche; preguntas sobre el origen de los sentimientos. Preguntas sobre el mundo. "Tú conoces las estrellas, ¿cierto, Andy?"

"En realidad no las conozco," respondía él. "Las cuento."

"¿Por qué?"

"Para ver cuántas son."

"¿Cuántas hay?"

"Todavía no he terminado de contarlas."

"¿Cuántas crees que haya?"

"Por lo menos una por cada persona que haya vivido."

"¿Una por mamá y papá?."

"Sí, una por ellos, también."

"¿De qué están hechas, las estrellas, Andy?"

"Principalmente de hidrógeno y de helio. Eso es lo que las hace arder. Eso es lo que hace que iluminen el cielo."

"¿Por eso es que el corazón de Jesús arde, por el hidrógeno y el helio?"

"Sí. Así es."

"Yo quisiera un corazón como ese, Andy, un corazón como el de una estrella."

A él le encantaban las cosas que ella decía. Así que ahora eran compañeros de habitación, él e Ileana. Y eran los mejores amigos, ya que él no le le caía bien a sus otros amigos. A sus otros amigos les gustaba meterse en problemas, robando cosas y metiéndose con los más pequeños. A él no le gustaba eso. En todo caso, tener amigos no era lo importante. Lo importante era Ileana.

Yolie y el hombre, que se llamaba Homero, tenían ahora su propio cuarto. Algunas veces gemían como Mando y Xochil, pero Ileana nunca comentó nada respecto a los gemidos.

Yolie le hacía todo Homero. Le lavaba y planchaba la ropa. Le cocinaba. Todo lo que él le mandaba hacer ella lo hacía.

Vivieron durante un tiempo como cualquier familia. Todo parecía perfecto; pero Andrés estaba aburrido, y se quejaba, y Yolie entonces le dijo que debería pedirle a Homero que le comprara una máquina de escribir nueva, pero Andrés le contestó que no quería ninguna máquina. Nunca más. Ya había terminado de escribirle cartas a la Sra. Fernández. Ya había terminado con las palabras y el papel. Las palabras en el papel estaban muertas. Tan muertas como él.

Yolie y Homero seguían comprándole libros, principalmente libros de tapa blanda. En inglés y en español, y Andrés los leía, pero se estaba cansando de leer y leer y leer, y ya no le importaba. No le importaba nada.

El hombre le dijo que tal vez debería empezar a trotar. Sería bueno para él. Así que Homero le compró un par de zapatillas deportivas, especiales para correr, y le compró un libro sobre trotar y un libro sobre estiramiento, pues los estiramientos eran muy importantes si uno quería ser un corredor, y Andrés entonces leyó los libros, y decidió que no sería tan mala idea si empezaba a correr. Así que todas las mañanas, cuando se levantaba hacía los estiramientos que mostraba el libro y empezó a correr. Al principio, lo detestaba. Pero era mejor a quedarse todo el día en la casa, y leer estaba bien, para pasar el tiempo, pero era difícil no hacer otra cosa que leer, y después de un tiempo le empezó a gustar la sensación de correr, el dolor que le producía, pero era una sensación agradable, ese dolor en las piernas y también en los pulmones; pero era agradable y le gustó. Así que empezó a correr y correr, una milla. Y después de un tiempo, más de una milla, después dos millas, después tres. Y cuando corría, pensaba en Mando, en cómo estaría en la cárcel, y se lo imaginó completamente enjaulado y pensó que tal vez necesitaba correr para poder librarse de los dos: de él mismo y de Mando. Y empezó a conversar con Mando mientras corría. Le contaría todo.

Hay algo con respecto a Homero que no está bien. No me gusta la forma como mira a Yolie. Y tampoco me gusta la forma como mira a Ileana. E incluso a mí, a veces me mira y siento como si un gusano se arrastra por entre mi camisa y me da escalofrío y siento frío. Pero es amable con nosotros, y yo sé que él paga por todo porque no tenemos plata, sólo la plata que tú nos mandaste. Homero no estaba en la casa, y Yolie y yo la escondimos, y yo entendí que ella no quería que Homero supiera. Y eso fue muy inteligente. Hablaba y hablaba mientras corría y no dejaba de hacerlo hasta cuando se quedaba sin respiración, y después de un tiempo aprendió a conversar con Mando en su mente. No tuvo que volver a usar los labios para nada.

Así que ahora era corredor. Corría por todas las calles de Juárez. Encontró una ruta por donde había menos tráfico, pues los autos no tenían ningún respeto por el arte que él estaba cultivando. Con el tiempo, aprendió cuáles calles debía tomar y cuáles debía evitar. Yolie comentaba que estaba corriendo mucho, que era muy joven y que no era muy buena idea que estuviera corriendo tanto, pero él le contestaba que no había problema, que a él le gustaba.

Ella se daba cuenta de que él, ahora, estaba más contento. Así que ya no peleaba con él. Todo el mundo necesitaba tener algo. Él tenía sus libros y sus carreras. Yolie tenía a Homero.

Ahora soy corredor. Y un día de estos voy a correr hasta el otro lado del puente y nadie me va a detener.

"¿Dejaste de correr?"

"Cuando volví a vivir aquí, empecé a correr otra vez. Pero yo simplemente . . . no sé. Me hacía recordar todo y yo no quería pensar en nada, así que lo dejé". Comprendió justo en ese momento por qué había ido hasta Juárez esa noche: por causa de las carreras. Las carreras y Juárez, de alguna manera iban de la mano. Y por eso él necesitaba ir hasta allá. Era extraño cómo el cuerpo podía recordar. "Salí a correr la otra noche," confesó.

"¿En serio?"

"Sí."

"¿Por qué razón?"

"Era mi cumpleaños. Quería celebrar. Se me ocurrió salir a trotar."

"Feliz cumpleaños. ¿Cómo fue?"

"Bien. No es algo muy sano."

"Mucha gente invierte mucho tiempo haciéndolo."

"Eso y contar estrellas."

"Y fumar cigarrillos."

"Es absurdo."

"Si todo fuera perfectamente sano y ordenado, ¿cómo crees que sería el mundo, Andrés?"

"Como una computadora."

"Mejor tener un corazón y todo el caos que lo acompaña."

"Sólo una persona que tiene una vida perfectamente ordenada podría decir eso."

"Nadie tiene una vida perfectamente ordenada."

"¿Ni siquiera la suya?"

"Yo soy la única excepción."

Él se rió con la broma. Ella podía ser simpática.

Todo iba muy bien hasta después de Navidad. En Navidad, prepararon galletas especiales y había regalos y luces; luces por todo el patio y por toda la cocina. Yolie y Homero las habían colgado, luces intermitentes, rojas y azules y amarillas y verdes. Yolie había aprendido a preparar mole; no del tipo de mole que viene en tarros sino el de verdad y que toma todo un día prepararlo con todo tipo de chiles, chipotle y chile pasilla y almendras peladas y clavos y tomatillos y maní y semillas de ajonjolí y ajo y canela mexicana y una variedad especial de chocolate, y la casa olía más maravilloso que nunca antes, y entonces todos prepararon tamales porque Yolie comentó que eso era lo que hubiera querido mamá, y él se acordó de la vez que Yolie le había gritado y le había dicho que *nunca, nunca más* le volviera a decir a ella lo que a su mamá le hubiera gustado. Y se le ocurrió que la gente cambiaba todo el tiempo de parecer, pero que era algo que tenían que hacer por sí mimos. Cuando uno trataba de que alguien cambiara de parecer, no lo hacía. Simplemente no lo hacía.

Entonces prepararon tamales y su hermana Ileana hizo más bien un mazacote, pero no paró de reírse en todo el día y estaba feliz y linda y Andrés pensó que cualquiera que fuera el material con que estaba hecho su corazón, era un corazón que ardía, y era la única luz importante de la casa.

Fue una Navidad buenísima y la casa estaba caliente, y encendieron tantas velas que toda la casa parecía una iglesia por dentro, y Andrés imaginó que tal vez no habría ya más tristeza. Había habido ya suficientes problemas y suficiente llanto y quizás todo eso ya había terminado. Pero sabía que Yolie no era feliz. Era como si ella estuviera actuando. O a lo mejor era sólo él. Quizás fuera que él no podía creer que todo estuviera bien. Era como un perro vigilando una casa, listo a saltarle encima a cualquier intruso. Un buen perro guardián nunca dormía la noche entera. Y eso era ahora él, un buen perro guardián. Y se odiaba a sí mismo. Porque era incapaz de creer que estuvieran ya todos en paz. Y tal vez sólo inventaba lo que había descubierto en el rostro de Yolie porque no le caía bien Homero. En el fondo, no le gustaba. Pero quizás eso sólo significaba que su corazón se estaba endureciendo. Mando había dicho que el corazón de todo hombre tenía que volverse un poquito duro; pues si no se endurecía, uno se quedaría niño para siempre. Así que tal vez se estaba transformando en un hombre. Ser un hombre, eso era algo bueno.

Pero poco después de Navidad, todo empezó a cambiar. Homero empezó a llegar tarde en la noche. La noche de Año Nuevo, Yolie esperó a que llegara a la casa. Estaba arreglada. Iban a ir a una fiesta y se veía muy linda. Ya era una mujer. Y él pensó que Yolie quizás podía encontrar un hombre mejor que Homero, alguien más joven, alguien que la hiciera sentir más viva. Homero la había hecho una vieja. Yolie esperó y esperó, pero finalmente dijo que ella no se iba a quedar toda la noche de Año Nuevo esperando a un hombre que no iba a aparecer nunca, así que salió sola.

Andrés se ofreció ir con ella.

"No," contestó Yolie, "tú quédate con Ileana."

Les dio unos fuegos artificiales y les dijo que podían salir a medianoche y encenderlos. Y se fue. Iba con esa mirada especial. Él ya conocía esa mirada. Salía porque estaba decidida a vivir.

A la medianoche, Andrés llevó a Ileana afuera y encendieron los fuegos artificiales. Y había mucha gente en las calles. Algunos golpeaban ollas y otros chicos lanzaban también fuegos artificiales y todo el mundo gritaba y se abrazaba y repetía una y otra vez, "¡Feliz Año Nuevo!" Y las calles estaban tan llenas de gente y de pronto Andrés se dio cuenta de que Ileana ya no estaba a su lado y empezó a sentir algo por dentro y empezó a buscarla por entre la calle abarrotada, *Ileana, Ileana,* y entonces por fin la vio y la agarró y la abrazó y entraron a la casa.

Ileana se quedó dormida sobre su hombro. Pero no le importó, pues él no tenía sueño. Simplemente se quedó ahí, escuchando la respiración de su hermanita, y esperando a que Yolie regresara a la casa. Como ese perro guardián en el que se había transformado.

Era ya muy tarde cuando escuchó que llegaba Yolie. Pudo darse cuenta de que venía con alguien más. Homero, pensó. Yolie debió haberlo encontrado. Podia oírlos reírse y hablar en voz baja y supo que hacían el amor y no quería escuchar. Y cuando se quedaron en silencio, se durmió.

Cuando despertó, había un hombre durmiendo en la cama de Yolie. Y no era Homero. Detestaba tener que pasar por el cuarto de ella para llegar a la cocina. No soportaba la idea de que Ileana se despertara y viera a Yolie durmiendo con un desconocido.

Entró a la cocina y se sentó. Esperó a que Yolie y el hombre se despertaran. Se dijeron algo y entonces el hombre se vistió y salió. No le dijo nada a Andrés cuando pasó por su lado. Como si él no estuviera ahí. Andrés sacudió la cabeza, después se acercó hasta la entrada que separaba el cuarto de Yolie y la cocina. Pudo ver que el hombre había dejado algo de dinero en la cama. Miró a Yolie y no dijo nada.

Ella tampoco dijo nada.

Homero regresó unos días más tarde. Las cosas siguieron así durante un tiempo. Homero aparecía y desaparecía. En las noches cuando no aparecía, Ileana comentaba, "No está bien que no venga a la casa."

"No importa." A Yolie no parecía importarle o preocuparla. Casi como si la tuviera sin cuidado. "Nos ayuda," decía. "Eso es lo único que importa."

Después, Yolie empezó a salir. Se arreglaba, salía y no les decía nada, sólo que regresaría tarde. Y entonces empezó a salir todas las noches. Todas, todas las noches. Y Homero nunca volvió a pasar la noche en la casa, aunque algunas veces aparecía durante el día y él y Yolie se sentaban a conversar, pero conversaban en voz baja y mandaban a Andrés y a Ileana al mercado o a que se dieran una vuelta para poder hablar a solas. Y a veces Homero aparecía al final de la tarder, cuando Yolie empezaba a arreglarse para salir, y entonces salían juntos, pero no parecía que fueran novio y novia, nada parecido. Era más como si trabajaran juntos. Algo así. Y Andrés pensaba que sucedía verdaderamente malo; pero no lograba saber muy bien qué. Aunque había empezado a inventar historias en su cabeza sobre lo que estaba sucediendo.

Un día, mientras Yolie se echaba un baño, encontró mucha plata en su cartera. Dólares: muchos billetes de diez dólares. Y se preguntó de dónde sacaría ese dinero. Así que decidió preguntarle qué era lo que hacía cuando salía en las noches.

Ella le sonrió. "Tengo un trabajo atendiendo mesas en un bar. Homero me encontró el trabajo. Hago buena plata con las propinas." Eso fue lo que ella respondió. "¿Sabes lo que son las propinas?"

Andrés asintió con la cabeza.

Tal vez ella le decía la verdad.

Era difícil saberlo, pues se había vuelto muy receloso. Empezaba a comprender que nadie le había dicho nunca la verdad.

En febrero, un día nevó. Nevó sin parar. Ese fue el día que un hombre apareció en la puerta. Un hombre al que nunca había visto antes. No era un hombre viejo. Quizás un poco mayor que Mando. Andrés abrió la puerta. El hombre quería hablar con Yolie. Andrés lo dejó pasar.

El hombre habló con Yolie, le explicó quién era. Un viejo amigo de Mando. Se veía nervioso o asustado o triste o confundido o algo. Algo no andaba bien. Y finalmente sólo dijo, "Mando está muerto."

"¿Qué?" Yolie tenía aquella expresión en la cara. "¿Qué?"

"Lo mataron. En la cárcel. Se metió a pelear con quien no debía. Está muerto, Yolie."

Yolie empezó a gemir y a gemir. Andrés ignoraba que alguien pudiera llorar de esa manera. Un viento soplaba desde su interior. Andrés no sabía qué hacer, así que simplemente la abrazó y empezó a arrullarla, arrullarla como si fuera un bebé, pero nada podía hacerla dejar de llorar. Durante horas y horas, siguió gimiendo como un poderoso viento de primavera, hasta que Andrés empezó a preocuparse y no sabía qué hacer, porque Yolie no paraba de llorar, así que fue a la puerta de al lado y les pidió a las mujeres que vivían ahí que fueran a su casa. Bueno, en realidad no eran mujeres, Andrés lo sabía, sino hombres, y Yolie le había contado que los llamaban travestis, y Yolie le había asegurado que eran buena gente y que no debía tenerles miedo. Les había dicho a él y a Ileana que fueran a buscarlos si sucedía algo malo, pues ellos los ayudarían. Y pensó que Yolie tenía razón respecto a los travestis, porque a pesar de que resultara extraño que se vistieran y actuaran como mujeres, eran muy buenas personas. Así que fue hasta su puerta y golpeó. Uno que se hacía llamar Silvia abrió la puerta.

"Yolie no para de llorar," explicó Andrés. "A mi hermano, Mando, lo mataron en una pelea en la cárcel, y Yolie no para de llorar."

Entonces Silvia fue con él hasta la casa y acurrucó a Yolie en sus brazos, sacó una pastilla de su bolso y se la dio a Yolie y la obligó a que se la tragara. Y Yolie se tranquilizó y se quedó dormida. Después Silvia volvió a la puerta de al lado y llamó a su amiga, Amanda, que parecía más una mujer de verdad porque era más pequeña—no como Silvia, que tenía las manos y los pies y los hombros grandes. Los dos vinieron y decidieron preparar un caldo de res. Pues afuera estaba helando; y entonces hicieron la sopa y la sopa resultó deliciosa, y Silvia y Amanda les dijeron a Ileana y Andrés que siempre debían llamarlos cuando necesitaran cualquier cosa. Y cuando Yolie se despertó, Silvia hizo que tomara una ducha y las dos le cepillaron el pelo muy lindo y la hicieron tomar sopa.

Andrés estaba contento de que estuvieran ahí. Sabían exactamente lo que había que hacer. Y a él no le importó que fueran hombres fingiendo ser mujeres. Le caían bien. Y a Ileana también le caían bien.

Esa noche, Yolie no salió. Hacía mucho frío y estaba muy triste. Y lloró durante toda la noche. Pero no como antes. Sólo sollozos. Sollozos comunes y corrientes.

A la mañana siguiente, tenía una expresion más dura, como estuviera hecha de piedra.

Ni Andrés ni Ileana le dijeron nada. Sabían que ella no quería que le dijeran nada.

"Yolie nunca volvió a ser la misma."

"¿Cómo cambió?"

"Después de eso se volvió hueca. Vacía. No le importaba nada. Ni nosotros. Ni ella. Bueno, se preocupaba algo por Ileana. Nunca supe qué sentía por mí. Algunas veces pensé que debió de quererme mucho. Otras, que me odiaba. En todo caso, no le importaba un carajo ella misma. Adoraba a Mando. Yo podía comprenderlo. Pues así era como yo me sentía respecto a Ileana."

"¿Alguna vez lamentaste la muerte de tu hermano?"

"Sí."

"¿Cómo?"

"¿Qué quiere decir?"

"Todo el mundo tiene una manera distinta de expresar el dolor. Yolie lloró todo el día, toda la noche. Después lo encerró en una parte de ella donde nadie pudiera tocarlo jamás."

"Yo no dije eso."

"Ya sé que no lo dijiste."

Él asintió. "Cuando la nieve se derritió, corrí. Corrí y lloré y maldije. Así fue como lloré su muerte." *Lo he estado llorando toda la puta vida.* Él no tuvo que decirle eso a ella. Ella lo sabía.

Tiempo y Orden en el Universo

race lee un artículo en el periódico. El artículo decía que un grupo de derechos humanos se ha estado quejando por el hecho de que muchos violadores de niños han sido puestos en libertad en el sector de la frontera: "Uno de los activistas ha declarado enérgicamente, 'No hay nada que les impida a estos hombres lanzarse hacia México. No hay ningún protocolo en curso. A estos hombres se les deja en libertad en la frontera y cometen sus crímenes contra los niños de Juárez con total impunidad. Es como dejar suelto un diestro cazador deportivo en la mitad de un coto de caza.' Esos juicios son exagerados, asegura un funcionario del sistema federal de prisiones. 'Las opiniones alarmistas en nada contribuyen a desarrollar una política pública en pro de los intereses del público en general'." Grace deja el periódico a un lado y piensa en Andrés Segovia. Piensa en Mister. Se le ocurre que ella hubiera podido matar a cualquier tipo que hubiera tocado a su hijo. Mira el crucifijo que cuelga en la pared. Se le ocurre por un momento que el cristianismo es una religión imposible. ¿Qué significa perdonar?

Dave se encuentra en un mohoso ático de Louisiana. El sitio es oscuro y húmedo, y después de haber pasado toda la vida en el desierto, se siente incómodo con estos olores desconocidos. Ya ha llegado a la conclusión de que el Sur es demasiado gótico para su gusto. Ha decidido también que Rosemary Hart Benson es un alma torturada. No odia a nadie cómodamente: una maldición que sin duda habrá heredado de su devota madre católica. Esa es la conclusión a la que ha llegado. "Llévese lo que quiera, y por favor tire el resto a la basura." Está revisando la tercera caja; y es ahí donde encuentra lo que ha estado buscando (aunque sabía con exactitud qué era lo que iba a encontrar). En esta caja, encuentra fotografías de muchachos. No sabe cuántas fotos puede haber, tal vez habrá unas cien. Quizás menos de cien. En cada fotografía aparece un muchacho sentado y mirando hacia la cámara. Algunos sonríen. Otros tienen una expresión triste. Otros no tienen ninguna clase de expresión. Estudia cada una de las fotos. Los muchachos parecen estar entre los siete u ocho hasta los catorce años. No es fácil decirlo. Todos están vestidos. Y entonces comprende. Les ha tomado la foto a cada uno antes de tocarlos. Son, en estas fotografías hechas por un alma enferma y retorcida, las imágenes de muchachos intactos. A medida que avanza por las fotografías, siente ganas de vomitar. Quisiera gritar. Quisiera vociferar. Respira hondo. *Todo esto.* Por esto es que ha venido. Sabe que hay una historia infeliz detrás de cada foto. Mira hacia otro lado, pero continúa revisando las imágenes. No puede dar marcha atrás. Está aquí. Debe terminar. Continúa observando con atención los rostros de los muchachos y entonces descubre que tiene en frente la foto de Andrés Segovia. Con doce años, aún seguía siendo apenas un niño. Algunos de los otros muchachos ya se encontraban en la ruta para convertirse en hombres a la edad de doce años. Pero no este niño, el niño más hermoso que hubiera visto nunca. Siente deseos de abrazar a Andrés y asegurarle que no le iba a suceder nada malo. Pero sabe que el daño ya está ahí. Tiene la esperanza de que no haya llegado para quedarse.

La Calma Antes de la Tormenta

E ra extraño, la casa ya parecía vacía sin él. Mister se lo imaginó creciendo en la cama que él y Liz le habían comprado. Se imaginó la casa llena de fotos suyas. Una foto por cada año cinco, seis, siete, ocho . . . ¿Cómo será cuando sea un hombre?

Se miró en el espejo. Se preguntó si el cuerpo de un hombre se transforma cuando se convierte en papá. Una vez Sam le aseguró que la forma del corazón humano cambiaba cada vez que sentía amor por alguien. De tal manera que la forma del corazón siempre estaba cambiando. Si su corazón había cambiado de forma gracias a Vicente, entonces, ¿no sería verdad también que su cuerpo había cambiado?

Pero, en todo caso, ¿qué podía saber Sam? No era científico. Fue sólo un tipo romántico del barrio que se pasó la vida entera tratando de comprender el significado de las cosas. En especial del amor. Sam siempre estuvo tratando de llegar a la raíz del corazón humano. Ese era todo un asunto con él. Estaba convencido de que el amor no era metafísico. Bueno, tal vez metafísico en parte. Pero la fuente se encontraba en el cuerpo, en la mente o en el corazón o en la piel, que es mucho más inteligente de lo que la mayoría de la gente cree. *El cuerpo es inteligente.* Decía en una nota que había pegado encima de su escritorio. Bueno, Sam no era dualista. *El sexo es placentero. ¿Por qué crees que sea, mijito?* Sam siempre le hablaba de estas cosas; pero él era demasiado joven para hacer las preguntas correctas.

Tal vez en efecto el corazón cambiara de tamaño. Y no sólo cuando sentía amor. Sino cuando estaba herido. Cuando estaba furioso.

Cuando odiaba. Cuando recordaba. Cuando ansiaba algo. Cuando estaba de duelo.

Vicente.

Grace.

Sam.

Corazón.

"Puedes llevarlo a la casa la semana entrante."

"Pero si hoy es miércoles, Linda."

"Otra semana . . . eso es . . ."

"Una eternidad."

"Relájate. Los Rubio necesitan un poco más de tiempo. No es pedir mucho, Mister."

"No, es lo justo."

"Quieren saber si lo pueden ir a visitar."

"Por supuesto."

"Creo que de verdad se han enamorado de este niño. Especialmente el Sr. Rubio."

"Pueden ir a visitarlo cada vez que lo deseen."

"Pienso que sería muy buena idea que los llamaras y les dijeras eso. Creo que sería más fácil para ellos si tú los llamas."

"Puedo hacerlo sin problema."

"Eres un buen tipo, Mister."

"Claro que lo soy. Se rió. *Una semana. No es demasiado tiempo. Liz estará desencantada,* Practicó cómo decírselo. *Es sólo una semana, Liz. No es tanto tiempo.*

Andrés Segovia. Ese es un
Nombre muy Bonito

Andrés aprendió a conectar todos los puntos. Era como encontrar la Osa Mayor y la Osa Menor. Una vez uno veía las constelaciones—una vez que las encontraba—todo se volvía perfectamente claro. Ahora sabía que Yolie trabajaba para Homero. El buscaba hombres que pagaran por acostarse con su hermana. Lo entendía, y odiaba a Homero por hacerle eso a su hermana, y odiaba a Yolie por dejar que eso sucediera.

Una noche, apareció Homero por la casa. Les dijo a él y a Ileana que deberían arreglarse, ponerse bien elegantes. Así que Yolie ayudó a Ileana a arreglarse, y se veía tan linda, y Andrés se puso una bonita camisa y Homero los llevó a comer, y era maravilloso salir a comer. No habían salido a comer en muchísimo tiempo. Desde que su mamá y su papá habían muerto. No habían salido desde esa época. Y Andrés e Ileana comieron y comieron. Como si nunca hubieran comido antes. Y después. Homero los llevó a un sitio. Les dijo que era un club privado. Pero Andrés pensó que era sólo un bar. Los había visto desde afuera, pero nunca había entrado en uno. El bar estaba silencioso, y Homero les dijo a él y a Ileana que se sentaran en la barra y ordenó una coca-cola para cada uno, con cerezas.

Yolie estaba molesta con Homero. "¿Por qué los trajiste aquí?"

"Tienen que empezar a aprender. ¿Cuántes veces te lo he dicho?"

"Están muy jóvenes. No los molestes."

Yolie les dijo que se fueran a la casa. "Váyanse," dijo. "Váyanse ya a la casa."

A Homero no le gustó que Yolie los mandara a la casa.

"Acaben las coca-colas," dijo. No lo dijo de buena manera.

"Llévalos a la casa, Homero. ¡Ahora mismo!" Yolie estaba furiosa.

"Cállate, puta," fue lo que le contestó Homero. Y levantó la mano como si fuera a golpearla en la cara. Pero se contuvo. Yolie lo miraba, y Andrés juró que los ojos de Yolie eran como dos cuchillos y cortaba a Homero como si fuera un pedazo de papel. Y en ese instante, justo en ese momento, amó a Yolie, la amó con todo su corazón.

Yolie les hizo un gesto con la cabeza. "Váyanse a la casa," les dijo en voz baja.

Andrés tomó a Ileana de la mano. "Ven, vamos." Quiso abrazar y besar a Yolie y decirle que todos deberían regresar. Pero supo que él nunca regresaría a El Paso sin ella. Estaban todos atrapados en el mismo lugar. No importaba lo que pasara.

Atrapados. Juntos.

En el camino a casa, por la Calle Mariscal, él los vio. Silvia y Amanda, en una calle silenciosa. Estaban de pie a la entrada de un bar con una luz intermitente de neón que decía, "La Brisa." Se reían y fumaban y llevaban puestos tacones altos y vestidos rojos. Él los saludó con la mano. Y armaron un alboroto cuando lo vieron y le dieron un beso a él y a Ileana y les dijeron que eran hermosos y quisieron saber por qué estaban en la calle. "Es peligroso," dijo Silvia. "¿Dónde está Yolie?"

"Está con Homero," contestó Andrés.

"Ese hijo de la chingada," comentó Amanda. "Tu hermana debería alejarse de ese hombre."

"Shhh," dijo Silvia. "En todo caso, ya no hay nada que hacer. Vamos, los acompañaremos hasta la casa. No es seguro."

Los llevaron a Andrés y a Ileana hasta la casa, Silvia y Amanda, y Amanda le susurró que él debería mantenerse lejos de Homero. Silvia le hizo un gesto a Amanda, pero dijo que si las necesitaban alguna vez para cualquier cosa, siempre podían ir a La Brisa, allá cualquiera sabría dónde encontrarlas.

• • •

"¿Confiabas en ellos?"

"Claro. Es chistoso, ¿verdad? Dos mujeres de mentira fueron las dos cosas más reales que encontré en esas calles." *Tal vez hasta llegué a quererlas.*

Una noche, mientras Yolie estaba por fuera, Homero apareció por la casa. Andrés le estaba leyendo un libro a Ileana. "Qué bonito", dijo Homero. Pero Andrés podía adivinar que Homero fingía. No había nada real en su sonrisa ni en sus palabras. "Yolie no va a llegar hasta muy tarde," dijo Andrés. Quería que Homero se fuera.

"Ya lo sé. Sólo quería pasar a saludarlos. Sólo para estar seguro de que están bien."

"Estamos bien," respondió Andrés. Pero lo dijo entre dientes.

"Ah, ¿así que ladras como un perro?"

"Y también muerdo," añadió Andrés.

"Tienes la garra de tu hermana."

"No quiero que vuelva por aquí," le dijo Andrés.

"Se hubieran muerto de hambre sin mí. Pregúntale a tu hermana, ella te lo dirá. Ella me pertenece, así como ustedes me pertenecen."

"Váyase," dijo Andrés.

Homero sonrió, después asintió con la cabeza. No estaba molesto, no realmente. Andrés sabía que Homero no le tenía miedo. ¿Quién podría sentir miedo de un niño como él? Homero se puso de pie para irse. Puso un billete de diez dólares sobre la mesa. "Este es su primer pago," anunció.

"Llévese su plata," dijo Andrés.

Homero volvió a sonreír y salió de la casa.

"Debí haberme marchado. Justo ahí mismo, debí haberme marchado."

"Pero no podías dejar a Yolie, ¿no es así?"

"No, no podía."

"Entonces te odiaste. Por amarla."

"No soy tan virtuoso. Simplemente tenía miedo."

"Tal vez seas virtuoso. Esa es una posibilidad."

"Sí. Claro."

"No conozco muchos hombres que no se hayan sentido amenazados por los travestis."

"No es una virtud confiar en gente buena. Los travestis no le hacen daño a nadie. Los hombres que se ven normales, que se visten normal, que hablan normal, son los que le hacen daño a la gente. Homero era un tipo bien vestido y más o menos educado. Se veía como debería verse cualquier hombre. Gran puta cosa. Deberíamos todos sentir temor de los hombres con aspecto normal. ¿Los travestis? No hay por qué temerles."

"Saber en quién confiar es una virtud, Andrés."

"Usted está comprometida y determinada a hacerme pretender que soy un buen tipo."

"Ese es mi trabajo."

"Le iría mejor vendiendo zapatos."

Minutos después de que Homero desapareciera, golpearon de nuevo en la puerta. Andrés pensó que era otra vez Homero, pero cuando fue a abrir, el corazón latiéndole con fuerza, se tranquilizó. Era Silvia. "Lo vi entrar aquí," dijo. "No me gusta que entre aquí cuando tu hermana no está. ¿Qué quería?" Estaba molesta. Sabía todo respecto a Homero. Andrés le mostró el billete de diez dólares que había dejado sobre la mesa. "Dijo que era nuestro primer pago."

"Tu hermana tiene que irse de aquí. ¿Dónde está?"

Andrés se encogió de hombros. "Salió."

"No importa. Sé dónde encontrarla." Silvia sacudió la cabeza. "Cierren con seguro la puerta. Y no le vuelvan abrir a nadie."

A la mañana siguiente, Andrés le contó a Yolie lo sucedido. Después que se despertara y mientras tomaba café y fumaba. "Ya sé," contestó. "Silvia me contó todo."

Andrés la miró fijamente. "¿Y si le hace daño a Ileana?"

"No lo hará. Te preocupas demasiado."

Pero ella estaba tan preocupada como él. Podía darse cuenta. Pero también pudo darse cuenta de que ella no quería hablar sobre el asunto.

Las cosas siguieron normales durante un tiempo. Normales para ellos, en todo caso. Yolie trabajaba casi todas las noches. A veces tenía una noche libre y entonces cocinaba algo y se acostaba temprano. Silvia y Amanda pasaban todas las noches a ver cómo estaban antes de salir. Una noche, Andrés escuchó a Silvia discutiendo con un hombre frente a la puerta de su casa, en la acera.

El hombre la llamaba puta, hija de la chingada y todas las cosas malas posibles en el mundo, y le decía que la iba a matar. A Andrés no le gustaba que el hombre la insultara de esa manera. Abrió la puerta y los vio a los dos gritándose. "¡Te voy a matar!," gritaba el hombre.

"Sí puedes," le gritó Silvia. "Yo soy más hombre que tú."

Y entonces el hombre le dio una bofetada. Ella se dio contra la pared y resbaló sobre la acera, los tacones se le salieron de los pies. Andrés dio un salto entre los dos cuando vio que el hombre iba a empezar a patearla. "Déjala," dijo Andrés.

El hombre apretaba los puños y la mandíbula, dudando si golpear o no a Andrés. Sacudió la cabeza con rabia y se fue. Andrés ayudó a Silvia a ponerse de pie.

"Nunca dejes que un hombre te ponga la mano encima de esa forma," dijo Silvia.

Entonces empezó a reírse. "Hombrecito," dijo. "Eres mi hombrecito."

No le importó, que ella lo llamara su hombrecito.

Esa noche Andrés comprendió que todo el mundo tenía problemas. Silvia y Amanda: problemas. La gente las miraba, las despreciaba. Sabía que eran travestis y prostitutas y que eso significaba problemas. Y Yolie, también, era prostituta. Y eso significaba problemas; especialmente porque ella trabajaba para Homero. Se suponía que él la protegía. Eso fue lo que dijo Silvia, pero nadie necesitaba ese tipo de protección. Llamó a Homero cabrón y un pinche y un hijo de la chingada. Lo odiaba. Todo el mundo tenía problemas. Pero su mamá y su papá y Mando, ellos habían dejado de tener problemas. No había rezado por Mando. Rezaba por su mamá y su papá, pero se le había olvidado rezar por Mando. Tal vez haya escogido el camino correcto. Tal vez haya encontrado a su mamá y a su papá. Tal vez ya los tres vivían en la luz. Tal vez la gente dejaba de pelear cuando pasaba los días en esa luz perfecta. Tal vez Mando y su padre serían felices y hablarían como los hombres estaban destinados a hablar.

Esperaba que los muertos no pudieran ver a los vivos. Esperaba que su madre no pudiera ver lo que les estaba sucediendo a ellos. No se merecía ver esto.

Días más tarde, Homero volvió de visita. Habló con Yolie, que se alistaba para salir. Hablaron en la acera. Discutían. Pero discutían en voz baja, de tal forma que ni él ni Ileana pudieron escuchar. Cuando Yolie volvió a entrar, se veía aturdida y asustada. Temblaba cuando encendió un cigarrillo.

"¿Qué pasa?," preguntó Andrés.

"Haces muchas preguntas." Fumaba sin parar. "Esta noche Ileana viene conmigo," declaró.

"¿Cómo?"

"No le va a pasar nada."

"Es una niña apenas," gritó Andrés.

"No le va a pasar nada."

"No voy a dejar que la lleves. No te voy a dejar . . ." Ella sintió el golpe de su palma sobre la cara de Andrés. La potencia del golpe había lanzado a Andrés al otro extremo del cuarto. Él no dijo nada cuando levantó los ojos para mirarla. Se puso de pie y salió al patio. Se sentó ahí tratando de no pensar en nada. Antes de que ella e Ileana salieran, Yolie entró al patio. "Va a venir un hombre. ¿Entiendes? Haz lo que te pida. Si no lo haces, Homero le hará daño a Ileana. ¿Entiendes?"

Andrés dijo que sí con la cabeza.

"Lo siento," dijo ella en voz baja.

El hombre llegó. No era un hombre viejo. Era gringo. Era delgado y estaba bien vestido y era guapo y tenía una voz agradable y no era muy viejo; Andrés no pudo adivinar cuántos años tendría. Sería un poco mayor que Mando . . . pero no muy viejo. "¿Te dijo alguien que yo vendría?"

Andrés asintió.

El hombre encendió un cigarrillo.

"No te haré daño. Me gustas. ¿No sabes cuánto me gustas? ¿No puedes verlo? Ven. Siéntate a mi lado."

Pensó en Ileana. Pensó en lo que Homero podía hacerle a ella. Si él no hacía lo que el hombre le pedía. Así que Andrés se sentó al lado del hombre.

"¿Cómo te llamas?"

"Andrés Segovia."

"¿De verdad?"

Andrés volvió a asentir.

"Andrés Segovia. Ese es un nombre muy bonito. Te pusieron el nombre de un artista." El hombre lo puso las manos mientras hablaba. "Un guitarrista de España. ¿Sabías eso? Eso no duele, ¿cierto que no?"

Grace y la Misa de la Mañana

Hoy, ella observa la luz que pasa a través de los vitrales. Santa Mónica está secándose las lágrimas mientras la luz del cielo desciende sobre su rostro. Recordaba la historia. Ella nunca había dejado de orar por la conversión de su hijo, Agustín. Dios se le había aparecido en una visión y le había dicho, "No te preocupes, mujer. Tus lágrimas han salvado a tu hijo." Toda la luz en la ventana entraba a través de la radiante cara de Mónica. Su mamá le había asegurado que fue por las lágrimas de Mónica por lo que Dios convirtió a su hijo en un gran hombre. Y recordaba una cosa más sobre Mónica. Cuando agonizaba y se encontraba lejos de su hogar, le preguntaron si la asustaba ser enterrada en una tierra desconocida, una tierra donde ella era extranjera. "Nada está lejos de Dios," había dicho. "Por eso no me asusta que Dios no vaya a encontrar mi cuerpo para sacarme del sueño." Fue Sam quien le contó ese detalle sobre la vida de Santa Mónica. Y así ella había decidido bautizar a su primera hija con el nombre de Mónica. Porque Mónica no había sentido miedo de morir. Una mujer que no tuviera miedo de morir no tendría miedo de nada. Pero Mónica, su primer hijo, nació muerta. Sam deseaba una tribu. El segundo, otra niña. Otra Mónica, murió a los pocos días de nacida. Y Mister, también. Mister por poco muere. Y Sam le prometió a Dios que iría a misa todos los días de su vida si Dios permitía que este niño viviera. Y Mister vivió. Su Mister. Y él fue toda la tribu que necesitó Sam.

Sam había sido fiel a su palabra. De ahí en adelante, asistió a misa todos los días de su vida. Y cuando él murió, Grace retomó ese ritual.

Pues sintió que el mundo sería más pobre y triste sin las oraciones de Sam. Así tal vez ella asumía su parte de la carga. Sabía, por supuesto, que Sam oraba por causas poco ortodoxas: el socialismo, la caída del capitalismo, Leonard Peltier. Ella nunca tuvo la misma debilidad de Sam por lo iconoclasta, como tampoco compartió su compromiso por un cambio de orden social. Su llamado era un poco más común y corriente. Y, en todo caso, sería Mister quien heredara las convicciones políticas de Sam: aunque no heredó su devoto catolicismo.

Sonrió. Ahí estaba ella, en mitad de la misa, reconstruyendo la historia de su familia: Mister y Sam. Se recriminó por no haber abierto suficiente espacio en su corazón para Liz. ¿Era ya muy tarde para formar una familia? Una familia para Mister y Liz y Vicente. Volvió a mirar el vitral con Santa Mónica. Le habló a la santa. *Tú no sentías miedo de morir. Enséñame.* Hoy, ese fue su único rezo.

Todos los Ángeles que Revoloteaban en el Aire

Esto es para ti. No le vamos a decir nada a Homero, ¿de acuerdo? Este será nuestro secreto, ah?" Puso el billete de veinte dólares sobre la mesa. Se dio la vuelta y miró fijamente a Andrés, quien se encontraba sentado en el sofá y con la cabeza abajo.

"Vamos, no estés triste." Se acercó hasta Andrés y le dio un beso en la frente. "Eres un buen muchacho. Un muchacho muy bueno. Vamos, mírame."

Andrés se obligó a mirar al hombre. Tal vez así se iría.

El hombre volvió a besarlo en la frente. Caminó de regreso a la mesa y besó el billete de veinte dólares igual a como lo había besado a él.

"Creo que me podría enamorar de ti."

Yo nunca me enamoraré; ni de usted ni de nada Nunca. Nunca más.

Andrés se quedó mirando el dinero sobre la mesa. Quería quemar el billete así como había quemado todas las cartas que le había escrito a la Sra. Fernández. Se sintió mareado. Había tenido una pelea una vez, a los ocho años. Un chico le había dado un golpe en un lado de la cabeza y había quedado rígido y mareado y tuvo que sentarse en el piso y todo a su alrededor daba vueltas: y se sintió avergonzado de que todo el mundo hubiera visto que él no había sido capaz de golpear también al otro. Pues él no sabía cómo pelear. Y por alguna razón, sintió como si todo el mundo supiera lo que acababa de hacer. Por veinte dólares.

Fue dando tumbos hasta el baño y vomitó. Estuvo un rato echado ahí en el piso. Finalmente, tomó una ducha. No podía dejar de temblar, apenas si pudo secarse, pues temblaba sin parar. Tal vez un cigarrillo le ayudaría. Sabía dónde los guardaba Yolie. Se dirigió al cajón, lo abrió y encontró un paquete. "Son míos," dijo. "Ahora son míos." Fue con el paquete hasta el patio y encendió uno. Inhaló, mantuvo el humo en los pulmones, y entonces lo dejó salir lentamente. Volvió a sentir mareo, pero no le importó. Se fumó el cigarrillo entero. Se sintió enfermo. Se arrastró hasta el baño otra vez y vomitó. Vomitó y vomitó hasta que no le quedó nada adentro, pero el estómago seguía tratando de vaciarse completamente.

Sintió frío. Se puso una chaqueta. Ya le quedaba muy ajustada, pero estaba bien, empezaba a calentarse. Sintió las lágrimas calientes sobre las mejillas y se preguntó por qué estaba llorando. ¿Por qué estaba llorando? Eso no le iba a servir. Llorar nunca había servido para nada. Cuando se murieron su papá y su mamá, ¿para qué le sirvieron las lágrimas? Cuando se murió Mando, ¿para qué les había servido llorar a él o a Yolie? No volvería a volver a llorar nunca más, fue lo que se dijo a sí mismo.

Pero no podía controlarse. Así que lloró.

Y después de un rato paró de llorar. Encendió otro cigarrillo. Esta vez no sintió mareo. Se quedó dormido en el patio y soñó que su madre revoloteaba en el aire por encima de él. Y entonces su madre se transformó en la Sra. Fernández. Y después la Sra. Fernández se convirtió en Silvia. Y las tres eran ángeles.

Andrés se despertó a mitad de la noche. Tenía frío. Todos los ángeles que revoloteaban en el aire habían desaparecido. Imaginó que tal vez había habido un funeral. Alguien había muerto. Todo estaba negro: el cielo, la ropa que llevaba puesta, su corazón. Se obligó a ponerse de pie. Fumó otro cigarrillo. No quiso mirar hacia las estrellas. No quería. Terminó el cigarrillo y se fue a la cama.

Ileana dormía. Estaba en casa. Estaba a salvo. Le dio un beso, después se echó en su propia cama. Probablemente, cuando se despertara, comprendería que todo había sido un mal sueño. Pero en la mañana, entendió que todo había sido verdad. Se sintió enfermo y avergonzado y no quería levantarse, así que siguió acostado. Volvió a dormirse. Cuando se despertó de nuevo, Yolie estaba sentada al pie de su cama. Simplemente estaba ahí, observándolo. Él quería decirle que la odiaba. Por todo lo que había sucedido; la odiaba a ella y a Mando, pues aunque Mando estuviera muerto, todo esto también había sido culpa de él. Pero odiarlos no cambiaba nada.

Se dio la vuelta contra la pared y se quedó ahí mirando.

"Si no hacemos lo que nos dice, le hará daño a Ileana."

Andrés no contestó nada.

"¿Entiendes?"

Ese hombre me hizo daño a mí. ¿Eso no importa? ¿No te importa?

"Entiendo," dijo en voz baja.

"Lo siento."

"No, no es cierto. Si lo sintieras nos hubieras sacado de aquí."

"Si te vas, le hará daño a Ileana. ¿Entiendes?"

"Sí."

"No me odies."

"Le dije que la odiaría hasta que me muriera."

"¿Por qué no debías de odiarla?"

"Porque estaba atrapada."

"No es tu tarea defender lo que ella hizo, Andrés."

"¿Cuál es mi tarea?"

"Tu tarea es vivir."

"Ellos no pudieron vivir. ¿Por qué yo sí?"

"Esa no es tu culpa."

"¿Cómo es eso de levantarse en la mañana y sentirse contento?"

Ella pensó en Sam, cuando ella se despertaba al lado suyo o, si él ya se había levantado, cuando lo encontraba en el jardín.

"¿Sabes cómo huelen las gardenias?"

"Sí."

"Ese aroma es igual a sentirse contento. Uno se levanta buscando el olor a gardenias. O el aroma de las naranjas. O el olor del agave. O el olor del romero. Y uno piensa, Dios santo, puedo oler. Y entonces uno sale y ve que la luz cae sobre todas las cosas: sobre las hojas delicadas de un algarrobo o sobre el blanco resplandeciente de una adelfa en flor que podría enceguecerlo a uno y la buganvilla que estalla en rosados como fuegos artificiales. Y entonces uno piensa, Dios, puedo ver."

"Habla como un poeta."

"Estuve casada con uno. Murió."

"Lo siento."

"Él me enseñó a ver las cosas. Cómo olerlas. Cómo comprender el milagro de tener un cuerpo."

"Yo no creo que tener un cuerpo sea un gran milagro."

"Eso es lo único que puedes poseer en este mundo, Andrés."

"Tal vez sea por eso que odio todo."

"Andrés, lo que hicieron tu hermana y tu hermano. Los dos sabemos que no fue su intención herirte a ti o a Ileana. Pero estaban equivocados. Y ese hombre, ese mal nacido, Homero, que te usó para hacer dinero . . ."

"Que me convirtió en una prostituta. Puede decirlo."

"Los niños de doce años no son prostitutas."

"¿Qué era yo, entonces?"

"Un niño. Un niño que fue abusado sexualmente."

"Y al que le pagaban. Durante tres años. Trabajé durante tres años. Supongo que eso puede ser considerado como prostitución."

"Yo pienso que eso es abuso sexual en extremo. En el puto extremo, si me perdonas la expresión."

"Se la perdono." Sonrió. Pero aún así, era una sonrisa triste. Encendió un cigarrillo.

"Me enfurece que te odies a ti mismo por algo que alguien te obligó a hacer. No dejes que te sigan robando. No dejes que te hagan eso, Andrés."

"Grace, nada de esto sirve. Todas estas citas, toda esta habladera, todos estos paseos por la puta memoria. No ayudan para nada. ¿Y sabe por qué no ayudan? Porque lo que ha sucedido . . . se mantiene vivo tan dentro de mí que la única forma de deshacerme de todo eso es morirme."

"Eso no es verdad. Andrés."

"Es verdad. La felicidad no aparece en las cartas para todo el mundo, Grace."

"¿Sabes qué haría yo? Las barajaría de nuevo. Volvería a repartir las cartas."

"Uno no puede ganar todas las manos."

"Pero tampoco las puede perder todas, Andrés."

"Yo sí, Grace, yo sí perdí todas las putas manos."

Su tristeza resultaba muy dolorosa de ver. Incluso más que su rabia. Se veía tan abatido ante ese dolor, como si estuviera rindiéndose, como si esa lucha fuera excesiva. Pero cuando estaba furioso, estaba al menos vivo y peleando, a pesar de que no tuviera muy claro contra qué diablos peleaba. O por qué. Su rabia era al menos una manera de comprender que si no seguía luchando simplemente perecería. La vida le había enseñado al menos esa lección.

Dios, cuánto deseaba ella que él recuperara la rabia. La rabia lo había ayudado a sobrevivir, y era posible que esa ira fuera la única respuesta razonable a lo que le había sucedido. Las emociones que el cuerpo conjuraba tenían su propia lógica. Quizás el cuerpo fuera mucho más vasto, inmenso, mucho más complejo y misterioso de lo que los psicólogos o los médicos hubieran sospechado nunca. ¿Quién podía saberlo? ¿Quién podía conocer verdaderamente los secretos del cuerpo humano? Tal vez esa fuera la única razón por la que se había aferrado todos estos años a su Dios católico: porque un Dios hecho hombre era la cosa más hermosa imaginable. Era la cosa más hermosa del mundo.

Sigue furioso, Andrés. ¿Quiénes somos nosotros para exiliarte de tu rabia?

Convertirse en Luz

race regresó a la casa agotada. Cada día, un poco más cansada. Tenía algunos medicamentos. Richard se los llevó personalmente. También los pagó.

"Te arruinarás si sigues haciendo eso por tus pacientes."

"Sería una forma maravillosa de quedar en la quiebra," comentó él.

Ella casi deseó darle un beso por lo que acababa de decir.

Quizás tomaría su medicina. Él aseguró que ayudaría. Y si no era así, entonces podía dejar de tomarla.

Se bajó del auto y observó el paloverde que se había levantado alto y vistoso en el jardín del frente. Apenas si necesitaba cuidados. Muy poquita agua . . . y ahí estaba, floreciente en plena sequía. ¿Por qué la gente no podía ser así? ¿Por qué no podía simplemente tomar lo poquito que hubiera y crecer?

Hizo girar la llave de la puerta y abrió. Vio a su perra tumbada en la mitad de la sala. "Oh," susurró, "así que nos abandonaste."

"Había dejado de pedir comida. Yo sabía que era sólo cuestión de tiempo."

Mister levantó los ojos para mirar a Grace, mientras seguía agachado al lado de la perra. "Yo tenía doce años cuando la trajiste. Durmió en mi cama hasta que me fui."

"Para casarte con Liz."

"Liz nunca le cayó bien."

"Bueno, los perros son como la gente. No siempre tienen la razón."
Mister le sonrió a su madre, después besó a la perra muerta y la levantó en los brazos.

"¿Dónde quieres que la entierre?"

Siguió a su madre hasta el patio de atrás. "Aquí," dijo ella. Mister volteó a mirar hacia el rincón despejado en la esquina.

"¿Qué pasó con la retama española?"

"Pulgones. No pude salvarla."

Mister asintió y dejó la perra en el suelo. Muerta, sin a esperanzas del paraíso. Los perros tenían suerte; no necesitaban vivir eternamente. No eran tan codiciosos como los humanos.

No se había dado cuenta de que Grace ya no estaba al lado suyo.

"¿Grace?"

La vio aparecer de regreso con una pala en la mano. Se la tendió. Grace se preguntó si ese no sería el momento propicio para mencionar la palabra *cáncer*.

Se dejaron llevar por el silencio. Era algo que siempre habían hecho, permitir que cada uno siguiera por caminos separados; incluso cuando estaban juntos. Mister se acordó del día en que Grace llevó la perra a la casa. Un regalo para Sam. Adoraba los perros. Y esa perra lo había adorado a su vez. Aulló durante días después de su muerte, lo buscaba, sufría por su ausencia. Pero después de un tiempo, ya estaba bien, y dirigió su atención hacia los sobrevivientes de la casa para satisfacer todas sus necesidades: sus caminatas, su comida, su dosis diaria de afecto. Y Grace recordaba el día en que encontró la perra: en una caja que alguien había arrojado al depósito de basura que había en la parte trasera del edificio de su oficina. Ella casi nunca se asomaba por ese lote. Pero esa tarde, había roto algunos de sus expedientes viejos y había decidido tirarlos ella misma. Y entonces ahí estaba el cachorrito, sucio y gimiendo, abandonado como cualquier arrume de basura. Agarró la perrita, la llevó adentro y la limpió en el lavamanos del baño de mujeres. La perrita no podía tener más que algunos días de nacida. La había llevado consigo a la casa a la hora del almuerzo y la había metido en una caja en el patio. Sam y Mister se pusieron como locos cuando la vieron. Pasaron todo el día tratando de buscar el nombre correcto. Pero fue ella quien le puso el nombre. "Mississippi", había dicho mientras los dos discutían. La miraron al tiempo y soltaron la risa. "¡Perfecto!"

• • •

"¿Crees que es suficientemente profundo?" Grace imaginó que él se veía como un fragmento de oro bajo el sol de la tarde, el sudor cayéndole por la cara y el cuello. Su abuela siempre había opinado que el sudor era dulce y sagrado. Ella siempre había creído que su abuela estaba un poco loca. Ya no pensaba así. Los niños siempre son implacables con los adultos. Esperan demasiado y comprenden muy poco.

"¿Grace?"

"Lo siento, ¿dime?"

"¿Otra vez te estás castigando por alguna cosa que sucedió en el pasado?"

"Claro que no."

"No sabes mentir muy bien, Grace."

Grace miró el hueco que Mister había cavado para Mississippi. "Creo que está bien de profundidad." Observó a Mister levantar la perra y acomodarla con cuidado en la tumba que acababa de abrir.

Enseguida empezó a echar tierra encima del cuerpo.

"Déjame," le dijo Grace.

Él no hizo objeción.

La observó ahora echar la tierra encima de la perra muerta. Vio que se había puesto un poco más delgada. Era como si ella se estuviera convirtiendo en luz.

"Grace, ¿crees que sea cierto lo que dicen los curanderos sobre los animales?"

"¿Qué nos cargan por el río hasta el paraíso?"

"Sí."

"Es una idea bonita, ¿no crees, Mister?"

"A lo mejor Mississippi esté allá, para cruzarnos al otro lado del río. Para llevarnos hasta donde Sam."

Grace y la Misa de la Mañana

Permanecía de pie frente a las puertas de entrada a la catedral, casi como si se tratara de un centinela vigilando. Sonrió cuando vio a Grace subir las escaleras. Una sonrisa suave. Sabía que ella vendría. Muy rara vez dejaba de ir a la misa. "Buenos días," saludó en voz baja.

"Buenos días," respondió ella, también en un susurro.

"Grace, quisiera hablarte sobre un tratamiento."

"Me siento como en una emboscada."

"No contestas mis llamadas."

"Es muy tarde, Richard."

"Eso no lo sabes tú, el médico soy yo."

"Y yo soy la paciente."

"Es mi deber asegurarme de que tomes una decisión con fundamentos."

Ella lo miró. Abrió la boca para decir algo, pero pensó que sería mejor no decir nada. No quería discutir con este hombre. Con este buen hombre. Y frente a la catedral. Antes de la misa de la mañana.

"Pensaba que eras una luchadora, Grace."

"Cuando lucho, tengo que saber que puedo ganar."

"Puedes."

"No hagas esto, Richard. Por favor no lo hagas."

Hoy estaba furiosa. No estaba de ánimo para rogar. Le ordenó a San Francisco que resucitara a su perra Mississippi de entre los muertos.

"Era tan servicial como cualquiera. Como cuando ese hombre intentó agredir a Mister cuando se dirigía a la tienda, ¿recuerdas? Se le lanzó encima como un animal salvaje. Era una protección y una compañía y no era justo que el cielo prefiriera a los humanos y no a los animales." Al escuchar su ruego, pidió perdón por haber comido carne. Después de todo, era un pecado comer animales. Se arrepentía de todo corazón.

Después le rezó a María Magdalena, protectora de las prostitutas, travestis y drogadictos. ¿Por qué no? Dios, con su irónico sentido del humor, la había escogido a ella como el primer ser que veía a Cristo levantarse de los muertos. Hoy, rogó por Silvia. *Si no está en el cielo, mira por ella. Y guía a las niñas de los dos lados de la frontera. Ya sabes a qué me refiero. Sabes exactamente a qué me refiero.*

Y hazle saber al médico que por todos los diablos me deje en paz.

Nadie Puede Escaparse
de un Incendio

Levántate, hijito de mi vida, es hora de irse." La voz de Silvia era suave, como un pañuelo de seda deslizándose sobre su cuerpo. Él no quería despertarse, simplemente quería quedarse ahí y escuchar su voz. "Corazón tenemos que irnos de aquí inmediatamente. La situación es muy grave, amor. Es muy peligroso."

Se levantó de la cama de mala gana. Dejó que ella lo vistiera. Sus dedos eran tan suaves.

Cuando terminó de vestirlo salieron de la casa.

No había nadie más para decirle adiós.

Las calles de Juárez estaban vacías y se alegró de que todo el mundo estuviera dormido. Las prostitutas y los travestis y los niños y las niñas que tenían que hacer lo que Homero y los otros hombres les decían que tenían que hacer; todos descansaban.

Caminaron tomados de la mano, él y Silvia. Ella lo llevó hasta el puente y cuando llegaron hasta el arco, los dos miraron el río.

"Lo arruinaron," dijo Silvia. "No siempre fue así. Antes, las aguas fluían libres y no estaban cercadas por el cemento, y rugían con la furia de la América. Antes de que ellos llegaran. Pero cuando ellos llegaron, llegaron con las armaduras y la ira. Llegaron con su Jesús y sus cruces y nunca volvimos a ser libres: ni nosotros ni el río."

"Tú no, Silvia," dijo Andrés. "A ti nadie te puede dominar."

"Ay, amor, si fueras un hombre, te tomaría en mis brazos y no te dejaría ir nunca." Lo abrazó con fuerza contra sí misma y enseguida lo soltó. "Corre," le dijo, "vuelve allá de donde viniste."

Él corrió hacia El Paso. Corrió y corrió sin parar, las luces de la ciudad centelleantes como las estrellas del verano. Desapareció bajo la luz.

Lo despertaron los calambres en las pantorrillas. Con el corazón acelerado, arrojó las cobijas a un lado de la cama y se acercó hasta la ventana. No le gustaba pensar en Silvia. Todo era demasiado triste. Sin embargo ahí estaba, pensando en ella. Siempre pensó en ella como en una mujer real. Nunca como en un hombre. Odiaba a los hombres. A todos. A cada uno de todos los malditos. Él incluido.

"¿Qué te hace él, Andrés?"

"Nada."

"No tienes por qué mentirme."

"Hace lo que hacen todos los hombres." Andrés miró hacia otro lado.

"¿Qué?"

"Tú sabes a que me refiero, Silvia. No me obligues a hablar de eso. No quiero hablar de eso."

"Tu hermana está dejando que ese chulo te convierta en . . ." Andrés podía ver el fuego en los ojos de Silvia. "Necesito hablar con tu hermana."

"¿Para qué? Ella sabe todo. Homero ahora está a cargo de nosotros."

"Homero no está a cargo de nada, ese pinchi. Ese cabrón es un hijo de la chingada y uno de estos días me lo voy a chingar."

"Le hará daño a Ileana. Si nosotros no . . . ya sabes. Si Yolie o yo nos negamos. Le hará daño a ella."

"¿Dónde está Ileana?"

"Está viviendo con una mujer que Homero conoce. Yolie dice que estará segura con ella. Que no la obligarán a hacer eso . . . ya sabes, lo que hacemos nosotros. No la obligarán. Si nosotros simplemente hacemos nuestro trabajo."

"No eres más que un niño."

"Eso no importa; Silvia." Encendió un cigarrillo.

"No deberías estar fumando. Eres muy joven."

"Ya soy bastante mayor."

"Me gustaría matar a Homero."

"No vuelvas a pelear con él. Te matará."

"Que se vaya a la mierda."

"Te matará, Silvia. Nos mostró. Nos mostró a mí y a Yolie. Nos llevó a un sitio y ahí había una mujer muerta en el piso. 'Recibió su merecido', dijo. Así que déjalo, Silvia."

"Tú y Yolie tienen que largarse de aquí."

"Tiene a Ileana."

"No le hará daño."

"Sí, sí que le hará daño. Tú sabes que sí."

Prendió un cigarillo, después encendió la computadora. Recordó todas las cartas que le había escrito a la Sra. Fernández. Ya ni siquiera podía recordar, las cosas que le había dicho en todas esas cartas inútiles. Pensó que tal vez en alguna de esas cartas le habrá dicho que la quería. Lo habrá dicho, sin duda. Él tenía once años y necesitaba una mamá. Se lo habrá dicho, sin duda. La quiero. No había querido a nadie durante mucho tiempo. Había querido a Yolie. Había querido a Mando. Había querido a su mamá y a su papá. Había querido a Ileana. Dios, la quería a ella más de lo que había querido a nadie nunca. Y había querido a Silvia. Y todos lo habían dejado solo en el mundo. Y odiaba eso.

Y ahora, simplemente no podía volver a querer. Tal vez no se tratara de un problema importante. El amor nunca le había hecho ningún maldito bien.

Observó fijamente la pantalla de la computadora, entonces empezó a escribir. Escribió y escribió sin parar, aunque ignoraba si le haría algún bien.

Andrés había tenido muchos días tristes. Pero ese era el más triste de todos. Homero se llevaba a Ileana adonde una mujer que se haría cargo de ella. "Puedes visitarla todos los dias, si quieres." Andrés no contestó nada. La amaba desde el primer día que su madre la llevó a la casa. La había cuidado. Ella era de él. No era justo. ¿Por qué él le hacía esto?

"Yolie, ¡tienes que detenerlo! Tienes que decirle que no. Ella es de nosotros. Ella nos pertenece a nosotros, no a él."

"Ya es muy tarde para detenerlo." Era como si Yolie hubiera muerto. Como si su corazón hubiera dejado de latir. Ya no había nada en sus ojos. "Es muy tarde," susurró. Así que Ileana se fue. A vivir con una vieja. "Sólo es una puta vieja," había dicho Silvia, "una puta vieja que ya está muy vieja para atraer clientes."

Yolie empacó todas las cosas de Ileana. "Tienes que irte mañana. Pero te visitaremos todos los días. Te lo prometemos." No dijo nada más. Cuando Ileana trató de abrazarse a ella, Yolie la empujó. "¡Cállate! ¡Sólo cállate!"

Ileana se negó a dejar de llorar. "¡No dejes que me lleven!"

"Shhh," susurró Andrés y la abrazó. "Cuando Yolie esté dormida," le dijo con calma, "entonces nos iremos. Te voy a llevar de vuelta donde la Sra. Fernández."

"¿Te quedarás conmigo?"

"Sí. Nos quedaremos los dos."

Andrés pensó en Yolie. Pero ella estaba muerta. Eso fue lo que pensó. Yolie ya estaba muerta. Si estuviera viva, los ayudaría a escapar. Pero algo había sucedido con ella. Estaba rota. Ya no se podía reparar.

Él tenía que salvar a Ileana; eso era lo único que importaba.

Cuando Yolie se durmió, salieron silenciosamente por la puerta. Andrés conocía el camino. Había hecho ese viaje miles de veces en su cabeza. Sintió que el corazón le latía con fuerza. Ileana no decía nada. Ni una palabra. Cuando llegaron a la Avenida Juárez, Andrés respiró profundo. Podía ver en la distancia el puente que llevaba a El Paso.

Fue en ese instante que sintió la mano en el hombro.

Se dio vuelta y se encontró con Homero. "¿Están perdidos?"

Andrés negó con la cabeza. Su corazón palpitaba cada vez más fuerte. Nada parecía poderlo detener.

Homero tomó a Ileana de la mano. "Vamos a la casa."

Ninguno habló mientras caminaban de regreso a la casa.

Cuando Homero los hizo entrar, le dio una cachetada a Yolie, por dejarlos salir. Pasó la noche en el sofá. Por la mañana, se llevó a Ileana.

Andrés se rehusó a hablar. No dijo una sola palabra durante tres semanas. A veces llegaban hombres. Él sabía lo que buscaban. No les hablaba. En todo caso, no venían para conversar. No le importaba. No le importó nada. Nunca más.

Lo primero que dijo cuando volvió a hablar fue, "Quiero ver a Ileana."

Yolie lo llevó donde estaba. Ileana lo abrazó y pasó casi todo el día con ella. "Siempre te querré, Andy." Eso fue lo que ella le dijo. Iba a verla tres veces a la semana. Y ella siempre le decía lo mismo. "Te quiero, Andy."

Pero él ahora se sentía sucio. Y el amor de ella era puro. Y él sabía que no se merecía que ella lo quisiera. Así que le causaba dolor ir a visitarla. Pero siempre le preguntaba, "¿Te ha tocado alguien?"

"No," contestaba ella. Y él sabía que ella le decía la verdad pues podia darse cuenta de que ella seguía siendo la misma. El mundo donde vivían él y Yolie no la habia rozado a ella.

La puta vieja solía vigilarlos cuando él iba de visita. Les cocinaba algo de comer y dejaba que conversaran. La mayor parte de las veces, Ileana le narraba a él historias que ella se había inventado. Él había dejado de escribir historias; ahora era ella la narradora. Y las historias eran todas para él.

Pasó un año, después otro. Y siguieron viviendo de esa forma. Andrés visitaba a Ileana, y esas visitas eran lo único que le importaba en su vida. Él y Yolie no volvieron a decirse nada el uno al otro nunca más. Él iba al mercado y compraba comida con la plata que dejaba Homero. La plata que ellos ganaban. Compraba la comida y cocinaba. Yolie nunca volvió a preparar nada. Apenas si comía. Él sabía que estaba tomando drogas. Sus ojos siempre estaban nublados, como si los cubriera una película de hielo duro. Se reía algunas veces, pero era una risa hueca.

Andrés una vez le dijo que dejara de tomar drogas. "Es lo único que ahora me importa," le contestó ella.

Silvia y Amanda ya no vivían juntas. Silvia había echado a Amanda. "Mete más droga que tu hermana." Amanda no sobrevivió más de un año. La encontraron muerta en la calle una noche de diciembre. El día de la Fiesta de Nuestra Señora de Guadalupe, Silvia lloró. Ahora, Andrés y Silvia, eran como amigos intimos. Algunas noches, Andrés aparecía por La Brisa y conversaba con Silvia y sus amigas. Todas le decían que era hermoso. Pero él no se sentía hermoso, y en el fondo sabía que él no era más que suciedad.

Por tres años vivieron así. Yolie tomando drogas y acostándose con los hombres que Homero le mandaba. Y a él, también. Hacía todo lo que los hombres le pedían que hiciera. Así vivían. Pero nada importaba porque Ileana seguía intacta.

Cuando cumplió quince, descubrió que se estaba transformando en un hombre. Le estaba brotando pelo por todas partes: debajo de los brazos, en las piernas, entre las piernas, especialmente, y en la cara. Era extraño, verse con pelo. En todas partes. Quizás, ahora que se volvía un hombre, los hombres ya no lo desearan. Anhelaba que los hombres no lo quisieran.

El día de su cumpleaños fue a visitar a Ileana. No la había visto en una semana. Compró mangos para Carmen. Había dejado de llamarla la vieja puta. No era tan mala persona. Esa vieja quería mucho a Ileana y la cuidaba. Incluso Silvia, que de vez en cuando visitaba a Ileana, no volvió a llamarla vieja puta. "Carmen tuvo una vida horrible." Eso fue lo que le dijo Silvia. "Su esposo murió cuando ella era jovencita. Una mala vida. Algunas veces se llama a sí misma la Sra. Fuentes. Como si eso la hiciera más respetable. Yo le dije que mandara la respetabilidad a la mierda. Que mandara a la mierda todo eso." Silvia. Las cosas que le decía. Lo hacían reír.

Tomó los mangos y se fue a visitar a Ileana. Pero cuando llegó a la casa de Carmen, encontró a Carmen tirada en el piso, golpeada y sangrando. La mujer sollozaba sin parar. "¿Dónde está Ileana?" gritó Andrés. "¿Dónde está?" Pero lo único que hacía Carmen era gemir. Salió a buscar a Silvia, pero no estaba en la casa. Corrió hasta La Brisa y la encontró ahí, sentada en el bar, aplicándose el maquillaje. "Es Carmen," le dijo él. "Ileana no está. ¡No está!" Quiso controlar las lágrimas, pero ya le escurrían por la cara. Silvia se quitó los tacones y corrió con él. Ayudaron a Carmen a tumbarse en la cama y Silvia le lavó la sangre y le inspeccionó las heridas. Carmen dejó de llorar y gemir y Silvia le pasó un cigarrillo. Carmen miró a Andrés.

"Mandé a tu hermana lejos. Está segura."

"¿A dónde la mandaste?"

"Con una amiga. Está segura, te lo prometo. Homero había dicho que ya era hora que ella empezara a trabajar. Así que la mandé lejos. No iba a permitir que nadie la tocara. Es apenas una niñita. ¿Qué clase de animales se acuestan con estas niñitas? ¿Qué clase de hombre hace plata con eso? Él por poco me mata. Pensé que los golpes no se iban a terminar nunca. Pero no se lo dije. No le dije nada. Me hubiera matado ahí mismo . . . pero su nueva mujer lo detuvo. Él haría cualquier cosa por esa mujer. Durante un tiempo, en todo caso. No va a seguir pagando por esta casa. Dijo que por él yo podía vivir en la calle."

"Puedes venir a vivir conmigo." Silvia siempre decía cosas generosas.

"¿Estás segura de que Ileana está a salvo?" Andrés se sentía aturdido.

"Ella ya no vive en este pueblo, mijito."

"¿A dónde se la llevaron?"

"Se la llevaron al otro lado."

"¿A El Paso?"

"Sí."

"¿Y de ahí?"

"No sé. Mi amiga conoce una mujer que quiere una niña chiquita."

"¿Y qué pasa si la mujer no la quiere?"

"Esa criatura es un ángel."

"¿Cómo se llama la mujer?"

"No sé."

"¿Cómo que no sabes?"

"No quise saberlo. En caso de que Homero me lo sacara a golpes. ¿Y si lo dijera? ¿Qué le haría a ella? No puedo decirle lo que no sé. Es un bruto. Un animal."

"¿Y qué pasa con tu amiga?"

"Le dije que nunca regresara por aquí. Trabajaba para Homero. Si regresa, él la matará. Por haberlo desobedecido. No volverá."

Andrés se quedó un rato en silencio. "Nunca la volveré a ver."

"Pero está a salvo, hijo de mi vida."

Andrés asintió. "Sí."

"Mandará un recado. Cuando Ileana esté segura. Me lo prometió."

Andrés no dejaba de asentir con la cabeza. Andrés, casi un hombre ya. Con quince años.

"Deberían irse, los dos. Si Homero se entera que me ayudaron, se vengará de ustedes."

"Le cortaré las bolas si se me acerca." Andrés pensó que Silvia lo haría probablemente. "Ya no tienes que seguir trabajando para él."

Andrés asintió una vez más.

Andrés observó a Silvia preparar una sopa para Carmen. Después le dio de comer. "Yo antes te llamaba la puta vieja," le confesó Silvia. "Perdón."

Carmen se rió. "Pero si eso es lo que soy. Sólo una puta vieja."

Esa fue la primera vez que se emborrachó. Yolie tenía una botella de bourbon Kentucky en un anaquel de la cocina. A veces sus clientes querían algo de beber. Ella siempre tenía una botella lista. Cuando volvió a la casa, ahí estaba. Y estaba casí llena. Agarró la botella y se fue al patio de atrás. Bebió un trago, después encendió un cigarrillo. Bebió directamente de la botella. Le parecía asqueroso. Pero no le importó. Detestaba muchas cosas, pero esto era sencillo, beber bourbon. Nada más fácil. Pensó en Ileana, en que ya era libre. No tenía ninguna importancia que él no volviera a verla, pues ella estaba a salvo, y ella no tendría que vivir esta clase de vida. Tendría una vida buena. Estaba a salvo.

Era agradable sentirse borracho. Estar aturdido. No preocuparse por nada. Comprendía ahora por qué a Yolie le gustaban las drogas. Con seguridad sería algo parecido, imaginó. A veces el paraíso era no sentir nada. Tal vez emborracharse sería como estar muero y entrar en el cielo. Como vivir en la luz. No dejó de pensar en Ileana. Tenía ochos años ya. Ocho años de edad e inteligente y linda, y ya le habían salido todos los dientes. Estaba contento de que ella fuera la que se hubiese salvado. Se rió y se rió y no paraba de reírse, y entonces se le ocurrió que tal vez no se reía en absoluto. Tal vez estaba llorando.

No supo cuánto tiempo durmió afuera en el patio. Había empezado a beber temprano por la tarde. Ahora era de noche, y los golpes en la puerta lo habían despertado. Caminó tambaleante hasta la puerta y se quedó mirando al hombre. Conocía a este hombre. Era uno de los hombres que habían venido a visitarlo antes. Mitad gringo, mitad mexicano. "Has crecido," le dijo el hombre.

Andrés le sonrió. "Esta noche no estoy trabajando."

"Tengo dinero. Mucho dinero."

Andrés sacudió la cabeza. "Terminé con todo esto."

El hombre se acercó. En ese instante Andrés lo tomó por el cuello de la camisa y lo lanzó al piso. El hombre levantó la cara para mirarlo. "Homero te hará pagar."

"Váyase a la mierda, y que Homero se vaya a la puta mierda." Andrés se apartó, la cabeza martillándole sin descanso como si alguien estuviera tratando de echar abajo una puerta. Seguramente ese fue el día que se prendió el fuego que llevaba adentro. El fuego que mantenía a todo el mundo a raya. El fuego que hacía arder a cualquiera que se acercara. El fuego que lo consumía vivo.

Tiempo y Orden en el Universo

Es temprano en la noche. Esa noche, Grace ojea un artículo sobre mujeres que tienen cáncer; por qué algunas sobreviven, por qué otras no. No es, en sentido estricto, un ensayo médico, aunque está escrito por un médico. Richard Garza se lo dejó en el buzón con una nota: "Hay esperanza y aún hay tiempo." Se maravilla consigo misma. La frustra y al mismo tiempo le encanta la tenacidad de su médico. Ya ha tomado la decisión de no someterse a ningún tratamiento, pero esa noche leerá el artículo. Él se ha tomado muchas molestias.

Andrés Segovia sostiene una conversación consigo mismo mientras se mira en el espejo. Siempre que ve su imagen, se encuentra extraño. A veces piensa que se ve a sí mismo por primera vez. Nunca se siente satisfecho con el desconocido que ve en el espejo. Hoy piensa que el hombre al que está observando es viejo. Ve un rostro envejecido.

Dave conversa con el fiscal del distrito en un bar pequeño a una cuadra de la corte. Son viejos amigos; así, como a veces, son viejos enemigos. Discuten los cargos contra Andrés Segovia. Dave intenta que el otro retire los cargos. El fiscal del distrito escucha con calma todos sus argumentos. Trata de ser comprensivo. Pero la respuesta es no. "Lo siento; pero en mi opinión, tu cliente mató a una persona. Y en el Estado de Texas eso es asesinato. Oye, no es homicidio en primer grado, no hubo premeditación, así que tal vez me puedes hacer creer que se trata de homicidio involuntario. Tu cliente ha sido violento, de eso no hay la menor duda. Ninguna duda." Dave también escucha con calma. "Homicidio involuntario." Los dos asienten al mismo tiempo. El fiscal sacude la cabeza. "Escucha, podría recibir una sentencia bastante leve. De cinco a quince años . . . con libertad condicional."

"Él no se merece eso, Bobby. Tú sabes que voy a llevar a la víctima a juicio. Lo sabes, ¿no es así?"

"Si puedes."

"Espera y verás. No va a pasar un solo segundo en prisión. Ni un despreciable segundo."

"Todos luchamos para ganar, ¿o no?"

El fiscal del distrito levanta su botella de cerveza.

Dave está pensando que es una pérdida de tiempo.

Liz y Mister inspeccionan un edificio desocupado por el East Side. Dolce Vita East. Han tomado la decisión de abrir un segundo café. Liz revisa la construcción abandonada. "Necesita reparación."

Mister la mira y pregunta. "¿Tenemos miedo de trabajar?"

Los dos se ríen. Deciden que van a presentar una oferta por el edificio. Cuando caminan de regreso al automóvil, Liz comenta que tal vez deberían ponerle a la segunda tienda el nombre de Vicente.

Tocar

"¿Permitiste alguna vez que alguno te tocara?" Ella le ha preguntado eso. Ella conoce la respuesta aún antes de hacer la pregunta. "Defina tocar." Y ahí aparecía una vez más esa rabia que lo poseía. Ahí estaba, golpeándole a la puerta.

Justo cuando él se preparaba para irse, ella sacó un diccionario. "Veamos," dijo. "Tocar. Sí, aquí está. Me gusta la primera acepción. 'Hacer o permitir que el cuerpo entre en contacto para poder sentir."

"Ese es un diccionario viejo, Grace."

"Es tan viejo como tú; lo que quiere decir que no es viejo en absoluto."

"Los diccionarios quedan obsoletos al minuto que los publican."

"Okay," repuso ella. "¿Crees entonces que un diccionario más reciente habrá cambiado el significado de la palabra, quiero decir, sustancialmente? Ten," dijo y deslizó el diccionario en su dirección.

Olía a moho. Como al sector de libros viejos en una biblioteca. Miró la entrada. Tocar. "Mire," dijo. "Me gusta más esta definición. 'Perturbar o mover con la mano.'"

Le lanzó de regreso el diccionario al otro lado del escritorio. Ella releyó las acepciones. "La mía es la primera. La tuya es la séptima." Asintió. "Pero mira, no discutamos tontamente por el orden. Tomemos por ejemplo la quince. 'Afectar las emociones; causar una manifestación de ternura.'" Ella le sonrió.

Ahí fue donde dejaron la discusión. Con Grace diciendo la última palabra.

"No me gustan demasiado los diccionarios," le dijo él cuando se dirigía a la puerta.

A él no le había gustado la discusión. No le gustaba pensar en tocar. No sabía nada respecto a ese término. Los diccionarios no sabían un carajo.

Se duchó, se afeitó, se miró en el espejo. Bueno, se veía bien. Siempre tenía buen aspecto. Su aspecto, ese nunca había sido el problema. O quizás sí había sido el problema. *Eres un muchacho hermoso,* y por qué ahora le llegaban las voces; pero el sabía por qué y sabía que siempre estarían ahí, las voces, golpeando a su puerta, apoderándose de su casa. Se puso un par de jeans. Buscó en el closet y cayó en cuenta de que todas sus camisas eran iguales: todas eran camisas blancas de algodón. Todas. Era como tener una única camisa. Nunca se había dado cuenta, Dios, ¿estaba chiflado o qué? ¿Con veintiséis años, y nunca había tenido una cita y todas sus camisas blancas? ¿Qué era eso? ¿Y a quién le importa, en todo caso, la ropa? Algunas de sus camisetas eran negras, y eso no era blanco. Uno que otro par de pantalones de dril y unos jeans, eso era todo lo que usaba. ¿Y a quién le importa? Le cubrían el cuerpo. Eso era lo importante. Encendió un cigarrillo, las manos temblorosas. Se pasó un dedo por el brazo. Tocar.

Emancipación: Esa es una Palabra

Tal vez debería salir y correr un rato. Tal vez eso ayudaría. ¿Pero cómo iba ayudar para algo correr? Caminó hasta la ventana y la abrió. Miró el reloj. No era tan tarde. Sólo unos minutos antes de medianoche. No tenía sueño. Se alejó de la ventana apenas escuchó timbrar el teléfono. Sólo podía tratarse de Dave. Nadie más tenía ese número. Se acercó hasta el teléfono y observó el aparato. En el cuarto timbrazo, contestó. "¿Estabas durmiendo?"

"No. ¿Siempre llamas a la gente a esta hora, Dave?"

"A veces. Sí. ¿Quieres una cerveza?"

Andrés regresó a la ventana y encendió un cigarrillo. "¿Qué somos, compinches?"

"Vamos por una cerveza."

Andrés soltó un aro de humo y se quedó mirándolo. "Listo," dijo en voz baja. "¿Por qué diablos no?"

"Quería decirte algo. Ya desde hace mucho tiempo."

"¿Y qué te lo ha impedido?"

"No todo resulta fácil de contar."

"Imaginaba que todo era sencillo para un tipo como tú."

"¿Por qué? ¿Por qué soy gringo?"

"Un gringo rico. Un abogado gringo con plata."

"Ah, ¿entonces todo el puto mundo me pertenece? ¿Es así? El mundo no le pertence a nadie."

"Ah, esa es una linda mentira que tratas de creer."

Se quedaron parados por un minuto en la calle. Hablando bajo la luz débil. Exactamente igual que la otra noche cuando Dave lo sacó de la cárcel bajo fianza.

"¿Tienes algún lugar donde te guste ir a beberte una cerveza? Ya sabes, ¿para relajarte?"

"No creo que sepa nada sobre como relajarme. Creo que tú tampoco."

"Algo en común. Por fin."

Andrés encendió un cigarrillo. "Conozco un sitio. Se llama El Ven y Verme."

Dave se rió. "Es chistoso. Me gusta. ¿Dejan entrar gringos ricos?"

"Sólo si van con gente como yo."

Su madre adoptiva era una persona equilibrada. Eso era todo lo que Andrés podía decir sobre ella. Era estricta y decente de una manera un tanto aburrida. La llamaba la Sra. H. En lugar de Sra. Herrera. Sra. Herrera sonaba muy formal. Y ella no era su mamá. Y él no quería que ella fuera su mamá. Y el Sr. H, bueno, él era aún más aburrido que su esposa.

No le permitían fumar. Ni si quiera se le permitía tener cigarrillos. Así que empezó a cargar un tubo de crema dental en su morral, así podía buscar cepillarse los dientes antes de llegar a la casa. La llamaba la casa aunque no lo fuera. Se trataba sólo de un lugar donde permanecería hasta que se emancipara. Eso le tomó tres años.

En su casa en Juárez, a veces llegó a pensar que se iba morir de la preocupación. Aquí, en la casa del Sr. y la Sra. H., imaginaba que se moriría de aburrimiento. Pero le compraron una computadora y estaba aprendiendo cosas nuevas, y volvió al colegio, y a pesar de que perdió más de tres años, lo pusieron en el mismo grado donde hubiera estado. Sólo tenía que ponerse al mismo nivel en matemáticas. Y así lo hizo. Estudió y estudió y se enamoró de la computadora. Pues lo salvaba del aburrimiento.

En el colegio no tenía ningún amigo. No le importaba. Andaba solo. Una vez un tipo mayor lo detuvo cuando caminaba hacia la casa después del colegio. Le preguntó si quería dar una vuelta. Él ya sabía sobre tipos mayores. Contestó que no. El tipo le ofreció comprarle cerveza y cigarrillos o cualquier cosa que deseara. Entonces simplemente se quedó mirando al tipo y le dijo, "Váyase a la mierda". Y el tipo se enfureció, pero a él le dio igual. Podía irse al infierno. Todo el mundo.

Y un día se metió en una pelea. Un tipo en el baño le estaba diciendo a otro que si no le daba dinero le iba a partir el culo. Y entonces Andrés se enfureció y le dijo al tipo que lo dejara en paz, "Déjalo en paz, maldita sea."

"Vete a la mierda. Te voy a meter un cuchillo por el culo."

Y entonces empezaron a pelear. El otro tipo lanzó unos buenos golpes, pero Andrés era más rápido y furioso, así que muy pronto tenía al otro tipo en el piso. Y el policía del colegio apareció en el baño y, en un abrir y cerrar de ojos, se encontraba en la oficina del director. Llamaron a su mamá adoptiva, la Sra. H., y ella lloró y dijo no entender qué era lo que sucedía con Andrés. "Nunca dice nada. Nunca hace nada, tampoco," dijo. Y Andrés supo que ella no se preocupaba por él. Él era sólo un proyecto. Ella hubiera deseado alguien que la quisiera. Y él no hacía bien su trabajo.

Y Andrés se enfureció y le dijo que él no tenía nada que decir, no a ella. Ni a nadie.

Esa fue, la primera vez que lo enviaron donde su primera consejería. No recordaba ya el nombre de la mujer. Ella le había dicho que él tenía que empezar a controlar la rabia. Y quiso saber de dónde le venía esa rabia. A él le daba exactamente igual, así que la miró y le contestó, "De Dios."

Y él y esa consejera nunca se llevaron bien. Pues ella era cristiana y no le gustaba que nadie hiciera bromas con Dios.

Ese primer día, ella no paraba de preguntarle qué había sucedido en el colegio, y Andrés se preguntaba qué de malo había en ayudar a alguien, ¿por qué era que el otro tipo no estaba en consejería? ¿Por qué no le habían hecho nada? Hablaba con la consejera, pero muy poco. Ella le preguntó qué le había sucedido en Juárez. Dijo saber sobre eso por intermedio de la trabajadora social; pero él nunca le contó lo que había sucedido exactamente. Tal vez sólo una pequeña parte. Pero, de lo que en realidad le sucedió, nunca le dijo nada. Que se fuera a la mierda. Él no iba a contarle nada.

Pero todo estaba bien, pues todas las semanas iba a encontrarse con Silvia. Algunas veces los sábados por la mañana, y otras los sábados por la tarde. La llamaba y le dejaba un mensaje en la casa de su hermana. Y después ella se consiguió un teléfono celular, pues en Juárez era más fácil conseguirse un celular que un teléfono fijo. Y él le dejaba mensajes y siempre buscaban la forma de encontrarse. A veces comían juntos. Hablaban. Y ella era como tener un hogar, Silvia. Ella era la única persona en todo el mundo que lo conocía.

Nunca le contó a nadie sobre Silvia; ni a los H ni a la consejera ni a la trabajadora social. Nadie sabía nada de Silvia. Ella era un secreto. Pues Andrés sabía que ellos, de enterarse, nunca lo dejarían verla de nuevo. Ni a los H ni a la trabajadora social ni a la consejera que era cristiana. Le dirían que Silvia era una abominación, que era la palabra favorita de la Sra. H. Una palabra que ella había encontrado en la Biblia, según dijo. Él había leído algunos pasajes de la Biblia, pero no recordaba esa palabra.

El colegio siguió bien. Y los H le permitieron seguir con la computadora, y aprendió muchas cosas, y pensaba que todo lo que necesitaba en el mundo era una computadora y Silvia. Así que todo estaba bien. A veces las muchachas le hablaban. Y él sabía que estaban coqueteando con él. Y él era amable con ellas, pero cuando le preguntaban si le gustaría salir y hacer algo, siempre contestaba que no.

Se inscribió en el equipo de atletismo y escuchaba a los otros hablar sobre mujeres, sobre lo que les gustaría hacer con ellas, y concluyó que no le gustaban mucho los tipos. Creía que todos los tipos no eran más que bolas de mierda: y como él era un tipo, entonces él también era una bola de mierda. Él no era nada mejor que los otros. Así que se entrenaba y corría con ellos. Era el mejor corredor. Así que no se metían con él. Si uno es el mejor en algo, la gente lo deja en paz.

Así que todo estaba bien. Excepto ese día cuando la Sra. H. quiso saber qué era lo que hacía todos esos sábados que salía en autobús hacia el centro. "Me gusta dar vueltas, nada más," contestó.

"¿Y hacer qué?"

"Sólo caminar por ahí. Mirar la gente. Van de compras, hacen cosas. Simplemente me gusta ver toda esa gente."

Ella no le creyó. Pero a él le daba lo mismo. "No puedes volver a ir," anunció ella. "Y es hora de que empieces a ir a la iglesia."

A él no le gustaba la iglesia de ella. "Soy católico," respondió, aunque en realidad no era nada. Nunca lo sería.

"Vives con nosotros. No lo sabes. Eres sólo un chico. Irás a la iglesia con nosotros. Y no vas a volver al centro. Hay cosas que los muchachos no deben ver."

No contestó nada. Llevaba allí casi dos años, y ya tenía dieciséis, y sólo le quedaban dos años más. Menos de dos años. Pero no iba a quedarse. Así que esa misma noche, llamó a Silvia a su celular. No contestó. Era de noche y él sabía que a esa hora estaría trabajando. En La Brisa. Así que esa noche, metió algunas cosas en el morral y se fue. Tenía que dejar la computadora. Recordó su máquina de escribir. Se sintió triste. Pero algún día compraría su propia computadora.

Atravesó caminando el puente hacia Juárez, aunque estaba asustado. Sabía que no debía regresar. No debería hacerlo. Lo sabía. Temblaba, y no dejó de fumar hasta que llegó a La Brisa, un cigarrillo detrás de otro. Y cuando entró, ordenó una cerveza. Y el barman lo reconoció y le dijo que no debería estar tomando pero, aún así, le sirvió la cerveza. "¿Estás buscando a Silvia?"

"Sí," contestó.

"Está trabajando. Pero volverá."

Esperó un rato largo. Fumaba y seguía sentado en la barra, y algunas chicas lo saludaron, mujeres que él conocía. En realidad se trataba de muchachos, pero se llamaban a sí mismos chicas, así que él también las llamaba así. Y le dijeron que ya parecía todo un hombre. Y eran amables. Mucho más amables que la trabajadora social o que la Sra. H. o que su primera consejera. Había empezado a ir donde otra, y era mucho más simpática, pero no tanto como las chicas. Nada como Silvia.

Y entonces sucedió todo. Mientras esperaba ahí sentado en la barra, pensando en cosas y fumando cigarrillos sin parar, Silvia entró corriendo al bar, y él comprendió que pasaba algo. "Me está persiguiendo," gritaba. "Homero, viene por mí. ¡Me va a matar! ¡Me va a matar!" Y seguía gritando lo mismo.

Ni siquiera se había dado cuenta de que Andrés estaba ahí sentado. No se dio cuenta hasta que Andrés dijo, "Está bien, Silvia. Está bien."

Silvia lo abrazó, más calmada ahora, aunque seguía conmocionada. "No deberías estar aquí," le dijo. "Muchacho loco. Deberías estar en tu casa jugando con tu computadora."

"Me fui," le contestó él. "Ella me quería obligar a no volver al centro. No te iba a volver a ver nunca más."

"Muchacho loco," dijo ella. Encendió un cigarrillo, después se bajó de un sorbo un trago de tequila para calmar los nervios. "Tengo que sacarte de aquí. Si Homero te encuentra aquí, nos matará a los dos. Aún sigue furioso por lo que hiciste. Además, yo ayudé a una de sus chicas y esta noche viene por mí. Le dio una paliza al tipo con el que yo estaba. Dijo que de ahora en adelante mataría a cualquiera que se me acercara."

"Tienes que venir a El Paso, Silvia. Allá estarás segura." Andrés le rogó y le rogó hasta que ella aceptó.

"No recuerdo exactamente todo lo que sucedió esa noche. Sólo que cruzamos de regreso. Y que de alguna manera alguien le dijo a Homero que nos había visto. Era un maldito hijo de puta. No lo supimos, pero nos siguió hasta El Paso. Con seguridad iba justo detrás de nosotros."

"Nunca me contaste que habías estado esa noche en Juárez."

"No. Supongo que no. No me hubiera hecho parecer muy inocente ante el jurado."

"El jurado no lo hubiera sabido. El jurado sólo sabe lo que nosotros le decimos."

"Tal vez no confiaba en ti."

"Tal vez aún no confías."

"Estoy aquí tomándome una cerveza contigo. Eso es lo más cerca que llego de confiar." Andrés terminó la cerveza. "No era mi intención matarlo. Paramos a tomarnos una taza de café, en el Hollywood Café, Silvia y yo. Y entonces ella me dijo que yo debía regresar donde los H. Y le contesté que por nada del mundo. Le dije que tenía que encontrar otros padres adoptivos. Le dije que no me importaba. La hice prometer también que no volvería a vivir en Juárez, y me contestó que sí, pero yo sabía que me decía eso sólo para que me callara. Y cuando salimos del sitio y dimos vuelta a la calle, fue ahí cuando sucedió. Él tenía un cuchillo. Me agarró y me puso el cuchillo en la garganta, y pensé que estaba muerto. Por un segundo no me importó morir. Para nada. Y nos obligó a ir hacia un callejón. Entonces se abalanzó contra Silvia con el cuchillo y se lo hundió una y otra vez. Una y otra vez y todo sucedió muy rápido. Y ni siquiera recuerdo qué hice. Creo que gritaba. No sé. No recuerdo. Sólo recuerdo las patrullas de la policía . . . y yo encima de Homero. Y supe lo que le había hecho. No me importó. No era mi intención matarlo. Pero es . . . mejor dicho, bueno, mierda, es muy difícil sentirse arrepentido."

"Nunca me dijiste que era amiga tuya."

"La quería." Dave pudo ver que le temblaban las manos. Odiaba verlo así: herido y lastimado. Odiaba eso más que cualquier otra cosa.

"Pudiste habérmelo dicho."

"No quiero hablar de ella. No quiero."

"No mataste a Homero."

"Claro que sí."

"Murió de infarto."

"Mientras lo molí a golpes."

"Fueron heridas superficiales."

"¿Entonces por qué levantaron cargos?"

"Es algo complejo. ¿Qué recuerdas sobre la comparecencia?"

"No mucho. Tú hiciste una especie de trato. Oye, ¿quieres saber la verdad? No estaba prestando mucha atención. Te importaba más a ti que a mí. Me sacaste. Eso es todo lo que sé. Imaginó que no me importó lo suficiente como para enterarme de los detalles."

"Esos detalles son tu vida, Andrés. No puedes despacharlos así no más."

"¿Por qué no?"

"*Es tu vida.*"

"Y qué vida, Dave." Llamó al barman con la mano y señaló el vaso vacío.

"Mira. Silvia se había ido. Todo el mundo se había ido. Incluso Ileana. Pero por lo menos no estaba muerta. Estaba por ahí en algún rincón del mundo. Pero ya no me pertenecía. Así que Silvia era el final de todo eso. Y ya nada me importaba. Pero entonces tú decides que ese no era el fin para mí, y apareces manejando tu maldito BMW y me rescatas."

"Y tú nunca me lo vas a perdonar."

"Te dije en esa oportunidad que me importaba un carajo. Lo que hiciste, lo hiciste por ti mismo. Lo hiciste por Dave, no por Andrés Segovia."

Él Estaba Feliz

Esta tarde lo voy a llevar a la casa, Grace."

Ella estaba sentada en el patio, bebiendo una taza de café mientras conversaba con él por teléfono. Miraba la luz de la mañana. Imaginó la sonrisa de Mister.

"¿Grace?"

"Aquí estoy."

"No dices nada."

"Te escucho a ti ser feliz."

"¿De verdad?"

"Sí, de verdad, amor."

"No me habías llamado amor en mucho tiempo." Hizo una pausa, después dijo en voz baja. "Te quiero, Grace. Siempre te he querido."

"Lo sé, amor."

"Liz y yo estamos haciendo lo correcto."

"Sí, lo están haciendo."

"¿Grace?"

"¿Sí?"

"¿Sucede algo malo?"

"Mister, ¿has hablado con Richard Garza?" Dejó de hablar y no quiso agregar nada más. Ya había dicho demasiado.

Mister escuchaba el silencio de ella. Había algo que no estaba bien.

"Vas a llevar a tu hijo a la casa hoy, Mister. No deberíamos estar hablando sobre mí."

"Grace . . ."

"Cuando tú y Liz se hayan acomodado ya con Vicente, hablaremos."

"¿Lo dices en serio?"

"Sí."

"¿Lo prometes?"

Tanta esperanza en esa voz. "Lo prometo." Ella pudo imaginar su sonrisa. Sacudió la cabeza.

"¿Vienes esta noche? Liz y yo queremos que vengas."

"¿Para ver a mi nieto? Claro, amor."

Apocalipsis:
Todo Sucede en un Instante
(Tiempo y Orden en el Universo)

Esta es la historia del mundo: Un hombre se sube a su auto. Va a dar una vuelta. No es nada fuera de lo común: subirse a un auto y conducirlo por una calle. Por un instante, el hombre se distrae mientras avanza. Esto, tampoco, resulta inusual: en el mundo hay muchas distracciones. Ve, demasiado tarde, que otro auto se ha pasado la luz roja. Trata de reaccionar—el reflejo de su pie sobre el pedal del freno—y a pesar de que sus reflejos son buenos, no existe un reflejo lo suficientemente veloz o ágil para evitar el impacto. Hay un chirrido de llantas—una expresión de pánico en los dos conductores que se dan cuenta, *Dios, Dios mío, por todos los ángeles y los sanios,* y después una colisión. Metal contra metal. Metal contra hueso. Sangre. Quizás un grito, quizás una última oración *Me arrepiento de todo corazón por haber ofendido y reniego de todos mis pecados* y un hombre o una mujer o un niño que hacía un segundo estaban vivos ya están muertos. El hombre, que se encontraba en la mitad de su vida, ha llegado a un final repentino. El azar acompaña este baile de muerte. Ese es el orden de las cosas. Este es el secreto para comprender el universo.

Todo sucede en un instante.

La normalidad. Después el apocalipsis.

Mister y Liz se tomaron el día libre. Para hacer los preparativos. Limpiaron la casa. Le quitaron el polvo a todos los libros, limpiaron de nuevo los pisos de madera ya limpios, trapearon el baño, refregaron el baldosín, pusieron una colcha nueva en la cama de Vicente, apremiados por una especie de nerviosa energía. Cantaban mientras hacían el oficio, absortos y felices en el placer que les transmitían estas tareas ordinarias. Mister colgó en la pared una pintura de Diego Rivera que Liz encontró en un anticuario. Unos niños rompiendo una piñata. Le contaría a Vicente algunas historias del cuadro, le daría un nombre a cada niño, algún día le hablaría sobre el artista, sobre los murales que había pintado en la Ciudad de México, la ciudad más grande del mundo. Y entonces Vicente llegará a conocerla, a verla, a comprender todo sobrea esta imagen que él decidió colgar en la pared de su cuarto.

No pararon hasta que todo quedo sin una mancha: la cocina, el baño, el corredor, las dos habitaciones. El porche trasero quedó barrido y vuelto a barrer. Todo quedó perfectamente acomodado, de tal forma que un niño ciego pudiera abrirse paso alrededor. Todo estaba listo. En esta casa, nada le haría daño.

Cuando terminaron, se dieron un baño.

Hicieron el amor en la nueva habitación de Vicente.

Grace cerró la carpeta, se aseguró de que estuviera identificada correctamente, y después la guardó de nuevo en el lugar correspondiente. Hizo una señal de aprobación con la cabeza mientras hojeaba el archivador lleno con todos sus expedientes. Era un sistema excelente, sus registros más allá de cualquier reproche. Se sentía orgullosa, un símbolo de su profesionalismo. Despreciaba a la gente que era descuidada con la vida de otra gente. Tal vez esos expedientes suyos fueran tanto un tributo a su cuidado como también a su orgullo. No es una virtud, tu orgullo, Grace. Las acusaciones de Sam siempre habían sido muy gentiles. Y él siempre había sido bastante lúcido para perdonarla.

Repasó sus expedientes una vez más. Había tantos. Tantos casos. Tantas vidas. Bueno, este había sido el trabajo de toda su vida. Tal vez no fuera, después de todo, más que una archivista. Probablemente su sentido del orden la sobreviviría, así fuera sólo en los expedientes que dejaba atrás. Pero era probable también que estos archivos tuvieran aún un uso. Muchos de sus pacientes eran reincidentes, adictos a sus vidas destrozadas, siempre de regreso a sus destructivas inclinaciones. Sus expedientes aún podrían tener uso.

La búsqueda de un tratamiento la hacía sentir confundida. Era probable que sólo se hubiera puesto furiosa con la noticia. Quizás había perdido la esperanza. O quizás sólo estuviera asustada. Eso la hacía una persona normal. El sueño le había llegado otra vez. Sam y Mister abrazados el uno al otro, dando vueltas juntos alrededor. Vueltas y vueltas hasta que se transformaban en luz pura. Se despertó con los dos nombres en su garganta.

Pero Dios había enviado un nuevo día. Estuvo a punto de llorar cuando vio el sol de la mañana.

Y entonces Mister llamó.

Al final de la tarde, Mister llamó a los Rubio. "Ya voy para allá."

Si el Sr. Rubio estaba triste por la idea de Vicente, no había ningún rastro de esa tristeza en su voz. "Lo está esperando. Hoy habló, por primera vez. Se dio un golpecito en el corazón y dijo, 'Mister'."

Mister colgó el teléfono y se dio un golpecito en el corazón.

Se quedó mirando la foto de Grace en la estantería cuando se dirigía hacia la puerta. La tomó y le dio un beso. "No tengo miedo, Grace." Volvió a dejar la foto y entró a la cocina. Liz estaba rayando queso para los tacos. "¿Estás seguro de que no quieres que vaya contigo?"

"Sí. Quiero que tú seas lo primero que él sienta cuando entre a esta casa."

Andrés no regresó esa noche a su casa. Pensó en Ileana y recordó entonces que él estaba cumpliendo quince años, quizás ese era el mejor regalo que nadie pudiera haberle hecho: su hermanita no estaba muerta y no tenía que vivir como ellos, como él y Yolie.

Pero no volvería hacer esto nunca más. No más. Esperaría y se escondería y estaría al acecho en las calles y buscaría a Silvia para que lo ayudara. Se quedaría hasta que Carmen se enterara de que Ileana estaba a salvo. Entonces se iría. Sabía que no había forma de regresar donde la Sra. Fernández. Ya era demasiado tarde para todo eso. Pero sabía que había gente que adoptaba niños, y aunque él ya no se sentía como un niño, tenía apenas catorce años. Sabía que uno no podía hacer nada cuando tenía quince años, excepto quizás lo que él estaba haciendo. Y nunca lo volvería a hacer. Nadie lo volvería a tocar nunca más. Nunca. Por ninguna razón. Los mataría primero.

Ya no le importaba Yolie. Y a Yolie ya no le importaba él tampoco. Estaba perdida. Vivía un infierno peor que el suyo. No duraría mucho. Él lo sabia. Las drogas la habían invadido y la dominaban, y gastaba todo el dinero en conseguirlas. Silvia había intentado que las dejara. Incluso Silvia, que pensaba que todo el mundo podía salvarse, incluso Silvia creía que Yolie estaba perdida.

No sabía qué hora podía ser, pero era tarde. Decidió acercarse a La Brisa y ver si podía encontrar a Silvia. El bar estaba oscuro. Se acomodó en la barra, el barman le sirvió una coca-cola y encendió un cigarrillo y mientras lo encendía, la vio. La saludó con la mano y ella se acercó y le dio un beso. "Mi hombrecito."

Ella era la única que podía ahora tocarlo. Él le contó todo lo que había sucedido, lo que había hecho. "Hiciste lo correcto," le dijo ella. "Conozco un sitio donde te puedes quedar; hasta cuando sepamos algo de Ileana. Después te llevaré hasta El Paso."

Ella lo llevó a una casa que no era muy diferente a la casa donde él había vivido. Mucha gente vivía ahí, un grupo de travestis. Silvia les comunicó que Andrés necesitaba un sitio donde quedarse. Fueron amables con él, y le dijeron que podía quedarse todo el tiempo que fuera necesario. Estaba agotado, entonces le abrieron espacio en un sofá y le dijeron que esa era su nueva cama. Se quedó dormido, a pesar de toda la bulla que había en la casa. Él ya había aprendido a dormir en cualquier tipo de ruido.

Cuando se despertó, encontró una maleta al pie del sofá con todas sus pertenencias. Y una nota de Silvia. "Nunca le digas a Yolie dónde estás. Te venderá a Homero por una dosis."

Estuvo allí por varias semanas. No supo cuánto, tal vez un mes. Silvia le había dicho que no saliera. "Homero tiene gente por todos lados," le dijo Silvia. "Es el dueño de la mitad de las putas de la calle y si te ven, sólo Dios sabe lo que ese cabrón puede hacerte."

Así que no salía nunca. Silvia visitaba todos los días a Carmen para preguntarle por Ileana. Andrés se sentía como un prisionero, como si fuera a ser un secreto para siempre. Este era su castigo por haber aceptado dejar al Sr. y a la Sra. Fernández con el corazón roto. Hay que pagar por todo lo que uno ha hecho. Su mamá le había dicho eso. Ahora él tendría que pagar por todo lo que había hecho en los últimos tres años. Sabía que Dios había dejado de creer en un muchacho como él.

Un día, Silvia apareció temprano pot la mañana. Se veía triste y él comprendió que había sucedido algo malo. "¿lleana?," preguntó. Sentía que el corazón le latía cada vez más y más fuerte.

"No, no es lleana. Carmen no ha sabido nada."

"¿Entonces qué?"

"Es tu hermana, Yolie."

"¿Qué?"

"Carmen la encontró tirada en un callejón, casi toda la ropa hecha tirones. Está muerta, Andrés. Se ha ido." Andrés no entendía por qué lloraba Silvia. Yolie no había sido amable con ella, nunca. Pero ahí estaba, lamentándose por Yolie, y él se preguntaba por qué alguna gente podía seguir con el corazón blando a pesar de todo lo que les había ocurrido. Él no. Él ahora se había endurecido. Probablemente mucho más endurecido de lo que Mando o Yolie pudieron haber estado. Él había sido un niño suave. Pero ese niño había sido asesinado y lo único que había quedado era este muchacho endurecido; un muchacho tan duro que ni siquiera lloró cuando escuchó que su hermana mayor había muerto. Ni siquiera preguntó donde sería enterrada. Nada le importaba.

Encendió un cigarrillo y le dijo a Silvia que no llorara. "No llores. Ya basta de lágrimas."

"Silvia se aseguró de que Yolie recibiera un funeral en la iglesia. Hizo todos los arreglos. Aunque no recuerdo cómo lo consiguió. Recuerdo que volvió a vestirse como hombre cuando fue a hablar con el cura de la catedral. Era muy extraño verlo vestido de hombre. Para mí él era una mujer. Ni siquiera le había preguntado nunca su verdadero nombre. Sabe, no asistí al funeral."

Grace asintió.

"¿No lo desaprueba?"

"¿Por qué debería?"

"Porque era mi hermana."

"Tenías todo el derecho de odiarla."

"Aún la odio."

"¿Y por lo tanto eres un hombre sin sentimientos; porque cuando tenías quince años, te sentías tan furioso y tan aturdido que te negaste asistir a su funeral?"

"No me perdono a mí mismo."

"Un día de estos vas a dejar de sacarte toda esa basura a porrazos."

"Usted no sabe de muchas de las cosas que he hecho."

"Y si supiera, ¿te odiaría, no es así?"

"Sí, tal vez."

Lo dijo con una suavidad en la voz que ella nunca había escuchado antes. "No lo creo." Le sonrió y le hizo una seña con la cabeza. "¿No te importaría, verdad, si tomo uno de tus cigarrillos."

"Creí que había dejado de fumar."

"Empecé de nuevo. Sabes, Andrés, la cosa con la vida es que siempre estamos volviendo atrás. Creemos que nunca volveremos a pasar por una calle en particular; nunca. Creemos que ya no tenemos nada que ver con esa calle. Y años más tarde, nos encontramos de nuevo en esa misma calle. Rehaciendo nuestros pasos. Buscando algo que dejamos atrás."

"Cigarrillos. Buscando cigarrillos."

Era un hombre inteligente y podía decir cosas absolutamente encantadoras. Si la vida hubiera sido diferente para él, hubiera sido como Sam: educado, sofisticado e intelectual. Y se preguntó si no sería eso exactamente lo que había visto en este hombre joven: la belleza atrofiada de un hombre que aún podía resurgir. Incluso en su deteriorado estado, aún podía iluminar una habitación. Podía iluminarla con una presencia, que era vasta e insólita. Como la de Sam. ¿Y no resultaba gracioso que este hombre joven tuviera que llegar a su vida aunque ella se estuviera muriendo? Podía sentirla, a la muerte. Empezaba también a adquirir una presencia. Sí, ¿no resultaba curioso que ella tuviera que sentir semejante afecto por este hombre joven? Que tuviera que preocuparse tanto. Eran amigos, así lo percibía. Ella, que nunca había permitido que algo semejante sucediera con sus clientes. Pero ya no importaba. Pues él sería el último. Y así ella quedaba libre de su profesionalismo. Pero no estaba libre de la indolencia. Y en todo caso, no tenía por qué preocuparse de ser indolente. No era algo que llevara dentro. Dejó que él le encendiera el cigarrillo. "Cuéntame. Quiero saber cómo regresaste."

"¿A El Paso?"

"Sí."

Mister no los habiá visto. No al principio. Mister no se había dado cuenta de que había un hombre y una mujer en la puerta de la casa de los Rubio. Estaba absorto en sus pensamientos, sosteniendo una conversación con Vicente. *¿Cómo vamos a llamar a tu osito?* Cuando se bajó del auto, los vio. El hombre apuntaba un arma contra la cabeza de la mujer. Pudo ver toda la escena con claridad. Todo le quedó perfectamente claro en un instante. Era la madre de Vicente, pudo reconocerla. El Sr. Rubio intentó avisarle con un movimiento de la mano que se fuera, pero ya era demasiado tarde.

El hombre se fijó en Mister y apuntó el arma a la cabeza del Sr. Rubio. "Lo mato, cabrón. Si dices una sola palabra, lo mato. Y después te pego un maldito tiro a ti también."

Mister asintió. Grace le había enseñado a mantener la calma cuando las cosas se ponían feas. Así que se esforzó lo mejor que pudo por comportarse como su hijo, *con calma, tranquilo, calmado.* Pero su corazón desbocado no ayudaba. Se dijo a sí mismo que todo iba a estar bien. Que todo iba a salir bien. Él y Vicente y Grace irían a comer a la casa en una hora.

La mujer mostraba una expresión de pánico y desconcierto. Miró a Mister y él entendió que la mujer le estaba diciendo, Lo siento, lo siento, y él quiso decirle que no había problema, que todo iba a estar bien y que no era culpa de ella y esperaba que ella lo supiera por la manera en que él la miraba; pero resultaba muy difícil saber qué era lo que ella veía en su rostro. Tal vez él también mostrara un gesto de pánico. Él no sabía.

Por un segundo, pensó en echar a correr. Podía ponerse a salvo. Pero rechazó la idea. Todo iba a estar bien. Nada de esto estaba sucediendo. Se trataba de una broma o de un mal sueño, se despertaría de un momento a otro y entonces él y Vicente se subirían al auto y se irían a la

casa. A la casa donde Liz los estaba esperando. Y Grace también estaría
allá.

"Un día vas a lamentar no haberle dicho adiós a Yolie."

Andrés asintió. "Un día voy a lamentar todo."

"No hablas como un muchacho."

"¿Cómo hablo entonces?"

"Como un hombre viejo."

Andrés se encogió de hombros.

"Amor, ya es hora de que regreses."

"No me iré. No antes de que sepa algo de Ileana."

"Ella es todo, ¿no es así?"

"Alguien tiene que salir vivo."

"¿Y tú, qué?"

"Yo ya estoy muerto."

"No hables así. Eres sólo un muchacho."

"Pensé que decías que yo hablaba como un viejo."

"Sigues siendo un muchacho."

Eso fue lo que se dijeron, Silvia y Andrés, la noche del entierro de
Yolie. Hablaron y fumaron y después se dirigieron a la casa de Carmen,
a pesar de que Silvia había dicho que él no debería andar en la calle. Carmen estaba empacando sus cosas cuando ellos llegaron. "Me voy por la
mañana. Voy para Jalisco. Homero me dio un día para irme." Sonrió,
una sonrisa completamente triste. "Debí haberme ido hace mucho
rato." Entonces se rió. Le pasó a Andrés una nota escrita a mano. Andrés desdobló el papel. "Ileana está viviendo en California. Está sana y
salva." Y entonces descubrió que había echado a correr por la calle, corría y corría sin detenerse y vio que entraba a ese mismo bar donde
Homero los había llevado a él y a Ileana una noche, y cuando irrumpió
en el bar lo vio, a Homero, y saltó encima de él como un tigre aba-
lanzándose sobre su presa, y empezó a golpearlo, y lo golpeó hasta ti-
rarlo al piso, y se escuchó gritar, "¡Te odio! ¡Te odio! ¡Hijo de puta! Pú-
drete en el infierno, ¡Hijo de puta!" Andrés no recordaba qué sucedió
después, sólo que Silvia y otro hombre se lo llevaban del bar antes de
que Homero pudiera levantarse del piso donde estaba tumbado. Y recordó que Silvia le había dicho en voz baja, "Esta noche, te llevaré de
regreso."

"No llevaremos nada," dijo Silvia. Él la vio cambiarse y transformarse en hombre de nuevo. No le gustó que ella se volviera un hombre de nuevo. Odiaba a los hombres. Los odiaba por las cosas que hacían. "Yo nací en El Paso, ¿no te lo había dicho? Me llamo Guillermo."

"Me gusta más Silvia."

"A mí también. Pero no esta noche."

"¿Dónde vamos?"

"A la casa de mi hermana. Ella vive en El Paso. Ahora estarás a salvo, como Ileana."

Andrés asintió. Cuando acabaron de arreglarse, salieron a la calle. Caminaron hasta el puente. En la parte más alta, sobre el río, entre las dos banderas de los dos países, Andrés se volteó a mirar hacia atrás.

"No," le dijo Guillermo. "Nunca mires atrás. Nunca, nunca, nunca." Mientras avanzaban por el lado norteamericano, Guillermo susurró, "Cuando te pregunte por la nacionalidad, sólo di americano."

"No puedo probarlo."

"Lo puedes comprobar con tu inglés."

"¿Y tú qué?"

"Tengo mis papeles. Si preguntan, diles que soy tu tío."

Andrés sentía cómo le palpitaba el corazón mientras aguardaban en la larga cola. Cuando le llegó el turno, sonrió y dijo "Ciudadano americano."

El hombre de uniforme lo miró fijamente. "¿Está solo?"

Pensó que el corazón le iba a estallar. "Vengo con mi tío." Se dio la vuelta y señaló a Guillermo, que espera justo detrás de él.

El hombre asintió y le dijo que siguiera.

Andrés sonrió y siguió adelante. Cuando salió del edificio, esperó a Guillermo. Cuando Guillermo estuvo a su lado, Andrés empezó a llorar. Guillermo lo abrazó y le dijo que ya estaba a salvo. "Ya se acabó," repetía una y otra vez Guillermo. Andrés también empezó a repetir esas palabras. Quería creer que era cierto. *Ya se acabó.*

"Aún no se ha acabado, Grace."

"No, supongo que no."

"Ni siquiera me molesté en buscar a Ileana."

"Nunca es tarde." Grace abrió el cajón y sacó unas hojas de papel. "Creo que esto te pertenece." Puso las hojas sobre el escritorio.

"¿De dónde las sacaste?"

Había una llama en sus ojos. Ella se sintió feliz por esa llama. Levantó las hojas y se las entregó. "Tómalas. Las leería si fuera tú. Es probable que ahí encuentres algo tan valioso al menos como el papel en las que están escritas."

Andrés recibió las hojas y se quedó mirándolas. Las dobló con cuidado y las volvió a guardar en el bolsillo de la camisa.

"Por eso fue que te pusiste furioso . . . porque te quitaron lo que habías escrito."

"¿Y cuál Usted sugiere que hubiera sido la reacción apropiada?"

"¿Les diste por lo menos un buen golpe?"

"Uno tuvo que ir al dentista."

Ella se rió y sacudió la cabeza. "No apruebo la violencia." Lo miró fijamente y buscó su cara. "Deberías ir a buscarla."

"¿Y si está muerta?"

"¿Y si está viva?"

"Viva. Esa es una palabra."

El hombre le hizo una señal con el arma para que entrara. Mister miró al hombre, el gesto de rabia y confusión en la cara. Miró fijamente el vaivén del arma. Es como una película, se dijo, una de esas películas con una trama conocida, la escena del hombre desquiciado interpretado por un actor mediocre.

Lo primero que vio al entrar a la sala fue a Vicente agarrado a la Sra. Rubio. Ella lo miró, pero no dijo nada.

"Siéntense. ¡Todo el mundo, sentados!" El hombre, el hombre desquiciado, mantenía a la madre de Vicente a su lado.

Mister se sentó en el sofá al lado del Sr. Rubio. El Sr. Rubio le apretó la mano. "¿Qué hacen?"

Mr. Rubio sacudió la cabeza y levantó los hombros.

"No hagan un puto movimiento a menos que se los ordene." El hombre miró a Mister, después se volteó a mirar a la mujer. "Puta. No

eres más que una puta, Alicia." El español no era su primera lengua.
"¿Este es el tipo al que le diste nuestro hijo? ¿Ese es el tipo?"
Alicia sacudió la cabeza. Mister ahora sabía su nombre.
Él hombre la golpeó con fuerza en la cara y ella cayó al piso. Le
apuntó con el arma. "Te pregunté si este era el tipo."
"Sí," dijo Mister. "Soy yo."

• • •

Andrés recordó despertarse en los brazos de Guillermo. Miró alrededor del cuarto y se encontró con una imagen del Sagrado Corazón de Jesús. Las llamas eran suaves, mucho más apacibles que las llamas de su propio corazón. Se zafó de los brazos de Guillermo y se acercó a la ventana. Miró hacia el patio de atrás. Había un colibrí libando en una de las flores de un árbol de granadas. Ignoraba todo respecto a los colibríes excepto lo que su padre le contó de que les gustaba pelear. Así que tal vez uno podía pelear y podía seguir siendo hermoso, como los colibríes.

Ese primer día, Guillermo lo llevó a todas partes. Caminaron hasta el centro y Guillermo le compró ropa nueva: camisas y pantalones y zapatos y zapatillas deportivas y ropa interior y camisetas y medias y todo. "Para una nueva vida," le había dicho. Guillermo pidió prestado el auto a su hermana, y lo llevó a comer a un sitio llamado State Line, y comieron costillas y ensalada de papa y pan y fríjoles a la parrilla, y comieron hasta que Andrés sintió que iba a reventar.

Más tarde, regresaron a la casa de la hermana de Guillermo, y se sentaron en las sillas del patio y fumaron y conversaron. "Mañana tienes que ir a ver a la trabajadora social."
"No quiero."
"Tienes que vivir en alguna parte. Te conseguirán una buena familia . . . a menos que quieras ir a ver si la Sra. Fernández te vuelve a recibir."
"No. Dejémosla tranquila."
"Entonces tendremos que meterte en el sistema."
"¿El sistema?"
"Ya sabes, hay gente que se hace cargo de los chicos . . ."
"No soy un chico."

"Okay. Pero eres un menor."

"No quiero vivir con nadie más sino contigo."

"Yo vivo en Juárez."

"Vuelve aquí."

"Allá tengo mi casa. No voy a volver aquí. Y además, tú necesitas una familia decente."

"Tú eres decente."

Guillermo le dio un beso.

Andrés lo miró fijamente. "Quiero que vuelvas a ser Silvia."

"Soy Silvia. Sólo cuando vengo a El Paso tengo que ser Guillermo; y ese no es el que yo quiero ser. ¿Entiendes, Andrés?"

Andrés contestó que sí con la cabeza.

"Mi hermana cree que me estoy aprovechando de ti. Me echó un sermón."

"Entonces tu hermana no te conoce."

"Bueno, un hombre con un muchacho . . . ¿qué se supone que piense?"

"Se lo puedo decir yo."

"No le digas nada."

"Ella sólo quiere que nos vayamos, ¿cierto?"

"Sí."

"¿Nos volveremos a ver?"

"Todas las semanas. Nos pondremos una cita. Los sábados por la tarde en la plaza de San Jacinto. Fumaremos y hablaremos y almorzaremos."

"¿Lo prometes?"

"¿Y él mantuvo la promesa?"

"*Ella.*"

Grace asintió. "¿Mantuvo *ella* la promesa?"

"Sí."

"Silvia y yo nos vimos casi todas las semanas durante dos años."

"¿Y qué pasó después?"

"Es una historia larga."

"Tengo tiempo."

"Cuando murió. No, no es así. Cuando él la mató . . . fue cuando decidí que todo se había acabado. Primero mi papá y mi mamá. Después Mando y Yolie. Después Ileana . . ."

"Pero Ileana puede estar viva."

"Igual la perdí." Andrés encendió un cigarrillo. "Mamá y papá y Mando y Yolie e Ileana. Y después Silvia. Y entonces me dije, A la maldita mierda todo. Se acabó."

"Y aquí estás."

"Sí. Aquí estoy."

"Quizás estés encantado con la idea de ser un desarraigado. Puedes unirte a la raza humana en cualquier momento que desees."

"¿Qué le hace pensar que me quiero unir? Vivo en un mundo que me contempla como si fuera una especie de animal raro. Sabe, cuando le dije a Dave que no había ido a la universidad, se estremeció. Por un segundo. Estaba tan sorprendido. No creo que él pueda creer que un tipo como yo pueda ser lúcido o articulado frente a cualquier cosa . . . porque no ha ido a la universidad. Tal vez resulte mejor que la gente crea que uno es estúpido y torpe. Así no esperarían nada. Vivo en un mundo que no espera nada de mí porque decidió de antemano que yo no importo."

"¿Qué es lo que el mundo espera? ¿Qué es lo que importa?"

"No nací gringo, en caso de que no se haya dado cuenta."

"Yo tampoco, Andrés. *En caso de que tú no te hayas dado cuenta.* Y ni siquiera nací hombre."

"Gran puta cosa, Grace. Yo nací hombre y fui usado como mujer. No tienes ninguna maldita ventaja sobre mí."

"Esto no es una competencia, Andrés. Ya ganaste esa que asegura que te jodieron más veces que a nadie en todo el universo. Esa ya la ganaste. Pero eso no significa que yo no sepa nada. Yo sé alguna que otra cosa sobre lo que el mundo espera y no espera de uno. Nunca me ha preocupado demasiado. Fui a la Universidad de Texas. Eso ya me hizo más exitosa que cualquiera de la gente que creció conmigo en el barrio. Y siempre me fue espectacularmente bien en las clases, y aquí estoy para confirmar que me fue espectacularmente bien, y siempre pude ver el gesto de sorpresa en las caras de mis profesores. ¿No crees que me daba cuenta? Eso que ves en el rostro de Dave, yo lo veía todos los malditos días de mi carrera académica. ¿Y qué, Andrés? Yo quería hacer algo, ser algo . . . y lo conseguí. No creo que merezca una medalla y no creo que sea alguien particularmente especial. Quería conseguir algo y busqué la manera de hacerlo. Pero también te digo una cosa, Andrés, tuve suerte. Fui una muchacha con mucha suerte. Conté con alguien que me lamió todas las heridas." Sonrió. "Cuando éramos jóvenes, yo y mi Sam, peleábamos todo el tiempo."

"Me alegro por usted."

"¿De verdad?"

Él la observó. Quería que ella entendiera que esta vez era verdad. "Cualquier cosa que haya conseguido, estoy seguro que ha sido más que merecida". Apretó los dientes. "Mi guerra . . . no es contra usted, Grace."

"Al menos peleas."

"¿Y usted, Grace? ¿Sigue luchando?"

La sorprendió. Esa pregunta.

Lo único que veía era los ojos del hombre, oscuros como un cielo a punto de descargar un diluvio sobre la tierra. Volvió a mirar y rogó; pero rogó sólo con la mirada.

El hombre volteó a mirar a Alicia. "¿Así que creíste que él podía ser mejor padre? ¿Piensas que se parece a mí? ¿Ah? Ah, ¡maldita sea!" Dejó de apuntar el arma a la mujer y apuntó en dirección a Mister. Nunca soñó con un final como este. Miró a Vicente. Así deseaba vivir: mirando a Vicente.

Cuando la bala impactó su corazón, tuvo el aliento suficiente para musitar el nombre de Liz . . . y el de Grace. Los dos nombres resonaron por un instante en el cuarto. Y la luz desapareció.

Por lo menos se ahorró la carnicería que vino después. La suya resultó ser la muerte más amable.

Andrés llegó a la oficina de Grace a las 4:00. Justo a tiempo para la cita. Mister salió de su casa a las 4:30. Llegó a la casa de los Rubio a las 4:54; exactamente seis minutos después de que Robert Lawson llegara con Alicia F. Sparza. A las 5:07, mientras Andrés abandonaba la oficina de Grace, Mister estaba muerto, la sangre tibia aún brotando de su pecho. A las 5:25, mientras Grace se montaba en su auto para dirigirse a la casa, todos los demás en casa de los Rubio estaban muertos; incluso el asesino.

Robert Lawson redactó una nota y la dejó sobre la mesa de la cocina antes de apuntarse con el arma: "Esto es lo que pasa en un mundo donde los papás no cuentan." Sólo dejó vivo al niño Vicente. Incapaz de despertar a ninguno de su sueño, Vicente decidió echarse al costado de Mister.

Grace, Liz, Luz y la Tristeza
de los Sueños

La sala de urgencias del Thomason Hospital parecía la morgue. Grace Delgado y sus tres hermanas permanecín sentadas en la sala de espera. Casi no hablaban, pero cuando lograban musitar una o dos palabras, lo hacían en susurros. Grace mantenía su estoicismo como cuando murio Sam. Se había retirado a su propio desierto, y allá rezaba y peleaba con Dios. Sus hermanas la tocaban, le apretaban la mano, la besaban. Ella las dejaba. Un pensamiento fugaz le cruzó la cabeza: que sus hermanas siempre la habían querido a ella mucho más de lo que ella las había querido. Estaba equivocada, por supuesto, pero por naturaleza era implacable consigo misma, incluso en sus pensamientos fugaces.

Liz caminaba de un lado a otro de la sala, lejos de Grace y sus hermanas. Grace sabía muy bien que debía dejarla sola.

"¿Quieres tomar agua?"

Grace levantó los ojos hacia esa voz conocida y recibió el vaso que Dolores le tendía. Bebió. No se había dado cuenta de lo sedienta que estaba. Se imaginó el rostro de Mister, imperturbable y lleno de vida y perfecto, los hoyuelos haciéndolo ver mucho más joven de lo que era. Le encantaba sonreír y reírse y decir lo que pensaba. Qué hombre joven tan amoroso y tierno. Recordó la expresión de su rostro cuando cavaba la tumba para Mississippi. Se veía perfecto bajo esa luz.

Levantó los ojos y se encontró mirando fijamente al rostro grave de un médico joven pero agotado. "Busco a la Sra. Delgado."

Grace movió la cabeza. "Soy yo. Pero creo que usted a quien busca es a ella." Señaló con la mejilla a Liz. Se levantó del sillón y se dirigió hacia donde Liz caminaba de un lado a otro. "Liz," dijo en voz baja. El médico esperaba a un lado.

"¿Sra. Delgado?"

Liz observó al médico con desconcierto. "¿Sí?" La pregunta flotó en el aire.

"Lo siento mucho . . ."

Ella lo interrumpió a mitad de la frase. "Quiero verlo."

"No está, quiero decir, quisiera advertirle, que está . . ."

Esta vez fue Grace quien lo interrumpió. "Sería tan amable de permitirle a mi nuera unos momentos . . ." Su voz se hizo grave, a punto de quebrarse.

El médico asintió con la cabeza.

Grace tomó a Liz por los hombros. "Ve," le susurró. "Entraré cuando hayas tenido tu tiempo."

Liz y Grace se miraron fijamente por un momento.

"Está bien." Grace susurró.

Liz asintió, entonces siguió al médico hacia el otro lado de las puertas batientes donde estaba escrito: "PROHIBIDO EL PASO SIN AUTORIZACIÓN DEL PERSONAL DEL HOSPITAL." Volteó la cabeza y miró a Grace, los labios temblorosos.

No supo cuánto tiempo pasó Liz con Mister en ese cuarto. Estaba más allá de cualquier preocupación por el tiempo. Estaba sentada en una silla frente a las puertas batientes. No separaba los ojos de las puertas. Permaneció sentada casi inmóvil hasta que Liz apareció, los ojos enrojecidos, el pelo revuelto. Sus miradas se cruzaron. Grace se levantó de la silla donde había estado vigilante. Liz seguía inmóvil frente a ella. "Creo que a él le gustaría que pasaras unos momentos," dijo Liz en voz baja.

"Sí," contestó Grace.

"Incluso ahora se ve hermoso," comentó Liz, quebrándosele la voz.

No parecía muerto. El pelo, aún salvaje como el fuego, el rostro con la calma de un amanecer sin viento. Para nada muerto; excepto por la falta de color. Le tocó la frente, después le pasó los dedos por el pelo. Jadeó, y entonces sintió las lágrimas ardientes y las convulsiones, el dolor en el corazón, el mismo dolor que había sentido cuando Sam se fue. Se había dicho que nada le dolería nunca tanto. Pero estaba equivocada. Esto era peor, esta horrorosa, implacable, inmisericorde dentellada en su corazón que la hacía estremecerse de dolor, que la obligaba a caer de rodillas en el piso y doblarse sobre si como si tratara de arrancarse ese dolor. No se escuchó gritar *mi hijo, mi hijo.* No escuchó las palabras transformándose en lamentos. *Noooooooo miiiii hiiiijooooo,* sus gritos transformándose en un pasmoso quejido. Todo eso había desaparecido, era el dolor en su forma más cruel y pura, y parecía como si ella fuera a quebrarse en dos y no le importó si se rompía, no le importó nada porque no quedaba ya nada a excepción de este dolor que devoraba su cuerpo con un ansia que era aún más voraz que el cáncer.

Se transformó en un manantial, y las únicas aguas que fluían por ella eran las de él, Mister, cuando se lo entregaron segundos después de nacido, los ojos alerta, su mata de pelo que pedía a gritos que se la peinaran, Mister tratando de convencerla de que no lo hiciera ir al colegio, *Sam me puede enseñar todo Grace,* Mister de pie frente a un edificio vacío, *Grace, este es mi nuevo café. La Dolce Vita,* esa sonrisita insensible al cinismo, Mister gimiendo ante la tumba de Sam. Quería que cesara, que no siguiera, pero al mismo tiempo quería que las imágenes la atravesaran para siempre, y Dios, se estaba rompiendo y entonces—justo en ese momento—en medio de todas esas mudas articulaciones, le volvió ese sueño. El sueño, su amigo de tantos años, regresaba a ella. Y ahora lo comprendía como nunca pudo comprenderlo antes. Ahí estaban los dos, Sam y Mister, dando vueltas el uno con el otro sin parar, vueltas y vueltas, hasta que se fundían con la deslumbrante luz.

Abrió los ojos y se dio cuenta de que estaba arrodillada en el piso. Se puso de pie.

Lo besó por última vez. "Amor," susurró. Es fue la última palabra que le dijo. Era una palabra hermosa y valiosa, tan hermosa y valiosa como su hijo. Retiró la mano. Y salió del cuarto.

¿Qué Estamos . . . Dormidos?

Andrés no había estado estudiando mucho tiempo. Acababa de regresar de la sesión con Grace. Puso a hacer café y encendió un cigarillo. Pensó en Ileana. Tal vez estaría viva. Dejó de pensar en eso, y abrió el libro que estaba leyendo para su clase de historia. Entonces timbró el teléfono. Lo levantó. "¿Cómo vas, Dave?"

"¿Cómo supiste que era yo, tienes identificador de llamadas?"

"Eres el único que me llama."

"Deberías salir más a menudo."

"Mi abogado me dijo que debía estudiar. Así que eso es lo que hago."

"Me alegra oír eso."

Andrés escuchó la larga pausa.

"Oye. Hay malas noticias."

"Te escucho."

"El hijo de Grace Delgado."

"¿Qué pasa con él?"

"Lo mataron."

"¿Qué?"

Inmediatamente después de colgar el teléfono, quiso ponerse en contacto con Grace. ¿No era eso lo que hacía la gente, ponerse en contacto cuando algo malo sucedía? ¿No era acaso eso lo que hacía la gente? Sacudió la cabeza, se puso la ropa para trotar y salió a correr. Descubrió que había llegado hasta el puente Santa Fe. Se preguntó cómo habría sido sido el hijo de Grace. Se preguntó si Grace ahora tendría tiempo para él. Apretó los puños por ser tan egoísta.

La historia de Mister fue noticia de primera página. Cualquier lugar al que se dirigiera esa mañana en el campus, la gente hablaba commocionada. Por la tarde, la rabia lo estaba sacando de quicio. No sabía si se trataba de una reacción buena o mala. Tal vez fuera apropiada y decente. Pero, al mismo tiempo, vacía. La gente estaba indignada por los narcotraficantes y las prostitutas y las bandas. La gente estaba indignada por los altos impuestos inmobiliarios y por los malos colegios. La gente estaba indignada por la basura en las calles de la ciudad y por los políticos corruptos o estúpidos y holgazanes. La gente estaba indignada por los tipos que asesinaban gente inocente. Pero nadie hacía nada al respecto. Siempre resultaba más sencillo mostrarse indignado después del hecho. Era más sencillo sacudir con rabia la cabeza y mostrarse indignado, como si la indignación fuera una prueba de ser civilizado; una señal de que el mundo aún no había sucumbido, de que aún gritaba horrorizado, una prueba de que su corazón aún seguía latiendo.

¿Y quién carajos era él para lanzar un balde de agua sobre esa indignación a posteriori? Sólo que él era demasiado cínico e insensible para lamentarse por todo este triste asunto. Y en su mundo, ¿no era todo esto algo normal? ¿Qué significaba para él la indignación pública? La indignación pública era tan caprichosa como respetable. Había leído suficientes editoriales estériles en periódicos oportunistas como para sentir compasión por las sensibilidades tiernas y miopes de sus virtuosos lectores. Ya ni siquiera sabía lo que significaba la virtud. ¿Era virtuoso el hombre que asesinaba travestis porque su mera presencia pervertía el orden natural de las cosas?

¿No se le había aparecido a él la virtud con la apariencia de una vieja puta que le salvó la vida a su hermana? ¿No se le había aparecido con el aspecto de un travesti cuya amistad lo había sacado del infierno? Esto, finalmente, era lo que él sabía. Conocía a ese hombre llamado Robert Lawson. Había conocido hombres como él a lo largo de su desgraciada y triste vida. Sus nombres estaban grabados en su corazón como graffiti. Ese hombre, Robert Lawson, ese hijo de puta egoísta y desquiciado, tenía algo en común con Mando y Yolie, y con su padre. Pisoteaban el mundo con una forma de amor enfermiza y retorcida y tramposa. Ese hijo de puta no creía que el amor otra persona pudiera importar algo. Como si el amor de un padre lo supiera todo, pudiera verlo todo, pudiera curarlo todo. ¿Y qué hubiera sucedido si a ese hombre, Robert Lawson, le hubieran permitido conservar a su hijo? ¿Qué coño hubiera sucedido entonces? Hombres como él y como Mando, no entendían más que sus a corazones torcidos. Esa era su enfermedad: que se creían el centro de toda luz. Una clase de luz que era la oscuridad de la tierra. Una plaga que los estaba aniquilando a todos.

Escupió en el piso. Escupía encima de hombres como Robert Lawson y Mando Segovia. *Que se vayan todos directo al quinto infierno.*

Soltó el periódico de la mañana. Intentó no pensar en Grace. Si pensaba demasiado, su corazón se ablandaría. ¿Y qué haría entonces él con un corazón blando en un mundo donde asesinaban a hombres como su hijo? Lo único que quiso hacer era adoptar un niño.

No. No quería pensar en Grace.

Hoy no Hay Misa por la Mañana

Mister se había marchado ya. Durante toda la noche, sintió el peso de esa permanencia, la pedestre desolación del significado de "marcharse." Y qué noche tan larga. Tan escaso drama en ese letargo apagado que viene después de una pérdida. El letargo era omnipresente como un dios vigilante, incluso después de dormirse, exhausta por el padecimiento y el cortejo de detalles que vienen con la muerte. Los vivos siempre quedan con una comitiva de detalles.

Cuando despertó, pensó en Liz, en cómo lo había dicho, "Tengo que ir a la casa." Grace la había dejado ir. Pero envió dos de sus hermanas para que la llevaran. Y más tarde la llamó, pero sólo salían sollozos desde el otro lado de la línea. "Es bueno llorar," había susurrado. Cuando colgó, siguió su propio consejo.

La última vez que había llorado hasta quedar dormida fue la noche que enterró a Sam.

Se sintió aturdida y atontada cuando se levantó de la cama. La luz en el cuarto hizo palpitar su cabeza aún más. Se puso una bata y se miró en el espejo del baño. Se cepilló los dientes y pensó que era muy extraño estar haciendo algo tan ordinario. ¿Qué derecho tenía ella de estar haciendo cosas normales? Se tomó dos aspirinas. Las masticó, hizo una mueca de disgusto, tomó un poco de agua en las manos y se la bebió para quitarse el sabor. Pero siguió sintiéndolo.

Sentía olor a café. Dolores se había quedado la noche. Grace se encontraba demasiado cansada como para discutir con ella. El aroma del café recién hecho le hizo recordar a Mister. Todo haría que lo recordara.

Todo haría que ella sintiera esa culpa, las palabras mal dichas, sus imposibles exigencias. Así sería al principio. Así había sido con Sam. Se había acordado de todas y cada una de sus discrepancias hasta casi caer destrozada por el peso de su auto castigo. *No, Grace, por favor.*

Caminó hasta la cocina. Echó un vistazo a los titulares del periódico de la mañana. No tenía el coraje de leerlos. Puso el periódico a un lado, después vio a Dolores entrar desde el patio.

"¿Cuándo murió la perra?"

"Olvidé contarte. Mister y yo la enterramos."

Dolores le tendió una taza de café, después le dio un beso. Se preguntó por qué todo el mundo a su alrededor se comportaba de manera tan expresiva y también se preguntó por que los temperamentos eran invariables. La asaltó el deseo repentino de acercarse al almacén más cercano y cambiar el suyo.

"¿Con qué te estabas flagelando esta vez?"

"No me estaba flagelando."

"Ya te conozco, Graciela."

"No es nada."

"Siempre has sido muy dura contigo misma, Gracie."

"Tal vez yo sólo sea una persona dura."

"No, amor."

Grace observó a su hermana mayor, los rasgos finos suavizándose con la edad. La voz también. Hermosa.

"Me pregunto qué pasará con el niño."

"¿Qué dices?"

"El niño Vicente. ¿Crees que Liz aún lo quiere?"

Grace miró fijamente el rostro serio de su hermana. "¿Está vivo?"

Hoy no hay misa por la mañana para Grace. En cambio, se convenció para ir a visitar a Liz. Cuando llegó, se quedó un rato fuera de la casa. Mister había arreglado el jardín con arbustos del desierto y árboles y cactus. Se veía tan apacible y tranquilo. Ninguna señal de caos ni de proyectiles ni de las intromisiones violentas del mundo exterior. Aquí, todo estaba exactamente como Mister lo había dejado: todo perfecto para un hombre y su esposa y su hijo.

La noche que ella había ido a comer, Mister y Liz le enseñaron la casa, todo lo que habían hecho, y resultaba más que evidente que esta casa estaba colmada de los múltiples dones que poseía su hijo: llena de libros y de arte y los pisos de madera perfectamente pulidos, perfectamente teñidos, perfectamente barnizados con las pacientes y firmes manos de Mister. Tocó el timbre, las manos ligeramente temblorosas.

Liz no tardó mucho en abrir la puerta.

Se miraron fijamente a los ojos, sin decir nada. Finalmente, Liz sonrió sin fuerza.

"¿Quieres un café?"

Grace asintió.

"Voy a preparar una jarra fresca."

Mientras Liz molía el café, Grace caminó por la sala, sin saber exactamente qué estaba buscando. Pasó las manos sobre los libros de Mister, se sentó en su sofá, y hojeó sus libros de arte sobre la mesita de centro. Mister había dejado un marcador en uno de los libros; descubrió entonces que el marcador era una fotografía. Era una foto de Mister entre ella y Sam. Tenía cuatro años, y los dos lo besaban. Tenía una expresión de plenitud en el rostro.

Pensó en Andrés. Incluso hoy, él la perseguía. Se preguntó si Andrés habría alcanzado alguna vez esa expresión de plenitud. Tanto anhelo escrito en su rostro, tanto deseo y tanta rabia y confusión. Y aún así era su Mister quien había muerto y Andrés quien seguía vivo. No era justo, compararlos a los dos, como si de alguna forma algunos hombres merecieran vivir más que otros. No era justo, y aún así su mente los comparaba, pues la mente tenía sus propios y caprichosos detonadores. Bajó la cabeza. Andrés merecí vivir. Y Mister también. Y, en todo caso, todos estos pensamientos fortuitos eran inútiles, como si el asunto de vivir y morir se redujera a una simple cuestión de "méritos."

Cerró el libro. Liz estaba parada frente a ella, una taza de café de la mano. "¿Lo tomas negro?"

Grace dijo que sí con la cabeza.

"Igual que Mister."

"Sí."

Liz miró la foto que Grace tenía en la mano. "Era su foto preferida."

Grace puso de nuevo la foto en el libro y lo cerró. "Todo era mucho más sencillo cuando Sam estaba vivo. Para los dos."

"Mister te quería, Grace."

No hizo ningún esfuerzo por limpiarse las lágrimas de la cara. "Tampoco hice las cosas muy fáciles para él."

"Yo tampoco le hice las cosas más fáciles, Grace."

"Seguramente era adicto a querer mujeres complicadas." Grace bebió un sorbo de café entre las lágrimas. "Está bueno el cafe."

"¿Qué va a pasar con nosotras?"

Grace se encogió de hombros. "¿Vas a quedarte con Vicente?"

"Fue una idea de Mister. Estoy segura de que ya lo habrás adivinado."

"Tú también lo querías. Pude darme cuenta."

"Ya no."

"Pero Liz . . ."

"No lo quiero, Grace. Él ya no . . ."

"¿Él ya no qué?"

"Ya no tiene ningún sentido sin Mister."

"¿Por qué no?"

"¿Viniste aquí a hacer el papel de consejera?"

"Perdona si doy esa impresión," contestó en voz baja. Se levantó de donde estaba sentada y caminó hasta la ventana. Corrió la cortina y miró afuera al sol de la mañana. "Esta es una casa hermosa. Lamento haber esperado tanto tiempo en venir."

"Tampoco fue que te invitáramos precisamente."

"Pude haberme invitado yo misma. Y ustedes tampoco me hubieran rechazado. Siempre lo supe. No ayudé que las cosas funcionaran." Volteó a mirar a Liz. "Tengo un cliente. Se llama Andrés. Ha estado viniendo. Es un joven atormentado, pero poco a poco he empezado a preocuparme por él. Es hermoso. De una manera distinta a Mister; pero hermoso. Ya sabes, a veces resulta más fácil preocuparse por los desconocidos que por los de nuestra misma sangre. Tiene una hermana, se llama Ileana. Es una historia complicada. Perdió su rastro cuando era niño. Ahora siente temor de encontrarla."

"¿Por qué?"

"Porque está asustado. ¿Y si está muerta? ¿Y si le ha sucedido algo?"

"¿Y si está viva?"

"Correcto, Liz. ¿No lo ves, Liz? ¿Sabías que cuando miraba a Mister, por momentos veía sólo a Sam? Veía a Sam cuando debí haber visto a mi hijo. Andrés está aterrado de buscar una hermana, pues lo aterra que sólo encuentre más desesperación. Bueno, tal vez sólo encuentre eso. Y tal vez descubra que es más fuerte de lo que piensa. ¿Y si encontrara a su hermana? ¿Qué sucedería, Liz? Me mantuve al margen. Era más sencillo. Tal vez lo fue para los dos. Nunca superamos del todo la muerte de Sam; ninguno de los dos. Tú ya no quieres a ese niño porque te hará pensar en Mister. Pero, maldita sea, Liz, ¿a quién tiene ese niño ahora?"

Liz se sentó en el sofá, la cabeza baja, las lágrimas resbalándole por la cara. "Es muy duro. Es malditamente duro."

Grace caminó despacio hacia Liz, después se arrodilló en el piso. Puso la mano bajo la mejilla de Liz y la levantó. "Llega un momento en que tenemos que dejar partir a los muertos."

"No puedo."

"Creo que sí puedes."

Cualquier Cosa que te Ayude
a Pasar el Día

*D*eberías contarle, Dave. Grace era excelente para dar consejos. Y no se equivocaba. Pero él se había resistido tantas veces ya, que ahora parecía una situación normal, vivir sin contarle nada. Era como olvidar el nombre de alguien que uno acabara de conocer. Y en la siguiente oportunidad, por cualquier circunstancia, uno se sentía tan avergonzado de preguntarle al otro su nombre, pues él sí recordaba el nombre de uno y era además muy amable; y uno tenía su orgullo y, después de todo, no quisiera aparecer egoísta porque él recordara el nombre y cómo era que uno no tenía la decencia de prestar atención a los nombres de los demás cuando se los presentaban a uno. Y uno seguía encontrándose con este hombre, y en cada oportunidad uno sonreía y preguntaba con discreción, *¿Cómo está? ¿Mucho trabajo?* con la esperanza de que el hombre no se diera cuenta de que uno nunca lo llamaba por el nombre. Y cada vez que se lo encontraba, uno quería mirarlo directo a los ojos y decirle, "Perdón, pero no recuerdo su nombre". Sería tan fácil y sencillo confesarlo. Pero, ¿qué pensaría el otro, después de tantos años de hablar con uno en la calle? El problema podría resolverse de una forma tan sencilla. Pero uno nunca terminaba confesándolo, pues el orgullo no lo dejaba y uno aprendía entonces a vivir con ese miedo estúpido y enfermizo que de un momento a otro se volvería a encontrar con este hombre . . . y, por supuesto, uno se lo encontraba. Era algo parecido, esto de no decírselo. Aunque peor. Mucho peor.

Grace tenía razón. En todo.

Se preguntó cómo le iría. Dios, habían matado a su hijo. Le había llevado flores a la casa. Ella le ofreció café, y conversaron. Ella se veía triste y trasnochada. Pero también algo más. Estaba sufriendo, a pesar de verse tan calmada. Le enseñó una foto de su hijo. Había algo en él, incluso en la foto. Qué mundo este. Uno pensaría que ya se habrían acostumbrado a esto. ¿Cuándo fue el último día que el maldito mundo vivió sin un asesinato? Era algo normal, después de todo. Apocalipsis y normalidad. Qué clase de mundo era este. ¿Cómo podía él estar tan enamorado de la vida? ¿Cómo podía? Tal vez no estaba enamorado. Tal vez era como fumar. Vivir era simplemente otra adicción. ¿No era eso lo que todos los adictos se decían siempre? Que era amor. ¿No era eso lo que él decía siempre? "Dios, adoro fumar." Cualquier cosa que te ayude a pasar el día.

Sacudió la cabeza y sonrió. Y encendió un cigarrillo.

Llevaré a Andrés al funeral. Y después, buscaré las palabras.

Tiempo y Orden en el Universo

L a ciudad está obsesionada con la historia de Vicente Jesús, el único sobreviviente de lo que los medios han apodado "la masacre de la adopción". Han transformado a Mister en un mártir y en un santo. Han llegado reporteros desde lugares tan alejados como Lyon, Francia, y Sydney, Australia. Están descendiendo sobre la ciudad. Han venido para verlo todo de primera mano. Quieren que todo el mundo se entere. Se han invitado a sí mismos para asistir al funeral de Mister Delgado.

Algunos reporteros han acampado frente a la casa de Liz y Mister. Liz llama llorando a Grace. Grace conduce hasta la casa, ayuda a Liz a empacar sus cosas, y se la lleva a su sitio. A la salida de la casa, agarra a un reportero por el cuello de la camisa y lo enfrenta por la manera en que practica su profesión.

Los ofrecimientos por adoptar a Vicente Jesús llueven a raudales desde todos los rincones del país. Es como comprar un boleto de lotería. Alguien empezó una página web con la foto de Vicente. En el portal también aparece la foto de Mister.

El día del funeral, no quedan asientos vacíos en la Catedral de St. Patrick. Cuando Grace acompaña a Liz a lo largo de la nave central, se ve rodeada por un mar de dolientes. Grace sabe que entre los asistentes hay simples mirones, pero también sabe que su hijo era muy estimado. Se detiene y saluda a un viejo amigo, después otro y otro. Descubre las caras de antiguos pacientes. Nunca ha visto a mucha de esta gente fuera de su oficina. La conmueve su presencia. Conserva una compostura y una cortesía perfectas. Cuando encuentra una cara conocida, agradece su asistencia. Cuando abraza a una mujer que conocía desde la infancia, la distrae el flash de una cámara. Cuando levanta la vista, ve a Dave acompañando a un hombre joven hacia la puerta. Ella le da un golpecito en el hombro como muestra de agradecimiento cuando pasa por su lado. Y entonces, ve a Andrés. Él sonríe torpemente. Ella sabe que él no sabe qué hacer ni qué decir. Ella lo mira y le toma la mano, después se la aprieta con suavidad. Mira con atención su hermoso rostro. Está buscando a su hijo. Se le ocurre que buscará a Mister en el rostro de todos los hombres jóvenes que se encuentre.

Liz ha caminado hasta el ataúd abierto frente al altar. Se arrodilla y mira el rostro de su esposo. Quiere ser fuerte. Está pensando en la costumbre que tenía él de besarla cada vez que entraba en la habitación. Recuerda haberle dicho, "No tienes que besarme cada vez que me ves." Recuerda la respuesta de él, "Sí, tengo que hacerlo." No se escucha a si misma gimiendo.

Grace va hasta donde su nuera y la aparta del ataúd.

Oración

Hoy enterré un hijo.

Mister fue un buen hombre. Tú, quien das y tomas la vida, la fuente de la oscuridad y de la luz, sabes que digo la verdad. Él era un *buen* hombre.

Anoche me despertó el ruido de la tormenta. Adoro la furia de los cielos y las bendiciones que ofrece. La luz era maravillosa y extraña. Abrí la ventana y dejé que la lluvia entrara, cayendo completamente fría sobre mi piel. Me envolví en la cortina. Bailé un vals y lloré por todas mis pérdidas.

Mis hombres se han ido. Mi Sam. Mi hijo.

Tu crueldad es mucho más grande de lo que nunca pensé. Se me ha dicho que tu amor es aún más grande. Pronto lo descubriré.

Me quedé bajo la lluvia y, cuando acabó, vagué por toda la casa. Tan grande, esta casa. Demasiado grande para mí sola. Encontré un poema que nunca terminé. Lo había dejado en un libro que a Sam le encantaba leer. Dos líneas, fue todo lo que escribí:

Amor te busco sin querer en un lugar perdido
En ese tiempo de la luz que fue mi paraíso.

No es un poema para nada, sólo un pareado. Comprendo finalmente. He vivido enamorada de ser la viuda de mi Sam. *Endiosada.* Tú conoces esa palabra.

No interpretaré a la viuda nunca más.

Amé a mi Sam.

Y amé a mi hijo.

¿Conoces a ese niño, Vicente? Si Liz no lo lleva a la casa, *lo haré yo*. Mi propósito es traerlo a casa. Mi propósito es educarlo. Mi propósito es concluir lo que mi hijo había empezado.

Tú sabes lo que hay en mi corazón.

Y ahora sabes que mi propósito es vivir.

Y una cosa más. Perdóname. Por Liz, por la manera equivocada en que la juzgué.

La Historia de Dave

Andrés lo miró fijamente. Esperó. Él había empezado a decir algo. Lo había mirado, para hacerle saber que tenía que terminar lo que había empezado a decir.

"Tengo que contarte una historia."

"¿Una historia?"

Dave tenía una expresión particular en el rostro.

Andrés asintió. "¿Una historia? Okay." No sabía por qué hablaba en susurros; salvo que el funeral de Mister Delgado lo había hecho sentir más amable y Dave se encontraba más sobrio que una taza de café en la mañana.

"No sé si esta historia te va a gustar." No había tocado la comida. Hizo el plato a un lado. "Me sentaría una cerveza."

"A mí también."

"¿Por qué no nos vamos al patio? Allá podemos fumar."

"Era el día de mi cumpleaños. El gran señorito de veintiuno a punto de ir a la facultad de derecho. Yale. Dueño de todo el maldito mundo. Bueno, mi viejo y yo no éramos muy cercanos. El hombre trabajaba. No porque le hiciera falta, sino porque le gustaba pensar que él había hecho toda esa plata que había heredado. A la gente le gusta creer que trabaja por lo que ya tiene. Las putas mentiras que todos nos decimos. Bueno, olvidemos todo eso. En todo caso, era el cumpleaños del chico de oro. Sólo que, esa misma tarde, el chico de oro tuvo una discusión con su viejo.

No vas a salir con esa muchacha; no en el auto que yo te regalé.

"*Esa muchacha.* Yo sabía muy bien qué era lo que me reprochaba. Quería decirme que yo salía con ella sólo para disgustarlo. Tenía razón, por supuesto, bueno, casi del todo. Nada extraordinario en nuestro maldito pequeño drama. El hijo que necesita vengarse del padre por el pecado de estar ausente. Así que hace cosas para enfurecer al padre, cosas predecibles, cosas que no requieren imaginación, cosas como trasnochar y beber, cosas como salir con chicas que él sabe que su padre no aprobará. Una historia cabronamente aburrida. Pero, en todo caso, el chico de oro sale a dar una vuelta en su auto. Una noche agradable. Recoge a su novia, conduce de un lado a otro en su lindo auto nuevo. Es su cumpleaños. Tiene veintiuno y va a ir a la facultad de derecho y tiene una hermosa chica colgada a su brazo que se ve aún más hermosa porque a su papá no le gusta. Así que da vueltas y vueltas, sin importarle hacia dónde se dirige porque todo lo parece hermoso, el día, la chica, el auto."

Y entonces Andrés sabe. Sabe exactamente lo que va a contar. Y entonces se fija en los labios de Dave mientras habla. Y Dave, él también sabe que Andrés sabe exactamente hacia dónde se dirige la historia y por qué está siendo contada.

"Y de repente, en un solo instante, el mundo entero cambia. Aún puedo ver el otro auto pasándose el semáforo en rojo. Aún puedo ver el gesto de pánico en el rostro de Marina. Aún me puedo ver tratando de frenar, pero iba muy rápido, y si no hubiera ido tan rápido, tal vez no hubiera importado que el otro auto se hubiera pasado el semáforo en rojo. Pero yo iba malditamente rápido. Y entonces supe que no iba a poder parar . . . y en un segundo todo terminó." Dejó de hablar, las manos temblorosas al llevarse el cigarrillo a los labios.

"Y entonces todos estaban muertos. Marina. Tenía sólo veinte años. Y Santiago y Lilia Segovia. Tenían cuarenta y ocho. Y el chico de oro. Ni un rasguño . . . ni un cabrón . . ." Resultaba muy extraño ver las lágrimas rodándole por la cara, verlo sentir. En cierto modo a Andrés no le importó, no le importó para nada. Él había llorado sus raudales, pero esos raudales ya estaban secos, y se alegraba. ¿Qué eran para él los raudales de Dave?

"Cállate," le dijo. "¿Por qué no te callas de una puta vez?"

• • •

Mientras Andrés caminaba hacia la casa, siguió pensando en el gesto de pasmo en el rostro de Dave. ¿Qué esperaba que él dijera? No hay problema, no hay ningún maldito problema. *Tenían cuarenta y ocho años, Dave. Pudiste haber perdonado siquiera a mi mamá.* Sintió cómo se le atenazaba la mandíbula, cómo le rechinaban los dientes, cómo se le apretaban los puños. No le importó que el sol pegara fuerte como si le descargara un rejo encima.

Cuando entró a la casa, se cambió y se puso la ropa para correr. No le importó lo que el sol pudiera hacerle a su piel o a su corazón, dejaría que le sacara toda la mierda; qué podía importar, en todo caso. Él no era más que una cosa estúpida, un trozo de polvo con memoria, algo menos útil que una computadora y de menos valor. Mientras corría, pensó en Silvia, y pensó en Ileana, que probablemente ya sería una mujer, y no paraba de decirse, *que esté bien, que esté bien,* pues aún ahora sólo ella importaba cuando todo lo demás no importaba nada. Y sin ninguna razón aparente, o por alguna razón que él no comprendía, imaginó la mirada en el rostro de Grace, su hijo muerto, asesinado sin ningún motivo, por otro hombre enfurecido imponiendo su voluntad al mundo, pero ahí seguía ella, Grace, y él se preguntó cómo podía seguir viéndose tan hermosa; incluso en su pena, una mujer que se había convertido en su propio nombre. Alguna gente se vuelve más fea, otra se vuelve más hermosa, y quiso saber por qué. Corrió y corrió, como si todos los rostros que se le aparecían en su cabeza pudieran disiparse si corría lo suficientemente rápido, como si todos esos rostros pudieran ascender, arrojándose hacia el Dios que los había creado y que los había abandonado en el infierno de su cuerpo. Sintió dolor en las piernas, en los pulmones, corrió, el sudor ardiéndole en los ojos, corrió y corrió, hasta que por fin, cuando el dolor se hizo insoportable, se detuvo.

Tal vez todos ya se habrán ido. Todos.

Se sentía extraño, casi nervioso, un estruendo en el estómago. No podía entender muy bien qué estaba sintiendo. Vio a Dave contándole una historia y se vio a sí mismo contestándole, "Cállate de una puta vez." Vio a su padre, probablemente molesto por algo, un hombre siempre impa-

ciente, impaciente con su esposa, con sus hijos, con su vida. Vio toda la
maldita escena, su padre fumando un cigarillo y soltándole algo desagradable a su madre, algo desconsiderado, y su madre mirando hacia
otro lado, el regalo sobre las piernas. Y entonces su padre, aceleraba
porque era alguien inconsciente y tenía afán, y entonces aceleró aún más
el motor de su nuevo auto de segunda mano ante el semáforo en rojo.
Cállate de una puta vez. Y entonces comprendió lo que sentía. Debió
haber reconocido la vergüenza mucho antes, él, que había sostenido una
relación tan íntima con esa palabra.

Encendió un cigarillo y se quedó frente a la ventana. No buscaba
nada en particular, simplemente miraba hacia fuera. De repente, se con-
movió por las lagrimas de Dave. *Sintió* pena, pena de que Dave hubiera
arrastrado todo esto consigo durante años, pena porque uno no tendría
por qué arrastrar estas cosas, y desde luego no arrastrarlas durante tantos, tantos años. Y entonces las sintió, esas lágrimas, y lo entristeció, esa
mirada de dolor en el rostro de Dave, y supo que él había llevado esa
misma mirada; cientos de veces, miles de veces, y recordó la voz de
Grace y la definición que había leído: *Afectar las emociones; causar una
manifestación de ternura.* Y pareció como si la rabia lo hubiera abandonado; así fuera por un instante. Y era como el paraíso, no sentir rabia. Y
se sintió contento de llevar la voz de Grace en su interior, pues la voz que
generalmente lo acompañaba ardía en llamas y estaba cargada de odio
contra sí mismo y estaba cansado de odiarse, cansado de odiar a Dave,
cansado de odiar todo en el mundo. Cayó en cuenta de que desde el primer instante que lo conoció, supo que algo hacía sufrir a Dave, pero
nunca le había preocupado saber qué era. Y ahora, mientras estaba ahí,
mirando por la ventana, resultaba muy extraño descubrir que se preocupaba por ese hombre, que le caía bien, porque era un buen hombre.
No un hombre perfecto pero, ¿quién necesita algo perfecto? Conocer a
un buen hombre, eso era suficiente.

Sonrió porque era una cosa hermosa saber que tenía en su corazón
algo más que odio y desprecio. Tal vez había también algo bueno en él.
Quizás Grace tuviera razón.

Caminó hasta el teléfono. Encontró la tarjeta de Dave en su billetera; marcó el número de su celular. Escuchó la voz de Dave.

• • •

"¿Así que este es tu apartamento?"

"Ajá. ¿Quieres una cerveza?"

"Seguro."

Andrés fue hasta la nevera, abrió dos cervezas, y encontró a Dave acomodado en el sofá medio roto. Ni siquiera pareció fuera de lugar. Andrés le tendió la cerveza. Quería confesarle a Dave que lo lamentaba; por haber salido así del restaurante, por haberle dicho que se callara la puta boca. "Perdón por no haberte invitado antes," dijo. Se rió.

"Seguro que lo sientes." Dave también se rió.

"Fue un accidente," dijo Andrés en voz baja.

Dave asintió.

"*Así fue, Dave.* Fue un accidente," Incluso él, Andrés Segovia, que podía ser más duro que cemento seco, incluso él se sorprendió por la delicadeza de su propia voz.

"Quise decírtelo, Andrés; y no lo hice. Y después decidí que debería dejarlo así."

"Entonces por eso es que has pasado toda la vida acechándome."

Dave sonrió, después soltó la risa. "Esa es una interesante manera de explicarlo."

"Siempre conseguías encontrarme. No importaba dónde fuera, ni adónde me mudara. Nunca supe cómo diablos conseguías siempre dar conmigo."

"Uno encuentra a la gente que quiere encontrar."

"Tú me mandaste donde Grace, ¿no es así?"

"Pensé que ella podría ayudarte."

"¿Te ayudó ella a ti también?"

"Después del accidente, me rehusé a volver hablar. Quiero decir que no pronunciaba una sola palabra. A nadie. Rehusé ir a la facultad de derecho. Rehusé hacer cualquier cosa. Me sentaba, miraba al frente y no decía nada. Ignoro cómo mi madre supo sobre Grace, pero lo hizo. Y me llevó donde ella. Iba todos los días, pero sólo porque mi madre me llevaba. Y me quedaba sentado ahí durante toda una hora, todos los días, sin decir una palabra. Grace me hacía preguntas. Me gustaba su voz, pero aún así no hablaba. Y hasta ella dejó de hacerme preguntas. Pero le dijo a mi madre que me siguiera llevando. Y la cosa siguió así durante semanas y semanas. Y un día, al entrar, Grace me tendió un libro. Y empecé a leerlo. Y me lo llevé a la casa y seguí leyendo. Y cuando regresé al día siguiente, Grace me preguntó qué pensaba del libro, yo me encogí de hombros y no dije nada. Y entonces me pasó otro libro, y empecé a leer también ese otro libro; y me pasé toda la noche leyendo el maldito libro. Cuando fui a verla, me senté y empecé a llorar. Durante la hora entera. Y cuando mi madre llegó, Grace le dijo que se fuera, y yo seguí llorando y llorando sin parar y Grace me abrazó con fuerza y me susurró, 'Sshhhhhhh'. No sé cuánto tiempo lloré, no sé, pero fueron varias horas. Y cuando dejé de llorar, su blusa estaba empapada con mis lágrimas. Y ella me sonrió y me dijo, 'Me llamo Grace. Y tu nombre es.'

"Y entonces empecé a reír. Y ella también. Y contesté, 'Me llamo Dave.' Y por primera vez en mi puta vida, escuché mi propio nombre."

Andrés asintió. Quería darle las gracias. Por haberlo enviado donde Grace. Pero no dijo nada.

Seguían sentados, durante un rato se quedaron en silencio. Parecían haberse quedado sin palabras. "Bueno, esa es mi historia, supongo." Dijo Dave encogiéndose de hombros. "Me tengo que ir."

Andrés asintió. Acompañó a Dave por el corredor, después simplemente lo siguió mientras bajaba las escaleras y hasta la puerta de salida del edificio. Era una noche tibia, tan apacible como puede llegar a ser una noche de verano, todos los vientos distantes.

"Dave, una vez me preguntaste dónde había aprendido a ser tan malditamente desagradecido. A lo mejor no soy tan desagradecido como parece."

Aquello hizo sonreír a Dave.

Andrés se quedó parado mientras Dave se alejaba en el auto. Pensó en el funeral y en Grace. Pensó en Ileana, y de repente sintió que con toda seguridad estaría viva. Y quizás, pensó, le pediría a Dave un nuevo favor. *Ayúdame a encontrar a mi hermana.*

Entró de nuevo en el apartamento, abrió una ventana y contempló la noche. Recordó al niño que solía contar las estrellas. Se acomodó ahí, en el marco de la ventana, y trató de hacerse una imagen de Ileana.

Nunca se había sentido tan cansado.

Se echó en la cama y durmió.

No soñó.

Cuando se despertó, pensó en la Sra. Fernández. Tenía la certeza de que ella viviría en la misma casa de siempre.

¿Quién era Ella Ahora?

Grace pasó toda la noche organizando las fotografías. Había cientos. Quizás miles. Fotos de ella y de Sam antes de casarse, una foto de los dos bailando en un club en Juárez, una foto de ella y Sam en Venice Beach. Y cientos de fotos de Sam y Mister. Las fotografías los habían sobrevivido.

Se le ocurrió que ella siempre había pensado en sí misma en términos de sus dos hombres: la esposa de Sam, después la viuda de Sam. Y, por supuesto, era la madre de Mister. ¿Quién era ella ahora? No era la mujer de las fotos, Fuera lo que hubiera sido, ahora era algo distinto. *Alguien* distinto. Una viuda sin hijos y con cáncer del seno; se burló de sí misma. Terminar así ella, que había pasado la vida diciéndole a la otra gente que su oficio era seguir vivos.

Pasó de largo frente a la recepcionista del Dr. Richard Garza sin anunciarse. "Perdón, ¿pero tiene usted cita?" Grace no se molestó en voltearse a mirar y contestarle. Simplemente siguió caminando hacia el consultorio de Richard. Se encontró con él, cara a cara, en el corredor.

"¿Grace?"

Descubrió las condolencias escritas en su rostro, pero esta mañana ella no estaba de humor para eso. Lo miró fijamente para que supiera que no estaba allí para que se compadecieran ni para que fueran condescendientes con ella. Era como si con esa mirada lo estuviera agarrando del cuello de la camisa. Lo miraba directo a los ojos. "Dijiste que no era demasiado tarde. Dijiste que tenías un plan."

David observó a la mujer decidida que tenía en frente, el pelo sin cepillar y revuelto, los ojos rojos de lágrimas, el rostro demacrado. En ese momento, pensó él, se veía tan hermosa como había sido siempre.

Tiempo y Orden en el Universo

Un hombre de cuarenta y ocho años aborda un avión. Va de regreso a Portland, Oregon. Su hermano ha aceptado darle albergue en su casa, bajo ciertas condiciones. El hombre espera ser capaz de satisfacer las exigencias de su hermano. Quizás esta sea su última oportunidad. Durante las dos últimas semanas, doce hombres han salido de El Paso, todos habían llegado aquí buscando niños y asilo.

Una abogada mal pagada que trabaja para Legal Aid ha trabajado sin descanso en mandar a estos hombres de regreso a su lugar de origen. Leyó, por accidente, un artículo sobre depredadores sexuales que liberaban y enviaban a la frontera. Juró no descansar hasta conseguir que detuvieran esa práctica. Por azar o por designio o por coincidencia, conoció a un abogado en un cóctel. Se llamaba Dave. Bien parecido. Él la invitó a cenar. Ella tenía otra cosa en mente. Él resultó más decente de lo que ella había sospechado; dispuesto a escuchar todo lo que tuviera que decir. Le prestó un ayudante, una secretaria, su oficina, sus teléfonos, sus faxes, todo lo que tenía. *Vamos a avergonzar a esos cabrones que creen que está muy bien tirar su basura en nuestro jardín.*

Tres meses atrás, Grace enterró a Mister al lado de Sam. Se mira en el espejo. Ya no tiene pechos. Se ha rasurado la cabeza. Permanece de pie frente al espejo mientras Liz le pasa un pañuelo rojo para ponerse en la cabeza. Grace se lo envuelve con destreza. "El rojo te queda bien, Grace. ¿Estás segura de que no quieres que te consiga una peluca?"

Grace se voltea y se ríe. "Sí, claro. Consígueme una rubia."

Hoy, otro tratamiento con quimioterapia. Cree escuchar a Mister riéndose por algún chiste.

Vicente duerme en el antiguo cuarto de Mister. Es un dormilón, como solía ser Mister. Se despierta y grita, *Mama Mama*. Tiene una voz gruesa para ser niño. Liz y Grace corren hacia el cuarto. Liz se sienta en la cama y lo toma en sus brazos. Lis respira sobre el olor de él.

Grace los observa. Piensa que la vida es mucho más cruel y mucho más hermosa de lo que nunca había imaginado.

Andrés estudia para un examen de historia. Vive sumergido en sus libros. Es el mejor de los alumnos, una mente excelente y ávida. Aún siente estallidos en su vientre, pero Grace le asegura que la rabia no es tan mala. *Simplemente no vayas por ahí golpeando a la gente.* Sonríe al escuchar la voz de Grace en su cabeza. El cáncer la ha suavizado.

Mira la foto que tiene sobre el escritorio: un regalo de Dave. "Eres tú, Andy, antes de que nadie te hubiese tocado." Mira la foto todos los días. Es como un libro que estuviera aprendiendo a leer.

Mira el reloj. Trabaja en la tienda de Mister; ahora de Liz. Le ha prometido a ella que trabajaría en el turno de la mañana, para que así ella pueda llevar a Vicente al médico.

Buen Hombre, Lléveme a Casa

Todo lo que resta es que yo pronuncie mis argumentos finales. Siento que este jurado rehusará castigar un minuto más a Andrés Segovia. Veo los rostros de las mujeres del jurado. Quieren ayudarlo. Descubrí la expresión de horror en sus caras cuando les enseñé los trofeos de William Hart. Pequeños niños tristes mirando hacia la cámara. El fiscal del distrito llamó. Dijo, "Un año de cárcel y se acabó el asunto."

Colgué el teléfono. Con calma. Lo invitaré a almorzar. Y le diré a Andrés que lo acompañe. Al final, le daré la cuenta al cabrón."

Cuando llamé a Andrés al estrado, parecía imperturbable, casi arrogante. Se esforzaba muchísimo en mantenerse bajo control. Yo podía ver el temblor en sus manos, el ligero estremecimiento en la voz. Todo este tiempo. Toda esta espera . . . o han agotado. Ha cambiado en estos últimos diez meses. Sonríe más a menudo. Por instantes, parece como si se hubiera convertido en un niño.

Conocía todas las preguntas que yo le haría. Habíamos practicado. Practicamos una y otra vez. Y aún así, a pesar de toda esa práctica, ni siquiera yo estaba preparado para escuchar la desnuda franqueza de sus palabras. Era como si yo lo escuchara por primera vez. Escuché en su voz a un hombre que había tomado la decisión de vivir. Él había aprendido a deletrear la palabra *basta*. Y así nos contó todo. Nos contó cómo terminó viviendo en Juárez. Cómo terminó en las manos de un tipo llamado Homero. Cómo terminó convirtiéndose en carne para alimentar hombres hambrientos como William Hart. Observé la angustia en los rostros de los hombres y de las mujeres del jurado. Empezaron a llorar por lo que escuchaban. No lo condenarán.

¿Cuántas veces no he cerrado una sesión frente a un jurado? Por lo menos unas cien veces. El doble, quizás. Pero aún así esta noche me siento como si nunca lo hubiera hecho. Toda la noche caminaré de un lado a otro sin dejar de pensar. Prepararé cada palabra. Organizaré todos mis pensamientos. Los escribiré en un papel. Practicaré y practicaré y practicaré. Esto es más importante de lo que puedo soportar.

Grace ha dicho que rezará esta noche. *Grace, reza para que ese Dios dirija su luz a mi corazón. Ruégale a tu Dios católico que me dé palabras.*

Hoy estuve pensando en Silvia. Ella nació con una brújula. Me pregunto qué hace uno para ser así. Yo siempre me he sentido muy perdido. Odié a Dave la semana pasada. Estuvimos repasando mi testimonio. Repasándolo una y otra vez, sin descanso. Y yo estaba hasta los cojones con todo eso, hasta los cojones de recordar y recordar y recordar. ¿Cuándo llegaré a olvidar todo? Pero no odié a Dave por obligarme a recordar. Lo odié por haberme dado esta esperanza. Está tan convencido que voy a levantarme y caminar. ¿Y si no lo hago? ¿Cinco o diez o quince años en prisión? *Pero si maté a un hombre. Maté a un ser humano. Dave niega con la cabeza. Andrés, yo no creo eso. Él quería morir . . . ¿No puedes comprenderlo? Ese hombre se suicidó. Pudo haberse salvado. En el peor de los casos, golpeaste a un hombre. En el peor de los casos, fue un accidente.* Me da esperanzas.

También Grace, también ella me da esperanzas. Aún se ve hermosa. Se rasuró la cabeza y puedo ver el sol brillar.

Cuando subí al estrado, me sentí vivo. Resultó extraño y triste y maravilloso, y yo hablaba. Recordé que siempre me había sentido como si fuera el secreto de alguien. Y supe que nunca había dejado de sentirme así. Pero había dejado de ser el secreto de Mando. Había dejado de ser el secreto de Yolie. Ya no era el secreto de Homero ni de William Hart.

Yo era Andrés Segovia. Era un niño que deseaba regresar al colegio y dar vueltas en su bicicleta. *No era el maldito secreto de nadie.*

Tiempo y Orden en el Universo

A sí termina la historia. Con un hombre llamado Dave Duncan que se estira afuera en el patio, sin camisa. Está pensando en lo que sucedió la tarde del día anterior en la sala del tribunal. Repasa toda la escena en su cabeza. Ha vivido diez meses para escuchar ese veredicto. Aún puede saborear el momento. Guardará ese momento bajo llave en su memoria y lo recordará en momentos de oscuridad. Sonríe, después se ríe. Es un día perfecto. No quiere estar solo. Levanta el teléfono. Está llamando a la única mujer que ha amado en su vida. "Tienes un corazón muy ocupado y ansioso. No tiene espacio para mí." Eso fue lo que ella comentó cuando se fue. Sabía que esas palabras eran verdad. Pero él había decidido hacerse merecedor de todo lo que ella pudiera ofrecer. Eso se dice mientras escucha timbrar el teléfono. Cuando ella levante el teléfono, le dirá, "¿Quieres saber qué hay en mi corazón?"

Andrés Segovia susurra la palabra *emancipado* una y otra vez. Está enamorado de esa palabra. Camina hacia la puerta de la casa de la Sra. Fernández. Tiembla ligeramente, pero no le presta atención a ese estremecimiento. Ya le ha pagado demasiado tributo a sus terrores internos. Jura que dejará de hacer ofrendas en ese altar.

Toca el timbre y aguarda. Nadie viene a la puerta. Vuelve a tocar y espera. Los segundos son inmisericordes e interminables. Finalmente, la Sra. Fernández abre la puerta. Ella mira su cara como si se asomara a un profundo pozo. Él esperaba que se viera más vieja, pero no es ni de lejos tan vieja como el creía que era. La observa mientras ella lo examina cuidadosamente de arriba abajo.

Como no puede soportar este silencio, decide decir algo. "Usted no sabe quién soy yo." Se encoge de hombros y se dice a sí mismo que esta es otra de sus metidas de pata. ¿Qué había creído que iba a conseguir con esta visita?

"Sabía que vendrías," dijo ella en voz baja.

"Perdón," dijo él, "por todo lo que le hicimos." Por primera vez en su vida, no siente vergüenza de sus lágrimas. Ya es libre para pedir perdón. Por eso es que ha venido. "Perdóneme."

Siente las manos de ella limpiándole las lágrimas.

No retrocede cuando ella lo toca.

"Hijito de mi vida, eras un niño." Entonces lo abraza. Él piensa que no va a parar de sollozar. "Shhhhh," le dice ella. "No más. No más, hijito." Ella sonríe sobre su cara.

No sabe qué más decir. "He empezado a buscar a Ileana."

"La encontrarás. Sé que lo harás."

Él asiente.

Lo lleva hasta el garaje y le enseña lo que ha guardado durante todos esos años. "Les pago a los muchachos del barrio para que la mantengan en buen estado."

"¡Mi bicicleta! ¡Mi bicicleta!" Andrés ríe. Y qué risa. De un salto se sube a esa bicicleta en el mismo barrio donde creció, en el mismo barrio donde Sam Delgado le dijo una vez a una chica llamada Grace que ella era la belleza misma.

Así termina la historia: con Andrés Segovia montando una bicicleta, un hombre convertido de nuevo en niño.

Grace se encuentra en la sala de espera del consultorio de Richard Garza. Le está enseñando a Liz una vieja canción infantil en español. Vicente repite todo lo que ella dice. Él ya habla, y habla y habla sin parar. Él se ríe y trata de escaparse de las dos. Liz lo sube a su regazo. Él busca su cara con las manos, sus manos pequeñitas. *Fototáctica* Grace sonríe con el recuerdo; entonces escucha su nombre en la boca de la recepcionista.

Siente un torrente de sangre atravesándole el corazón. Liz asiente

con la cabeza, en sus ojos hay una expresión de esperanza como nunca
ha visto antes. Piensa en Mister y en Sam.

Admira el piso mientras avanza por el corredor que lleva hacia el
inner sanctum de Richard Garza. Recuerda el sueño, cómo siempre se
quedaba fuera del amor que compartían Sam y Mister; como si ellos
nunca la hubieran amado. Está tratando de perdonarse por su ceguera.
Y entonces recuerda haberle dicho a Liz que llegaba un momento en que
uno debía dejar irse a los muertos.

Ve a Richard Garza al final del corredor. Él mantiene la puerta
abierta para que ella entre. Sostiene en la mano sus historias clínicas.
Grace lo está mirando a los ojos y él está sonriendo. Y entonces ella sabe
la respuesta a esa pregunta que ha mantenido guardada en el corazón.

La historia termina con Grace.

Agradecimientos

Hay veces que la tarea de escribir una novela es abrumadoramente solitaria. Pero nadie escribe una novela a solas, *ni mucho menos yo.*

Quisiera darles las gracias a mis estudiantes quienes cada día, me dan nuevas palabras y quienes me enseñan a diario que la esperanza es más que una simple abstracción. Veo aquella palabra escrita en sus frentes semana tras semana, semestre tras semestre.

Jaime Esparza me explicó algunos detalles necesarios acerca del sistema judicial. También me dio un valiosísimo tour de la cárcel del condado de El Paso. Le agradezco su amistad y su generosidad.

Siempre que necesitaba recordar que el mundo en el que vivo es mucho más vasto que mi imaginación, busco a Ray Caballero y a Enrique Moreno. Mi vida y mi trabajo son tanto mejores gracias a su decencia, su amistad verdadera y su honestidad intelectual.

Le doy las gracias a Richard Green, que ha sido mi agente literario por más de diez años. Leyó y releyó varias versiones de este manuscrito. Valoro su mente, su corazón y su lealtad.

Le estoy eternamente agradecido a Patty Moosbrugger quien se convirtió en mi nueva agente con una fe inquebrantable en mi trabajo y un profesionalismo igual de inquebrantable.

Rene Alegria de Rayo/HarperCollins es todo lo que un autor quisiera tener en su editor: es sereno, inteligente y articulado. Además, es un promotor incansable. Como escritor no se puede pedir nada más.

Mi esposa Patricia, conoce más que nadie el costo de vivir con un escritor. Ella paga el precio a diario, con una gracia extraordinaria. El amor nunca se merece realmente, pero no hay ninguna razón para ser desagradecido ante la belleza de un regalo tal.

Estoy rodeado de gente buena y admirable. Soy el más afortunado de los hombres.